U0946739

勵耘语言學刊

2021年第1辑

（总第34辑）

北京师范大学文学院 主办

中 华 书 局

图书在版编目(CIP)数据

励耘语言学刊. 2021年. 第1辑/北京师范大学文学院主办. —北京:中华书局,2021.6
ISBN 978-7-101-15207-4

Ⅰ. 励… Ⅱ. 北… Ⅲ. ①中国文学-文学研究-丛刊②汉语-语言学-丛刊 Ⅳ. ①I206-55②H1-55

中国版本图书馆CIP数据核字(2021)第088945号

书　　名	励耘语言学刊(2021年第1辑)
主 办 者	北京师范大学文学院
责任编辑	白爱虎　俞国林
出版发行	中华书局 (北京市丰台区太平桥西里38号　100073) http://www.zhbc.com.cn E-mail:zhbc@zhbc.com.cn
印　　刷	北京瑞古冠中印刷厂
版　　次	2021年6月北京第1版 2021年6月北京第1次印刷
规　　格	开本/787×1092毫米　1/16 印张18¾　插页2　字数320千字
国际书号	ISBN 978-7-101-15207-4
定　　价	128.00元

《励耘语言学刊》编委会

（按姓氏笔画排列）

目　　录

◎文字学研究

◎音韵学研究

◎训诂和词汇研究

◎语法研究

◎语言学史研究

◎文字学研究

集成类古文字考释成果的检索及其数字化问题*

刘志基

（华东师范大学中国文字研究与应用中心）

提要：集成类古文字考释成果历来存在所收古文字考释意见不易查找的问题，在当下的数字化环境下可以寻求如下解决方案：在传统纸质工具书的编纂方面，借鉴数字化的超文本方式，编制多路径索引；同时将考释集成文本数据库化，一方面实现纸质书籍的网络阅读功能，另一方面实现与古文字文献本体的关联，进而使得相关古文字考释意见成为古文字文献本体阅读、查检中能够即时系联的注释信息。

关键词：古文字；考释；集成；检索

古文字考释，反映了学界对古文字的认识。对古文字的大众解读而言，它是知识的来源；对古文字研究而言，它是任何新的认识产生的基础。因此，无论对于普及还是研究，古文字考释的重要性都是不言而喻的。相对个体学者的考释论著，人们一般会更加青睐集成性的古文字考释成果，这是因为在古文字的考释中，有诸多问题学界的认识并不一致，而古文字考释的集成能够更加全面地反映学界古文字释读的认识。

集成类古文字考释工具书的基本任务就是方便人们查找古文字考释意见，因此，检

*项目基金：教育部重点研究基地重大项目“系列古文字专题数据库建设”（项目编号：18JJD740004）。

索的效率是其核心功能要求。但是,此类工具书所汇集的众多古文字考释意见,却因信息复杂,头绪繁多,有着特殊的检索难度,迄今为止,并没有形成令人满意的检索体例,而关于这一问题的研究又相对冷落,不利于此类学术工具完善检索功能进而发挥应有的作用。尤其需要指出的是,此类工具书的编纂进入高潮阶段之时,正是中国社会数字化进程不断深入的时段,而在新的文字处理手段为此类成果数字化检索提出了新的研究课题之际,学界的反应依然迟缓。鉴此,下文将就集成性古文字考释的索引所存在的问题以及解决方案提出一些见解,以期引起学界进一步的研讨。

一、存在"问题"的综述

迄今的集成类古文字考释成果,主要是以工具书的形式面世的。因此有必要首先梳理一下集成类古文字考释工具书编纂的发展过程,以及关涉其检索体例的既有相关研究,这有助于我们准确评估以往相关研究成果的得失,进而形成新的认识和对策。

集成性古文字考释类工具书,是在古文字考释研究出现百家争鸣的情况下才会出现的。最先面世的具有重要影响之作是1928年丁福保编纂出版的《说文解字诂林》①,而其产生的背景是《说文》研究在清代获得空前发展。真正属于出土古文字的集成类考释工具书,则是因甲骨学的繁荣而出现的。1933年朱芳圃编纂的《甲骨学文字编》是第一种带有集释内容的甲骨文考释工具书,此书第一次将甲骨文的字形与考释材料汇集在一起,总结了20世纪最初20年的甲骨文研究成果。巫仲祥论及该书编纂的因由曰:"甲骨出土逾三十年……诸家著述或高文大册,价重连城;或东鳞西爪,散见杂志,承学之士苦无津逮也久矣。"②自上世纪中后期开始,出土古文字考释论著汇集整理相关成果出版者颇多,涉及专类文字材料的如《甲骨文字集释》③《金文诂林》④《甲骨文字诂林》⑤《甲骨文字释综览》⑥《新出历代玺印集释》⑦等。涉及跨种类古文字材料的如《古文字诂林》⑧

①丁福保编:《说文解字诂林》,北京:中华书局,1988年。
②朱芳圃:《甲骨学文字编》,上海:商务印书馆,1933年,第1页。
③李孝定:《甲骨文字集释》,台北:历史语言研究所,1965年。
④周法高等:《金文诂林》,香港:香港中文大学,1975年。
⑤于省吾主编:《甲骨文字诂林》,北京:中华书局,1996年。
⑥松丸道雄、高嶋谦一:《甲骨文字字释综览》,东京:东京大学出版会,1994年。
⑦王人聪:《新出历代玺印集释》,香港:香港中文大学,1987年。
⑧李圃主编:《古文字诂林》,上海:上海教育出版社,2004年。

《古文字释要》①。限定某一时段古文字材料的如《出土战国文献字词集释》②等。限定某一时段的某一古文字材料的如《秦铜器铭文编年集释》③等。更多则是针对某一著录或某一篇古文字材料的,如《楚帛书诂林》④等,至于新出楚简,如《郭店简》《上博简》《清华简》几乎每篇都有研究生的学位论文进行过"集释"。

相对于集成性古文字考释工具书本体的层出不穷,对于这种成果的研究显然还没有引起人们足够的重视。就研讨的问题而言,此类研究有些只涉及集成性古文字考释工具书的校订勘误、材料收集、按断水平等方面⑤,因与本文论题关系不大,故不在以下综述范围之内。以下仅就涉及检索的相关方面作简要梳理。

1. 关于集成性古文字考释类工具书检索问题的研讨

此类工具书被指出的检索问题主要集中于字目的设计方面,大致有如下几点。

一是不能隶定字的考释意见检索存在盲区问题。如对于《甲骨文字诂林》,之其指出:"按照《诂林》目前的检索功能,甲骨文字中已有考释定论而经过隶定的字可以通过《笔画检索》去查找,这自然是没有问题的。问题在于占大多数的是目前尚不能隶定的文字。既然不能隶定,自然也就无法通过笔画去检索,而只能用《字形总表》或《部首检索》去查找。然而,《诂林》的这两个(实际功能是相同的)检索表就其检索功能而言,只能落实到部首这个层次,某个文字在它所属的部首内究竟居何位置则无进一步的查找手段。很显然,一个部首中所属的文字往往是很多的,没有任何检索手段的查找,其效率之低是可想而知的。"⑥

二是字目设立数量少于检索的需要。如柳春鸣将《甲骨文字诂林》类工具书称为"会要类",进而指出:"这类工具书列举的字形较少,甲骨文一字数形以及相同字形下的细微区别,在这类工具书中反映不够。"⑦

三是古隶定字的检索字目因笔画不统一而影响查检。如对于《古文字诂林》的"笔画检字表",何崝指出:"本书《凡例》的第二条提到了每册设笔画检字表,但未具体说明笔

①李圃、郑明主编:《古文字释要》,上海:上海教育出版社,2010年。

②曾宪通、陈伟武主编:《出土战国文献字词集释》,北京:中华书局,2018年。

③王辉:《秦铜器铭文编年集释》,西安:三秦出版社,1990年。

④徐在国编著:《楚帛书诂林》,合肥:安徽大学出版社,2010年。

⑤如:陈伟武《甲骨文字诂林补遗》,《愈愚斋磨牙集》,上海:中西书局,2014年,第1页;宋镇豪:《百年来甲骨文集成性工具书的编纂》,《历史文献》(第五辑),上海:上海科学技术文献出版社2001年,第253页。

⑥之其:《读〈甲骨文字诂林〉兼论古文字考释工具书的编纂》,《辞书研究》,1999年第5期,第111页。

⑦柳春鸣:《甲骨文工具书综论》,《西南师范大学学报(人文社会科学版)》,2000年第3期,第119页。

画检索字表的编纂方法。这些笔画检字表是将繁体字(包括异体字)和古隶定字都收入进去。繁体字一般是有固定笔画的,但古隶定字的每个字是否有公认的固定笔画,这就是个问题。……由于古隶定字字形并非通用字,各家在隶定小篆字形时,难免互有出入,笔画也不一致。例如'黄''五'等字,《古文字诂林》古隶定字与清黄奭所辑纬书的字形就不一样。这就说明,在《古文字诂林》中不一定能查得到清代刻印书中的隶古字。"①

四是"笔画检字""拼音检字"不尽符合古文字检索要求。"汉字繁简字、异体字、古今字太多,有些古隶定字无法确定具体的笔画数,很大一部分字的读音也无法明确,因此用笔画、拼音检字法并不能准确快速地检索所有的甲骨文。"②

上述批评意见,无疑都是正确的,但是他们所指出的问题大致属于局部性检索缺陷,比如不可检索隶定字、隶古定字,其实更具有全局性的检索缺陷并非不存在。比如张连航指出的一些形义相关联的字词的考释意见无法系联检索:"例如《释茇》,收录在《古文字诂林》卷一,页482—483'茇'字条下,但相关的字(词)如拜、拔、祓等字,则另收在其他字条下,未能联系在一起。"对于此类问题的解决,张氏希望能够借助于电子技术运用:"在考释字、词、句时,通过链接等方式查找类似语句,使出土与传世文献能更好地结合。这亦可补后学对古籍的熟悉程度不够之不足。另外,未隶定的形体是否亦可通过电脑程序的转换,直接隶定成文? 能否将出土材料输入,即可大致能将不同情况及相关资料查出,并初步通读及解决句法、字形、通假等问题?"③张氏的这种想法,虽然没有具体落实的工具书编纂体例设计,但是思考的方向是可以肯定的。当然这已经涉及到集成类古文字考释成果的数字化问题。

2. 集成性古文字考释成果数字化检索的研究

随着数字技术的不断进步,包括集成性古文字考释在内的各类古文字工具书都需要借助数字化手段来解决检索难题,这已越来越成为人们的共识。还有学者认为:"数据库甚至可替代某些工具书,如对文献库的成功标注,能使使用者更快地找到以往的研究成果,集释类工具书可以退出历史舞台。"④这种意见似乎有些偏颇,电子书无法替代纸质书,这已成为人们的共识。准此,古文字数据库也是不可能完全替代集成性古文字考释类工具书的。因此,我们不仅需要探讨如何研发集释类古文字数据库的问题,纸质集释

---

①何婧:《集古文字研究大成的〈古文字诂林〉》,《文史杂志》2006年第2期,第70页。

②朱添:《甲骨文工具书编纂出版的回顾与展望》,《出版广角》2018年第5期,第43页。

③张连航:《关于编纂古文字工具书的思考》,《辞书研究》,2008年第5期,第22、23页。

④门艺:《由甲骨学工具书的编纂到甲骨文数据库的建设》,《漯河职业技术学院学报》,2019年第5期,第6页。

类工具书如何运用数字化检索手段的问题同样是不可回避的话题。

集成性古文字考释工具书的数字化是以该类书籍的电脑排印为前提和开端的，而该类工具书的电脑排印则以《古文字诂林》为开端，因此有必要回顾《古文字诂林》的电脑排印历程。

《古文字诂林》前的集成性古文字考释工具书均使用剪贴原文或手抄影印的方式来完成排版印刷，或许因为大家都明白这是受制于传统排字印刷技术的原因，因此很长一段时间人们对此种显而易见的不尽如人意之处并没有提出什么批评。然而，随着电脑排印手段的出现，这个问题就被提了出来。之其在批评这种原始书籍制作法“影响视觉效果不说，更容易造成字迹模糊，难以辨识的结果”后进一步指出：“值得重视的是，在印刷技术已经进入电脑时代的当今，这两种传统排印手段（笔者按：剪贴原文或手抄影印）更显现出新的时代局限，也就是说，传统的排印方法，从根本上切断了古文字考释研究成果与现代高科技传播技术的联系，进而阻碍许许多多的人充分利用这种极有价值的科研成果的可能性，也大大降低了工具书自身的价值。”①其实《古文字诂林》排印最初也有“剪刀加糨糊”打算，之所以最终选择电脑排印，也正是为顺应数字化时代的新要求：“《古文字诂林》在立项论证时，曾有专家尖锐地提出，若《古文字诂林》不能采用电脑排版而继续使用传统的剪刀加浆糊的方法制版，那么该书的出版就没有价值。”②

《古文字诂林》首次实现了大型古文字工具书的电脑排印，因此颇得到一些赞许，被誉为“运用古文字字形库及计算机排版系统等方面都取得巨大的成就或突破”③，“为彻底解决已存在的汉字古今字形输入电脑奠定了基础”④。然而，在取得这种成绩的同时，也还存在诸多问题。

从负责该书排印的电脑专家的撰文中，我们可以知道这次排印工程的目标本来并不仅止于排印一个《古文字诂林》：“当初承接《古文字诂林》电脑排版任务时，上海杰申电脑排版有限公司的管理者与工程技术人员就暗暗定下了一个宏伟目标，一定要把《古文字诂林》最终做成个数据库，用最现代化的数字技术把中华民族最古老的文字传承下去。”为此，他们构建了三个数据库：“字头对象基本属性数据库”“字形库”和“文本资料库”，通过这些数据库的相互关联来支持排印。其中作为主体的“字形库”则“由五部分组成：篆书字形库，由篆书字形以及《说文解字》释义中的籀文字构成。古隶定字形库：由

①之其：《读〈甲骨文字诂林〉兼论古文字考释工具书的编纂》，《辞书研究》，1999年第5期，第113页。
②沈康年：《古文字诂林》数据库的研制与开发，《印刷杂志》，2004年第10期，第40页。
③张玉梅：《〈古文字诂林〉初评》，《辞书研究》，2003年第2期，第105页。
④何峙：《集古文字研究大成的〈古文字诂林〉》，《文史杂志》，2006年02期，第69页。

《古文字诂林》主编李玲甫(笔者按:当为“璞”)教授重新隶定,杰申电脑排版有限公司制作。篆书字、古隶定字与楷定字有一一对应关系。古文字字形库:……由甲骨文、金文、陶文等八大类古文字字形组成,字形来自于《甲骨文编》《金文编》《古陶文字徵》等15部研究著作,经扫描、修补、分类整理而成。扩充的GBK汉字字形库:普通的GBK汉字字形库仅提供20902个汉字,对于《古文字诂林》的电脑排版来说,是远远不够的。我们把普通的GBK汉字集合作为A集,利用多平面技术,扩充了B集,每个平面的汉字容量均为20902个字,并保留了继续扩充的能力。目前A、B两集提供了约31000个汉字的容量。杰申专业排版系统字形库:……由杰申汉字内码(双字节码)字形库与杰申补字库组成。目前,杰申汉字内码字形库已涵盖在扩充的GBK汉字字形库中。杰申补字库具有类似于无限扩充的能力,它具有独自添加、编码调用的功能”。①

平心而论,《古文字诂林》的电脑排印和数字化处理不可谓不用心,但是,电脑公司开发的这个包含了庞大字形库群的数据库,在支持《古文字诂林》的排印中,并没有真正发挥数字化的功用。笔者作为《古文字诂林》编纂中负责电脑字库字符处理的常务编委,曾经回顾过负责这项工作的艰苦历程:

> 当大家都觉得电脑排印问题已经解决可以安心审读材料时,却被杰申公司送来的诂林排印清样当头浇了一盆凉水。呈现在大家面前的清样是何等模样呢?与论证会上提交的“形神兼似”的样稿大相径庭的是,清样上能够正确显示的,只是当时电脑输入法可以打出来的文字,而电脑打不出的字则以一个个电话图形替代,填实的电话图形(被大家称为“黑电话”)表示古文字的原形字,双勾的电话图形(被大家称为“白电话”)表示古文字的隶定字。同时,电脑公司还随清样交来了厚厚一本古文字字形表,也就是所谓“8大类17种共16万字的强大古文字字形库”的字形,每个字形边上,有一个代表该字形的流水号。这字形表究竟是干什么用的呢?原来电脑公司要求编者对应清样上的每个黑白电话,在这个字形表上找到那个相应的字形,并把这个字形在字形表上的流水号,标注在清样上的这个对应黑白电话上,这样,电脑公司就可以通过这个流水号输入那个古文字。
>
> ……
>
> 很显然,“黑白电话”的设计,是电脑公司为自己寻找了一个最方便的古文字排印方略,但是这个方略的核心意义,是把在16万字的古文字字形表上找到一个特定

①沈康年:《〈古文字诂林〉数据库的研制与开发》,《印刷杂志》2004年10期,第40页。

的古文字字形这件不啻为大海捞针之事踢回给了编委会。①

出现这样的情况,当然也不是电脑公司所希望的。为了管理这个庞大的字形库,电脑公司还设计了一个超大容量多平面汉字平台:“大量出现的图形字、疑难字、怪僻字除了极大地增加扫描、造字的压力外,字库管理的矛盾也日益加剧,造好的字如何能较方便地调用,造过的字怎样避免重复造,造错的字如何纠正过来。因此,设计一个非正规的超大容量多平面汉字平台 SMPCSet 的要求提出来了。”②但是事实上这个平台并没有起到预期的作用。如果“造好的字如何能较方便地调用”的问题真的被解决,电脑公司是不会把“黑白电话”这个难题抛给编委会来解决的。而这个问题无法解决,也就决定了“造过的字怎样避免重复造”的问题不可能得到解决。显然,问题的症结在于:电脑公司虽然有能力成千上万地造字,形成一个古文字的“字海”,但却没有办法对应考释文章中的一个个具体用字,从这个“海”里捞出一根根不同的“针”来。于是我们不得不形成这样的对策:首先设计一套适合古文字字形检索的输入码方案③,再将电脑公司造字的字形表以逐字切图的方式储存进数据库,然后在数据库里对应这些字形图片按上述编码方案逐一编制检索码,这样就可以运用数据库手段来检索这些古文字字形及电脑公司赋予的流水号,进而对照原稿,为《古文字诂林》清样上的黑白电话逐一标注上流水码。在这一过程中,又遇到一些始料未及的问题:首先是电脑公司造成的那 16 万个字形,或者说当时通行的那十来个文字编所收的字形,实际用到《古文字诂林》排印中还有很大的缺口,也就是说,诸家古文字考释中用到的千奇百怪的字形,远非这个带流水号的字形表所能覆盖的。造成这种状况的原因很多,其中最常见的是,古文字考释多用“偏旁分析法”,因此考释过程中就会有大量的古文字偏旁被分析出来,而这些偏旁一般只是字的构形成分,并不独立存在,自然在电脑公司的字形表中找不到。有些偏旁,甚至只是考释者想象模拟出来的,因此在实际的古文字资料中也根本没有。当然,要解决这样的问题,只能是字形表中没有的那些古文字,让电脑公司再去造字。于是,整个编纂过程也就伴随着不断造字,不断把这些再造字纳入我们的检索数据库,从而让它们以后在我们能够检索的范围内从无到有这样的流程。需要交代的是,由于这项任务特别繁重,在编纂过程的后期,除了为新造字编制输入码的工作继续由笔者专门负责外,利用检索数据库为校样中的黑白电话填写流水号的工作是由笔者带领若干研究生共同完成的,而这一工作包含着决定哪

①刘志基:《中国文字发展史·殷商文字卷》,上海:华东师范大学出版社,2015 年。第 814—815 页。

②沈康年:《〈古文字诂林〉数据库的研制与开发》,《印刷杂志》2004 年 10 期,第 42 页。

③刘志基:《简说“古文字三级字符全拼编码检字系统”》,《辞书研究》2002 年第 1 期,第 99 页。

些字需要新造的任务,由于出自众人之手,又限于编纂时间的紧迫,把已经造过的字再提交给电脑公司造字的失误在所难免。这在客观上也会加剧杰申字库一字多码的混乱情况。

关于集成性古文字考释成果的数字化检索问题的讨论,显然也是需要立足于数字化形式的集成性古文字考释成果研发实践来进行的,然而目前为止,这种实践是缺乏的,因此我们也没有发现这方面更多的深入研究。归纳已有的认识现状,不难发现,由于数字化天然的超文本多路径链接的特性,人们很自然也很容易对集成性古文字考释成果的数字化提出一些笼统的检索效果期待,但这种效果要落到实处,却会遇到很多具体问题,如何解决这种问题,人们还缺乏明确的对策。

二、集成性古文字考释工具书检索体例的重新建构

前文已经指出,集成性古文字考释工具书还有一些更重大的检索问题并未被人提及,我们认为主要是以下两点。首先是不能兼顾释者释字和编者释字这两种基本的检索要求。集成性古文字考释类工具书基本编纂方式是以"字"为单位来汇聚考释论著意见进而为人们提供检索方便的。而其字目有两种确定方式,一种是以编者认为正确的释读意见来定被释古文字的字目归属,可简称"编者字目";另一种则是以所收考释论著的释读意见来定被释古文字的字目归属,可简称"释者字目"。就检索的效果来看,两种字目设计各有短长。设"编者字目",可以通过编者的释读整理,把一个特定文字的各种释读意见汇聚起来,这自然是方便读者的。但另一方面,使用"编者字目",实际是要求使用者在释字上与编者持有相同的认识,这事实上很难做到。更何况,大概编者自己都不能保证自己认同的释字意见都是对的,因此这种体例会有误导使用者的危险。设"释者字目",因为排除了编者的认识在字目确定中的影响,因而具有客观性,同时可以直观呈现各文字单位的古文字考释之演变发展信息,即,被释为某字的特定古文字都有哪些,在哪些时段发生了哪些变化。但其局限则在于难以呈现某个特定的古文字都有哪些释读意见,而这往往是使用者也很需要的一种信息。迄今为止,古文字考释工具书的编纂并没能在这两种"字目"体例之外找到更好方法,甚至在这两种体例中也并不能做到自由的选择。专类的考释工具书,比如《甲骨文字诂林》《金文诂林》,由于涉及文字种类单一,设"编者字目"相对具有一定可行性,故多采用此种字目体例;而兼类的古文字考释工具书,如《古文字诂林》《古文字释要》,涉及文字种类林林总总,而不同种类文字的字符集就有很大不同,不同断代的字际关系更错综复杂,设"编者字目"难度更大,故设"释者字目"

也被视为相对可行的一种选择。显而易见的是,如果只是在这两种索引方式中选择一种,无论是哪种选择,都会有检索盲区的存在。

其次,检索局限于释为某字。对于古文字考释论著的检索而言,仅仅有一个释为何字的索引往往是不够的,因为有些考释意见不仅涉及单个字的释读,有些考释意见有价值的释读并不限于释字,还在于所释字被借用为何字,以致其他方方面面的有用认识。试举一 例①:

[扌廌]	郭/成之聞之/35		楚簡	裘按:此字左从“才”,右旁即“廌”字異體,可讀“薦”音,當是此字聲旁。此字出現在“梁”字之前,疑讀爲“津”。	彭浩、劉祖信、王傳富 郭店楚墓竹簡	4401

很显然,此条提要,把释字对象锁定为“**[扌廌]**”,固然很重要,但是指出它的右旁是“廌”字异体,而它在文例中读为“津梁”之“津”,也很有认识价值。而迄今为止,古文字考释工具书并没有为后两种信息提供检索的路径,这无疑不利于考释研究成果学术见解的查检。

平心而论,以上所说的这种局限,是由传统书籍载体的平面性所引起的,因此人们每每习以为常,甚至刻意追求,以达到节省篇幅的效果。如《古文字诂林·凡例》第九条:“所录考释资料,如涉及两个以上的字且无法分割者,则视其具体情况,或只归于重点考释的字,或归于出现在前的字。”何峙曰:“这一条编纂体例保证了收入的考释资料的完整性,使用时不会增加太多的麻烦;还由于涉及两个以上且无法分割的考释资料并非少数而大大节省了篇幅,提高了使用价值。这一编纂体例是非常科学合理的。”②不能不说,这种“科学合理”的评价,只是就节省篇幅而言,就信息检索的全面性而言,却是很不科学合理的。而且,随着数字化带来的超文本关联方式的普遍用于信息传播,这种单线平面的索引方式的缺陷会日益凸显。而相应的改变,也需要借鉴这种超文本的样本。

根据这一思路,我们就集成性古文字考释工具书的检索方式提出一种新的方案,并运用于正在编纂中的《古文字考释提要总览》③(以下简称《提要》)。这一方案的基本思路,就是通过索引,把超文本的系联移植到纸质工具书上。限于纸质书的平面性,全书内

①取自《古文字考释提要总览》第三册(上海人民出版社 2012 年)21 页。

②何峙《集古文字研究大成的〈古文字诂林〉》,《文史杂志》2006 年第 2 期,第 68 页。

③该书由刘志基等主编,上海人民出版社 2008 年起陆续出版,目前已出五册,2021 年内将出第六册即最后一册。

容的正文当然只能根据某一种字目排序方式编辑，而索引的编制，则除了正文字目的索引外，同时完成其他多角度的索引编制工作。兹简介如次。

《提要》属于兼类的古文字考释工具书，故在正文的编纂体例上仿《古文字诂林》之成例，以考释者的释字意见为考释内容确定字目，以此种字目汇聚考释材料，并按《说文》字序逐字编排全书正文。与正文编排相应，首先需要一个“释者字目”的索引。除此以外，根据古文字考释信息的多维度特点，通过对全书所收36000余条考释意见加以一一分析，完成考释内容的多视角标注，开发多路径的索引。

首先，为消除“释者字目”的局限，在编纂过程中，对于释者释字与今日学界主流释字意见不同者，为其标注更具有学界共识的释字字目，并以传统检字表的方式来为全书所收古文字考释提要增加一个名为“编者字目”的检索路径。

第二，对考释意见中除了主要释字还有旁及释字者（如上文举例中的“鹰”）和给出“读为”意见者（如上文举例中的“津”）分别标注相关字目，并编成“关涉字”和“用为字”索引。

第三，对于释读程度尚不足以确定被释字形的字目归属，或者考释意见众多、释读分歧较大的特定语境用字，标注该字具体出处，编成出处检索索引。

第四，鉴于声符系联是文字孳乳演变同源关系的一种观察角度，基于“编者字目”的隶定字形，编辑同声符字索引。

上述各种索引的编制，并非只是方便了工具书的检索，对于集成性古文字考释数字化成果的研制，它同样奠定了很好的基础。

三、集成性古文字考释成果数字检索的实现

我们虽然不认同传统的集成性古文字考释工具书会因同类型的数据库的出现而“退出历史舞台”这种意见，但同时也认为数字载体的集成性古文字考释成果将越来越多地出现一定是大势所趋。数字化在材料检索方面具有天然的优势，因此集成性古文字考释材料的数字化也可以视为提升其检索效率的更具有生命力的一种途径。然而，要实现集成性古文字考释成果数字检索，需要完成若干事实工程。

1. 严格按照数字处理的标准，实现古文字考释材料的数字化

数字载体的古文字考释成果的检索，与相同内容的纸质工具书的检索，已经不是同一概念了，两者的差别大致是：工具书的检索只是服务于人眼查检的，而数字化的古文字考释成果的检索，虽然最终也是服务于人的资料查检，但前提是要让资料满足计算机机

器之眼的识别要求。而古文字考释资料要成为能被计算机识别的资源,首先需要完成自身载体的数字化转换,完成这项工作,需要解决如下问题。

一是集外字的问题。或许会有这样一种误解:把古文字考释论著制作成电子文本,就是考释论著载体的数字转换了,就像现在大量出现的网站上的考释文章那样。事实上问题绝非这样简单。古文字考释论著载体转换的基本要求,就是确保考释论著中每一个字符都具备被精确数字化处理的资格,而不是现在的网刊考释文章那样贴个图来代替通用输入法打不出的字,这是因为贴图在计算机的视野里,其身份是不能被识别的。而这个问题的解决,只能依靠古文字字体的手段。也就是为古文字考释材料中的集外字逐个造字,进而生成能够支持材料的数字化处理的专门字体。古文字材料中的集外字数量很大,我们曾经对甲骨文用字整理最新成果《新甲骨文编(修订版)》的字目的字符集类型进行过统计,结果是60%的字目属于集外字。以此例之,包含古文字内容的数字文本,都需要大量的集外字支撑。而古文字考释论著中的字符缺口,会比古文字一手文献释文中的字符缺口更大,这是因为偏旁等构形元素的分析是古文字考释的基本方法,而在这种分析中还会出现大量真实古文字材料中未见的字符,因为它们只是考释者的想象、推测。因此,集外字的造字数量是相当可观的。

二是排除扩展字。目前在通用电脑字符集中已编码汉字的总数已达9万字以上,但是除了核心部分GBK的20902字外,CJK扩展集的7万多字在数据库中并不能用,即无法实现检索、查询、统计等各种处理。另外,除了6582个扩展A编码字符以外的所有扩展字,并不能实现网络的检索,这也排除了它们在互联网环境中的话语权。也就是说,古文字字体建设中还有一个必须完成的任务,这就是排除GBK以外的7万多个字符。而这些扩展字的来源,却又恰恰是古籍文献和传统字书,多为古文字字符集的不可或缺成员,考虑到古文字考释文献的文本通常会有多种渠道的来源,因而扩展字混入的机会很多,概率很大,排除工作如不到位,个别扩展字的混入,都会导致整体材料数字处理的失败。

三是实现支持古文字考释材料数字化的字符集的一字一码精确控制。相对于集外字造字和扩展字排除,古文字考释材料专用字体的一字一码控制,乃是实现古文字考释材料数字化转换的一个更为关键环节,有着出乎意料的艰巨程度。以被誉为"运用古文字字形库及计算机排版系统等方面都取得巨大的成就或突破"①的《古文字诂林》为例,虽然负责该书排印的专业电脑公司"穷10年之精力,建立起一座'中国古文字字形库'。

①张玉梅:《〈古文字诂林〉初评》,《辞书研究》2003年第2期,第105页。

这里有古隶定、篆书和甲骨、金文、古陶文、先秦货币、简帛、石刻、玺印等近 16 万个字的字形”,①但是由于字体中的字符却并没有经过数字化处理所要求的一字一码的精细化整理,也没有办法但负起被检索、查询、排序等数字化处理的职能,这样的字体,能起到的作用只是显示字形,功能类似于图片,当然,会比一般图片清晰一点。

字体管理的困难是与目前的中文信息化技术条件相联系的。目前古文字字体的创建,只能以“鸠占鹊巢”的方式,借用通用字符集的码位来容纳古文字文献所用的集外字符。因此古文字字体的研制需要承担双重负重:既需要对庞杂的古文字文献用字进行精确性整理,以达到符合数字化处理要求的一字一码的精确对应,进而确定究竟有多少集外字的缺口;又必须在通用字符集的码位借用中避让古文字文献用到的集内字,而这种避让又往往由于新出古文字文献材料的被纳入数字化处理的范围后需要用到原本不用的集内字而作不断调整。因此,古文字数据库建设中的每一次字符输入,输入者都需要能准确把握每一个作为输入对象的集外字在数据库所用字体中的存在状况:是已经有了还是还没有;如果是有了,又被安置在哪个码位。一个古文字字体的集外字通常数以千计,而字符单位的唯一认同并非单一层次:原形、隶古定、通用字形、偏旁构形分类都必须实现唯一性的精确整理,因此必须实现全过程的一字一码实时监控。

除了集外字整理中的一字一码问题外,集内字也存在大量一字多码情况,比如“彝”有四个集内编码字形,“户”有三个,“内”有两个等等,这同样需要做一字一码的精确处理。当然,这已不在古文字考释资料数字化整理的专门范畴,不再展开讨论。

2. 考释信息的分类标注

完成载体的数字转换,只是奠定了对这些材料数字化检索的前提条件,要完成理想的数字检索,还需要对资料进行深度的分析整理,也就是把考释论著中内涵的具有认识价值的释读信息都一一加以提示,并加以对应的字符标注。这样,既能创建多路径的人工检索,即如前文言及的古文字工具书的各种检索路径的数字化实现方式;又可以实现与相关释读对象,即古文字文献本体的数字资料,也就是古文字文献数据库中的相关内容相关联,从而实现在文献阅读过程中随时跳转呈现相关考释研究信息的效果。具体标注内容的确定,应该是一个开放体系,可以是针对一般释读要求的,也可以是针对特定研究目标的。关于前者,前文关于工具书的讨论中已有过论说;关于后者,视研究者们的科研要求而定,这里无法尽说。

①《文汇报》2005 年 08 月 25 日报道《“更无一字不清真”——国家重点文化工程〈古文字诂林〉编纂记》。

3. 变人工检索为计算机关联检索

考释集成资料的数据库化，为这种材料的计算机识别创造了条件，因此，检索也可以利用计算机的自动识别功能实现一些方便使用者的友好方式。具体来说，以往的检索是人们在阅读古文字文献本体过程中遇到释读障碍，再去查检工具书或数据库。而有了计算机识别助力，人们在古文字文献阅读的过程中，就可以即时获得由计算机系联所提供的与文献本体内容相关联的考释信息。当然，这种便利的获得，需要一个前提，那就是古文字文献本体也实现了数字化，而且字符集的标准与考释材料同一，这样在文献本体阅读中，即可逐字系联考释材料的索引标注字符，进而自动呈现相关考释信息。而考释材料的检索标注路径越多，自动呈现的考释信息也就越丰富。就古文字材料的数字化难度来说，以考释材料为处理对象要大于以文献本体为处理对象，因此，后一方面的数字化成果此前已经较多存在，所以这种关联检索的创建，目前已具有很大的必要性和可行性。

4. 传统纸质工具书的数字化检索

“把《古文字诂林》最终做成个数据库”这样的理想早已经被提出来过，虽然当时没有实现，但是不等于不能实现。只要按上述标准实现考释工具书的数字转换，并实现上述多路径检索内容标注，这个理想就会变成现实。由于纸质工具书的不可替代，把集成性古文字考释纸质工具书的内容做成数据库的载体，进而实现全方位的数字检索，也就具有了不可替代的意义。仅就管见所及，迄今为止，此类工具书只有《提要》做到了这一点，兹简介如次。

《提要》除了是一部多卷本纸质书以外，也有一个网络阅读窗口（背后是一个数据库），形成一种传统纸质图书与网络阅读检索相结合的图书呈现形式，故该书以“‘文字网’关联书系”为书名的副标题。该书凡例曰：“本书为教育部人文社会科学重点研究基地华东师范大学中国文字研究与应用中心网站‘文字网’（http://www. wenzi. cn/）的关联文本，即本书的内容为‘文字网’专业数据检索系统的有机组成部分，通过本书的关联编号在‘文字网’上进行检索查询，可以获得更多相关信息：1. 考释论著全文；2. 字形所出的原始文献材料全貌；3. 补充信息，即由于新的材料发现和研究进展所形成对本条考释的补充和修正材料。”其中所说的“关联编号”，是实现纸质书内容的网络关联的一个重要系联点，即在编纂过程中，对全书所收的每一条考释提要，都设置一个具有唯一值性质的“文字网关联号”，这样各种标注就可以对接这个唯一号，从而为全书的多路径检索的精准化奠定基础。而各种路径的检索一旦通过数字方式来进行，就可以变多次翻检为轻点鼠标瞬间跳转，效率也就得到了极大的提升。

5. 跟踪数字化进步,提升检索功能

数字检索的高效是依赖于计算机的识别功能而成立的,那么计算机识别功能的提升,也会带动古文字考释资料检索功能的提升,这也就成为古文字考释材料需要实现数字检索的另一种理由。在这一方面,目前可以看到新希望的无疑是古文字图像识别所能带来的效益。

在古文字图像识别实现以前,计算机对古文字资料的识别是有盲区的。古文字材料的数字化转换,主要是通过数据库建设来实现的。古文字资料输入数据库,大致有两种形式,一是文字输入,二是图像输入(一般采用外部关联方式)。文字输入,借助于电脑字符集的编码,相关资料可以获得标志自己身份的唯一识别码,因此它无论被移动到哪里,都是可以被计算机所识别的;图像输入,则由于缺失这种身份信息,计算机输入只能采用"绑定"的方式来认定它的身份,而一旦它挣脱了"绑定",就会消失在计算机视野的盲区中。而实际存在的古文字资料是不可能都被特定数据库绑定的。这一盲区的存在,会带来两种断裂。古文字第一手材料的原始形态,通常是人们与古文字发生交集中首先照面的对象,因此也是人们最希望以数字化手段检索考释材料来助力研习的对象。然而由图像生成的计算机识别盲点,却使人们无从利用数据库来检索考释资料。具体来说,人们要用数据库来查找考释资料,首先得确定是哪个字的考释资料,从而通过这个字符来实现检索。而遇到不认识的字,计算机也不认识,检索就遇到了断头路——这是人机交互层面的断裂。数据库贮存的数据,只要是计算机可以识别的,都可以通过程序设计,使之发生某种逻辑关联沟通。而这种系统联系,正是关联检索的基础,而图像不被识别,又势必导致相关关联检索的失效——这是计算机信息处理数据链的内部断裂。

由此可见,古文字图像识别完全可以给古文字考释材料的检索带来重大突破。在古文字图像识别已经取得初步成功的当下,把这种数字化进步引进到古文字考释资料的检索开发中来尤须得到重视。当然,将古文字图像识别与古文字考释资料检索挂钩,目前尚属具有一定超前性的新概念,客观而言,既往一些古文字图像识别研发的功能设计并不完全契合古文字考释资料检索的需要,比如识别结果仅仅落实到抽象的字单位而不是具体文献语境用字①。因此,使古文字图像识别研发更加精准对应古文字考释资料的检索等各种古文字研究要求,将会是后续重要课题。

---

①详见刘志基:《简析古文字识别研究的几个认识误区》,《语言研究》2019 年第 4 期,第 89 页。

Retrieval and DigitizationIssues of Integrated Textual Research Results on Ancient Writings

Liu Zhiji
(Center for the Study and Application of Chinese Characters,
East China Normal University)

Abstract: The problem that textual research opinions have always been difficult to find from integrated textual research results can seek the following solutions in today's digital environment. (1) Using digital hypertext for reference, we can draw up the multi-path index in the compilation of traditional paper reference books. (2) Simultaneously we can integrate textual research and interpretation into text database. We on the one hand realize the online reading function of paper books; on the other hand, realize the connection between textual research results and context of ancient Chinese literature. Thus the relevant textual research opinions can become the annotation information of ancient text literature when reading and checking.

Keywords: Ancient writings; textual research; integration; retrieval

隋唐碑刻疑难字考释十题*

何　山

（西南大学汉语言文献研究所、出土文献综合研究中心）

提要：隋唐碑刻俗字十分丰富，一些讹变字形难辨难识，已有释读结论各异，需要进一步探讨。论文通过综合考察认为：“㴻”“畺”“嗟”“肰”“紉”“草”“羙”“鼠”“㞑”“𣦸”应分别为“漏”“靁”“嗟”“状”“纽”“革”“美”“鼠”“昪”“蕤”字之讹。这些新的考释结论既可为近代汉字研究、汉字编码等提供参考，又可为充分发挥隋唐碑刻文献在历史学、语言文字学等方面的研究价值提供帮助。

关键词：隋唐碑刻；疑难字；考释

隋唐碑刻蕴含着丰富的俗字，一些讹变字形难辨难识，已有著录成果往往认识各异，莫衷一是，有的甚至自材料公布后一直未得到妥善释读。这些问题既给相关碑志材料的科学解读留下障碍，又导致有关珍贵字形材料不能被适时纳入汉字史研究，同时也无法满足字书收字、汉字编码等实际应用之需求。因此，学界仍须高度重视隋唐碑刻疑难字考释工作。本文选取隋唐碑刻中较为典型的十则疑难字，以原刻字形为依据，结合碑铭语境及所涉文史信息，在客观辨析已有观点的基础上进行综合考查，试图得出更为合理、可靠的新结论，以便为充分发挥隋唐碑志文献在历史学、语言文字学等方面的研究价值提供帮助，也为近代汉字研究、汉字编码等提供参考。

---

* 基金项目：国家社科基金项目“宋辽金元石刻异体字研究及新见字字形谱”（15BYY115）、全国高校古委会项目“隋唐五代石刻新见字形整理及字谱编纂”（1709）、西南大学创新团队项目（SWU2009108）、中央高校重点项目（SWU2009224）。本文承蒙刊物编辑部和匿名审稿专家提出宝贵修改意见，谨此致谢。

1. 释"涡"

隋开皇五年(585)《宋虎墓志》:"君立身立行,始终如一,精专紫闼,趋奉黄扉,润玉鸣腰,刚金耀首。不涡丝纶,克张诸艺。趙谈史迁,顾有惭色。"①

按:拓本"涡"、"趙"两字,《西安南郊新出土的三方隋代墓志》缺录;《隋代墓志铭汇考》、《长安高阳原新出土隋唐墓志》均录作"涡"、"超"②,恐误。二者乃"漏"、"赵"之异体。(1)碑刻"漏"之构件"雨"或简写为"丙"。唐《大般若波罗蜜多经》:"诸菩萨何?有阿罗汉诸漏永尽。"北宋《灵岩寺楞严经偈》:"欲漏不先除,畜闻成过误。"③其"漏"分别作"漏"、"漏"。讹变构件"丙"再省上部横笔,或与构件"尸"共用横笔,"漏"即变异作"涡"。其形变过程大致为:漏→漏→涡。(2)碑刻"赵"有类似写法,如隋《夫蒙子祥造像碑》之"趙",唐《赵建遂及妻董氏王氏墓志》之"趙"④,皆其例,则"趙"亦应为"赵"。

漏,表遗漏。志文前六句记述宋虎表现优秀,得到很多褒奖;"不漏丝纶,克张诸艺"意谓皇帝常表扬之,几无遗漏。最后两句用人名之典。赵谈,西汉宦官。《汉书·佞幸传》:"其后宠臣,孝文时士人则邓通,宦者则赵谈……赵谈者,以星气幸。"史迁,即汉司马迁之别称。志文以"赵谈"作比,表明皇帝十分爱戴宋虎;又以司马迁作比,表明宋虎才学出众。志文以两者为衬托,表达赞颂之意;"顾有惭色"则带有明显的夸饰意味。

2. 释"雷"

隋开皇九年(589)《元叡墓志》:"金丹神雷,乐通侯之术不成;玉沥蓬莱,淮南王之方

①陕西省考古研究院:《长安高阳原新出土隋唐墓志》,北京:文物出版社,2016年,第6页。

②分别见:刘呆运、李明:《西安南郊新出土的三方隋代墓志》,载西安碑林博物馆编《碑林集刊》(第11集),西安:陕西人民美术出版社,2005年,第236页;王其祎、周晓薇:《隋代墓志铭汇考》,北京:线装书局,2007年,第1册第159页;陕西省考古研究院:《长安高阳原新出土隋唐墓志》,第7页。

③分别见:中国佛教协会、中国佛教图书文物馆编:《房山石经》,北京:华夏出版社,2000年,第5册第254页;北京图书馆金石组:《北京图书馆藏中国历代石刻拓本汇编》,郑州:中州古籍出版社,1989年,第41册第81页。

④分别见:陕西省考古研究院、陕西省铜川市药王山管理局:《陕西药王山碑刻艺术总集》,上海:上海辞书出版社,2013年,第4册第148页;北京图书馆金石组:《北京图书馆藏中国历代石刻拓本汇编》,第32册第106页。

无验。”①

按：拓本“⿱雨⿱吅电”字，上部和下部应分别为“雨”、“电”之俗体，中间可认同为两“口”之粘合，故原刻字形可转写为“⿱雨⿱吅电”，乃“霤”之俗字。《字汇补·雨部》：“⿱雨⿱吅电，与霤同。”霤，本指屋檐的流水，引申指屋檐，又借指屋宇、房屋。志文当取后者。神霤，神屋、神宇。

此段志文两涉典故。(1)乐通侯，指栾大。《史记·孝武本纪》、《汉书·郊祀志上》等有相关记载。武帝时，大为胶东王尚方。言多方略，敢为大言。会武帝求仙方，大因乐成侯丁义见帝，自言尝往来海中，可致不死药。帝拜为五利将军，封乐通侯。“乐通侯之术”当指栾大致长寿药之术。(2)淮南王，即刘安。《汉书·淮南厉王刘长》附记云：“淮南王安为人好书……招致宾客方术之士数千人……言神仙黄白之术，亦二十余万言。”《艺文类聚》卷七十八引《列仙传》云：“汉淮南王刘安言神仙黄白之事，名为《鸿宝》，《万毕》三卷，论变化之道，于是八公乃诣王，授《丹经》及《三十六水法》。俗传安之临仙去，余药器在庭中，鸡犬舐之，皆得飞升。”上引志文“淮南王之方”当指刘安修道成仙之方。

志文金丹、玉沥皆指长生不老或服用即能成仙之药，神霤、蓬莱均为神仙所居之地，四者两两相对，互文见义，并与典实相照应。上引四句志文意在表达斯人已去，金丹无验，玉沥不灵，即使是乐通侯、淮南王等仙道之人也无力回天，让人哀之痛之。因此，释“⿱雨⿱吅电”为“霤”，契合用典，文从字顺。另，唐《郭摩墓志》：“岂期金壶漏尽，玉⿱雨⿱吅电烟沉。”“⿱雨⿱吅电”亦为“霤”的俗字，《西南大学新藏石刻拓本汇释》(下简称《汇释》)录作“电”②，误。玉霤，屋檐下接水槽之美称，志文代指屋舍，与前句“金壶”对仗。撰者意在暗示志主将亡，该志下文云：“隋大业十一年，卒于家第，春秋六十三。”前后文文意顺畅。

3. 释“⿰口⿱𦍌工”

隋仁寿二年(602)《陈虔墓铭》：“有美徽音，空□不朽。”③

按：拓本“空”后之字清晰作“⿰口⿱𦍌工”，《汇释》缺录，并注云：“‘空’下一字清楚，但暂不识，存疑待考。”该字形字书未载，碑志等文献罕见，值得探究。

此字乃“嗟”之俗体。“嗟”或作“⿰口⿱𦍌匕”，如北魏《李达及妻张氏墓志》之“⿰口⿱𦍌匕”，唐《张明墓志》之“⿰口⿱𦍌匕”。其右下构件“匕”或书作“工”，“⿰口⿱𦍌匕”又作“⿰口⿱𦍌工”，见北齐《高淹夫人冯娑罗墓

①赵君平、赵文成：《秦晋豫新出墓志搜佚》，北京：国家图书馆出版社，2012年，第1册第87页。

②毛远明：《西南大学新藏石刻拓本汇释》(图版卷)，北京：中华书局，2019年，第79页。

③毛远明：《西南大学新藏石刻拓本汇释》(图版卷)，第60页。

志》。隶书“嗟”又作“嗟”“嗟”“嗟”等形，分别见北齐《暴诞墓志》、《高允墓志》、《吴迁墓志》。陈虔志铭文字虽整体风格为楷书，但有很强的隶书意味，故“嗟”右下部应为“老”之俗变，并伴有省笔。碑刻文字构件“艹”或书作“丷”，如北魏《李伯钦墓志》“华”作“华”，东魏《元湛墓志》“护”作“护”。于是“嗟”可俗变作“嗟”。《汇释》所收北齐隶书《刘通墓志》：“天下嗟伤，辰中发怆。”（图版卷第43页）其“嗟”作“嗟”，与待考字形近，可为比勘。

嗟，叹惜。上引志文“空嗟”即“空叹”，白白地叹惜。唐《屈元寿墓志》：“三千白日，独叹滕公；百万黄泉，空嗟季布。”例中“独叹”、“空嗟”对举，“嗟”表叹惜义甚明。唐《罗伯墓志》“空嗟不朽，身殁名存”之表述，为待考字提供了直接语例。可见，“嗟”确为“嗟”字，《汇释》缺文可补。

4. 释“胀”

隋大业五年（609）《施太妃墓志》：“踵此二桥，非关缜髪；光斯二胀，无待更衣。”①

按：拓本“胀”字，已有释读情况如下：（1）直接缺录。如《隋代墓志铭汇考》。（2）释作“肽”。如《唐代历史文化研究》。字形与原刻不符，字义亦与文句不谐。（3）释作“服”。如《长安碑刻》、《长安新出墓志》。“服”可俗变作“服”，与待考字形近，见隋《周藻墓志》：“自非明哲，匪服遽彰。”虽字形或能沟通，但“服”于文意难解。（4）释作“胀”。如《文博》、《新出魏晋南北朝墓志疏证》（下简称《疏证》）、《义门陈文史续考》（下简称《续考》）、《唐史论丛》等。《文博》诠释此段文辞云：“踵，钟也……胀，通‘帐’。二帐，与上句‘二桥’相对，隐指‘二丈’。此谓施氏母女相继得宠于二帝。”《疏证》、《续考》承其说。待考字右边构件或可视为“长”之异写，“長”作“长”汉简即有出现，释“胀”作“胀”具备字形产生的时代条件，但问题也很明显，详下文分析。（5）释作“帐”。如《全隋文补遗》（下简称《补遗》）②。据《补遗》尾注，其录文沿自《文博》，将“胀”改为“帐”，故问题

①西安市长安博物馆编：《长安新出墓志》，北京：文物出版社，2011年，第28页。

②其出处分别为：王其祎、周晓薇：《隋代墓志铭汇考》，第3册第363页；李炳武、黄留珠：《唐代历史文化研究》，西安：三秦出版社，2005年，第360页；穆晓军、宋英：《长安碑刻》，西安：陕西人民出版社，2014年，第352页；西安市长安博物馆编：《长安新出墓志》，第29页；日本京都大学人文科学研究所所藏石刻拓本数据·文字拓本 http://coe21.zinbun.kyoto-u.ac.jp/djvu char? 670D,907D,5F70；董理：《〈陈临贺王国太妃墓志铭〉考释》，《文博》2001年第5期；罗新、叶炜：《新出魏晋南北朝墓志疏证》，北京：中华书局，2016年，第513页；陈月海、陈刚：《义门陈文史续考》，南昌：江西人民出版社，2011年，第242页；周晓薇、王菁：《兰蕙俱摧：陈朝妃子入隋后的蹇促命运——以隋大业五年〈施太妃志〉为中心》，《唐史论丛》（第16辑），2013年，第127页；韩理洲辑校编年：《全隋文补遗》，西安：三秦出版社，2004年，第237页。

依旧。

有关成果主要立足于文字形体、文句对仗等形式层面的信息而作出结论,忽视了具体词句的逻辑语义联系;同时,修辞及字词关系的判断亦有可商榷之处。首先,“胀”“帐”非通假,两者应是同源关系①。其次,志文“光”的具体含义是什么,已有分析似不明确。再次,若二胀(帐)隐指“二丈”,则改变了志文本有的施受关系。最后,从修辞上看,此段志文非单纯隐喻,而应是互文。因此,上述观点难以为信。

今谓“胀”应为“状”字。(1)字形分析。书者将“丬”左边笔画连写,就产生与“月”形近的变体,碑刻有相关实例。如居延图100:15·2之“将(将)”、居延图329:317·11A之“状(状)”,楚简郭·缁·二三之“妆(妆)”②。北宋《昭陵六骏图碑》:“岩径峭险,欲登者难之,因谕邑官仿其石像带箭之状,并丘行恭真塑于邑西门外太宗庙庭。”③“状”即“状”,与待考字构形基本一致。此可佐证“胀”为“状”的俗字。(2)词义分析。“状”指容貌,志文意在强调女主容貌之姣美。(3)修辞效果分析。踵,本指脚后跟,引申指追随义,志文又引申表钟爱义。“光”为宠爱义。《广雅·释言》:“光,宠也。”上引四句志文互文见义,言施氏母女具有沉鱼落雁之姿,倾国倾城之貌。《隋书·后妃传》:“(宁远公主)性聪慧,姿貌无双。”志文以三国吴大、小桥(乔)作比,“非关缜髪”、“无待更衣”更显示出母女二人乃秀美绝伦、貌压群芳之佳丽。正因为如此,她们才受到帝王的无比宠爱。综上,“胀”确应为“状”之俗体。

5. 释“纫”

隋大业七年(611)《周良墓志》:“殷已失纫,尚抽殷之苗。”④

按:拓本“纫”《陕西新见隋朝墓志》(下简称《新见》)转录作“纫”,其后标注“(纲)”,意谓原刻“纫”当作“纲”。著者注意到“纫”非本字本用,值得肯定,但“纲”与“纫”字形难以沟通,至于文字误刻,碑石仅偶然出现,故“纫”恐非“纲”字之误。

此处“纫”乃“纽”之俗体。首先,“纫”“纽”讹混,关键是“刃”“丑”可互讹。敦煌写卷S.6981V《十恩德》:“母腹似刀分,楚痛不忍闻。”“忍”即“忍”字,其“刃”讹作“丑”。形

①王力:《王力古汉语字典》,北京:中华书局,2002年,第625页。

②分别见:[日]佐野光一:《木简字典》,日本雄山阁出版,1985年,第231、485页;滕壬生:《楚系简帛文字编(增订本)》,武汉:湖北教育出版社,2008年,第1015页。

③余华青、张廷皓:《陕西碑石精华》,西安:三秦出版社,2006年,第211页。

④刘文:《陕西新见隋朝墓志》,西安:三秦出版社,2018年,第88页。

变方式逆推,"丑"又讹作"刃",例详下。其次,碑刻存在两者讹混之例。(1)"纫"讹作"纽"。北齐《高建墓志》:"纽兰佩芷,怀瑾握瑜。""纽"即"纽",当为"纫"之讹,表搓、捻。《楚辞·离骚》:"扈江离与辟芷兮,纫秋兰以为佩。"王逸注:"纫,索也。"(2)"纽"讹作"纫"。北魏《元谭墓志》:"贵显玉筐,亲隆石纫。""纫"即"纫",当为"纽"之讹①。原志铭"久"、"纽"、"首"协韵。石纽,古地名,志铭喻指帝室。同篇下文又云:"始趋羽翼,出纫邦印。""纫"乃"纽"字②。北魏《辛璞墓志》:"资灵石纫,表觉伊川。"③"纫"同"纽"。最后,"纽"表纲纽,"殷已失纽"意谓殷已失其纲纪、法度。墓志下文云"周末下车,方受周之土",表明周良先祖发端于商周时期,其家族源濬流长,根深叶茂。唐《王赟墓志》:"天网失纽,地网绝维。"为此条考释提供了文献用例。因此,"纫"确为"纽"字,与表"单绳"义的"纫"同形,容易误辨误释。

6. 释"草"

隋大业八年(612)《任清奴墓志》:"布水火而兼行,举絃□而并济。"④

按:拓本"草"清晰可辨,《汇释》缺录,并于注中云:"'絃'下一字清楚,似'草'字,但'絃草'费解,且竖画为竖钩;又似'尊'的俗字,'絃尊'大抵谓絃歌、酒尊,只是字形相去较远……存疑以俟方家。"

该字既非"草",又非"尊",而应是"革"之讹俗。革,西周金文作"革(毛公厝鼎"鞹"字所从,见《金文编》第169页)"、"革(毛公厝鼎"勒"字所从,见《金文编》第170页)",战·晋·玺汇3103作"革",战·楚·鄂君启车节作"革(集成12110)",《说文》古文作"革",《汗简》卷五作"革"。形体隶定,《古文训·咸有一德》作"革",《古文训·洪范》作"革"⑤。这些大概是"革"变异作"草"的形源依据。从字形传承关系看,"草"下部的钩画当承自战国楚简之"革"、"革"(革);其构件"丷"应源自"革"、"革"、"革"等上部像兽头的"廿"之草写,隶楷书"革"之"廿"多作"艹"、"丷"等形,如东汉《石门铭》之"革",西晋《临辟雍碑》之"革",北魏《王温墓志》之"革";构件"日"当为"革"、"革"等中部组合之省变。可见,"草"为"革"

①毛远明:《汉魏六朝碑刻异体字典》(下)误将该字归于"纫"下。北京:中华书局,2014年,第749页。
②韩理洲辑校编年:《全北魏东魏西魏文补遗》误作"纫"。西安:三秦出版社,2010年,第270页。
③赵文成、赵君平:《秦晋豫新出墓志蒐佚续编》,北京:国家图书馆出版社,2015年,第1册第87页。
④毛远明:《西南大学新藏石刻拓本汇释》(图版卷),第68页。
⑤赵立伟:《〈尚书〉古文字编》,北京:中国社会科学出版社,2015年,第67页。

字,其形变源流关系可溯。《可洪音义》B210a03“革”作“𫝛”①,可资比勘。

上引志文中的“絃”同“弦”。《集韵·先韵》:“絃,八音之丝也,通作弦。”故“絃革”即“弦革”,文献或用以表乐器。《元丰类稿·补遗》:“若夫觞豆之丰约,弦革之嘲轰。”革,本指加工去毛的兽皮,与“韦”词义相近。《易·遯》:“执之用黄牛之革。”惠栋述:“始拆谓之皮,已干谓之革,既熟谓之韦,其实一物也。”《说文·韦部》“韦”字段玉裁注云:“韦,其始用为革缕束物之字,其后凡革皆称韦。”“弦革”同“弦韦”,喻指缓急。《文选·任昉〈王文宪集序〉》:“夷雅之体,无待韦弦。”李善注:“韦,皮绳,喻缓也;弦,弓弦,喻急也。”《韩非子·观行》:“西门豹之性急,故佩韦以自缓;董安于之性缓,故佩弦以自急。”志文“絃革并济”比喻缓急相济,其上句“水火兼行”比喻刚柔兼施,两句互文见义,对仗工整,意谓志主足智多谋,能多措并举应对各种复杂局面。同(近)义语素替换,弦韦又作弦革,碑志文多用前者。东魏《元悰墓志》:“存缓急于弦韦,济宽猛于水火。”唐《王君德墓志》:“弦韦两兼,水火交济。”或用“韦弦”。北齐《薛广墓志》:“韦弦迭举,火水相仍。”唐《孙义普墓志》:“君顾水火以铭怀,佩韦弦而取诫。”

利用上述“𫝛”为“革”字的考辨和认知成果,可以校正其他碑志文献有关“革”字的释读错误。(1)北凉《沮渠安周造像记》:“□□□岩土,三涂革为道场。”“革”为“革”字,表改变义。《校碑随笔》误作“草”;《西域碑铭录》、《中国西北宗教文献:佛教新疆》卷五沿误②。北魏《折冲将军薪兴令造寺碑》:“□□革为道场。”“革”即“革”,《新疆图志·卷八十九·金石二》亦误作“草”③。“汉魏六朝碑刻数据库”收北魏《邢僧兰墓志》④,其中一句志文录作:“轸心草皀,虽改火而无歇。”⑤前半句意思费解。核之拓本,“轸”实作“斩”,乃“斩”字;“草”本作“草”,与上文“𫝛”形近,同样乃“革”的俗字,与“草”仅为同形关系;“皀”为“皃”的俗字,通作“貌”。斩,哀痛。革貌,改变容颜。志文“斩心革貌”承接上文表达志主因“蓼莪之痛”、“黍稷之悲”而哀痛毁瘠,发愤图强,为家国效力,以致下句云其

①韩小荆:《〈可洪音义〉研究——以文字为中心》,成都:巴蜀书社,2009年,第453页。

②分别见:(清)方若著,王壮弘增补:《增补校碑随笔》,上海:上海书店出版社,1981年,第211页;戴良佐编著:《西域碑铭录》,乌鲁木齐:新疆人民出版社,2013年,第22页;卓新平、杨富学主编:《中国西北宗教文献:佛教新疆》,兰州:甘肃民族出版社,2012年,第371页。

③(清)王树枏等纂修,朱玉麒等整理:《新疆图志》(全三册),上海:上海古籍出版社,2015年,下册第1668页。

④拓本见中国社会科学院考古研究所河北工作队:《河北赞皇县北魏李仲胤夫妇墓发掘简报》,《考古》2015年第8期。

⑤“籍合网”之“中华石刻数据库”http://inscription.ancientbooks.cn/docShike/shikeSearchResult.jspx?column=txt&value=轸心草皀&libId=4。

“虽改火而无歇”。故“数据库”所录之“草”应为“革”字,“轸心草皀”应校理为“斩心革貌”。东魏《张满墓志》:“以君语通书革之国,言辩刻木之乡,遂轻传告晓,示导成败。”其“革”同“革”。书革,书于皮革。古代西北少数民族以皮革为书写材料,“书革”又用以代指胡人。《辽宁省博物馆藏碑志精粹》释“革”为“草”①,同误。(2)南朝梁《萧敷墓志》:“泰靡革情,约不移操。”拓本“革”稍泐,去其泐痕可得“革”,即“革”字,与下句“移”同义并举。《汉魏南北朝墓志汇编》误作“华”②。(3)南朝梁《萧憺碑》:“承天革命,盘石斯建,维城大启。”拓本“革”稍泐,《金石萃编》卷二十六释作“业”③,于文意难通,恐误。去掉泐痕,字形基本轮廓为“革”,实乃“革”字。革命,古人认为王者受命于天,改朝换代系天命变更,故称革命。碑文指萧衍称帝,以梁代齐。(4)东魏《崔混墓志》:“孝诚之感,飞走革心。”拓本“革”亦为“革”字,《汉魏南北朝墓志汇编》释作“苹”④,非。

碑刻“草”或混作“革”。武周《范词墓志》:“泣露草之无訾,痛风枝之不及。”⑤其“草”拓本作“草”,与“革”形近。书写使用中,“革”出现系列俗变字形,碑刻多见“革”、“革”等写法,也有少数基于其古文字形隶定、讹变、简省而形似“草”的字形,从碑文著录成果看,整理者误“革”为“草”的实例较多,后续碑刻文字释读应多加留意。

7. 释“⿱羊廾”

隋大业九年(613)《张顺墓志》:“既⿱羊廾其区,停轩居此。”⑥

按:拓本“⿱羊廾”、“奥”均甚清晰,《汇释》分别录作“奔”和“其”,并为前者加注云:“‘奔’字清楚,但形体颇异,似‘奔’的异体字,录以备参。”《汇释》所录文句意思费解,且字形悬殊,碑志等文献未见类似写法。其实,两者应分别为“美”、“奥”之俗字。

(1)“美”作“⿱羊廾”,其形变机制为:其一,“羊”可隶定变异而作“羊”。北魏《韩期姬墓志》:“却临洛川洋洋之美。”后一“洋”字拓本作“洋”。唐《俞仁玩墓志》“道义通洽”之“义”作“義”,“一登帅位,五拜国庠”之“庠”作“庠”。这些字形中的“羊”与待考字上部

①王绵厚、王海萍:《辽宁省博物馆藏碑志精粹》,北京:文物出版社,2000年,第263页。

②赵超:《汉魏南北朝墓志汇编》,天津:天津古籍出版社,1992年,第29页。该书2008年版“再版说明”云:“著者对原书重加厘定”,但此字未予校订。

③(清)王昶:《金石萃编》,清嘉庆十年经训堂刊本。

④赵超:《汉魏南北朝墓志汇编》,1992年,第327页。该书2008年版仍未校订此字。

⑤毛远明:《西南大学新藏石刻拓本汇释》(图版卷),第155页。

⑥毛远明:《西南大学新藏石刻拓本汇释》(图版卷),第73页。

构件写法相似。其二,碑刻文字构件“大”、“廾”互作已成通例。东汉《乙瑛碑》“司空臣戒”之“戒”作“𢦔”,构件“廾”写作“大”。北魏《韩期姬墓志》:“使阶陛为稷契,归元首于尧舜。”拓本“契”作“𢍱”,下部构件“大”写作“廾”。组成“美”字的两个构件各自变异,书者取“羊”之隶定形体“𦍌”、“大”之讹混形体“廾”,组装成新的俗变字形“𢍏”。北齐《徐显秀墓志》:“亦有美貌盛颜,擅高名于齐北。”唐《俞仁玩墓志》:“勒琬琰而纪美。”“美”分别作“𢍏”、“𢍏”,与待考字构形相同。“𢍏”虽与“奔”形近,但两者构形理据迥异,不可相混。

(2)碑刻“奥”有类似“奥”的字形,武周《甘元柬墓志》之“奥”,唐《朱元昊墓志》之“奥”,唐《王道智及妻刘氏墓志》之“奥”,皆其例。“奥”同“隩”。《尔雅·释宫》:“西南隅谓之奥。”陆德明释文:“奥,本或作隩。”《楚辞·招魂》:“经堂入奥。”朱熹集注:“奥,古作隩。”隩区,深险之地。《文选·班固〈西都赋〉》:“防御之阻,则天地之隩区焉。”吕延济注:“隩,犹深险也。”碑志文献多见用例。北周《尉迟运墓志》:“同州隩区,埒于神牧。”唐《道因法师碑》:“而灵关之右,是曰隩区。”上引志文中的“隩区”当引申指僻静或隐居之处,志主以之为美善之地,故下句云“停轩居此”,即带领老幼避乱而居于此。

“既美奥区”符合志文“天保之末,衅起箫墙。内外骚动,人情危罹。君扶老携幼,涉水登山”所述之情状,又与后句“不交人事,惟坟典自娱”的记述相衔接。而老幼无以言“奔”,《汇释》所录失之。

8. 释“𪕊”

唐天宝四年(745)《蒋九墓志》:“不谓巢鴌起祲,騰𪕊催年。”①

按:拓本“𪕊”《安阳墓志选编》释为“薨”,但“薨”无此写法,恐误。《〈安阳墓志选编〉字词专题研究》据《字汇补·羽部》“𦒉,古文没字”作出判断:“𪕊”不是“薨”,而应是“没”之俗体。否认“𪕊”为“薨”字,可从;但“𦒉”与“𪕊”下部构件截然不同,写本文字未见互作之例,故“𪕊”非为“𦒉(没)”字。《汇释》录文作“𦒉”,其意费解,亦非是。②

今谓“𪕊”为“鼠”之俗字。楚简帛乙一三·一六之“𪕊”,北齐《段通墓志》之“𪕊”,唐

①安阳市文物考古研究所、安阳博物馆编著:《安阳墓志选编》,北京:科学出版社,2015年,第43页。

②分别见:胡楷奇:《〈安阳墓志选编〉字词专题研究》,西南大学硕士学位论文,2018年,第28页;毛远明:《西南大学新藏石刻拓本汇释》(图版卷),第213页。

《张善墓志》之“[illegible]”,汉晋流简纸之“[illegible]”①,均为“鼠”之异写,这些字形的上、下组成构件与待考字写法有相近之处。也就是说,“鼠”可俗变作“[illegible]”。

志文“籐”同“藤”。藤鼠,啮藤之鼠。典出《大集经》:“昔有一人避二醉象(生死),缘藤(命根)入井(无常)。有黑白二鼠(日月)啮藤将断,旁有四蛇(四大)欲螫,下有三龙(三毒)吐火,张爪拒之。其人仰望二象已临井上,忧恼无托。”文中“二鼠”喻指昼夜(时间),“藤”指代生命。昼夜相继,岁月易逝,人的生命转瞬即终,犹如黑白二鼠之争相啮藤。佛教常用“二鼠啮藤”比喻人生苦短,人命无常。正如《性灵集》所云:“两鼠争伐于命藤……命藤夜断,入死王之殃。”唐代碑志文或直接化用此典而表其意。唐《弘福寺首律师高德颂》:“皇情轸悼,但二鼠之侵藤;列辟缠哀,惊四蛇之毁箧。”唐《赵隆墓志》:“二鼠不停,悬藤已绝。”或割裂作“藤鼠”。唐《法琬塔碑》:“岂谓隙驹易往,藤鼠难留。”唐《王贞及妻李氏墓志》:“岂意藏舟□远,藤鼠雕年。”或作“鼠藤”。唐《萧胜墓志》:“然而过鸟忽惊,悲鼠藤之何促;隟驹俄谢,怨鹤林之已空。”唐《李君妻吕华墓志》:“三相弗留,鼠藤易尽。”

上引志文“巢鵟”意指凶鸟戴鵟筑巢于门,为死亡之征兆,故谓之“起祲”。“巢鵟”、“藤鼠”相对成文,“起祲”、“催年”相互呼应,文意和谐,委婉表达志主蒋九即将离世,于是墓志后文记其“以开元十九年二月廿七日死”。唐《李度墓志》:“不图灾生庭鼠,祲起门鵟。”与“不谓巢鵟起祲,籐[illegible]催年”表达方式和效果极为相似。这些都可证明“[illegible]”为“鼠”字无疑。

9. 释“[illegible]”

唐大历十三年(778)《崔沔墓志》:“始东都副留守,复秘书监。上籍田东都留守[illegible]太子宾客兼怀州刺史。俄而去兼,加通议大夫。”②

按:拓本“[illegible]”即“昇”之俗字。《全唐文补遗》(第3辑)③缺录,可补;《唐代墓志汇编》、《两唐书疑义考释·新唐书卷》、《崔氏统谱》、《洛阳新出唐志研究》、《洛阳古代官吏

①分别见:滕壬生:《楚系简帛文字编》(增订本),武汉:湖北教育出版社,2008年,第867页;叶炜、刘秀峰:《墨香阁藏北朝墓志》,上海:上海古籍出版社,2016年,第91页;北京图书馆金石组:《北京图书馆藏中国历代石刻拓本汇编》,第14册第10页;臧克和:《汉魏六朝隋唐五代字形表》,广州:南方日报出版社,2011年,第1181页。

②北京图书馆金石组:《北京图书馆藏中国历代石刻拓本汇编》,第27册第162页。

③吴钢主编:《全唐文补遗》(第3辑),西安:三秦出版社,1997年,第114页。

事约》①均释作“册”,“册”既无此变体,又于句意不谐,误。“昇”有晋级、迁升义,其后与官职搭配,正合志文表述。其例又如唐《赵益及妻杨氏墓志》:“未几,昇长史兼太子家令,俄迁试光禄少卿。”唐《苏日荣及妻智氏墓志》:“迁右监门卫将军,遽昇本卫大将军。”因误释文字,《全唐文补遗》、《洛阳新出唐志研究》均疑“留守”为衍文,不可从。唐代隶书碑刻多见“昇”的类似写法。唐《北岳庙碑》:“自□中检玉,再展岱宗。”唐《赵叡冲神道碑》:“由魏历隋,位与时□。”唐《李元琮墓志》:“入室□堂,陪游接武。”②三字形均即“昇”。

“□”下部构件乃“升”隶古定写法之变体。“升”小篆作“□”,传抄古文有作“□”“□”③者,虽线条穿插和弯曲程度有别,但三者构形理据无异,书者据之隶定而作“□”。唐代隶书碑刻有相似字例。唐《抱腹寺碑》之“□”,唐《玄灵应颂》之“□”,唐《嵩阳观碑》之“□”④,均为“升”字。若不明此俗体,碑文释读就会出错。如唐《崔佑甫墓志》:“有言上封章者,多疾于相府,劝公择其才者□用之,不肖者黜退之,无害至公,足以销谤。”又云:“明堂辟雝,未之能建;□中告禅,未之能行。”⑤“□”、“□”皆同“升”,志文“升用”、“黜退”对举,“升中告禅”与“明堂辟雝”对仗,文意和谐。《唐代墓志汇编》、《琬琰流芳——河南博物院藏碑志集粹》⑥误将两字释作“人”;《崔氏统谱》、《全唐文补遗》(第4辑)⑦均将前一字释作“入”,后一字释作“人”,亦误。值得一提的是,碑刻确有“人”增撇繁化的例子。如南宋《柴道静圹志》之“□”,南宋《彭君妻刘氏墓志》之“□”,明《五人墓碑》之“□”等。这些字形与“□(升)”等形体近而不同,不可误混。

“升”据古文字形隶定变异作“□”、“□”等形,从“升”之“昇”形变类推而有

①分别见:周绍良、赵超:《唐代墓志汇编》,上海古籍出版社,1992年,第1800页;尤炜祥著:《两唐书疑义考释》(《新唐书》卷),杭州:西泠印社出版社,2012年,第205页;崔梦彦:《崔氏统谱》,光明日报出版社,2007年,第332页;柳金福著:《洛阳新出唐志研究》,郑州:中州古籍出版社,2014年,第585页;张作龙主编:《洛阳古代官吏事约》,北京:朝华出版社,2007年,第51页。

②分别见:北京图书馆金石组:《北京图书馆藏中国历代石刻拓本汇编》,第23册第158页、第27册第77页;毛远明:《西南大学新藏墓志集释》,南京:凤凰出版社,2018年,第508页。

③徐在国:《传抄古文字编》,北京:线装书局,2006年,第1425页。

④分别见:北京图书馆金石组:《北京图书馆藏中国历代石刻拓本汇编》,第23册第79页、第25册第13页、第25册第53页。

⑤北京图书馆金石组:《北京图书馆藏中国历代石刻拓本汇编》,第28册第9页。

⑥周绍良、赵超:《唐代墓志汇编》,第1823页;谭淑琴主编:《琬琰流芳——河南博物院藏碑志集粹》,郑州:中州古籍出版社,2015年,第184页。

⑦崔梦彦:《崔氏统谱》,第333页;吴钢主编:《全唐文补遗》(第4辑),西安:三秦出版社,1997年,第63页。

“□”、“□”等写法，故待考字“□”应为“昇”字无疑。

10. 释“□”

唐乾符六年(879)《郭夫人乌氏墓志》：“路叙勋猷，□聿厥旨。”①

按：拓本“□”字形清晰，字书未收，形体怪异，较难辨认。《〈秦晋豫新出墓志蒐佚续编〉晚唐墓志整理及词语专题研究》缺录该字②。此字当为“薤”之俗体，其俗变理据为：构件“艹”位移至字形右上部，“韭”变异作“匪”，“薤”变为“□”，见唐《王赟墓志》。“艹”书作“丷”，并位移至字形右上部，“薤”变作“□”，见唐《高严仁墓志》；“薤”、“□”简省“艹”或“丷”，得字形“□”，见东魏《元延明妃冯氏墓志》。构件“丷”与其下“韭”由相离变相接，“薤”变作“□”，见唐《高严仁墓志》。“□”“□”简省讹变而作“□”“□”，分别见北魏《王翊墓志》、唐《郑玄杲及妻元氏墓志》。“□”则是“□”等的进一步讹变，具体包括构件“匚”下部笔画改变笔形而作提，“非”左下横笔与提画共用，“非”简省右边笔画等俗变环节。故待考字形产生途径大致为：薤→□、□、□→□→□。

上引志文“路”通“露”，其用法又如唐《李岸及徐氏墓志》：“泉中镜而无再磨，薤上路而徒悲歌。”“薤上路”本为“薤上露”，语出《乐府诗集·相和歌辞二·薤露》：“薤上露，何易晞。”“路叙勋猷”即“露叙勋猷”，与“薤聿厥旨”相对仗。“勋猷”指功绩和谋略；“聿”、“叙”同义对举，均表叙述义。《诗·大雅·文王》：“无念尔祖，聿修厥德。”毛传：“聿，述。”厥，代词，代指志主乌氏之父乌道。旨，本指美味，志文引申指美德。两句赞颂乌道一生品德、功业俱佳，受到世人赞誉，与墓志前文“(乌道)累佐公卿，并居烈位。播芳誉于人间，立殊功于不朽”相呼应。“薤”、“露”为碑志文寄托情思的重要意象，常常搭配使用。唐《王才及妻毛氏墓志》：“岂意薤歌先唱，溘从玉露之危。”武周《冯庆墓志》：“薤草晨晞，方婴坠露之惨。”可见，释“□”为“薤”，字形沟通无碍，文意疏解顺畅，能够真实传递撰者意图。

参考文献

北京图书馆金石组：《北京图书馆藏中国历代石刻拓本汇编》，郑州：中州古籍出版社，

①齐运通、杨建锋：《洛阳新获墓志二〇一五》，北京：中华书局，2017年，第361页。

②肖游：《〈秦晋豫新出墓志蒐佚续编〉晚唐墓志整理及词语专题研究》，西南大学硕士学位论文，2018年，第121页。

1989 年。
毛远明:《汉魏六朝碑刻异体字典》,北京:中华书局,2014 年。
毛远明:《西南大学新藏石刻拓本汇释》,北京:中华书局,2019 年。
王其祎、周晓薇:《隋代墓志铭汇考》,北京:线装书局。2007 年。
臧克和:《汉魏六朝隋唐五代字形表》,广州:南方日报出版社,2011 年。
何　山:《〈陕西新见隋朝墓志〉录文斠读》,《励耘语言学刊》,2019 年第 1 辑。

To make textual criticisms and explanations ten popular form of characters on inscriptions between Sui Tang Dynasties

He Shan
(The Institute of Chinese Language Documents/Unearthed documents Research Center, Southwest University. Beibei, 400715, Chongqing, China)

Abstract: The inscriptions between Sui Tang Dynasties are rich in the popular form of characters, some of which are difficult to distinguish and recognize, and there are different interpretation conclusions in the existing achievements, which need further discussion. The paper holds that "[illegible]" "[illegible]" "[illegible]" "[illegible]" "[illegible]" "[illegible]" "[illegible]" "[illegible]" "[illegible]" "[illegible]" should be the errors of the words "lou(漏)", "liu(霤)", "jie(嗟)", "zhuang(状)", "niu(纽)", "ge(革)", "mei(美)", "shu(鼠)", "sheng(昇)" and "xie(薤)" according to research comprehensively. These new conclusions can not only provide help for the scientific and effective use of the relevant inscription materials, but also provide reference for the subsequent collation and research of inscriptions and other documents, the study of inscriptions and modern Chinese characters, Chinese character coding, etc.

Key words: the inscriptions between Sui Tang Dynasties; the Difficult form of characters; Textual research

◎音韵学研究

《广韵》俗字所生假性异读札记四则*

赵　庸

（华东师范大学中国语言文学系、语言认知与演化实验室）

提要：《广韵》有些异读关系是由俗字参与而衍生的，属于假性异读。本文考察了“趍”“墳”“痲”“皵”四例的情况。这类现象的本质是同形字本自有不同的读音，所以严格来说，异读关系不能成立。中古韵书异读研究需根据具体的研究目的对汉字的形音关系有所辨析。

关键词：《广韵》；俗字；同形字；假性异读；中古韵书

一、引言

《广韵》全名《大宋重修广韵》，书前景德四年牒文有言曰：“四声成文，六书垂法，乃经籍之资始，寔简册之攸先。自吴楚辨音，隶古分体，年祀寖远，攻习多门，偏旁由是差讹，传写以之漏落。矧注解之未备，谅教授之何从。爰命讨论，特加刊正。仍令摹印，用广颁行。期后学之无疑，俾永代而作则。宜令崇文院雕印，送国子监，依九经书例施行。”

* 本文为上海市社科规划课题（2020BYY012）、上海市浦江人才计划项目（2020PJC040）、国家社科基金重大项目（18ZDA296）、华东师范大学人文社科跨学科创新团队项目（2018ECNU-QKT007）的阶段性成果。感谢编辑部和匿名审稿专家为本文的修改提出宝贵意见，谨申谢忱！文中谬误概由作者负责。

“四声”“吴楚辨音”与字音相关，“六书”“隶古分体”“偏旁差讹”与字形相关，此段文字反复强调对字音、字形的关注，可见《广韵》的重修十分重视讨论、刊正《切韵》字音、字形方面的疏漏和讹误。作为官修韵书，其旨欲令后学无疑，作则永代，立意颇高。根据此段文字，《广韵》汉字形音关系的典正性是有一定保证的。

不过，今习读《广韵》发现，《广韵》汉字的形音关系十分复杂，其中不乏一些不太可靠的例子，比如和俗字字形相关的读音。俗字形音关系的由来多和正字的情况很不一样，有些由俗字参与衍生的异读关系，表面上几个读音系于同一字形，实际上不同读音对应的词义彼此之间不可关联，而且往往音读关系从音系音变或语法音变等角度难以给出合理解释。这类异读关系无中生有，不反映语言各要素在汉语自然演化过程中的自身表现和相互关系，实属假性异读。前贤研究中古韵书，对此类现象关注不够，这直接影响中古音注材料整理分类的准确性，进而影响对相关语言文字现象实质的认识。此类假性异读无法批量识别，只能逐个辨识，利用韵书不可不审。今札记《广韵》音例四则，期可引玉。

二、札考

2.1 {趍}①直离切—趍{趨}七逾切

趍，直离切。《说文》曰：“趍赵，夂也。”（《广韵·支韵》）

[趨，七逾切。走也。]②（《广韵·虞韵》）

趍，七逾切③。俗。本音池。（《广韵·虞韵》）

按：《说文·走部》：“趍，趨赵，夂④也。从走多声。”“多”上古歌部，“多”声字中古三等韵入支、麻三韵系，入虞韵于理不通。虞韵之“趍”为“趨”字俗形，上一字正作“趨”，“趍”字下注“俗”，意即在此。

“芻”旁俗书可作“⺕”形，如 S. 2832《愿文等范本》：“岂谓凤⿰⺕鳥（鶵）无托，先凋五色之花。”《龙龛手镜·邑部》“鄒”字以“⿰⺕阝”为俗写。亦可作“⿱⺕且”形，如 P. 3666《燕子赋》：

①大括号内为正字，无大括号的为俗字，标题下同。

②方括号表示该条为《广韵》所出正字条目，列出为便于正俗字比较，与字形异读无关，引文下同。

③下划横线表示该条为俗字读音，下同。

④此字《说文解字》陈昌治刻本作“久”，段注云：“各本皆讹久。”当作“夂”，《说文·夂部》：“夂，从后至也，象人两胫后有致之者。”

“鵂鶹恶发，把腰即𢸍(搊)。”《龙龛手镜·马部》“騶”字以“騆”为今写。亦可“刍”“𦍌”二形皆有，如《龙龛手镜·皮部》“皺”字以“皱”为俗写，又以“皷”为今写。“刍”“𦍌”俗书若构件进一步简化、讹变，则作“多”形，如 S.6825V 想尔注《老子道经》卷上：“此即𦬱(蒭)苟(狗)之徒耳。”《龙龛手镜·革部》“𩌏”为“皺”字偏旁改换、位移俗字。“多”不成字，但与“多”形近，遂楷化作“多”。“芻”旁辗转而有俗形“多”，由来如上述。“趨”“趍”字形之变即此类。

中古时期，于虞韵读“走”义，“趍”常为“趨”字异体。《淮南子·兵略训》：“猎者逐禽，车驰人趍，各尽其力。”“趍”当作“趨”。《集韵》虞韵逡须切“趨”字注：“俗作趍，非是。”所断是。《诗经·齐风·猗嗟》：“巧趨跄兮，射则臧兮。”《释文》：“巧趨，本又作趍。”黄焯校云：“唐写本作趍，趨、正字，趍、后出字。”黄校是。

中古不辨“趨”“趍”不拘于虞韵读。支韵读“趍赵”义“趍”字，本与虞韵读之“趨”划然二字。然因虞韵读“趨”“趍”相混，支韵读亦受牵连，“趍”字误生与“趨”字之纠葛。《王三》支韵直知反“趍”字注：“《说文》：‘趍赵，夂①。’《玉篇》为‘趨’字，失。后人行之大谬，不考‘趍’从多音支②声，趨从芻声。”《王三》所辨是，据“后人行之大谬”，可知支韵读浅人“趍”“趨”相乱亦已成风。

《切三》《王一》《王三》虞韵作“趨”，不收“趍”字。《广韵》于“趨”下又出“趍”，以为“趨”字俗写，不误。然又注“本音池”，音池即音支韵直离切，《广韵》此注略失。支、虞二韵之“趍”为同形字③，形、音均不必以“本”关联。直离切之“趍”与七逾切之“趍”同形异读。

2.2 墤{隤}杜回切—墤{塊}苦怪切

> [隤，杜回切。下坠也。](《广韵·灰韵》)
> 墤，杜回切。上同④。(《广韵·灰韵》)
> [塊。苦对切。土塊。](《广韵·队韵》)
> 墤，苦怪切。俗云土塊。本音隤。(《广韵·怪韵》)

按：“隤”“塊”各字。“隤”本为“下坠”义，如《说文·阜部》：“隤，下坠也。从𨸏贵

①“夂”字《王三》作“久”，误。兹径改。

②“支”字《王三》作“攴”，误。兹径改。

③本文“同形字”指概念范围最狭的那类“同形字”，即“只包括那些分头为不同的词造的、字形偶然相同的字。”参裘锡圭：《文字学概要》(修订本)，北京：商务印书馆，2013 年，第 201 页。

④《广韵》杜回切“隤”“墤”上下字，“上同”所指即此。

声。"《龙龛手镜·阜部》:"隤,正,徒回反定灰。下坠也。"《集韵》灰韵徒回切定灰"隤"字注:"《说文》:'下坠也。'"宋玉《高唐赋》:"磐石险峻,倾崎崖隤。"《文选·(扬雄)解嘲》:"功若泰山,响如坻隤。"后又有"坏"义,如《广雅·释诂一》:"隤,坏也。"《篆隶万象名义·阜部》:"隤,徒雷反定灰。遗也,坏也。"《玉篇·阜部》:"隤,徒回切定灰。坏,坠[1]下也。"司马迁《报任安书》:"李陵既生降,隤其家声。"《汉书·苏武传》:"路穷绝兮矢刃摧,士众灭兮名已隤。"

"塊"为"凷"字异体,"土塊"义,如《说文·土部》:"凷,墣也。从土,一屈象形。塊,凷或从鬼。"《篆隶万象名义·土部》:"塊,口迴反溪灰。土塥也。"《龙龛手镜·土部》:"塊,口内反溪队。土塊也。"《集韵》怪韵苦怪切溪怪合"塊""凷"并出字头,注:"土也。"《玉篇·土部》"塊""凷"上下字,"塊"字注:"口溃溪队、口迴溪灰二切。塥也。《庄子》云:'大塊。'""凷"字注:"同上。"《仪礼·丧服》:"居倚庐,寝苫枕塊。"《国语·晋语四》:"过五鹿,乞食于野人,野人举塊以与之。"

"阜""土"意近,俗书"阜"旁"土"旁常换用,如《广韵》至韵徐醉切"隧"字注:"俗作墜"。《集韵》圂韵卢困切"陯""埨"字头并出,注:"或从土。""隤"因之而有俗形"墤"。如《篆隶万象名义·土部》:"墤,徒雷反定灰。坠也,坏也。""墤"字右旁有小字"隤亻","亻"为更正号,意指字头"墤"当正作"隤",可见"隤""墤"之乱。又如《玉篇·土部》:"墤,徒雷切定灰。落也,坏也。与隤同。"再如《集韵》灰韵徒回切定灰"隤""墤"并出字头,注"墤"为或作字。

"鬼""贵"上古均在微部。中古"鬼"字见母尾韵,"贵"字见母未韵,声同,韵均在微韵系。"鬼""贵"上古、中古音皆近,俗书"鬼"旁"贵"旁常换用,如《龙龛手镜·食部》:"餽,或作。""饋,正。"《集韵》灰韵胡隈切"瑰""璝"并出字头,注:"或从贵。""塊"因之而有俗形"墤"。如《集韵》怪韵苦怪切溪怪合"塊""墤"并出字头,注"墤"为或作字。

微部中古一等韵可入灰韵系,二等韵入皆韵系。《广韵》"塊"苦对切溪队、"墤"苦怪切溪怪合均与上古到中古的韵类演变规律相合,但中古读音韵系不同,似与正、俗字需同音的要求相违。实则不然。据《集韵》,《广韵》"塊"字失落苦怪切溪怪合。

如是,"隤"字之俗与"塊"字之俗同作"墤"形。浅人失辨,以为一字异音异义,如《龙龛手镜·土部》字头"墤"下注:"杜回反定灰,下坠也。又苦[2]恠反溪怪合,土塊名也。"

《切三》《王三》灰韵杜回反:"墤,下坠。"P. 3696V、《王一》、《王三》、《唐韵》怪韵和

---

①"坠"字《玉篇》作"队",误。兹径改。
②"苦"字《龙龛手镜》作"若",误。兹径改。

《王二》界韵①均未收"墤"字。《广韵》增收,遂与灰韵"隤"字俗书"墤"构成同形字。《广韵》怪韵注"俗云土塊",是,然"本音隤"之注不确,怪韵之"墤"非"隤"字俗书,"本音"之说无可依托。"墤"杜回切、苦怪切为同形异读。

2.3 {痳}力寻切—痳{麻}莫霞切

> 痳,力寻切。痳病。(《广韵·侵韵》)
> 痳,莫霞切。痳风,热病。(《广韵·麻韵》)

按:"痳"字字书、音义书释义有二,或为"疝病",如《说文·疒部》:"痳,疝病。从疒林声。"或为"小便难也",如《释名·释疾病》:"痳,懔也。小便难,懔懔然也。"《篆隶万象名义·疒部》:"痳,力金反来侵。小便数也。"《龙龛手镜·疒部》:"痳,音林来侵。痳历,病也。"《玉篇·疒部》:"痳,力金切来侵。小便难也。"或兼二义,如慧琳《一切经音义》卷六六"痳病"条:"上立砧反来侵。《声类》云:'痳谓小便数而难出也。'《文字典说》云:'疝病也。'又云:'小便蹬病也。'从疒林声。"众书音读一致,皆为来母侵韵,合《说文》"林声"之说。

《切三》《王一》《王三》《王二》麻韵莫霞反均未收"痳"字。据《广韵》莫霞切释义,"痳风"即为"麻风","痳"为"麻"之后起俗字。俗书"广""疒"相滥。《龙龛手镜·鹿部》:"麖,正,音京。兽名,一角,似鹿,牛尾也。"《龙龛手镜·疒部》:"癳,俗,音京。正作麖。"《龙龛手镜·疒部》:"瘤瘌,二俗,明笑反。正作廟。"《龙龛手镜·疒部》:"瘕,俗,音夏。正作廈。""麻"作"痳"与"麖"作"癳"、"廟"作"瘌"、"廈"作"瘕"同。又麻风,热病也,"麻"字易蒙"病"字偏旁类化讹作"痳"。

《广韵》侵、麻二韵之"痳"实为同形字。侵韵读合《说文》,反映形声字之造字理据。麻韵读正字作"麻",《说文·麻部》"麻"字云:"人所治,在屋下。从𣏟从广。"本为会意字,现形随义变,改"广"作"疒",于造字理据实有毁伤。

麻韵读之"痳"既为俗形,韵书本不当增列作字头。然《集韵》同《广韵》,"痳"亦一形二音二义,侵韵犁针切:"痳,《说文》疝病也。"麻韵谟加切:"痳,风病。"可见,至迟在北宋前期,"痳风"已是民间通行写法。"病"义"麻""痳"后世常用作异体字,另如"麻痹""麻疹",今犹见词形"痳痹""痳疹"②。力寻切之"痳"与莫霞切之"痳"同形异读。

---

①《王二》界韵即《切韵》系韵书之怪韵,韵目名称不同。

②参中国社会科学院语言研究所词典编辑室:《现代汉语词典》(第6版),北京:商务印书馆,2012年,第861页。

2.4｛皶｝楚愧切—皶七到切

皶，楚愧切。粟体。（《广韵·至韵》）

皶，七到切。米谷杂。（《广韵·号韵》）

按：先说"皶"字至韵读。《王一》至韵楚类反初至、《王三》至韵楚利反初至："皶，粟体。"《篆隶万象名义·皮部》："皶，楚累反初纸/寘，粟体。"《龙龛手镜·皮部》："皶，楚贵反楚未，粟体也。"《玉篇·皮部》："皶，楚累切初寘，粟体也。"《集韵》纸韵楚委切初纸："皶，肤如粟。"至韵楚类切初至："皶，体粟。"诸书释义一致，均为皮肤起粟粒，即今鸡皮疙瘩，只是读音有支、脂、微韵系之别。

"皶"字读至韵，偏旁当有表音功能。"皶"如为形声或会意兼形声，"左""皮"均有可能充当声符。"左""皮"上古都在歌部，"皶"无论从"左"声还是从"皮"声，中古都可读入支韵系。上举诸书音切反映支、脂、微韵系相混，当以支韵系读音为正。

"皶"字《说文》未收，但未必晚出。《集韵》戈韵仓何切清戈一："皶，粟体。"释义与诸书相同，读音有戈一、支韵系之别。戈一、支韵系中古无混韵之理，二音成因只能作历时上溯。上古歌部中古一、三等韵可分别读入歌一戈一、支韵系，"皶"字中古戈一、支韵系两读与之相合，说明"皶"字上古已有。盖因字义俚俗，非书面用字，故经籍、字书未载。

再说"皶"字号韵读。上古歌部中古无入豪韵系之理，故号韵读之"皶"字非从"左"声亦非从"皮"声。号韵读之"皶"当为会意字。"差皮"会意即为"皶"字《广韵》七到切"米谷杂"义、《集韵》七到切"米未舂"义，即今米未加工去壳义。是义后又造新字"糙"，《王二》七到①反："糙，粝米。"《广韵》七到切"皶""糙"上下字，"糙"字注："上同。"《集韵》七到切"糙""皶"并出，注："或作皶。"

"皶"早期文献未见，《王一》《王三》《王二》号韵未收，但不意味着隋唐时期尚无"皶/糙"一词。自古米需舂而后食，稻米加工分级先秦已有，已舂之米与未舂之米早有对应之词②。魏晋隋唐时期，人口持续南迁，促使南方地区稻米生产水平不断提高。尤其是安史之乱以后，南方稻米生产迅猛发展，稻米北运③。在这一背景下，稻米加工词的使用频率自然会相应提高。又魏晋隋唐正值俗字创造的兴盛期，故稻米加工词的俗字新造也是满足时用之需。会意字见而知义，便用，俗字常见会意造字。稻米加工词除"皶"字外，另如

①"到"字《王二》作"至"，脱笔，误。《广韵》《集韵》作"到"。兹从正。

②游修龄：《中国稻作史》，北京：中国农业出版社，1995年，第251页。

③华林甫：《唐代水稻生产的地理布局及其变迁初探》，《中国农史》，1992年第2期，第27—39页。

“糶”字,见于《广韵》“簸”字注“亦作糶”,为“簸”字俗书。《说文·攴部》:“簸,小舂也。从攴算声。”原为形声字,中古“攴”旁表意已不明显,遂另造新字。小舂,所以产粟也,新造俗字“糶”正会合此意。与《广韵》《集韵》号韵“米谷杂”“米未舂”之“麬”可比类观之。

最后合并总结至韵“麬”字和号韵“麬”字。两音字义不相关。至韵“麬”字形早出,至迟唐代《王韵》已见,号韵“麬”字形晚出,最早见于宋代《广韵》。号韵之“麬”为后出俗字,与至韵之“麬”构成同形字。《广韵》“麬”楚愧切、七到切为同形异读。

三、余论

把上举四则宽泛地纳入异读研究的范围,是从字形层面来说的,仅仅是说一个字形有多个读音。严格来说,这类同形异读的异读关系不能成立。因为不同读音并非系于一字,而是对应不同的字,即看似是一字异读,实际是同形字本自有不同的读音。

根据不同的研究目的,对异读关系当有辨别。如果只是通常意义上探讨汉字的形音关系,把涉及俗字的形音对应也纳入异读研究,无甚大碍,这类现象本身就是汉字形音关系错综的表现。但是,如果要讨论涉及语义的异读关系,或者就异读讨论语音演变,把这类形音对应用作研究对象就不合适了。尤其中古韵书异读研究,牵涉到俗字问题在所难免,处理材料需格外谨慎。

参考文献

华林甫:《唐代水稻生产的地理布局及其变迁初探》,《中国农史》,1992年第2期。
黄　征:《敦煌俗字典》,上海:上海教育出版社,2005年。
黄　焯:《经典释文汇校》,北京:中华书局,1980年。
裘锡圭:《文字学概要》(修订本),北京:商务印书馆,2013年。
王　力:《汉语语音史》,北京:中国社会科学出版社,1985年。
游修龄:《中国稻作史》,北京:中国农业出版社,1995年。
余迺永:《新校互注宋本广韵》(增订本),上海:上海辞书出版社,2000年。
张涌泉:《汉语俗字研究》(增订本),北京:商务印书馆,2010年。
张涌泉:《敦煌俗字研究》(第二版),上海:上海教育出版社,2015年。
中国社会科学院语言研究所词典编辑室:《现代汉语词典》(第6版),北京:商务印书馆,2012年。
周祖谟:《唐五代韵书集存》,北京:中华书局,1983年。

Four Cases of Fake Variant Pronunciations Caused by Folk Characters in *Guangyun*(广韵)

Zhao Yong

(East China Normal University)

Abstract: There were some variant pronunciations caused by folk characters in *Guangyun* (广韵). This paper discusses four cases such as the Chinese characters 趍, 墤, 痳, 䟺. The essence of this kind of phenomenon was that homographs had different pronunciations. So strictly speaking, the relationship between variant pronunciations of these Chinese characters could not be established. The study of variant pronunciations of middle ancient rhyme books needs to distinguish the relationship between the forms and sounds of Chinese characters according to the specific research purpose.

Keywords: *Guangyun* (广韵); folk character; homograph; fake variant pronunciations; middle ancient rhyme book

王文郁《新刊韵略》源流及其历史嬗变*

张民权

（南昌大学文学院）

提要：王文郁据金朝《礼部韵略》修订了《新刊韵略》，金亡，蒙古人占据中原，以它作为科举考试韵书，后经过修订，进一步成为元朝《礼部韵略》。元朝修订的韵书存有《文场韵略》和《魁本韵略》（皆私刻本）。当时《新刊韵略》传到朝鲜，朝鲜人又改编成《韵略》《三韵通考》和《排字礼部韵略》等。元初忽必烈根据《新刊韵略》编撰了《蒙古字韵》，作为蒙汉对音韵书，没有反切音释，只有四声相承的同音字组合，开《中原音韵》编排之先河。这是《新刊韵略》的嬗变。《新刊韵略》自问世后埋没数百年，其书性质学界至今尚未真正了解清楚，甚至产生一些错误的认识观念，对其历史源流及相关韵书进行发掘和研究，就显得很有必要。本文充分利用出土文献资料，考察了其演变发展，就其相关韵书做了研究，对金元《礼部韵略》的性质及其是非问题做了历史的辩证。指出金《礼部韵略》不是宋景德《韵略》的翻版，它是一个独立发展的礼部韵书，而《新刊韵略》是它的修订本。

本文探讨的虽然是《新刊韵略》的源流嬗变，实际上是从一个侧面，梳理了金元明清以来诗韵著作的发展脉络。

关键词：《新刊韵略》，诗韵著作，源流嬗变，文化传播。

王文郁《新刊韵略》自问世之后，长期被历史埋没，直到清代嘉庆间才被发现，钱大昕

* 基金项目：国家社科基金冷门绝学项目《元代〈礼部韵略〉系韵书文献整理与研究》阶段性成果，项目编号19WYB033。

为此写了跋记，辩证了“刘渊平水韵”即是王韵的翻版。① 从此揭开了金代《礼部韵略》的历史面纱，但它与金朝《礼部韵略》之间的关系等，还有待我们去不断地发掘，至今在学术界还存在种种误区。

《新刊韵略》是历史上一部重要韵书，在元代经过增修之后，遂成为元朝科举考试的《礼部韵略》，其106韵框架及其大量词藻的收录，成为元明清时期近体诗写作和词赋用韵的重要参考书，称为“诗韵”。同时也成为海外科举考试和文人诗歌创作的诗韵标准，如朝鲜、越南等邻邦国家。元代的一些诗韵著作诸如阴时夫《韵府群玉》和严毅《诗学集成押韵渊海》等编撰都有直接关系，清代人《佩文韵府》《佩文诗韵》等与之也有血脉关系。蒙古人建元之初，利用《新刊韵略》编写了《蒙古字韵》，作为蒙古八思巴字拼写汉语的蒙汉对音教科书。《新刊韵略》传播到朝鲜以后，朝鲜人也用它作为科举考试韵书，先是金末蒙古建元之时，高丽在高宗和元宗时代根据它分别编写了《韵略》和《三韵通考》，而后朝鲜时代又编成《排字礼部韵略》。因此，《新刊韵略》在元代产生了一大批礼部韵略系韵书。本文从韵书史研究出发，探讨了《新刊韵略》嬗变及其海外传播等历史事实，最后以黑水城出土的《韵略》为参照，着重辨析了《新刊韵略》与金代《礼部韵略》之关系。

应该说，王文郁《新刊韵略》是金朝《礼部韵略》的修订本，但它没有完全采用旧礼部韵的注释内容编排，而是以《广韵》为底本加以规范之，所收韵字及反切注释等基本上来自《广韵》，仅有少数字来自《集韵》和宋人《礼部韵略》。这样，使韵书显得典雅又显示通俗实用。正因为如此，我们可以用《新刊韵略》参校现存《广韵》编排上之错误，从中探讨北宋景德年间《广韵》编排上的一些问题。譬如平声《广韵》监本韵目欣第二十一，而《新刊韵略》韵目却是“殷”（并入十二文），与《切韵》相合。可知后来宋人为避祖讳而作“欣”。② 但206个韵部同用独用却没有遵循《广韵》，而是在宋代《礼部韵略》和《集韵》的功令基础上再合并两个韵部，即原曾摄上声拯等二韵并入迥韵，去声證嶝二韵并入径韵，是为金朝场屋功令。而在编排和韵字方面与《广韵》可能还有些差异，见下文讨论。

①钱大昕《潜研堂集》卷二十七有《跋平水新刊韵略》、卷三十六《与谢方伯论平水韵书》，讨论颇深。钱大昕指出：许古作序在刘渊“壬子”前二十四年，“渊所刊者，殆即文郁之本，或失其序文，而读者误以为渊所作耳。”其后张金吾在《爱日精庐藏书志》中就《韵会》所引“平水韵”四百三十六字与《新刊韵略》做了比较，结论是：“渊成书后文郁二十四年，渊书今不可见，就《韵会举要》所引考之，盖袭取文郁之书而稍有增损者也。”（卷七《新刊韵略》）

②宋人祖讳有四：高祖朓、顺祖珽、翼祖敬、宣祖弘殷，盖景德初编写《广韵》时对祖讳还没有严格规定。北宋亡，金人所获皆为北宋刊本，或有可能使用的还是北宋景德年间的《广韵》。在这里，特别感谢北京师范大学董君婧宸博士的帮助，惠赐论文《南宋浙刻监本〈大宋重修广韵〉版本补考》学习，获益良多。

另文，关于金朝避讳问题，也可以从注释文字上得到线索，如《广韵》真韵旻字武巾切，注曰："仁覆愍下谓之旻天。"《新刊韵略》却注释"武中切"，此因金太祖讳旻，故改读其音，且注文中"愍"字偏旁"民"亦缺后两笔①。后《文场韵略》编撰时则恢复"武巾切"，"愍"字等不再避讳。诸如此类我们将专文研究。

一 《新刊韵略》与蒙元时代科举取士之关系

宋代实行科举取士制度，编纂了《礼部韵略》，以指导科举考试。与宋朝对峙的金朝也实行科举取士，同时也编撰了自己的《礼部韵略》，但它在编撰形式上与宋代《礼部韵略》还有本质上的不同。

金代《礼部韵略》原本失传，王文郁《新刊韵略》是现存唯一的金代《礼部韵略》修订本，与原来的礼部韵还有一些差异。另外，金人张天锡编写的《草书韵会》，也可反映金代《礼部韵略》一些问题，其韵字就摘录于礼部韵②，详见本文第七章论述。1996 年，上海古籍出版社出版《俄藏黑水城文献》一书，在公布的文献中有《广韵》和所谓"平水韵"等韵书卷叶，其中"平水韵"残卷，根据我们的研究，就是金代早期《礼部韵略》。它的出土，对于我们认识金人礼部韵以及王文郁《新刊韵略》有着极为重要的意义。在本文中，我们称之为"黑水城《韵略》"，本文第七章有研究文字和韵书图片③。

《新刊韵略》著成于金末之时，今存元刻本卷首有金哀宗正大六年（1229）许古序，后五年之天兴三年（1234），金哀宗被蒙古兵围攻而自杀，金朝灭亡。可以推论，王文郁《新刊韵略》可能还没有应用在科举考试中，尽管天兴二年金人还实行过最后一次科举④。因为王韵只是官韵之修订本，还没有得到官方的认可。取得官韵的地位应当是三年之后，此年为丁酉岁，也就是元太宗九年（1237），蒙古人刚占领金地，在社稷之臣耶律楚材等建

①不仅如此，上声轸韵"愍慜憫閔敏暋"凡六字，其中偏旁中"文"字均缺捺笔上半部分。按照宋人避讳，声调不同者不算嫌名字，如"旻"与"愍"之类，但因为《尔雅·释天》"秋为旻天"，注："旻犹愍也，愍万物彫落。"有声训同音关系，或以为"旻"与"愍憫"等同音。金人避讳之严苛于此可见一斑。

②《草书韵会》始著于章宗明昌年间，成书于正大八年（1231），收录韵字 5600 余字，其 106 韵划分与《新刊韵略》一致。

③黑水城在西夏故地，今归内蒙古管辖，在内蒙古额济纳旗东北。额济纳为河流名称，原是西夏党项族语，意为"黑水"。上世纪初（1908 年后），俄国人科兹洛夫在此地考察发掘，带走了大量珍贵文物，包括汉字和西夏文书籍。黑水城《韵略》残卷即在其中。

④《金史·哀宗本纪》记载：天兴二年一月，赐进士终场王辅以下十六人出身。

议下①，太宗窝阔台便下令实行科举，第二年正式开考，史称“戊戌选试”。是为蒙元首次科举，有试验之性质。《元史·选举志》：“太宗始取中原，中书令耶律楚材请用儒术选士，从之。九年秋八月，下诏令断事官扎哈岱与山西东路课税所长官刘中，历诸路考试。以论及经义、词赋分为三科，作三日程，专治一科，能兼者听，但以不失文义为中选。”本次选取儒士 4030 人之多。② 由于蒙古贵族的反对，“当世或以为非便，事复中止”。后至七十余年后，仁宗延祐间才恢复之。

《元史·耶律楚材传》记其本事曰：

> 丁酉，楚材奏曰：“制器者必用良工，守成者必用儒臣。儒臣之事业，非积数十年殆未易成也。”帝曰：“果尔，可官其人？”楚材曰：“请校试之。”乃命宣德州宣课使刘中，随郡考试，以经义、词赋、论分为三科。儒人被俘为奴者亦令就试，其主匿弗遣者死。得士凡四千三十人。免为奴者四之一。

可见，当时参加科举士人之广，录取人数之多。而科举形式非常灵活，没有传统科举程序上的“乡试”“会试”“殿试”三个阶段，而是“随郡考试”，存在很大的随意性，故录取人数之多。当时考试程序科目无非是沿用亡金礼部旧时制度，其使用的韵书有可能就是王文郁的《新刊韵略》，否则就不会有壬子岁（1252）《新刊韵略》之刊刻。

这里需要插叙的是，1236 年，耶律楚材向窝阔台建议，因金之旧时书业，在燕京设立编修所，在平阳建立经籍所，负责编辑刻印文化典籍，这一举措在保护和传承历史文化遗产方面，起到了很大的促进作用，《新刊韵略》当时一定是在征集整理中，后来被作为科举考试之用的。而王文郁的身份是“平水书籍”（许古序），或为旧时书业小吏，当时可能还在世。③然而自戊戌岁之后，至元仁宗延祐开科取士之前，蒙古人再没有实行科举考试，其时金朝虽亡，但南宋王朝仍然存在，加之自太宗驾崩后，蒙古王室内部纷争，无暇顾及科举事。1260 年，忽必烈称帝，并于至元八年（1271）正式改国号为“元”。先是从至元四年（1267）起，翰林

---

①据《元史》本传，耶律楚材（1190—1244），字晋卿，号湛然居士，契丹人。契丹太子耶律倍八世孙，辽灭，其祖其父成为金国大臣。楚材从小博览群书，深通儒术和占卜星象，金宣宗贞祐二年（1214）以左右员外郎留守燕京。不久燕京破，遂遁迹空门，成吉思汗闻其名而征召之，跟随太祖西征十余年。一生以儒术辅佐成吉思汗和太宗窝阔台安邦治国，并影响至忽必烈元朝以后儒学的建立与发展。太宗崩，遭王室猜忌，忧愤而死。清人柯劭忞《新元史》评曰：“耶律楚材以民爱物之心，为直寻枉尺之计，委赘仇邦，行其所学，卒使中原百姓不至践刈戎狄，皆夫人之力也。”

②自仁宗延祐年正式科举，终元之时凡十六次，共录取进士才 1139 人。

③许古序言曰：“近平水书籍王文郁携新韵见颐庵老人。”许古自称“老人”者，大概王文郁此时只有四五十岁，窝阔台在平阳建立经籍所之时，王文郁估计还在世，并在此经籍所任职。

学士王鹗等提议制定选举法，以后又有许衡等人多次议论科举事，皆因故未果，但科举取士的方略已经确定，科举之理念，已经深入人心。故《新刊韵略》在大德年间得到多次刊刻，因为人们相信，朝廷实行科举取士只是早晚事情，后终于至仁宗延祐年间正式实行之。

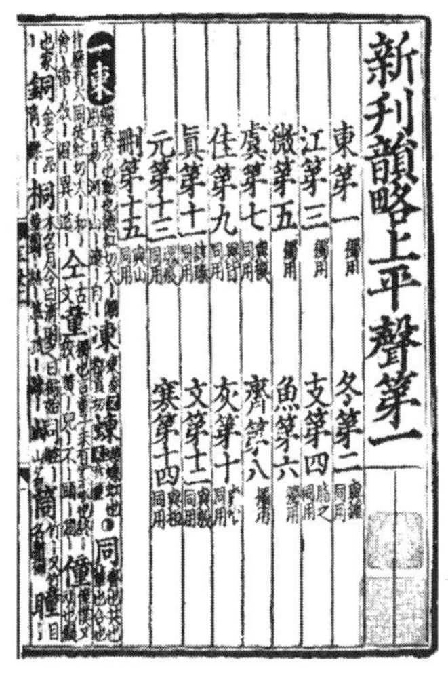

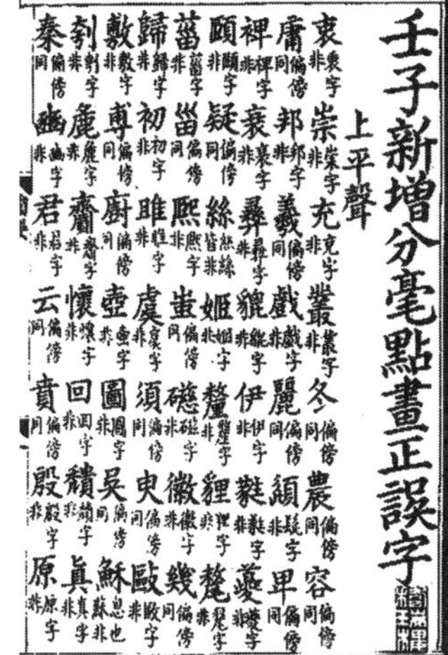

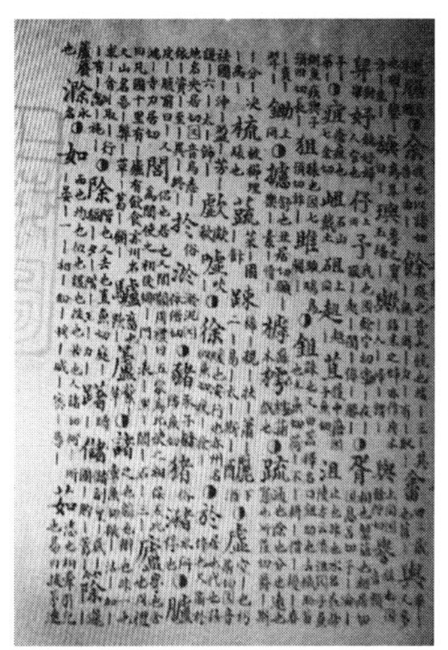

《新刊韵略》三种图片：1. 台湾图书馆藏元刻本，2. 北京图书馆藏清抄本，3. 上海图书馆藏清抄本。这是目前所能见到的三种《新刊韵略》主要版本。

当初，蒙古人依靠征伐屠杀获得天下，但管理天下必须依靠儒教和儒士，而儒士中首先是被征服的契丹辽人和女真金人，其次是南北汉人，"戊戌选试"录取四千多人，实在是收买人心和笼络知识分子的一个有效手段。于此我们就可以理解，为什么《新刊韵略》被元朝选定为《礼部韵略》的历史原因，因为礼部官员中绝大部分是"戊戌选试"之臣僚及其门人后生等。

《新刊韵略》今存有多种版本，皆为元代翻刻本或明清抄本。刻本有元大德十年（1306）平水中和轩刻本，其覆刻本（至治年刻）藏台北图书馆，内有清末邵占鳌"瓠石宦"、瑞诰"瑞诰收藏精椠秘笈记"、张钧衡"择是居"等印。另外有抄本两种，藏北京图书馆和上海图书馆。北图本为嘉庆之后抄本，凡嘉庆以上庙讳皆回避缺点画或改写，如颙琰之琰写作"琰"，卷末抄录有钱大昕《新刊韵略》跋记。上图本不避讳，卷首有"世德堂乔氏珍藏"朱印。"世德堂乔氏"不知为谁，世德堂为明代著名书坊，其坊主有顾氏、黄氏和唐氏等，刻书甚多，清代目录版本藏书家经常提到。因此，上图本疑为明抄本①，清代避

①明代抄本如四川师范大学图书馆藏《中原音韵》残卷本。又如《齐民要术》，《四部丛刊》收录的就是明抄本。又如司马光《集注太玄》就有明抄本。金人王朋寿辑录的《重刊增广分门类林杂说》，清代吴兴刘氏嘉业堂丛书刊刻使用的即为明抄本。

讳甚严，抄书人不敢违忤，所以应定性为“明抄本”。三种版本内容文字基本相同，少数注释彼此之间略有异文。从异文看，三种底本似乎各不相同。大致上北图抄本与元刻本相同者，而上图本则多与二本异。朝鲜刊本《排字礼部韵略》底本为梅溪书院排字本《新刊韵略》，与前面三种版本文字也多有异同。

《古今韵会举要》引述有所谓平水刘渊《壬子新刊礼部韵略》，简称“平水韵”，实际上也是王文郁的《新刊韵略》，可能是最早的《新刊韵略》版本。《韵会》引述的“平水韵增”436个韵字及其注释与现存《新刊韵略》基本一致①。其翻刻时增加了辨析文字点画讹误之“分毫字样”两项内容，但此版本失传，其中卷首《壬子新增分毫点画正误字》和《壬子新雕礼部分毫字样》两个文件，还保留在今元刻本《新刊韵略》中。元大德本应当是壬子新雕本的继续，不过它恢复了王韵原本许古正大六年(1229)序，同时增添了金韵因避讳而删除的金主庙讳字(参见下文叙述)。刊本之所以取名曰“新刊韵略”者，盖为区别刘渊本“壬子新刊礼部韵略”者。

所谓“壬子”者，即蒙古宪宗蒙哥二年(1252)，也就是南宋淳祐十二年(1252)，当时蒙古人虽占领金地，但没有国号名称及其君主庙讳等，故清代顾炎武等人误以为是南宋淳祐十二年“刘渊”者所修，这是一个很大的历史误会。《韵会》之所以称作“江北平水刘渊”韵云云，一方面是因为《壬子新刊礼部韵略》确确实实是金人的韵书，其时元初还没有编写《礼部韵略》之类的韵书(《韵会》初编于世祖二十九年，1292)，另一方面，用“刘渊”称代亡金外族政权，它只是一个假托的韵书作者名字，这是熊忠的隐讳之处②。

大德年间《新刊韵略》至少有两个版本，一是大德十年(1306)平水中和轩刻本，即藏台北图书馆的元刻本，“散字”编排；一是大德四年(1300)梅溪书院刊本，“排字”编排，这个本子国内失传，其版式保存在朝鲜韵书《排字礼部韵略》中。其中明天顺甲申年(1464)刻本卷一卷二之末保留了元刻牌记：“大德庚子良月梅溪书院刊行”。近年来敦煌莫高窟出土韵书残叶《排字韵》即属于这种刊本③。详见后叙。

二、《新刊韵略》与金人庙讳的关系

为了进一步确定《新刊韵略》与金代《礼部韵略》的关系，有必要讨论一下金主庙讳

①其中歌韵“瘸”字、屋韵“欶”字，《新刊》未见。

②参见田迪、张民权：《〈韵会〉引述刘渊〈壬子新刊礼部韵略〉性质考》，《山西大学学报》2018年第5期。

③参见拙文《朝鲜刊本〈排字礼部韵略〉述要》，《民俗典籍文字研究》2015年第十六辑。

字在韵书中的表现问题。

金朝受宋人避讳之风影响，避讳制度亦甚严。避讳字截至章宗为止，计有太祖旻、太宗晟、熙宗亶、海陵王亮（后讳除）①、徽宗宗峻、睿宗宗尧、世宗褎（后以此字似衰字改名雍）、宪宗允恭、章宗璟等。通过与《广韵》编排和注释比较，这些金人庙讳字，可以从《新刊韵略》小韵顺序与注释文字以及反切注音中反映出来。研究金代避讳的著述等都没有注意到韵书这些避讳材料，远者如清代周广业《经史避名汇考》，近者如陈垣《史讳举例》等，都未见引述。皆因《新刊韵略》鲜见于世而不知晓其原之故②。但章宗以后的金主庙讳字很难反映出来，虽然史籍有载避讳者，但韵书不见③。盖《新刊韵略》之底本为卫绍王时期的《礼部韵略》，或后来有所修改④。根据宋代《礼部韵略》，君主名讳除本字外，嫌名同音字亦须避讳，其小韵字皆在删汰之列，如太祖名讳匡胤，仁宗名讳祯，这些小韵字均不能出现在韵书中，除非已故君主祧庙不讳而补收之。这些在宋《礼部韵略》中可以看得很清楚。但由于大德本《新刊韵略》是根据《壬子新刊礼部韵略》覆刻的，而壬子本刊刻又是在金亡之后，因此，《新刊韵略》并不能完整体现金主避讳问题，原官韵中删汰的庙讳字所属小韵字作了适当的增收，其中痕迹非常明显。

金人庙讳之严，此以高祖完颜旻之事说之。周广业《经史避名汇考》考曰：

> 洪遵《松漠纪闻补遗》：金人庙讳尤严，不许人犯。尝有武弁经西元帅投牒误斥其讳，杖脊流递。武元初只讳旻，后有申请云旻闵也，遂并闵讳之。辛弃疾《南烬纪闻》：靖康二年五月，金锁闭帝后于小屋中，朱后有疾卧地。少帝谓左右曰："汝等可悯吾国破家亡，取汤水相救。"左右引去，曰："吾国禁卫讳言犯者，过于杀人。汝呼悯字已该大罪，尚欲索汤水耶？"不顾而去。⑤

今《新刊韵略》真韵"旻"字武巾切改作武中切，不仅如此，上声轸韵愍小韵下六字

①梗韵丙小韵"昞"注"光也亦作昺"，《广韵》作"亮也亦作昺。"此处或避海陵王亮讳，但漾韵"亮"作切下字均未改。如果是避讳，可以说明金人《礼部韵略》编撰的开始时间，海陵王讳是大定初（二年）废除的，那么金人礼部韵就是在海陵王当政时编写的。

②《新刊韵略》为清代嘉庆初黄丕烈收藏，钱大昕为此写了跋记。除钱大昕外，清代学者鲜有观及者。

③如宣宗名珣，《金史·梁持胜传》："梁持胜字经甫，本名询谊，避宣宗嫌名改焉。"哀宗初名守礼，后名守绪。《金史·贾益谦传》："贾益谦字彦亨，沃州人也，本名守谦，避哀宗讳改焉。"

④《金史·卫绍王纪》载，大安元年（1209）三月甲辰，诏曰："自今于朕名不连续，及昶、泳等字，不须别改。"《金史·宣宗纪》：贞祐元年（1213）闰九月"庚午，上复旧名珣，诏所司，告天地庙社，前所更二字，自今不须回避。"按所更二字为"从嘉"。但韵书中无论是"从嘉"还是"珣"，均无回避。

⑤周广业：《经史避名汇考》卷二十二，清钞本。

“愍憋悯闵敏瞥”，其偏旁“攵”捺笔缺点，与洪遵和辛弃疾记载合。金代刊刻的字书韵书也都是如此，如大定间邢准《增修累音引证群籍玉篇》，均能瞥见这些避讳字。

这里再以上声准韵显宗名讳允恭（后赐名允迪）为例，允恭为章帝完颜璟父亲，章帝即位后追尊为帝位，并诏令天下回避。准韵允小韵字作切下字者，均须改字，《广韵》中“准”“笋”“盾”“蠢”四小韵并以“尹”字为切，而韵本改为“准”字，因为“尹”与“允”同小韵为嫌名字，所以必须避讳；又蝡而允切，亦改为而准切。又本韵之末有尹小韵“尹允狁”三字，那是后来增加的韵字，《广韵》此小韵本在准小韵之后，增补的痕迹非常明显。很显然，《新刊韵略》准韵之后尹小韵是金亡之后，刊刻韵书者之修改，但反切字的讳改仍旧如此。又“迪”放在锡韵之末“新添”中，平声钟韵收有恭小韵，但次序与《广韵》差异很大，《广韵》恭小韵在韵末，而《新刊韵略》恭小韵在韵前第三位。所有这些都似乎可以说明，《壬子新刊礼部韵略》因避讳对韵字及其次序作了较大的修改。而后大德年间刊刻时沿袭了壬子本的修改，并直接改名为《新刊韵略》。

其他避讳改字的例子如，东韵芃字注释：“芃芃，草茂皃。”，草茂，《广韵》作“草盛”，金太宗名讳晟，“盛”与“晟”同音属嫌名字，故改“盛”为“茂”。本书注释中凡草木茂盛字皆改字，如齐韵妻小韵萋注“草茂皃”，先韵千小韵芊字注“草茂”，萧韵幺小韵葽字注“草茂皃”等均如此。又如《广韵》冬韵冬都宗切，彤徒宗切，琮藏宗切，鬆私宗切，金熙宗之父名宗峻，追尊景宣皇帝，令天下避讳之，故《新刊》四小韵“宗”作切下字时改作“冬”字。于是“宗庙”字要改为太庙，如豪韵“簝”字，注：“太庙盛肉竹器。”太庙，《广韵》作宗庙。

因为顾炎武等人没有见到《新刊韵略》及其避讳情况，所以从文献上认定所谓刘渊《壬子新刊礼部韵略》为宋朝《礼部韵略》修订本。值此可以澄清矣。

三、《新刊韵略》编排与《广韵》的关系

《新刊韵略》韵字及其反切注释等摘抄于《广韵》，①但其中讹误甚多，需要认真校勘。如上声二十八琰韵“憸”字，《广韵》七渐切，而《新刊》则讹为七斩切。“斩”在上声二十九豏，故知其误。各种版本及及朝鲜刊本《排字礼部韵略》误均如此，元代增修本《文场韵略》（见下）亦如此。又如二十六寝韵“锓”字，注曰：“爪刻櫕板”，《广韵》注释“爪刻镂版”。可知《新刊韵略》“櫕”字错误，于义不通，当为镂刻字。朝鲜《排字礼部韵略》甲种本、乙种本均如此，《文场韵略》亦如此。可知原本有误，而非版本异文问题，或者另有一

①《新刊》9300 余字，《广韵》26194 字，大概《新刊》摘录《广韵》近 9000 字。

个《广韵》版本系统来源①。

但《新刊韵略》并不是完全照抄《广韵》，而是有所调整或补充，并对《广韵》韵字编排错误有所更正。下以去声字为例。

1. 去声径韵编排与《广韵》差异较大。

《新刊》径韵包括證嶝二韵，其韵字与《广韵》颇有出入。證韵孕小韵以證切《广韵》有媵字，《新刊》删，而置于乘小韵食證切下，仅注明“又以證切”。这可能反映人们对媵的音读不确定。《文场韵略》删食證切媵字，而置于以證切孕字小韵下，或可说明一些问题。

又證韵食證切下甸字（六十四家为甸又堂练切），嶝韵古邓切恒字（月弦也，《诗》曰如月之恒）②，文末【新添】謦（丨欬言笑也，古定切），《广韵》皆无，均来自《集韵》。又嶝韵武亘切懵字（问也），《广韵》误作巾旁作幪（巾旁），与义不合，如宋本、巾箱本和泽存堂本，《新刊》给予改正。按黑水城《广韵》作“懵”。

2. 可资考正《广韵》韵字讹误。

正因为《新刊韵略》与《广韵》关系密切，所以，据《新刊》可考正《广韵》编排讹误及版本异文问题，甚至可以推测《新刊》所据《广韵》版本来源问题。

如《新刊》去声十七霰韵堂练切电小韵娗字，“美好皃”。而《广韵》娗作涏，从水，非从女。所有版本均如此。

考唐人韵书霰韵无涏字，此字为《广韵》所增，此字从水，其义当与水有关，故《新刊》改作女旁。《广韵》青韵庭小韵有娗字，注“好皃”，又上声挺小韵亦见娗字，注“长好皃”。可见娗才有美好之义。

《集韵》霰韵堂练切亦有涏字，但释义与《广韵》不同：“涏涏，光泽皃。”与《广韵》训释不同。宋《礼部韵略》平声青韵唐丁切有**娗字，注：**“娗娗，容也。”《集韵》或作婷。又《集韵》上声四十一迥韵，挺小韵待鼎切下娗字注曰：“《说文》女出病也。《博雅》娗娗，容也。《方言》妫娗，僈也。”《集韵》注释有些纷纭。

从上述考证看，《广韵》很可能是“娗”而不是“涏”。

①承蒙同学董婧宸君告知：《切韵》系韵书《王三》上声寝韵“锓，爪刻馈板”。《王一》平声盐韵“锓，鐀板”，上声寝韵“锓，爪刻馈板”。又《广韵》各本平声盐韵“锓，以爪刻柜版也。”上声寝韵的“锓”，黑水城北宋本、钜宋本、元大宋本“锓，爪刻樻版”，与《新刊韵略》同，当同出一源。谨此感谢！

②《广韵》去声不载此音义，盖认为“如月之恒”字应为“恒”，故阙疑之。

3. 可资考证《广韵》版本异文问题。

再看《新刊》去声宕韵擴字音释与《广韵》版本异同问题。

擴字,《新刊》注:**"摦村(打)也。平(乎)旷切。"**

很显然,"打"讹写为村,"乎"讹为平。今案《广韵》注释,巾箱本:"擴,《广雅》云摦打也。胡旷切。"巨宋本音义同。又杨守敬宋本和泽存堂本释义同,唯反切作乎旷切,"乎"与"胡"皆匣母,文字不同声韵相同。《四库全书》本《重修广韵》同泽存堂本。

可见《广韵》版本中有乎旷切音释者,是为《新刊》所本。然而,其原本编撰时究竟是乎旷切还是胡旷切?似乎难以确定。不过,考王仁煦《刊谬补缺切韵》载此字胡旷切,疑《广韵》胡旷切是。

这里再举个例子,《广韵》上声轸韵诊字,张氏泽存堂本、宋巾箱本、钜宋本、杨守敬宋本等均注释为"候脤",《新刊韵略》注释为"候脈"是,《广韵》诸本皆误,唯四库全书本《重修广韵》注"候脈",与《新刊韵略》同。"脤"乃"脈"形似而讹。《说文》作䘑,或体作"脈",后写作"衇"或"脉"。《史記·扁鹊传》行文四次皆为"候脉",《广韵》去声诊字即注"候脉"。又《广韵》麦韵:"䘑,《说文》曰:血理之分衺行体者。又作脈。经典亦作脉。"注文中"衺行"者,诸本《广韵》或作"衷行"(泽存堂本),或作"哀行"(巾箱本、钜宋本、杨氏宋本),或作"表行"(四库全书本),而《新刊韵略》䘑字注"衺行"。按元刻本如《覆元泰定本广韵》上声轸韵诊字注"候诊"亦误,唯入声䘑字注"衺行"不误。

四、《新刊韵略》在元代的增修与改版

仁宗元祐以后实行科举考试,朝廷以《新刊韵略》为科举指导用书,即《礼部韵略》。由于《新刊韵略》因金主庙讳问题影响了韵字的编排,后又在此基础上进一步修订,增加了韵字和注释,合并"新添""重添"字等,流传下来的韵书有《文场备用排字礼部韵略》(下简称《文场韵略》)①,以及《魁本排字通并礼部韵注》(下简称《魁本韵略》)等。《文场韵略》今藏日本和台湾,北图也有藏本,略有残叶。《魁本韵略》今藏台北故宫博物院,北图亦有残卷,缺损严重。他们都是同一种韵书的不同时期的刻本。这些韵书都是坊间刊

①此书卷一名为《文场备用排字礼部韵注》,但其余四卷名称均为《善本排字通并礼部韵略》,有时卷末省略"通并"二字,直接写《善本排字礼部韵略》。坊间刊刻时,为防官方咎责,故意在官韵《礼部韵略》书名前冠以其他名称,以掩盗版监本之嫌疑。

刻,《文场韵略》有日本藏元统乙亥年(惠宗元统三年,1335)吕氏会文书堂刊本①,以及台北图书馆藏元至正壬辰岁(惠宗至正十二年,1352)徐氏一山堂刊本。《魁本韵略》为乙亥年德新书堂刊刻②。这几个书堂皆在福建建阳。三种版本文字基本相同,略有少数异文。从刻印时间上看,日本藏元统本和台北博物院藏《魁本韵略》较早,他们可能是对元朝早期礼部刊刻的监本《韵略》的翻刻。

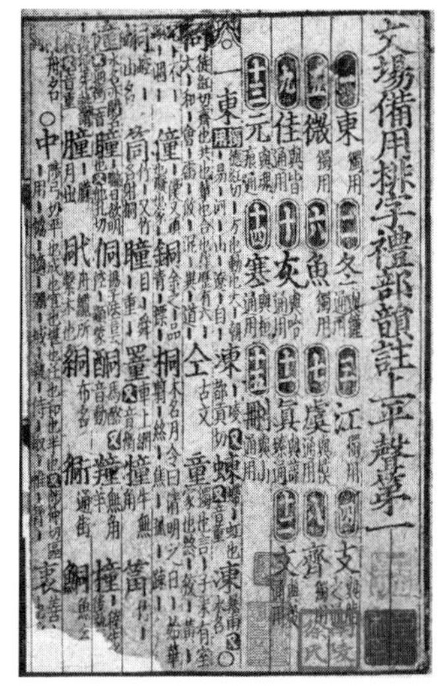

图 2.《文场韵略》与《魁本韵略》,左为台北图书馆藏本,中间为日本藏本,右为台北故宫博物院藏本。

增修本首先在版式上作了改进,采用了"排字"排版方式,《文场》本每半叶十三行,每行韵字数相对固定,每行六个韵字,双行小注;《魁本》十二行,每行七个韵字,整齐美观,便于阅读。梅溪书院刊行的《新刊韵略》即如此排版,增修本可能是受梅溪书院刊本影响而为(梅溪书院本半叶十三行,行五字)。卷首删去了《新刊》卷首许古序,并删去了

①是年改元为元至元年。

②参见傅增湘《藏园群书经眼录》卷二《魁本排字礼部韵注》条叙述。据其叙,封面题有"德新书堂""魁本排字礼部韵注"字样,目后有牌子,文曰"岁次乙亥孟秋碧溪吴氏新刊"。按傅氏所见韵书为残卷,"存去上入三卷",与现存于台北故宫博物院本和北图本有所不同。又据叶德辉《书林清话》:"富沙碧湾吴氏德新书堂后至元丁丑三年(1337)刻《四书章图纂释》二十卷"(卷四,叶十七)"碧湾"即"碧溪",德新书堂在建阳,元统乙亥年即元统三年,此年又为后至元元年。参见方彦寿著《建阳刻书史》(中国社会出版社,2003 年)相关章节。

《章表回避字样》一百六十余字①,《贡举条制》中增加了礼部新颁布的考试条例,其中重要的如延祐元年礼部删除了《章表回避字样》文字,曰:“称贺表章元禁字样太繁,今拟除全用。”②又说:“御名庙讳不考外,显然凶恶字样理宜回避,至于休祥极化等字,不须回避。”《新刊》卷首《壬子新增分毫点画正误字》和《壬子新雕礼部分毫字样》两个文件,增修本合并为一个文件,且改名曰《文场备用礼部韵注分毫点画正误字样》,但内容没有什么改动。字样后有一牌记文字(见图),叙述书院刻书之由,不烦录之于下。

圣朝科试,举子所将一《礼韵》耳。然唯张礼部敬夫定本最善,今复以诸韵参校,每一韵为增数字,凡增三千余字。释焉而详,择焉而精,敬用梓行,为文场寸晷之助云。元统乙亥吕氏会文书堂谨志。

台湾本也有这段文字,不过最后一句改为“至正壬辰徐氏一山书堂”。北图本则将最后一句刮去,盖盗印本如此。“张礼部敬夫”者不详谁氏,疑为金朝后期礼部官员③。现存《魁本韵略》,台北故宫本为清末杨守敬从日本访得,有杨氏跋记一篇,缺卷首《贡举条例》和分毫字样两个文件,不知是否有牌记文字,其刊刻年代等不详,好在傅增湘《藏园群书经眼录》记载了另一版本信息,知其为乙亥年(1335)德新书堂刊刻。如是,其刊刻年代与日本藏本同。北图残卷本字样后亦无牌记文字。以上为《文场韵略》等增修本之版本大概。

①《章表回避字样》一百六十余字,是个非常荒诞的避讳规定,如前面四句二十余字:“极尽归化忘(亡妄望同),昧驾遐仙斯(司四死同),病苦没泯灭,播晏徂(祚同)霭(哀爱同)奄。”如果这些字都要回避,那就无法写文章了。如果加上同音避讳字,可能二百字不止,如忘之“亡妄望”等。避讳体例曰:“右一百六十余字,谓其余可以类推,或止避本字,或随音旁及。”按此条例亦载于《元典章》卷二十八《进表》,但语句顺序与韵书有异。

②也许读者会疑曰:“现存《新刊韵略》乃延祐后的英宗至治年间刊刻的,为什么不按照延祐规定,删掉《章表回避字样》文字呢?”答曰:或许刊刻者为了保持原本面貌才如此。因为《文场》是修订本,无需顾及原书版式等。

③笔者颇疑牌记文字非吕氏会文书堂所记,而是篡用了金朝时某个书坊的牌记,“凡增三千余字”者,是金朝礼部对旧时《礼部韵略》增加的韵字,而不是元时《文场韵略》对《新刊韵略》之类所增加的韵字,因为《文场韵略》仅仅是多增加了1234个字,与“三千”不符。这个“张礼部敬夫”者,应该是金朝后期礼部官员。考《金史》章宗时有名臣张行简者,字敬甫,后人书写时“甫”与“夫”音同而混用。据《金史》,行简生于海陵王正隆元年(1156),卒于宣宗贞祐三年(1215),山东日照人。大定十九年(1179年)进士,始任应奉翰林文字,后转为翰林修撰,升为礼部郎中。史曰:“行简端悫慎密,为人主所知。自初入翰林至太常礼部,典贡举终身,搢绅以为荣。”其父张暐,亦历太常礼部二十余年,所以父子世为礼官。既然张行简为章宗时礼部官员,又典贡举终身,修订金朝《礼部韵略》是合乎情理的职内事情。所以,当时有书坊刻书打着“张礼部敬夫”的名号,也是为了增加卖点。献疑于此,以俟高明。

与《新刊》比较，增修本主要表现在韵字的增加上，除了极少数地方小韵次序更定或训释上略有改动外，在反切音系方面没有什么改动。《新刊韵略》有 9311 个韵字，而《文场韵略》增至 10545 个，增加了 1234 个。此外，《文场》将《新刊》"新添""重添"字按声韵关系，与韵中小韵重新作了合并，并对韵字的词藻略有增加。如《新刊韵略》模韵"梧"字，其注释为："丨桐木名苍丨庭丨魁丨井丨"。而《文场韵略》则为：梧（丨桐木名苍丨**栖**丨庭丨魁丨井丨**落**丨），增加了"栖梧"和"落梧"两个词藻。下面，我们再以东韵空小韵和公小韵说明之，括号中为原注释文字（原竖版今横排）。

〇空（苦红切虚也司丨偻丨三丨腹丨内丨碧丨长丨）**箜**（丨篌乐器师延所作靡靡之音）**崆**（丨峒【山名】）**悾**（悾丨信也悫也）**倥**＊（丨侗）**椌**＊（衣袂）〇**公**（古红切通也父也正也共也官也三丨论道公者无私也周丨先丨至丨上丨【大丨】【王丨】自丨奉丨肤丨害丨【不丨】）**功**（功绩也以劳定国曰功禹丨九丨众丨康丨即丨极丨懋丨天丨农丨告丨成丨）**工**（官也又工巧也天丨百丨即丨臣丨女丨【群丨】化丨）**刅**＊（铚刈也）玒＊（美玉）

以上注释中"丨"代表韵字，如司丨偻丨三丨，即为司空、偻空、三空，皆为韵藻，供举子诗赋策论考试参考。韵字后有＊号的，表示《新刊韵略》中没有的韵字。两组小韵一共增加了四个韵字：倥＊椌＊刅＊玒＊。这些韵字主要来自宋《礼部韵略》（无倥字）。在增加韵字的同时，注释也有所增加，主要是词藻（加【】者），如"**崆**"增加"山名"，"公"字增加"大丨王丨"（大公王公）等词藻。下面再举几个增加字的例子，东韵同小韵末几个字。这些字不见于《广韵》，或取于宋《礼部韵略》。

朣＊（丨胧月出）舩＊（舟缆所系木）絧＊（布名）衕＊（通街）鲖＊（鱼名）舸＊（舟名）

以上"朣""舩"二字《广韵》无。所以，我们推想《文场韵略》主要是参考宋《礼部韵略》增添韵字的。

《新刊韵略》原有"新添""重添"项目，即金朝礼部续降之韵字，《文场韵略》则将这些韵字按照声类关系重新做了合并处理。如钟韵"新添"有蜙（丨蝑诸容切）和摏（左传丨其喉书容切）两个韵字，而《文场》处理为：

蜙（丨蝑虫名），合并于钟小韵职容切下；

摏（撞也），合并于舂小韵书容切中，释义也有所更改。

因为诸容切与职容切声韵关系一致（诸与职皆照母三等字）。

这里再举两个例子：如《新刊韵略》齐韵后有"新添"二字：豯（礼泽薮曰丨养音奚），兒（诗云黄发丨齿音倪）。于是《文场韵略》本韵内奚小韵胡鸡切下收"豯"字，倪小韵五稽切下收“兒”字。

但《文场韵略》还不是最后修订本,它只是礼部初期修订本,后来,元朝礼部官员在旧本基础上又颁布了一些新的韵字,这些增加的韵字见于阴时夫《韵府群玉》和元人严毅编撰的《诗学集成押韵渊海》,二书所收韵字范围大于《文场》,它们是据新修订的《礼部韵略》收录韵字的①。如《押韵渊海》东韵共增收二十八字,其中同小韵添加“毴”“艟”“恫”“詷”四字,公小韵增加“攻”“釭”二字等,这些均为《新刊》《文场》所无②。元朝人将这些韵书统称为“礼部韵略”,用于科举考试,见之于《元史》等历史文献③。元代也大量地覆刻了宋代毛晃的《增修互注礼部韵略》,但不是官方指定的官韵书。

与《新刊韵略》比较,《文场韵略》简俗字很多,主要出现在注释文字中。这些简化字有很强的规律性,大多有偏旁类推的特点,或是根据行草楷化而类推。如“䜌”简化为“亦”,成为一个构形部件,于是“變戀蠻鸞鑾彎”等均简写成“变恋蛮鸾銮弯”;“齊”上半部简化成“文”,于是“齊濟齋劑躋薺儕”简写成“斉済斎剤跻荠侪”;“肅”字简化成“粛”,于是“肅簫嘯蕭”写成“粛箫啸萧”。这些简俗字成为我们现代汉语简化字的直接来源,如齊→斉→齐,肅→粛→肃,等等。简俗字是元代刻板的一个重要特点,反映了元代社会用字风尚。此类问题,本人有专文研究,曰《元代科举韵书〈文场韵略〉简俗字研究》,不叙④。

五、《蒙古字韵》与《新刊韵略》的关系

元朝建立,忽必烈至元初编写了《蒙古字韵》,它是以《新刊韵略》为基础而编写的,两本韵书在韵字收录范围上基本一致。所不同的是,《新刊韵略》是传统韵书编排形式——韵部分合与小韵反切注音以及释义等,而《蒙古字韵》则是平上去入四声相承,所有韵字都编排在十五个韵部内,一种全新的同音字群组合,后来周德清《中原音韵》编撰

①这些我们都做过深入的研究,参见张民权《严毅〈押韵渊海〉与元代〈礼部韵略〉研究》,《经学文献研究》,2021年第24辑。

②这些韵字应当是礼部官方所为,而非私家增订。是书凡例云:“诗韵旧编但取其有诗句者载之。今一依礼部备载,庶得见韵书之全,以俟来者。”按是书据卷首张复序,著于后至元庚辰四月,即惠宗至元六年(1340),是年诏复科举(元年曾诏罢科举),或期间礼部对旧《韵略》有所修订,故相较《文场韵略》韵字有所增加。

③《元史》卷八十一《选举志》:“乡试会试,许将《礼部韵略》外,余并不许怀挟文字,差搜捡怀挟官一员。”《元典章》三十一《选举》亦有类似记载。此《礼部韵略》就是据《新刊韵略》修订的官韵本。

④拙文在2019年9月上海复旦大学举办的第五届出土文献与上古汉语研究学术讨论会上宣读。

方式即如此。《新刊韵略》体现的仍是《切韵》音系，而《蒙古字韵》以当时变化的实际语音编排。盖当时蒙古人欲用于科举中，但与传统韵书不侔，难于用于诗赋写作。所以，《蒙古字韵》只能用于太学中学习蒙汉对音识字而用。

现存《蒙古字韵》以残本计算（其中麻韵部分残缺），全书共收八思巴字 818 个，汉字 9124 个（经过校正讹误等），麻韵残阙处可补八思巴字约 34 个，参照《新刊韵略》可补韵字约 300 个左右，原书韵字大致有 9420 多个①。《蒙古字韵》增收了一些韵字，故数量略大于《新刊韵略》。对此，我们曾做过全面的研究，并对《蒙古字韵》进行了必要的校勘②。

《蒙古字韵》是以当时北方官话音系为基础编写的蒙汉音译韵书，因此，一组小韵往往包含了《新刊韵略》几个韵部的韵字，尽管如此，两者之间韵字对应关系还是非常紧密。例如四支部第 9 列"知"音节平声一组小韵字：

（平声）知蜘胝祗砥支巵栀枝肢禔氏汦鳷榰脂之芝

这组小韵字实际上包含了《新刊韵略》支脂之三个韵部五组小韵的字。

支韵：○支（章移切）巵栀枝肢禔氏榰//○知（陟离切）蜘；

脂韵：○脂（旨夷切）祗汦砥//○胝（丁尼切）；

之韵：○之（止而切）芝//○（之韵平声无知母字）。

其时，《广韵》支脂之三韵完全合而为一，声类知庄章三组声母合流，故上述三组韵字可以合编在一起。

又如支部第 1 列"羁"字音节的一组小韵入声字：

1. 讫吃（迄）戟撠（陌）急汲给伋级（缉）殛憾亟諔襋棘（职）。

以上一组韵字横跨四个不同的入声韵部（见括号中标记），它们的韵尾收音皆不一样：迄-t、陌-k、缉-p、职-k，但至金元时期，其韵尾脱落，仅留下声调特征（紧促），所以变成了同音字。可见，《蒙古字韵》是一部非常重要的近代汉语语音史文献，弥足珍贵。

所以，《蒙古字韵》文献价值主要有二：一是与近代汉语语音史的关系，二是文献校勘价值。熊忠《古今韵会举要》对《蒙古字韵》也有引用，朝鲜时代崔世珍《四声通解》在音释方面援引了大量《蒙古字韵》，即八思巴注音，这些都是值得我们关注和研究的东西。

由于《蒙古字韵》与《新刊韵略》的关系，因此，可以借助《字韵》校勘《新刊》之讹误。如《字韵》真部第 36 列汾字音节平声"颁"字，《新刊》误作邠，注："鱼大首，亦众皃，又布

---

①韵字数各家统计略有出入，宁继福先生统计韵字为 9129 个，韩国学者郑光《蒙古字韵研究》统计数字亦同，杨耐思先生统计八思巴字字头 818 个，韵字为 9118 个。

②参见拙文《〈蒙古字韵〉编撰与近代官话语音史问题》，《山西大学学报》2016 年第 2 期；以及《新校〈蒙古字韵〉》，《文献语言学》2016 年第二辑等。

还切。”可知郤字为误。又如庚部第 11 列呈字音节憕字,《新刊》误作燈,注“平也”。可知当为憕字之误,台湾本、北图本和上图本均如此(下同)。而《字韵》正好可以校正其误。另外,《字韵》也有少数韵字由于《新刊》原刻本的错误而导致编纂者以讹传讹者,如《新刊》上声语韵楚小韵创举切下第三个韵字“憷”(痛也),误写作“楚”;上声潸韵“睆”(大目也。户版切),误写作“脘”。推想当时原本《新刊》即有如此错误,而《字韵》错误亦由此而来,遂有鱼部“憷”作“楚”,寒部“睆”作“脘”等。

所以,研究《新刊韵略》,必须考察《蒙古字韵》。

六、《新刊韵略》在高丽和朝鲜的历史传播

朝鲜从高丽时代(918—1392)起就仿照中国唐朝实行科举制度,进入朝鲜时代(1392—1910 年),继续沿用前代科举政策。朝鲜的科举制度从王氏高丽王朝的光宗九年(958)开始,一直延续到李氏朝鲜高宗三十一年(1894)废止,凡 936 年!科举取士的一项重要内容就是诗赋写作,它们都是韵文。韵文就需要韵书的韵部规矩,高丽时代科举考试使用何种韵书,现在虽不能确知,但完全可以推定,既然仿照唐朝科举制度,那无疑是《切韵》《唐韵》之类的韵书。高丽科举制度自光宗九年(958)至高丽末恭让王王瑶为止(1392),时间跨度在 430 余年,历经唐五代、辽宋金元时期,其前后韵书肯定不一样,朝鲜学者李圭景(1741—1793)曾研究曰:“胜朝光宗时,设科取士,则韵当用中国所行《切韵》。而自此以下,随历代所用矣。入于本朝,初因丽韵矣。”①因此,可以这样简而述之,南宋之前,高丽科场韵书使用的是《切韵》《唐韵》类韵书,宋金时使用的是金朝《礼部韵略》,金朝末至蒙元时代,使用的是自己编撰的韵书《韵略》和《三韵通考》,所谓“丽韵”者。进入李氏朝鲜时代,先是“初因丽韵”,而后使用的则是朝鲜人编撰的《排字礼部韵略》。此书大致在世祖李瑈时期(1455—1468)编刻成书②。

高丽后期科场韵书使用的是《韵略》和《三韵通考》,这点似乎无可置疑。今存日本藏残卷元本《韵略》,卷四去声目录叶为“礼部新降通并韵略”。关于《三韵通考》,朝鲜《奎章全韵》编者李德懋认为:“今世所行《三韵通考》,以平上去分三格,作横看,若年表世谱,附入声于后。……通用科场,为便要切近之书,但不能的知为何人所撰。”③关于

①李圭景《五洲衍文长笺散稿·经史篇》之《韵书辨证说》。韩国奎章阁图书馆藏本。

②本人有《朝鲜汉字韵书〈三韵通考〉研究》长篇论文,对此作了详细的研究。待刊。

③李德懋《青庄馆全书》卷之六十《盎叶记》七《三韵通考》条。

《排字礼部韵略》,甲申本金孟序言即题为“圣朝颁降《排字礼部韵略》序”。

这里必须做一些历史考察。高丽王朝前期与中国的辽金关系甚好(对辽金称臣,与宋断交),后期与元朝关系甚好(藩属国),从这种意义上说,前期可能使用了金朝《礼部韵略》,今韩国有两种重要韵书,一种为简本《韵略》,一种曰《三韵通考》。经过研究,在韵字编排上,《韵略》是《新刊韵略》的简编,而《三韵通考》是《韵略》的改编,两书韵字编写及其注释有很大的一致性。两书在韵字增删上与《新刊韵略》略有差异,尤其是《三韵通考》。对此,我们都做了深入细致的研究,毋庸置疑。这两种韵书都是金末之后编写,因为金朝被蒙古人灭亡以后,当时高丽人无可傍依,只好自己编纂韵书。而蒙古人也没有编写韵书,仁宗延祐科举使用的也是《新刊韵略》,而稍有增改而已。

关于《三韵通考》,中外学术界从中国的明代开始,包括当时的朝鲜学者,就不能确知其著作于何时何人,现在经过我们的研究,它实际上是在简本《韵略》的基础上改编的。而《韵略》韵字又与《新刊韵略》一致,因此,《韵略》与《三韵通考》都属于《新刊韵略》系韵书。清康熙后,朝鲜人又对《三韵通考》进行了增补,这些增补类韵书有朴斗世《三韵补遗》、金济谦、成孝基《增补三韵通考》、朴性源《华东正音通释韵考》、洪启禧《三韵声汇》、李德懋《奎章全韵》等。这些韵书与《新刊韵略》有直接的血统关系,属于《新刊韵略》的嬗变。

先是朝鲜世祖年代,朝鲜人据《新刊韵略》编撰了《排字礼部韵略》,作为自己本国科举考场韵书,成为有别于《三韵通考》的另一系韵书。

尽管李氏王朝称臣于中国明朝,但明朝科举考试中没有诗赋考试,所以明朝人没有编撰自己的“礼部韵略”,虽编纂了《洪武正韵》,但不是用来科举取士。当时考试科目,《明史·选举志》言曰:“科目者,沿唐宋之旧,而稍变其试士之法。专取四子书及《易》《书》《诗》《春秋》《礼记》五经命题试士。”也就是说,专考经义。其三场科目则为:初场试四书义三道,经义四道;二场试论一道,判五道,诏诰表内科一道;三场试经史时务策五道。概括之,就是经义、论、策三科,完全取消了诗赋考试。此有明一代科目取士之大略。科举取士仅强调经义而无诗赋,此大明王朝科举考试之缺憾,是使天下士子,学究风气有余而儒雅风采不足矣!

盖明人认为,诗赋考试乃词章之学,非关性命经济,且声律用韵拘拘于“沈韵”四声八病,士子在《礼部韵略》之下,“遂至毫发弗敢违背”。加上语音的历史变化,《广韵》206 韵抑或平水诗韵 106 韵,虽有同用独用之规定,但与实际语音出入甚多,若按礼部韵考试做诗,上与《诗经》三百篇不侔,下与时音不合,不古不今。此宋濂《洪武正韵序》之表述①。当然,这种认识是不可取的,诗赋考试主要检查考生文学才华,以及音韵文字的综合运用,至于诗韵之限,是形式技巧和检测手段,与《诗经》古音乃至时音不可同日而语。

而朝鲜自高丽以来,崇尚儒风,礼乐制度,一切轨仪中华,科举考试一以诗赋考试为主。在这种情况下,朝鲜人只能沿用前代的礼部韵即《三韵通考》之类。洪武三年(1370)实行科举取士,第二年,明太祖遣使来高丽颁科举诏,是年为高丽末恭愍王十九年(1371),希望高丽科举程序一依明制,然而明朝科举中没有诗赋考试科目,高丽难以遵行,因此,还是按照自己的科目考试进行。庆幸的是,尽管明朝人科举没有使用《新刊韵略》(或许是民族感情问题),但邻邦朝鲜人却将这一"香火"传承下来。后来朝鲜世祖年间根据《新刊韵略》编撰成《排字礼部韵略》,作为本朝科场韵书。根据调查,韩国现存《排字礼部韵略》各系版本韵书二十余种,估计在朝鲜民主共和国收藏的韵书不会比韩国少,只是中朝两国这方面文化交流甚少,无法调查统计。可见,《新刊韵略》在中国文化史上的影响极为深远。

今存元刊本《新刊韵略》卷首附有《圣朝颁降贡举三试程序》,包括元朝君主《御名庙讳》、《考试程序》和《章表回避字样》三条等,然后是《壬子新增分毫点画正误字》和《壬子新雕礼部分毫字样》两个附录。《排字礼部韵略》尽加删除之。从韵本正文内容看,除少数刻本讹误字不同外,《排字礼部韵略》与《新刊韵略》无异,在反切注释方面没有什么差异,这正好可以帮助我们两相校勘。如文韵"颁"字,《新刊》误作"邠",蒸韵"憕"字,《新刊》误作"燈",黠韵獦恪八切,《新刊》误作格八切,而朝鲜刊本《排字礼部韵略》不误。

下文将谈到,朝鲜《排字礼部韵略》之底本另有来源,其底本为大德四年(1300)梅溪书院所刊《新刊韵略》,早于大德十年(1306)中和轩本,与今存大德十年中和轩本《新刊韵略》为两个系统。该底本对原本《韵略》可能有所校改。

朝鲜《排字礼部韵略》刊本虽有很多,但从文字排版形式看,不外乎三个系列。

1. 甲种本(明天顺甲申本)。卷内平声末留有原书牌记"大德庚子良月梅溪书院刊行",五卷,卷首载明英宗天顺甲申年(八年,1464)金孟和黄从兄序言。韵本藏韩国国立中央图书馆和韩国延世大学等,台北故宫博物院及辽宁省图书馆亦有收藏。按大德庚子年为大德四年(1300),梅溪书院为南宋初著名学者王十朋(号梅溪)所建学院,其遗址在

①宋濂序中借用洪武之口言曰:"恭惟皇上,稽古右文,万几之暇,亲阅韵书。见其比类失伦,声音乖舛,召词臣谕之曰:韵学起于江左,殊失正音,有独用当并为通用者,如东冬、清青之类;亦有一韵当析为二韵者,如虞模、麻遮之属。如斯之类,不可枚举。"按《广韵》和《礼部韵略》,东冬不同部,清青不同用,《洪武正韵》并合并之,又析虞模为二,麻遮为二。按《中原音韵》即如此分合者。

今浙江乐清,当时为学堂讲学授徒之所,元时成为著名刻书坊,所刻书籍有阴时夫《韵府群玉》(元统二年刻板),传于今。

2. 乙种本(明嘉靖箕城本)①。刻本五卷,前后无序跋,韩国国会图书馆等有藏本。

3. 丙种本(万历仙岩书院本)。前有万历四十三年(1615)孙起阳序,后有丁敏道、朴琡同年跋识。韵书部分仅有四卷,上声去声混编为一卷,韩国延世大学等藏本甚多。现代影印本有韩国著名学者俞昌均先生序刻本。

朝鲜《排字礼部韵略》之底本,应当是大德四年梅溪书院排字本《新刊韵略》,两相对照,其版式完全一样(见附图)。但朝鲜韵书版刻文字古拙,受元代刻书风尚影响,俗写讹误严重,不如中国韵书刻板文字精善。甚至极为草率拙劣,而据甲申本金孟序,乃属淄流所镌,故书写不精。观睹张天锡《草书韵会》,其字体似有模仿元代赵秉文和张天锡之痕迹,笔画粗肥幼拙。

下面是梅溪书院《新刊韵略》图版与朝鲜甲申本《排字礼部韵略》之比较。

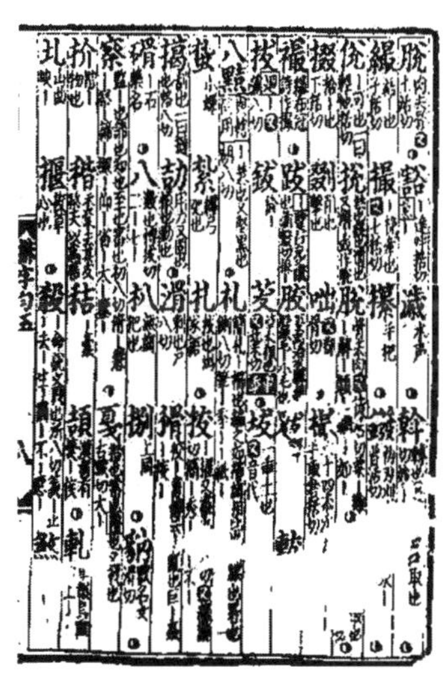

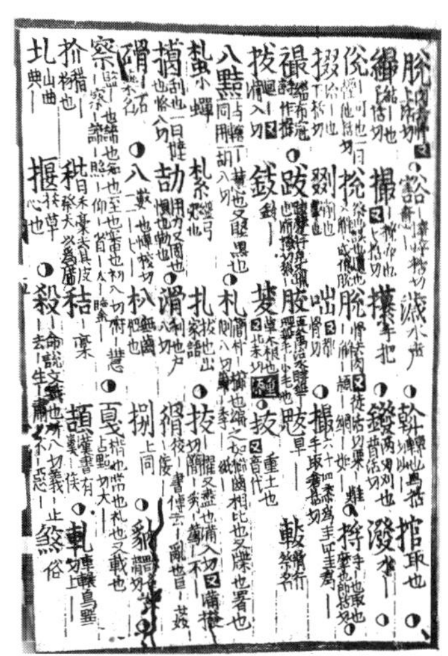

左图为敦煌《排字匀》入声第八叶,右图为朝鲜《排字礼部韵略》甲申本相应入声部分(北师大本,其他版本字体漫漶不清)。两相对照,朝鲜韵本在板式和韵字编排上与敦煌残卷完全一致。有些错误或俗写也相同,如濊(水声)和坺(又音代),按"代"为"伐"之误。其中朝鲜本坺误作拔,一臿土误作一重土。

①据报载,2015年十月,韩国以《儒教雕版印刷木刻板》向联合国教科文组织申请文化遗产中,有汉语韵书《排字礼部韵略》,刊刻年代为天顺四年(1460),其刊刻板式与箕城相同,是现存韵书中较早的版本,可惜未能刻印,具体内容不详,故权且以笔者所见韵本言之。

这里需要强调的是，敦煌莫高窟出土韵书残叶《排字匀(韵)》，就是大德庚子良月梅溪书院刊《排字礼部韵略》，可以信而无疑。残卷仅存卷五入声的第八叶、第九叶。版心有“排字匀五 / 八”标记。每半叶十三行，每行韵字五个，等距离排列，美观清晰，与朝鲜甲申本《排字礼部韵略》完全一致。因为甲申本保留了元刻牌记：“大德庚子良月梅溪书院刊行”，因此，完全可以推导梅溪书院本《新刊韵略》与敦煌残卷本的一致性关系。所以，朝鲜甲申本《排字礼部韵略》就是元代梅溪书院韵本的再版，毫无疑问。

再比较下图箕城本《排字礼部韵略》，板式与甲申本略有差异，文字刻写讹误俗字或同或异。如七曷韵末“重添”字坺“又音伐”，不误。八黠韵圠字，梅溪书院本“山曲块丨”，而甲申本和箕城本皆误作“山曲典丨”，硝，硝石藥名。甲申本不误，而箕城本误作“硝右薬名”(薬为藥之俗写)。也有梅溪书院本错误而甲申本和箕城本不误者，如“滑”字，大德本注“利也”，甲申本、箕城本同，但梅溪书院本误作“剌也”。由此可以推论，当时与梅溪书院本并行的还有一种版本，这种版本或为箕城本的原始底本。

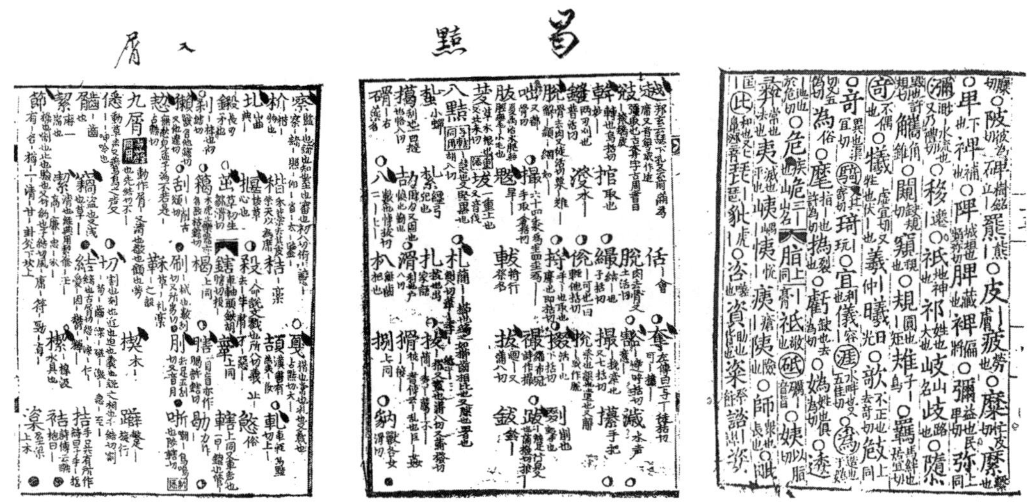

图表　韩国王室藏书阁藏箕城本《排字礼部韵略》。右为俄藏黑水城《韵略》残卷支韵部分。

这些韵书后均后附有《礼部玉篇》二卷。其内容实际上是将韵字按偏旁部首重新编排，以便索引查考，颇有研究使用价值。但《玉篇》与《韵略》在收字上略有参差①。《礼部

①根据我们的研究，《礼部玉篇》与现行《排字礼部韵略》韵字收录上有些差异，彼此有无，如耒部收有“耧”字，注释为“落侯切犁”，《排字礼部韵略》侯韵未有此字，但《韵略》与《三韵通考》有。

玉篇》编撰时间据有关资料，比甲申本等还要早，有一个版本的序言是在明宣宗宣德四年（1429）①。前面说过，高丽人据《新刊韵略》编撰了简本《韵略》和《三韵通考》，而进入李氏朝鲜王朝，编撰了《排字礼部韵略》，因此《礼部玉篇》可能是蒙元时期配合《韵略》而编撰的字书，故与《排字礼部韵略》有收字差异，而与《韵略》同。

七、《新刊韵略》与金代《礼部韵略》之源流关系

金代《礼部韵略》原本不存，我们认为，西夏故地黑水城出土的《韵略》残卷即为金代早期《礼部韵略》。此乃天之未丧斯文也。

先介绍残叶一些基本情况。

从韵字编排等内容看，残卷属于金代早期《礼部韵略》无疑。残卷中没有出现金主庙讳字诸如太祖旻、太宗晟、徽宗宗峻、睿宗宗尧、世宗褎（后改名雍）、章宗璟等，这是礼部韵编排的基本原则。可惜残卷仅存数叶，难见全貌，韵部只存平声支（部分）、脂、之（残缺）、皆（略有残缺）、灰、咍、真（部分）等八个，计有110组小韵，270多个韵字。与《新刊韵略》比较，每组小韵内所收韵字较少，很多韵字没有注释甚至没有切音，如上图支韵之皮小韵、卑小韵、陴小韵等均无反切。其小韵排列及其内部韵字次序与王文郁韵本一致，但也有少数按声类编排者，如上图支韵：○陂（彼为切）○皮（丨肤）○縻（忙皮切）○卑（下也）○陴（城垣也频弥切）○弥（益也民卑切），基本上是唇音系列。

在韵字收录上，校之《新刊韵略》多有省缺，如《新刊韵略》陂小韵有诐（辩辞），皮小韵有罢（倦也），縻小韵有醾（酴丨酒也），卑小韵有椑（木名似柹）箄（取鱼竹器），陴小韵有埤（附也增也），弥小韵有罙（罙入也），等等。兹以黑水城残卷完整的脂韵、灰韵、咍韵三个韵部字统计如下：

> 黑水城残卷：脂72，灰51，咍33；
> 《新刊韵略》：脂111，灰71，咍50；

三韵统计，《新刊韵略》增加了76字，黑水城仅有《新刊》的67%强，《新刊韵略》全书9311字，估计《韵略》原书稿仅有6300字弱。它可能是最初的金朝《礼部韵略》。而后金朝礼部修订时增加了3000字以上。联想到《文场韵略》牌记文字所言，张礼部敬夫定本最善，每一韵为增数字，凡增三千余字。3000加6000正好是9000。这个“张礼部敬夫”

①参见拙文《朝鲜刊本〈排字礼部韵略〉述要》，《民俗典籍文字研究》2015年第十六辑。

者，有可能是金朝后期章宗朝礼部官员张行简，字敬甫，“典贡举”几十年，主持修订过《礼部韵略》（参见上文第五节注释），这种修订过的《礼部韵略》，就是王文郁《新刊韵略》编撰的基础底本。

韵本注释简略，如九佳韵豺小韵以下（见下附图）：

【黑水城韵略】○豺（丨狼）侪（辈也）○差（拣也楚皆切又楚宜楚牙楚懈三切）○埋（沈丨谟皆）霾（风雨土也）○斋（洗心曰丨）○揩（磨拭也）○搋（以拳加物丑皆切）○澴（泥沦泒丨乌怀切）

【新刊韵略】○豺（狼属士皆切）侪（等也辈也类也吾丨同丨）○差（简也楚皆切又楚宜楚牙楚懈三切）○埋（瘞也藏也莫皆切久丨）**薶（上同）**霾（风而雨土为丨风丨昏丨）○斋（斋洁也亦庄也敬也经典通用齐也侧皆切心丨思丨致丨虚丨）○揩（揩攠磨拭口皆切）○搋（以拳加物丑皆切）

比较之下可以看出，王文郁《新刊韵略》做了很大的修订。原注释注音缺略的补上，原注释简略的尽量依从《广韵》完善，其中最大的修订是韵字注释中增加了韵藻。按之《广韵》，黑水城《韵略》注释只是对《广韵》节取或转释，而《新刊韵略》几乎是全部转抄。如“斋”字，黑水城注释是“洗心曰丨”，而《新刊》却是：“斋洁也，亦庄也，敬也。经典通用齐也。”又如“揩”，黑水城注释“磨拭也”，且无音切，而《新刊》注释为：“揩攠磨拭，口皆切。”与《广韵》注释完全一致。黑水城《韵略》韵末有澴小韵乌怀切，而《广韵》无，所以《新刊》亦无。按澴字见于《集韵》皆韵崴乌乖切小韵，注：“澴，泒澴，水不平皃。”可见当时金代《韵略》在韵字收录上除《广韵》外，还参考了《集韵》及宋《礼部韵略》等。

因此，残卷可能属于金之早期《礼部韵略》，早期粗率，后期完善，这是著述一般规律。早期者，大致在海陵天德三年（1151）之后至世宗完颜褎之大定初。考史，金之科举取士始于太宗天会元年（1123）。《金史·选举志》：“五年（1127），以河北河东初降，职员多阙，以辽宋之制不同，诏南北各因其素所习之业取士，号为南北选。熙宗天眷元年（1138）五月，诏南北选各以经义词赋两科取士。海陵庶人天德三年（1151），并南北选为一，罢经义策试两科，专以词赋取士。”又言：贞元元年（1153）定贡举程试条理格法。金人编撰《礼部韵略》一定是发生此时前后。因特别强调诗赋，才有编写韵书之必要。

又据《山西通志·经籍志》（卷175）载金人毛麾《平水韵》一部。可惜此韵书失传，其内容性质，盖为私人礼韵修订本。至于金礼部韵是否与之有关，存疑待考。史志载毛麾大定二年(1162)进士,临汾人,沁州知州,世宗朝校书郎①。

后来,礼部官员对原本《韵略》可能进行了多次修订,主要是添补韵字和注释等,其修订的内容就反映在《新刊韵略》的韵字收录上。《新刊韵略》韵部后多有"新添""重添"之标记,可以看出后来礼部官员对韵字的审定及增收情况。从韵部次序和同用独用规定看,此残卷应为106韵格式,如平声"十灰"下注"与咍同用","十一真"下注"与谆臻同用"。因此,此残卷当为金人场屋韵书,确凿无疑②。

《新刊韵略》许古序也透露了金人《礼部韵略》的一些信息,其曰:"稔闻先礼部韵,或讥其严且简。今私韵岁久,又无善本,文郁累年留意,随方见学士大夫,精加校雠,又少添注语,既详且当。……仆尝披览,贵于旧本远矣。"所谓官韵"严且简"者,它有两个意思,一是士子诗赋用韵,必须遵循礼部"官韵"范围规定(即同用独用),二是韵字注释简略。故有一些"私韵"修订本,王文郁韵书即是其中之一,但比"旧本"完善,"少添注语,既详且当"。其源流关系,亦在其中。

除黑水城《韵略》残卷和《新刊韵略》可资考证金人《礼部韵略》外,金人张天锡《草书韵会》也与金人《礼部韵略》有关。张天锡(1368?—1233)字君用,号锦溪,河中人,官至机察③。据完颜璹序跋,该书著于章宗明昌年间(1190—1195),以四十年之功力,集古名家草书一帖,名曰《草书韵会》。前有樗轩老人(完颜璹)和赵秉文正大八年(1231)序,对张天锡书法造诣评价甚高。此书国内无存,本文使用的是日本早稻田大学藏影印洪武二十九年(1396)刻本。

该书以金代《礼部韵略》为底本,抄写韵字,但没有全部抄写,而是有所省略,以今存

①《山西通志》记毛麾进士互相出入,如卷一百三十六《人物传》:"毛麾字牧达,平阳人,大定十六年举学行,特赐进士出身,授校书郎,入教宫掖,历太常博士,终于同知沁州军州事。有《平水集》行世。"但《金史·世宗本纪》载大定二十年(1180)世宗称赞毛麾的话:"校书郎毛麾,朕屡问以事,善应对,真该博老儒,可除太常职事,以备讨论。""该博老儒"一语,说明当时毛麾年龄较大,不像是前四年才举进士的人,所以其举进士当为大定二年。《山西通志》卷九十七田世英传,田世英大定二年进士,其"同年"者有毛麾等。

②有没有可能是辽或夏的科场韵书呢?可能性不大。虽然辽夏也曾有科举考试,但辽在宋以前,不可能用宋代官韵书同用独用之规定。史载圣宗统和六年(988)诏开贡举,而据厉鹗撰《辽史拾遗》卷十六《补选举志》考证,此前景宗保宁九年(977)也有科举,时值宋太宗太平兴国年间,当时宋代《礼部韵略》尚未编撰。西夏没有科举文献留存下来,难以索考,因此,宁可付之阙如。

③张天锡生年不详,其卒年为哀宗天兴二年。据《金史·姬汝作传》:天兴二年(1233),梁皋作乱,姬汝作被杀,哀宗甚嗟惜之,遣近侍张天锡为特使,诏岘山帅呼延实、登封帅范真并力讨皋,天锡以抚谕军民为名来皋营,"皋馆天锡于望崧楼,隐毒于食,天锡遂中毒而死。"以完颜璹序跋文字推考,张天锡遇害时大致在六十五岁左右,跋曰:"张公之于注书,其所用心非浅浅者矣。"此时张天锡至少在60岁以上,方可称"张公"。推测张氏生年在大定五年(1165)左右。

日本影印明刻本计算,其楷书字为 5591 字,此本略有残缺漫漶,参照《新刊韵略》,大致残缺二十余字①,原书韵字在 5620 字左右。校之《新刊韵略》缺三千六百多字,如《新刊韵略》东小韵有"蝀",同小韵有"峒罿橦筩曈侗酮穜"八字,《草书韵会》均无。凡金主庙讳及其嫌名字等没有出现在草书中,如太祖旻、太宗晟、熙宗亶、徽宗宗峻、睿宗宗尧、世宗褎(后改名雍)、宪宗允恭、章宗璟等均未出现。而《新刊》之旻、晟、尧、允、恭、璟等并见于韵书中。这可以说明两点,一是现存《新刊》之前身《壬子新刊礼部韵略》修订再刊时,增补了这些避讳字;二是张天锡《草书韵会》著作于章宗明昌年间,其底本《韵略》没有收录这些字。

《草书韵会》106 韵编排,以一东二冬三江四支五微序次,中间合并韵目如支后有脂之等不标注,但三个韵部的韵字还是没有杂乱。《新刊韵略》中的有些"新添""重添"字见于草书中,这些韵字也是位于韵末,如麻韵末"侉""涯""鰕"三字,蒸韵末"膺""陾"二字等皆为《新刊韵略》新添;阳韵末"谤"字、侵韵末"梫"等,皆为《新刊韵略》重添字。由此可以说明,《新刊韵略》所谓"新添""重添"字皆金朝礼部先后补充字,犹如宋代《礼部韵略》"续降""补遗"之例。据《韵会》,宋《礼部韵略》总共 9590 字,后有"续降"63 个,"补遗"61 个。②《新刊韵略》"新添""重添"字凡 175 个,但《草书韵会》可以查证的只有 9 个,遗缺甚多,或许两本韵书所依据的金代《礼部韵略》之底本有时代先后不同。《草书》底本《韵略》先于《新刊》底本《韵略》,故有如此差异。

根据《草书韵会》韵字收录情况,可以做一个基本的推论:王文郁所依据的金朝《礼部韵略》,大致是金章宗完颜璟泰和末或宣宗时礼部韵本,当时收录韵字在 9200 字左右,而张天锡《草书韵会》的底本是金章宗完颜璟前期的韵本,收录韵字约 9000 字左右。《新刊韵略》不仅补加了金主庙讳字,而且增加了一些又音异体字,如《新刊》齐韵有"豀嵠溪磎"四字异体,而《草书韵会》仅有"豀溪"二字,真韵《新刊》有"麕麇麏"三字,而《草书韵会》有"麕麇"二字,豪韵《新刊》有"鞿鞱韈"三字,而《草书韵会》仅有"鞿韈"二字,等等。虽然不排除张天锡有抄写遗漏因素,但基本的事实是,当时的金之《礼部韵略》没有全部照录《广韵》中的异体字,如黑水城《韵略》残卷九佳韵"埋"字,只有一个异体"霾"字,而《新刊》却多出"薶"字。

①如上声吻韵缺"吻刎粉"三字,铣韵茧小韵脱缺三字,捻小韵后脱缺四字,去声霰韵残叶至少脱十字。

②《四库全书提要》:"宋《礼部韵略》自景祐中丁度修定颁行,与九经同列学官,莫敢出入,其有增加之字,必奏请详定而后入。然所载续降六十三字,补遗六十一字,犹各于字下注明其音义。"(杨伯嵒《九经补韵》提要)熊忠《韵会》凡例:"《礼部韵略》元收九千五百九十字,有因申明续降及诸家补遗续添之字,旧于本韵后别作一类,今逐韵随音附入。"

宋高宗赵构曾著有《草书礼部韵宝》，照录宋景祐《礼部韵略》之全部韵字，9500多，分韵仍为206韵，未标记同用独用之功令。张天锡《草书韵会》收集史上名家草书，如有书法字体阙者必省录之，故仅有5600余字，是为缺憾。虽然，它还是反映了金人礼部韵略及其科场功令情况，同《新刊韵略》一起，证明了所谓平水韵106部非刘渊所为，而是金人功令如此。这是其文献价值之珍贵者。

八、《新刊韵略》与宋金《韵略》之关系辩证

无论是《新刊韵略》还是《文场韵略》，都属于金元《礼部韵略》之延续。不过，《新刊韵略》等只是金代《礼部韵略》后期私人修订本，它与原本《韵略》还有差异。对此，我们必须认识清楚，我们在《金代〈礼部韵略〉及相关韵书研究》(2014)一文中曾做过全面的研究。就《新刊韵略》而言，它确实为《广韵》简缩本，除少数后来添加字以及因避讳而改动的以外，韵字及注释以及小韵反切等均取自《广韵》，而原来的金朝《礼部韵略》可能不是如此。但《新刊》106韵框架及其同用独用等沿袭的还是金朝礼部规定，不与《广韵》同，其韵部分合参照《集韵》和宋人《礼部韵略》做了调整，将曾摄上去声分别合并到梗摄中，即拯等二韵并入迥韵，證嶝二韵并入径韵，故为106部。虽然，其内部仍保留206韵的框架，合并之韵部用鱼尾▬隔开，例如《广韵》五支六脂七之虽合并为四支，但其韵内仍标志脂之二韵目，形式上还是有区别。黑水城《韵略》残卷即如此(见上图脂韵标记)

《新刊韵略》只是吸收宋代《礼部韵略》韵部同用独用的长处，而在韵字编排和反切释义等方面没有关系。宋代《礼部韵略》编撰分前后两个时期，前期是景德年间陈彭年等编撰《广韵》时编撰的，至仁宗景祐年间由丁度等人作了修订，调整了原来一些同用独用的规定，合并了所谓"窄韵十三处"，《集韵》编撰时就是按照《礼部韵略》框架进行的。作为科场韵书，无论是金代还是宋代，《礼部韵略》编撰在韵字及其注释上都很简略，后来私人修订才丰盛起来，主要是在注释上。传世的宋代无名氏《附释文互注礼部韵略》和毛晃《增修互注礼部韵略》即是如此，同样，王文郁《新刊韵略》也是对金代《礼部韵略》的修订，尽管韵字没有增加，但注释文字繁富了，参见下文所附图版。其增注的一项重要内容，就是搜罗了与韵字有关的大量词藻，如九佳韵"斋"字有"心丨思丨致丨虚丨"等，广收词藻成为金元《礼部韵略》的一个重要特色。黑水城《韵略》也有词藻，但很少，如灰韵"缞"字注："正。本作衰也。苴丨缌丨。""丨"代表韵字，此金代韵书的编辑特点。

宋朝灭亡以后，元朝建立，宋《礼部韵略》不再使用中，取而代之的是《新刊韵略》，元

代人把它修订为科场韵书，所谓“礼部韵略”，见于《元史》等文献称呼①。明朝取消诗赋考试，清朝科举虽然没有直接使用《新刊韵略》（当时未见），但作为官韵书的《佩文诗韵》使用的仍然是106部的诗韵，只是韵字多于《新刊》而已。《佩文诗韵》是据《佩文韵府》编纂的，而《佩文韵府》是根据《韵府群玉》编撰的，《韵府群玉》又是参用元《礼部韵略》，《礼部韵略》又是《新刊韵略》的修订本，所以说，清科举韵书《佩文诗韵》与《新刊韵略》一脉相承。只是韵字差异而已。其字数，据《四库全书提要》，“《佩文诗韵》所收一万二百五十二字”②，然而，根据我们对台北故宫博物院收藏的清内府本《佩文韵略》，统计韵字为10222个。其韵部名称与《新刊》相同③。因此，《新刊韵略》对近代元明清时期的中国历史文化产生了深刻的影响。

为了直观地表现北宋《韵略》与金人《韵略》的异同情况，下面是南城本北宋《礼部韵略》与《新刊韵略》和黑水城《韵略》残卷比较图。

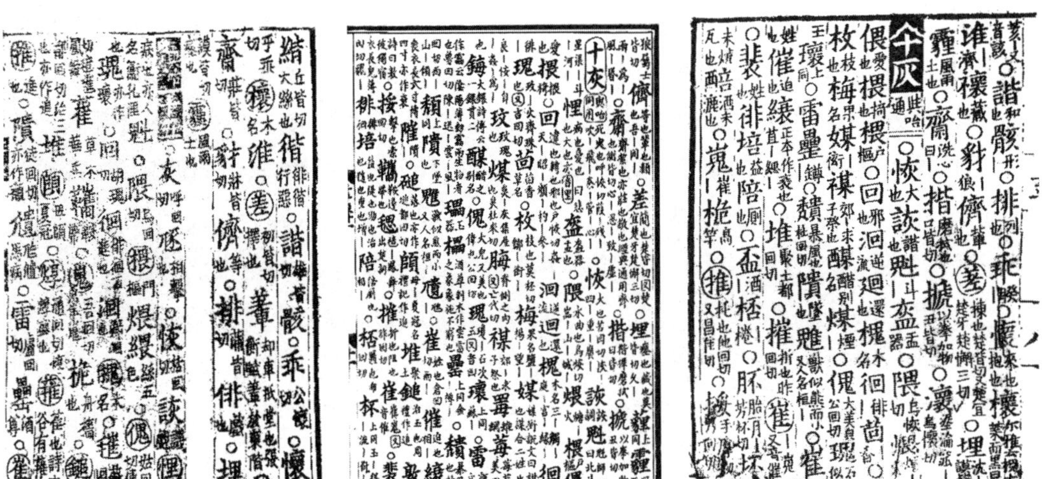

图表1　北宋《礼部韵略》，北图清抄本《新刊韵略》，黑水城《韵略》残卷。从上图可以看出，宋《礼部韵略》是206部韵次排列，故灰韵为十五，而《新刊》和黑水城《韵略》按合并的106部韵次排列，故灰为十。此宋韵金韵之差异。

①《元史·选举志》：“乡试、会试，许将《礼部韵略》外，余并不许怀挟文字。差搜捡怀挟官一员。”

②《音韵阐微》提要。按康熙中据《佩文韵府》纂定《佩文诗韵》，106韵，每字下系以切音并诂释。因篇幅巨大，不便实用，乾隆中私家改编本甚多，其中以周兆基《佩文诗韵释要》五卷为优。该书删去韵中训诂注释和切音，主要辨析又音，多有可取处，成为清代最流行的诗韵书。该书每个韵部下都标注了韵字数量，可考察出《佩文诗韵》韵字情况，但周书后人校刻时又增收了很多韵字，总数达10305字。

③嘉庆后上声琰部改作俭部，嘉庆名讳颙琰，因讳改，如《佩文诗韵释要》上声二十八俭部。

读者可以比较上述三种《韵略》,为此,我们不厌其烦地列出其中几个方面内容。

(一)小韵字数方面。1.灰韵灰小韵,南城本《韵略》有二字,多出⿸厂瓦字;2.恢小韵北宋《韵略》和《新刊》有五字,比黑水城《韵略》多出悝字;3.隈小韵,北宋《韵略》四字,《新刊》和黑水城《韵略》均五字,北宋《韵略》有缌字,而《新刊》和黑水城《韵略》无,却有偎(爱也)猥(猥掎)二字。(二)小韵次序安排,《新刊》和黑水城《韵略》比较一致。而北宋本《韵略》却小韵错落。(三)反切注音上,北宋本反切是一个系统,黑水城《韵略》省略反切者多,如有者与《新刊》基本相同。(四)小韵多寡上,北宋本《韵略》和《新刊韵略》灰韵有心纽一个小韵,北宋本⿺毛崔苏回切,《新刊》挼索回切,而黑水城《韵略》无;黑水城《韵略》佳韵有瀤小韵(乌怀切),而北宋本等无。(五)韵字正俗及注释方面,三种韵书差异较大。如佳韵"差"字,北宋本"择也",《新刊》本"简也",黑水城本"拣也"。"择"是古语①,"简"是《广韵》解释,实际上是假借字,"拣"是通语。(六)在韵字又音圈注上,《新刊》无,北宋本和黑水城本均对又音字有圈注,但圈注或同或异,如灰韵"椳"字"傀"字,北宋本有圈,而黑水城本无。

按宋本《韵略》,"椳"字又见去声贿韵乌贿切,"傀"字又见上声纸韵古委切,北宋本《韵略》圈注是对的。又音圈注对于士子科场诗赋考试很重要,如"推"字汤回切(托也)又昌隹切(脂韵,排也),所以此字既可在灰咍韵押用,又可以在支脂韵使用,但要注意音义关系的一致性。黑水城《韵略》在又音方面或严谨不够,或韵本未收"椳"字"傀"字又音,所以没有圈注。今韵本残缺,不可考知。

综合上述情况看,金人《礼部韵略》性质上与宋人《礼部韵略》体系不一样,金人礼部韵大体遵循《广韵》编排体例,摘录其中韵字,节取《广韵》注释,有时会改变《广韵》文字的正俗观念,按当时词义注解。如"桮杯盃"三字,《广韵》为一组异体字,其注释曰:"桮,《说文》曰:䀀也。布回切。"杯(上同)盃(俗)。《新刊》所录韵字及注释全依从之。而黑水城《韵略》则为:盃(酒丨)桮(丨棬),并剔除"杯"字。北宋本《韵略》只有一个"杯"字,注曰:"晡枚切,亦作盃。"所以,北宋《礼部韵略》与《广韵》是两个不同编纂体例的韵书,因为北宋《韵略》在小韵次序编排、反切注音以及注释等均不一致。

需要辩证的是,金代《礼部韵略》并非宋初真宗景德年间编写的《韵略》,即所谓《景德韵略》,二者没有什么关系。很多学者坚持认为,金人《礼部韵略》就是宋《景德韵略》

①《小雅·吉日》二章"吉日庚午,既差我马。"毛传:"差,择也。"

的翻版(如宁继福先生等)①,可惜,没有直接的文献证据能够证明其说。他们唯一的推论就是《新刊韵略》韵字及小韵反切注释等,均与《广韵》同,而《广韵》和北宋《景德韵略》均为陈彭年主编。殊不知,《新刊韵略》不完全等于金人《礼部韵略》,它仅仅是个修订本,修订本为求雅求正,几乎完全采用了《广韵》韵字编排包括注释。直到近几年发现了俄藏黑水城《韵略》残卷,才动摇了既往的学术观念(见上图)。

所以,将金代《礼部韵略》说成是宋景德《韵略》,是缺乏基本的历史文献根据,而从王文郁《新刊韵略》与《广韵》韵字次序和注释相同,推导出金人《礼部韵略》与宋景德《韵略》的关系,也是不能成立的。

实际上,所谓仁宗景祐《韵略》,实乃真宗景德《韵略》之延伸,也就说,景祐《韵略》是在景德《韵略》基础上修订的。修订的内容主要是合并"十三窄韵",并对韵部次序作了相应的调整,例如按照新规定,平声咸衔与凡同用,盐添与严同用,这六个韵部的次序就要重新调整,请看下表对比。

宋《广韵》同用独用及韵次	宋景祐《礼部韵略》同用独用及韵次
盐第二十四(添同用),添第二十五;咸第二十六(衔同用),衔第二十七;严第二十八(凡同用),凡第二十九。	二十四盐(与添严同用),二十五添,二十六严;二十七咸(与衔凡同用),二十八衔,二十九凡。

看得出,由于严韵提前,使得咸衔二韵次序后移。可以肯定,景德《韵略》应当与《广韵》功令相同,韵次也一样,但表述与景祐《韵略》同(数字在前,韵目在后)。

景祐《韵略》原本虽不见,而日本真福寺藏北宋本,以及新近发现的抚州南城北宋本《礼部韵略》,即为它的覆刻修订本,我们虽然不能看到景德《韵略》原本,而现存的北宋刊本即可窥见其原貌,如果忽略后来修改的枝节因素,其原貌基本如此。

附《新刊韵略》韵目:

盐第十四(添严同用),咸第十五(衔凡同用)

最后的结论就是,金韵与宋韵是性质不同的两个场屋韵书系统,《新刊韵略》是金韵的修订完善本,景祐《韵略》是景德《韵略》的延续。

①宁忌浮先生在《古今韵会举要及相关韵书》第二章《礼部韵略考》中推论说:"大金国的《韵略》,显然是拿早被宋人废弃了的景德《韵略》作蓝本,稍加修订而成。修订的最主要内容是将 206 韵并为 106 部。"(第 131 页)。至今很多青年学者都接受这种观点,其实他们很多人都没有看到或研究过黑水城《韵略》残卷。

九、结语

《新刊韵略》在韵书史上有着重要的学术价值,因它产生了元代《礼部韵略》,阴时夫《韵府群玉》先是参考宋人《礼部韵略》编撰,尔后元统间梅溪书院刊刻,重新调整为根据元代《礼部韵略》修订,包括韵部和小韵及韵字次序等,以韵系事,广收词藻,它既是一种具有类书性质的韵书,同时也是诗韵之书,经过比较,其小韵编排及其反切80%以上与《新刊韵略》相同,也是106韵框架,受《新刊韵略》影响明显。所以,元代《礼部韵略》系韵书,除了《文场韵略》和《魁本韵略》外,《韵府群玉》和严毅《诗学集成押韵渊海》等均属其列。这些韵书在历史上也曾被称作"平水韵",它是元明清时期近体诗写作和词赋用韵的参考书,所谓诗韵。过去明清人没有看见过《新刊韵略》等韵书,把《韵府群玉》视为"诗韵"的"大辂之椎轮",其实其祖本还是《新刊韵略》。明代科举虽取消诗赋考试,但明代文人近体诗用韵仍是"平水韵"106部,并且明代人编撰了很多诗韵著作,如北京图书馆所藏善本韵书有潘恩《诗韵辑略》、龚大器《古今诗韵释义》、关西修髯子《诗韵释义》、无名氏《诗韵捷径》等,均为诗韵106韵的注释,虽或增加"古音"通协字(潘龚二子),但主体框架还是参照《韵府群玉》106部诗韵。清代人参照《韵府群玉》和凌以栋《五车韵瑞》,编撰了《佩文韵府》和《佩文诗韵》,用于科举取士。可以说,自元明清以来,官方民间使用的都是106部近体诗格律①。1905年,清庭下诏废除科举考试,但旧体诗写作并没有完全消失,我们看到,在民间,好多文人学者仍在用这种旧时诗韵咏物抒怀,血脉绵延,如毛泽东的诗词用韵基本上是"平水诗"韵,就很能说明问题②。

作为"诗韵"之祖的颜真卿《韵海镜源》今日虽不可见,而作为诗韵著作的《新刊韵略》等系列韵书则呈现在我们面前,使我们得以认知什么是"诗韵"著作。宋代,由《切韵》《唐韵》发展成《广韵》,金元时代由《广韵》再演变为《新刊韵略》等,而固化为"诗韵"模式。《新刊韵略》传到朝鲜,朝鲜人以之为基础,编撰了《韵略》和《三韵通考》,以及《排

---

①清人邵长蘅《古今韵略》例言可以反映这一历史事实。其曰:"时又有阴氏(时夫时中)兄弟,著《韵府群玉》,其部分依刘氏,删并上声之拯部,存一百六部,字数较刘氏删减三千一百字,存八千八百余字,此即今时通行韵本也。"又曰:"惟平水刘渊韵自元至今,词人相承用之,而经阴氏删并,已失其旧。迩来俗刻纷员,纰漏逾甚,就坊行本校之,则上海潘氏(恩)《诗韵辑略》差善矣。……予因取为草稿,详加订正云。"可见明人潘恩《诗韵辑略》至清邵长蘅等使用的皆为"通行韵本"《韵府群玉》。

②如五律《挽戴安澜将军》:"外侮需人御,将军赋采薇。师称机械化,勇夺虎罴威。浴血冬瓜守,驱倭棠吉归。沙场竟殒命,壮志也无违。"押的全是平水韵五微韵。又如七律《和郭沫若同志》(一从大地起风雷,便有精生白骨堆),韵脚字为"雷堆灾埃来",使用的是平水诗韵平声十灰韵。

字礼部韵略》等,并由《三韵通考》衍生了一大批韵书,在中国科举史和朝鲜科举史上产生了极为深远的影响。

俄藏黑水城出土的《韵略》残卷,是金人较早编辑的《礼部韵略》,其韵字编排及音义注释等与《广韵》差异甚多,与王文郁编写的《新刊韵略》既有差别又有一致性。张天锡《草书韵会》可窥见金《礼部韵略》一些面貌,与《新刊韵略》形成层次上的互证关系。在韵字收录上,《新刊韵略》经历了金代《礼部韵略》早期编撰和晚期修订几个阶段。金代《礼部韵略》是金人自己编撰的场屋韵书,与宋景德《韵略》乃两个系统,景祐《韵略》与景德《韵略》才是相承关系。黑水城《韵略》,日本真福寺本和南城本《礼部韵略》可以解释这一切。旧时代学者由于未见王文郁《新刊韵略》,也不通晓金代《礼部韵略》之存否,因而总是把"刘渊韵"视为宋《礼部韵略》,殊不知"刘渊韵"是金人场屋功令韵书,与宋《礼部韵略》不可同日而语。而熊忠在《古今韵会举要》里又用了障眼法,所谓据平水刘渊《壬子新刊礼部韵略》增加"四百三十六"字,遂使这一历史问题扑朔迷离,混淆至今。

金人礼部韵略和《新刊韵略》,实现了《切韵》系传统韵书由辞书性质到实用功能的历史转换,即固化成传统旧体诗韵之106韵模式。庆幸的是,《新刊韵略》106韵模式,虽然明代科举中未能使用,但通过元代阴时夫的《韵府群玉》编撰,转而产生出元明清以来一系列的诗韵著作。这是自《切韵》以来,中华文化的血脉,生生不息。

按诗韵著作自金元以来很多,自阴时夫《韵府群玉》之后,发展为广收词藻的韵书著作,所谓"以事系韵,以韵摘事"的著作体例,所以诗韵著作包括两类,一类是继承"韵府"类书性体例的韵书,一类是摘录其韵字的传统性韵字注释类韵书。它们都是106韵框架,故称"诗韵"。

故追溯《新刊韵略》之源流,其发展及其嬗变可用下图韵书演示:

(一)蒙元韵书系

1. 元宪宗壬子《新刊礼部韵略》(平水韵),

2. 元大德刊本《新刊韵略》(中和轩散字本、梅溪书院排字本);

3. 元增修本《文场韵略》《魁本韵略》;

4. 明清各种诗韵著作如潘恩《诗韵辑略》、徐尔铉《诗韵考裁》;(清)李渔《笠翁诗韵》、邵长蘅《古今韵略》之类①。

(二)高丽朝鲜礼部韵略系韵书

5. 高丽《韵略》;

①这些著作以阴时夫《韵府群玉》韵字编撰为基础,主要是韵字注释,姑且置于此类。

6. 高丽《三韵通考》;

7. 朝鲜《排字礼部韵略》;

8. 朝鲜《三韵通考》增补系列:

——《增补三韵通考》、《华东正音通释韵考》、《三韵声汇》、《三韵补遗》、《奎章全韵》。

(三)蒙汉对音类韵书

9. 元《蒙古字韵》;

(四)《韵府》类诗韵系

10. 阴时夫《韵府群玉》;

11. 严毅《诗学集成押韵渊海》;

12. 明余象斗《诗韵正宗》;

12. 清《佩文韵府》《佩文诗韵》;

13.《佩文诗韵》改编本系列:

——吴省钦《官韵考异》、无名氏《新镌诗韵》、余照《诗韵集成》《诗韵珠玑》、周兆基《佩文诗韵释要》、汤祥瑟《诗韵全璧》等。

以上除个别外,均为金元明清以来诗韵著作,但明清时期韵书仅为举例性质,未能穷尽。有些韵书与《新刊韵略》虽没有直接的传承关系,却有着间接传承关系,如阴时夫《韵府群玉》和严毅编撰的《诗学集成押韵渊海》等。而明清时期的韵书多从《韵府》发展而来。有些韵书,其编撰形式有所改变,如《蒙古字韵》与朝鲜韵书《三韵通考》之类,是为《新刊韵略》嬗变关系。

迄今为止,海内外学术界还没有人对这些韵书文献进行过全面的整理和研究,国内宁忌浮先生在他的《古今韵会举要及相关韵书》中,虽对《新刊韵略》等有专门章节讨论,但仍不够全面,有很多问题实际上还没有解决,例如《新刊韵略》的编撰性质问题、反切改动与金人避讳关系、词藻问题等,鲜见涉及。一些有关韵书史的文章,也仅仅是停留在刘渊《平水韵》与王文郁《新刊韵略》关系的辩证上,一遍遍地重复着清代钱大昕发现《新刊韵略》,以及王国维发现金人张天锡《草书韵会》等关于“平水韵”的是非观点。而关于《文场韵略》《魁本韵略》的专门研究,更是鲜有问津者。至于《新刊韵略》与朝鲜韵书《韵略》及《排字礼部韵略》之关系,海外除了日本、韩国学者有少数论文涉及外,国内研究者绝寡。近十年来,我们一直坚持这个课题研究,先后发表了多篇相关论文,并进行了《新刊韵略》系韵书的文献整理，争取早日出版，使这些珍贵历史文化遗产流传不衰。至于《三韵通考》等朝鲜韵书，我们也正在研究中，已撰成七万多字的系列论文，另择期发表。

参考文献

王文郁：《新刊韵略》，上海图书馆、北京图书馆藏清抄本和台湾图书馆藏元刻本。

王文郁：《排字礼部韵略》，朝鲜明天顺甲申年覆刻元大德四年梅溪书院刊本等。

张天锡：《草书韵会》，日本早稻田大学藏本等。

无名氏：《文场备用排字礼部韵注》，日本内阁文库藏元统三年吕氏会文堂刊本等。

无名氏：《魁本排字通并礼部韵注》，台北故宫博物院藏元刻本和北图藏元刻残卷本。

阴时夫：《韵府群玉》，北图藏元统二年梅溪书院刊本，四库全书本。

黄公绍、熊忠著，宁忌浮校勘：《古今韵会举要》，北京：中华书局，2000 年。

无名氏，照那斯图、杨耐思校勘：《蒙古字韵》，北京：民族出版社，1987 年。

周兆基：《佩文诗韵释要》，清刻本。

宁忌浮：《古今韵会举要及相关韵书》，北京：中华书局，1997 年。

宁忌浮：《汉语韵书史》（明代卷），上海：上海人民出版社，2009 年。

宁忌浮：《汉语韵书史》（金元卷），上海：上海人民出版社，2016 年。

聂鸿音、孙伯君《黑水城出土音韵学文献研究》，北京：文物出版社，2006 年。

郑麟趾：《高丽史》卷七十三《选举志》，四库全书存目丛书影印明刻本，济南：齐鲁书社，1996 年。

〔明〕无名氏：《朝鲜志》，清文渊阁四库全书本。

无名氏：《李朝实录》，朝鲜科学院、中国科学院编，北京：科学出版社 1959 影印本。

田迪：《王文郁〈新刊韵略〉研究》，中国传媒大学 2013 年硕士论文。

田迪：《〈蒙古字韵〉与近代官话语音史研究》，中国传媒大学 2016 年博士论文。

田迪、张民权：《〈韵会〉引述刘渊〈壬子新刊礼部韵略〉性质考》，《山西大学学报》2018 年第 5 辑。

张民权：《〈礼部韵略〉与〈集韵〉关系之辩证》，《汉语史集刊》2008 年第十一辑。

张民权：《宋代韵书史及相关历史问题考论》，《中国语言学报》2012 年第 15 期。

张民权、田迪：《金代〈礼部韵略〉及相关韵书研究》，《中国语言学报》2014 年第 16 期。

张民权：《朝鲜刊本〈排字礼部韵略〉述要》，《民俗典籍文字研究》2015 年第十六辑。

张民权：《朝鲜韵书〈排字礼部韵略〉仙岩书院版本考》，《中华经典海外传播》，光明日报出版社 2016 年。

康寔镇:《朝鲜의韵书研究》,中国语文论集第八辑,1993 年。
申祐先:《〈排字礼部韵略〉、〈新刊韵略〉及〈排字韵〉之间的关系》,中国语文论集第 62 号,2010 年。
俞昌均:《仙岩书院藏板〈礼部韵略〉》,朝鲜明万历乙卯年仙岩书院刻本解题。

The origin and historical evolution of Wang wenyu's *Xin kan yun lue*

Zhang Minquan

Abstract:Wang Wenyu revised *Xin kan yun lue* based on the *Li bu yun lue* of Jin dynasty,and the book of *Xin kan yun lue* was used as normal rhyme book for imperial examination when Jin dynasty felled and the Mongols occupied the Central Plains,then the book was further revised as the *Li bu yun lue* of Yuan dynasty. The rhyme books revised and preserved in Yuan dynasty contain *Wen chang yun lue* and *Kui ben yun lue* (all engraved privately) . Local people had adapt *Xin kan yun lue* for *Yun lue*,*San yun tong kao*,*Pai zi li bu yun lue* and so on, When this book spread to North Korea. Kublai Khan compiled *Meng gu zi yun* based upon *Xin kan yun lue* in early Yuan dynasty. As the rhyme book of transliteration between Mongolian and Chinese,*Meng gu zi yun*,with no Fnqie phonetic and paraphrase of words,had only recorded a series group of homophones with arrangement of four tones,which had opened a new page of *Zhong yuan yin yun*'s organization. This is the change of the *Xin kan yun lue*. *Xin kan yun lue* has been buried for hundreds of years since its publication,and the academic world has not really understood the nature of this book so far,or even produce misunderstandings and wrong ideas,therefore,it is important to explore and research the historical origin and academic value of this book. This paper,which makes full use of unearthed literature,investigates its evolution and development,studies related books,and then makes a historical dialectic identification and demonstration to the nature of this book and of its right and wrongs of the question.

明清以来四川官话泥来母的读音类型及其历史演变*

王　振

（四川师范大学文学院）

提要：四川官话泥来母相混早在明代已有端倪，清代以来普遍相混。根据明清时期的相关文献尤其是各类对音资料，结合现代方言材料，可以总结出泥来母相混的条件、方向、类型等，有利于深化对四川方音史的认识。

关键词：西番译语；清代；四川官话；泥来母

一、引言

泥来母相混是四川官话的典型特征，表现在具体音值上即鼻边音不分，一般认为鼻边音是自由变体。孙越川指出，语言中完全自由的语音变体很少，四川方言中鼻边音自由变读是就不同地域而言的，并非出现在个体或者单个方言点中。换言之，鼻边音的自由变读可能不是某个人或者某个方言点中时而读 l 时而读 n，而是不同方言点有的倾向读 n-、有的倾向读 l-，音位上不对立。"前人在调查时往往忽略了其实质音值"，在多数方言材料中，泥来母混同的情况下都"简单地记为 n"，但其实际音值可能有多种不同的类型①。

四川官话泥来母可以分为全混型和半混型两种，但考察泥来母字音的历史演变，不

*本文为四川师范大学"研究阐释党的十九届五中全会精神"校级专项项目"方言历史研究与乡村文化振兴——基于四川地区的考察"（课题编号 19J5Z2020-20）的阶段性成果。

①孙越川：《四川西南官话语音研究》，北京：电子工业出版社，2016 年，第 46 页。

能仅止于此,而应该进一步考察相混的条件和具体的音值,从而归纳出泥来母相混的不同类型和历史层次。四川官话泥来母分混情况钱曾怡、牟成刚、孙越川等学者均有讨论①,但都是针对现代方言材料的考察。本文拟结合历史文献,尤其是九种《西番译语》对音材料考察清代前期四川官话泥来母分混情况,并梳理其历史演变的过程。

二、基于《西番译语》藏汉对音资料的考察

2. 1《西番译语》概况

《西番译语》(丁种本)是清乾隆十五年(1750)四川省奉旨采集和编写的一套"汉语-民族语"双语辞典,共九种,用藏文和音译汉字记录了清代川西地区的藏缅语词。目前《西番译语》(丁种本)主要有两个版本:一是故宫藏清抄本;二是日本大谷大学图书馆藏的初编本四种和今西春秋旧藏三种②。本文所用主要为故宫藏抄录本,同时《多续译语》《栗苏译语》两种参考了日本藏本。

《西番译语》(后文简称"译语")是研究清代川西藏缅语的重要历史文献,其中的对音材料也是汉语方音史研究的宝贵资料。译语由四川地方政府采集编写,汉字注音能够反映当时四川官话的语音特征③。

利用译语研究四川汉语方音,优势在于:第一,与近代传教士文献相比,译语编纂时代更早,比《西蜀方言》早了 150 年;第二,与时代较早的韵书文献相比,译语能直接反映汉字音值而韵书只能反映音类;第三,九种译语编者不同,注音汉字对音规律有异,或可反映清前期四川方言的共时差异。目前汉语方言学界对此关注甚少,译语文献在汉语方言研究方面的价值尚未得到充分挖掘。

---

①钱曾怡等:《汉语官话方言研究》,济南:齐鲁书社,2010 年;牟成刚:《西南官话音韵研究》,北京:中国社会科学出版社,2016 年;孙越川:《四川西南官话语音研究》,北京:电子工业出版社,2016 年。

②孙伯君、松川节:《大谷大学图书馆藏四种〈西番译语〉初编本》,《世界民族》2015 年第 3 期;西田龙雄、孙宏开:《白馬譯語の研究》,京都:松香堂,1990 年,第 23—35 页。大谷大学所藏为《栗苏译语》《木坪译语》《木里译语》《打箭炉译语》四种。今西春秋所藏为《象鼻高山译语》《嘉绒译语》和《多续译语》三种,这三种中目前可见者仅《多续译语》一种。

③编写者在选择汉字给民族语注音的时候所依据的是汉字在四川官话中的读音。参见施向东:《〈西番译语〉藏汉对音中的一些问题》,《南开语言学刊》2016 年第 2 期;朗杰扎西:《基于明清四种"西番译语"藏汉对音的藏语历史音变研究》,南开大学博士学位论文,2017 年;王振:《〈栗苏译语〉所反映的清前期四川官话音系特点——兼谈基于译语文献研究汉语方音的方法问题》,《语言研究》2019 年第 4 期。

译语藏文和汉字注音可以建立对音关系。由于藏语中鼻边音并不相混,所以可以通过与汉字对音的藏文的声母,反观注音汉字的声母的音值。对泥来母字对音情况加以统计和分析,便可总结出其读音特点。

2.2 清代九种《西番译语》所见四川官话泥来母分混情况

九种《西番译语》均收录有泥来母注音汉字,可以建立泥来母字与藏文的对音关系,例如《嘉绒译语》:纳-$na_{(43)}$①,乃-$les_{(711)}$,尼-$nyi_{(656)}$,蓝-$nag_{(360)}$,蓝-$la_{(359)}$,令-$ni_{(354)}$,力-$mnye_{(95)}$,利-$li_{(476)}$,等等。记录尔苏语的《西番译语》(川五)藏文为正字,不具备给尔苏语注音的功能,但汉字用来注音,可以直接与其记录的尔苏语建立对音关系,例子见下表②。

表 1 《西番译语》(川五)泥来母字与现代尔苏语对音举例

编号	汉义	汉音	相关汉字	现代尔苏语音③	声母
447	虎	那叭	那	lwa phwa	l
199	耳	乃比	乃	na ku	n
166	弟	疑朗	疑/朗	ȵi nwa	ȵ/n
354	红	得业	业	dɛ ȵi	ȵ

2.2.1 九种译语泥来母对音情况统计

我们将九种译语中所有泥来母注音汉字的对音情况进行统计,得出表 2 的数据。表 2 声母一列指的是注音汉字的中古声母,“对音-数量”一列指的是与汉字对应的藏文及其出现的次数,“拟声母”一列是根据对音材料推测的汉字声母的实际音值④。

表 2 九种译语泥来母字对音统计

译语	声母	洪音		细音	
		对音-数量	拟声母	对音-数量	拟声母
松潘译语	泥母	n-21; l-12	n/l	ny-11	ȵ
	来母	l-48;n-7	l/n	l-12;ny-11	l/ȵ

①例子后括号内下标的数字表示该对音材料出现的词条编号,即词条在译语中出现的次序。

②王振:《〈栗苏译语〉所反映的清前期四川官话音系特点——兼谈基于译语文献研究汉语方音的方法问题》,《语言研究》2019 年第 4 期。

③表中所列为甘洛尔苏语材料。

④译语对音并非绝对严谨,我们进行了对音数据统计,拟测声母与对音材料的主流特征一致,出现频率高的声母排在前面。

续表

译语	声母	洪音		细音	
		对音-数量	拟声母	对音-数量	拟声母
象鼻高山译语	泥母	n-20;l-12	n/l	ny-6;n-1	ȵ/n
	来母	l-26;n-16	l/n	l-17;ny-14	l/ȵ
嘉绒译语	泥母	n-42;l-24	n/l	ny-3	ȵ
	来母	l-21;n-9	l/n	n-13;l-11;ny-4	n/l/ȵ
白马译语	泥母	n-25;l-6	n/l	ny-23	ȵ
	来母	l-37;n-7	l/n	l-15	l
栗苏译语	泥母	l-20;n-3	l/n	ny-12	ȵ/n
	来母	l-26;n-12	l/n	l-6	l/ȵ/n
木里译语	泥母	n-10; l-6; ny-3	n/l	ny-9; n-1	ȵ
	来母	l-33;n-10	l/n	l-17; n-2; ny-2	l
打箭炉译语	泥母	n-15; l-13	n/l	ny-10; n-1	ȵ/n
	来母	l-28;n-5	l/n	l-17; ny-4	l/ȵ
多续译语①	泥母	n-41;l-3	n/l	ny-12;n-4	ȵ/n
	来母	l-30;n-1	l	l-37	l
木坪译语	泥母	n-20; l-15	n/l	ny-14; y-3; n-1	ȵ/n
	来母	l-38	l	l-32; n-1	l

2.2.2 清代九种《西番译语》反映的四川官话泥来母分混的共时差异

上述九种译语泥来母分混情况主要包括三种类型,分别是:

(1)泥来母基本不混。《多续译语》:洪音泥母 n-,来母 l-;细音泥母多 ȵ-,来母 l-。但洪音出现泥来相混的端倪,比例很小(约 3%)。

(2)洪混细分。《白马译语》等:洪音混、细音不混,细音泥多 ȵ-、来 l-。

(3)洪细皆混。《打箭炉译语》等:洪音混,但泥母多 n-、来母多 l-;细音泥母多为 ȵ,来母部分 l-、部分 ȵ-。

①《多续译语》泥来母字对音材料中,有 4 次与藏文 r-对音,r-非鼻音,统计时视同边音。

表 3　九种译语泥来母分混类型

<table>
<tr><th rowspan="2">类型</th><th rowspan="2">译语</th><th colspan="2">泥母</th><th colspan="2">来母</th><th rowspan="2">特点</th><th rowspan="2">备注(相混的方向)</th></tr>
<tr><th>洪音</th><th>细音</th><th>洪音</th><th>细音</th></tr>
<tr><td>A</td><td>多续译语</td><td>n</td><td>ȵ/n</td><td>l</td><td>l</td><td>洪细皆分</td><td>个别泥母洪音混入来母,读 l</td></tr>
<tr><td>B1</td><td>白马译语</td><td>n/l</td><td>ȵ</td><td>l/n</td><td>l</td><td rowspan="3">洪混细分</td><td>洪音:互混</td></tr>
<tr><td>B2</td><td>木坪译语</td><td>n/l</td><td>ȵ/n</td><td>l</td><td>l</td><td rowspan="2">洪音“泥母>来母”为主</td></tr>
<tr><td>B2</td><td>栗苏译语</td><td>l/n</td><td>ȵ</td><td>l/n</td><td>l</td></tr>
<tr><td>C</td><td>打箭炉译语</td><td>n/l</td><td>ȵ/n</td><td>l/n</td><td>l/ȵ</td><td rowspan="5">洪细皆混</td><td rowspan="5">细音“来母>泥母”为主</td></tr>
<tr><td>C</td><td>木里译语</td><td>n/l</td><td>ȵ/n</td><td>l/n</td><td>l/n/ȵ</td></tr>
<tr><td>C</td><td>象鼻高山译语</td><td>n/l</td><td>ȵ/n</td><td>l/n</td><td>l/ȵ</td></tr>
<tr><td>C</td><td>松潘译语</td><td>n/l</td><td>ȵ</td><td>l/n</td><td>l/ȵ</td></tr>
<tr><td>C</td><td>嘉绒译语</td><td>n/l</td><td>ȵ</td><td>l/n</td><td>n/ȵ/l</td></tr>
</table>

三、其他资料所见四川官话泥来母分混情况

3.1 近代传教士文献中的泥来母读音情况

1857 年出版的《汉语官话口语语法》指出,“很多方言用 l 代替 n 作为声母”,成都的 n-在 i 和 ü 前不变,但其他元音前变成 l-①,即泥母字在细音前读鼻音,洪音前读边音。1893 年出版的《华西官话汉法词典》中泥来母洪音前相混、细音前不混。泥母在细音前读鼻音 n-或者 ȵ-,在洪音前读 l-;来母读 l-②。1900 年出版的《西蜀方言》中,泥母在细音在读 ȵ-,洪音前读 l-;来母字读 l-③。1917 年出版的《华西初级汉语课程》中洪音之前泥来合为 l-,细音之前泥母读 ȵ-;来母读 l-④。

①约瑟夫·艾约瑟:《汉语官话口语语法》(董方峰、杨洋译),北京:外语教学与研究出版社,2015 年,第 41 页。

②陈伟:《〈华西官话汉法词典〉与 19 世纪后期的川南方音》,《方言》2016 年第 1 期;陈伟:《〈华西官话汉法词典〉的语言学研究》,中山大学博士学位论文,2017 年。

③甄尚灵:《〈西蜀方言〉与成都语音》,《方言》1988 年第 3 期;李晓东:《〈西蜀方言〉研究》,四川师范大学硕士学位论文,2011 年。

④范常喜、刘羽佳:《〈华西初级汉语课程〉音系初探》,《方言》2016 年第 1 期。

综合比较可以发现，上述四种传教士文献中反映的泥来母读音的情况基本相同，都是泥母字在细音之前读 n-/ȵ-、洪音之前读 l-，来母字洪细均读 l-，即洪音前的泥来母相混、细音前不混，与译语 B 类相同。

3.2 韵书等传统文献中的泥来母读音情况

明代李实《蜀语》中泥来母有别，但是已经出现个别混读的情况。根据刘林玲的统计，《蜀语》音注材料中泥来母字出现 42 次，其中鼻边音互注的例子只有两个，即"攮-朗、螺-懦"。刘文中还举出了明代其他文献中记载的四川话鼻边音相混的情况，包括明代张位《问奇集》中记载的"怒为路，弩为鲁"以及明代袁子让《五先堂字学元元》所载"蜀音以南为兰、以囊为郎、以能为伦，盖泥、来互相混也"①。值得注意的是，这两种文献所举例子均是泥母读为来母的情况，而且均为洪音字，《蜀语》两例也均为洪音字。可见，明代四川方言泥来母已有相混，而且应是洪音之前泥母字读为 l-。

清代乾嘉时期记录川南内江方音的《常用字义》中泥来洪音不分，部分泥母疑母细音字合流，结合现代内江方音，推测《常用字义》泥母细音读 ȵ-、洪音读 l-，来母读 l-②，与同样记录川南方言的《华西官话汉法词典》相同。

清末《音韵画一》(1884)记录了四川射洪音韵情况，其中一二等泥母字混入来母，其他情况下泥来母不合流，疑母三四等和泥母三四等合流③，推测泥母洪音前读 l-、细音前读鼻音 ȵ-，来母读 l-。

3.3 现代四川官话泥来母读音情况

根据目前所见的材料，现代四川各地官话方言泥来母均已经相混，但是分混的类型和具体的读音情况各地有所不同。孙越川综合考察了《四川方言调查报告》《四川方言音系》及其自己调查的十余个方言点的材料，总结了四川官话泥来母读音的主要类型，基本涵盖了现代四川官话中泥来母分混和读音的主要情况，如下表所示④。

①刘林玲：《〈蜀语〉语音系统研究》，四川师范大学硕士学位论文，2016 年。

②周赛华：《〈常用字义〉音系与内江方音》，《语言研究》2015 年第 4 期。

③刘一梦、李无未：《清末抄本〈音韵画一〉及射洪百年语音演变研究》，*The Journal of Chinese Linguistics*，44(2)，2016.

④孙越川：《四川西南官话语音研究》，北京：电子工业出版社，2016 年，第 45—50 页。表 4 在《四川西南官话语音研究》一书所列表格的基础上修改而成，对原表编号稍作调整，以便表述。

表 4 现代四川官话泥来母读音的类型

<table>
<tr><th rowspan="2">类型</th><th colspan="2">1</th><th colspan="2">2</th><th colspan="2">3</th></tr>
<tr><th>a</th><th>b</th><th>a</th><th>b</th><th>a</th><th>b</th></tr>
<tr><td>开口呼</td><td rowspan="4">泥=来 l-</td><td rowspan="4">泥=来 n-</td><td rowspan="2">泥=来 n/l-</td><td rowspan="2">泥=来 n/l-</td><td rowspan="3">泥=来 n/l-</td><td rowspan="2">泥=来 n/l-</td></tr>
<tr><td>合口呼</td></tr>
<tr><td>齐齿呼</td><td rowspan="2">泥 ȵ≠来 n/l-</td><td rowspan="2">泥∅≠来 n/l-</td><td>泥 ȵ≠来 n/l-</td></tr>
<tr><td>撮口呼</td><td>泥 ȵ≠来 n/l-</td><td>泥=来 n/l-</td></tr>
</table>

孙越川认为，2a 是泥来母相混的初始阶段，其余类型均由 2a 发展而来，并总结出两种演变路径：

(1)类型 2a>类型 3>类型 1

(2)类型 2a>类型 2b

前一种演变反映泥来母相混范围不断扩大，直至完全相混的过程；后一种演变反映泥母细音混入疑母，读为零声母，从而与来母“分道扬镳”的过程。

四、明清以来四川官话泥来母读音的历史演变

以上分析了清代译语、西方传教士文献、中国传统文献以及现代田野调查材料中四川官话泥来母字的读音情况，综合考察这四类材料，可以发现明清以来四川官话泥来母字音的历史层次和演变过程。

我们把上述四类材料分为两种：一种是历史文献材料，一种是现代调查材料。历史文献中泥来母的读音类型分出三个层次或者三个发展阶段，如下表所示。

表 5 文献材料所反映的明清四川官话泥来母读音的历史层次

层次	文献	泥来母分混的基本情况
一	明《蜀语》等/清代译语 A 类	基本分明(洪音有相混端倪，泥>来为主)
二	译语 B 类/韵书/传教士文献	洪音相混为 n/l-；细音不混，泥 ȵ-≠来 l-
三	译语 C 类	洪音相混 n/l-；细音相混为 n/ȵ-

与前文表 4 的现代泥来母读音类型比较，第二层次同于表 4 类型 2a，第一层次比 2a 更早，是泥来母相混的萌芽阶段。

但是值得注意的是，第三层次在表 4 归纳的类型中并未涉及。第三层次即译语 C 类

所表现的特点，洪细均有相混（类似但不同于类型 1），但是洪细之前的音值却有不同，这与表 4 所列类型 1a 和 1b 均不相同。这种类型在现代四川官话中也存在，但是在已有西南官话相关研究中鲜有提及。根据瞿静的调查，小金县美兴镇、潘安乡、宅垄乡等地泥来母全部相混，但是洪音前泥来都读 l-，细音前泥来都读 n-；两河口镇泥来母全混，洪音前都读 l-，细音前都读 ȵ-①。笔者调查的小金县四姑娘山镇的泥来母读音与两河口镇相同。译语 C 情况与之类似，都是泥来母洪细皆有相混，但洪音前泥来母的音值与细音前不同，可能是现代小金话的早期形态。

综上所述，总结出四川官话泥来母相混的历史过程和类型如下。

表 6 四川官话泥来母相混的主要类型和历史过程总表

阶段		材料出处	是否相混		泥来母读音特点	备注
			洪	细		
I		中古音	-	-	泥 n-≠来 l-	洪细均不混
II		明代文献/译语 A	+/-	-	泥 n-≠来 l-，少数洪音泥=来 l-	少数洪音混
III	a	译语 B/现代 2a/传教士文献	+	-	洪：泥=来 n/l-； 细：泥 ȵ-≠来 l-	洪混细不混
	b	现代 2b	+	-	洪：泥=来 n/l-； 细：泥∅≠来 n/l-	
IV	a	译语 C	+	+/-	洪：泥=来 n/l-； 细：泥 ȵ/n-≠来 l-，泥=来 ȵ/n-	洪混细部分混
	b	现代 3	+	+/-	洪：泥=来 n/l-； 细：泥 ȵ≠来 n/l-，或泥=来 n/l-	
V	a	现代四川小金等地方言	+	+	洪：泥=来 l-；细：泥=来 n/ȵ-	洪细皆混 洪细前音值不同
	b	现代 1	+	+	泥=来 n/l-	洪细皆混 洪细前音值相同

说明：（1）上表把四川官话泥来母从分到混的历史过程分为五个阶段，推测最早时候即第 I 阶段泥来母承袭自中古音，能够区分。（2）洪、细是对韵母的分类，在表格中表示泥来母出现的语音环境，“洪”表示后接洪音，“细”表示后接细音。（3）“+”表示泥来母相混，“-”表示泥来母不混。

将上表简化，我们可以得到如下发展路径：

①瞿静：《阿坝州小金县方言音系调查研究》，四川师范大学硕士学位论文，2017 年，第 82—89 页。

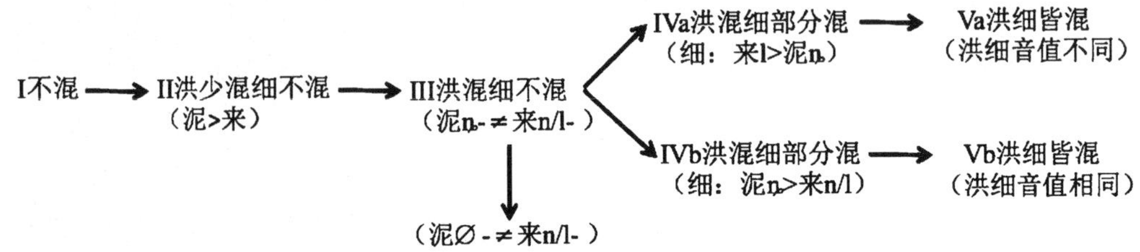

牟成刚指出，泥母细音读 ȵ-，可以与 Tɕ-组声母构成较为稳定的音系格局，这使得读 ȵ 的泥母相当稳定，不与来母 l-相混。① 据此推测上图 IVb 到 Vb 的演变情况应该并不常见，但是这种稳定的音系格局并不能完全阻挡泥来相混的过程，虽然泥母 ȵ-稳定、不混入来母，但是来母可以读为鼻音（即上图 IVa 到 Va 的演变），从而完成泥来母相混的音变。

五、结语

本文总结了明清以来四川官话泥来母分混的类型和历史演变。有如下认识：

①相混时间：四川官话泥来母相混早在明代已见端倪，清代较为普遍。

②相混条件：洪音先于细音。这种现象具有普遍性，其他西南官话以及江淮官话黄孝片和 12 世纪西北方言中均存在此类情况②。

③相混方向：洪音相混，“泥>来”居多；细音相混，“来>泥”居多。

④相混类型：主要有四大类型。其中，泥来洪细皆混，洪音前读 l-、细音前读 n/ȵ-，或者洪音读 n/l-、细音读 ȵ-，在清代译语中常见，今较少见，以往研究对此关注很少。

⑤具体音值：从译语资料看，泥来母洪音互混，泥母仍多读鼻音、来母多读边音，说明两者发音并非纯粹的自由变体而仍有一定倾向性，体现出泥来母各自“历史底层”的痕迹。这启示我们进行方言调查时对所谓“自由变体”应加注意——虽是变体但不见得完全“自由”。

①牟成刚：《西南官话音韵研究》，北京：中国社会科学出版社，2016 年，第 24 页。

②钱曾怡等：《汉语官话方言研究》，济南：齐鲁书社，2010 年，第 274、292 页；聂鸿音：《汉语西北方言泥来混读的早期资料》，《方言》2011 年第 1 期。

The Pronunciation and Historical Changes of Ni(泥) and Lai(来) in Sichuan Mandarin Since the Ming and Qing Dynasties

Wang Zhen

(Sichuan Normal University)

Abstract: The confluence of Ni(泥) and Lai(来) in Scihuan mandarin dates back to the Ming dynasty and becomes very common in Qing dynasty. Based on the historical documents of the Ming and Qing dynasties, especially various types of transliteration materials, combined with modern dialect materials, the conditions, directions, and types of Ni(泥) and Lai(来) confluence can be summarized, which is conducive to deepening the understanding of the historical phonology of Sichuan dialect.

Keywords: *Xifan Yiyu*(《西番译语》); Qing dynasty; Scihuan mandarin; Ni(泥) and Lai(来)

《新方言》古今音转与《成均图》*

杨艳惠

（北京师范大学汉字研究与现代应用实验室）

提要：章太炎《新方言》从语音演变规律中探求活的方俗口语在文献雅言中的“本柢”。本文在简述《新方言》音释与音转概貌的基础上，从其中354组发生韵转的材料入手，将其与《成均图》的韵转关系做对比发现：《新方言》里古今韵转的事实在《成均图》的韵转理论体系中是可以自足的。其中有差次的39例音转，虽可用《成均图》“多次流转”条例加以解释，但同时也要考虑到《新方言》材料时空跨度大及以汉字注汉字来描写方音的局限等影响而可能导致的偏差。

关键词：《新方言》、《成均图》 历史音变 方音演变

章太炎《新方言》以“察其声音条贯”，“略抽殊语，征之古音”①的方式寻找方俗口语在文献雅言中的源头，即“本柢”。其在《序》中肯定钱大昕“知古今方音不相远”的事实，引用戴震的论述：

> 人之语言万变而声气之微有自然之节限。是故六书依声托事，假借相禅，其用至博，操之至约。五方之言及少儿学语未清者，其展转讹溷必各如其位。

并举例说明方言语音与文献语音的关系：

> 盖有诵读占毕之声既用《唐韵》，俗语犹不违古音者；有通语既用今音，一乡一州

---

*此文节选自本人博士学位论文《章太炎〈新方言〉新论》，有删改，特别感谢博导华学诚教授的指导。

①章太炎：《新方言序》，《新方言》，上海：上海人民出版社，1999年。

犹不违《唐韵》者;有数字同从一声,《唐韵》以来,一字转变,余字则犹在本部,而俗语或从之俱变者。

《新方言》用当代活的方言材料求本柢,其所展现的文献语音到方俗口语的音转轨道是怎样的,目前学界鲜有涉及,而《新方言》的音转轨道与章太炎颇具代表性的音学著作《成均图》又有怎样的关联,目前也少有专门著述。本文将章太炎《新方言》的韵转纳入其自身《成均图》理论体系中,以考察二者关系,进而验证《新方言》音转材料与学界关于《成均图》理论研究成果的关系①。为便于讨论,考察二者关系时,古音标准以章太炎廿三部为依据。

一、《新方言》的音释与音转概说

《新方言》展现古今词语同源时,用音转理论说明和解释古今音声、韵、调的变化,其中涉及到韵转的内容占绝多数。《新方言》中说明和标注方音的特点:一是通过引用文献中的音释,明确某词的文献语音,并说明这些语音在当代方言中的传承或变化,达到追根溯源目的;二是章太炎用字音注字音、反切、说明发音方法、语音特点等方式注明当代方言口语音。

《新方言》所引文献音释都是为其解释古今语音变化服务的,主要有三个目的:明音转、明传承和辨讹误。

比如,说明当代方言音转途径的:

《方言》:一,蜀也。《广雅》:蜀,弌也。《管子·形埶》曰:抱蜀不言。谓抱一也。蜀音市玉切,音小变则如束。(《后汉书·刘焉传》:焉遣叟兵五千助之。注:汉代谓蜀为叟。是汉时蜀本音叟。今时北方皆读束。一音之转。)福州谓一为蜀,一尺、一丈、一百、一千则云蜀尺、蜀丈、蜀百、蜀千,音皆如束。苏、松、嘉兴,一、十诸名皆无所改,独谓十五为蜀五,音亦如束。(《释言》)

按:"市玉切"是《广韵》音注,章太炎为了说明当代方言中的"蜀"音读如"束",本是

①鉴于该行文目的,本文未采用《新方言·音表》作参照系,而是选择《成均图》,一是因为后者基本可涵盖前者内容,二是因为《成均图》不但可解释《新方言》大部分音转现象,其在章太炎音学中也更具代表性。特别感谢董婧宸老师对于本文为何不采用《音表》的疑问,以及对本文提出的诸多建设性意见。

由“市玉切”“小变”而来；而“叟”音与“束”音为“一音之转”，引《后汉书》的注疏材料以说明“蜀”的本音——“蜀”在汉代读为“叟”。寻《后汉书 · 刘焉传》，云：“兴平元年，征西将军马腾与范谋诛李傕，焉遣叟兵五千助之。”李贤注：“汉世谓蜀为叟。”“蜀”上古禅母屋部（属太炎先生的侯部），“束”上古书母屋部（属太炎先生的侯部），“叟”上古心母幽部，从韵部关系上，结合章太炎的《成均图》，“叟”与“束”幽侯之转属阴侈声旁转，因此说二者为“一音之转”。

阐明古今语音讹误原因的：

> 《说文》：竁，穿地也。充芮切。今人谓钩𫔣穿之为竁，俗作橇。以《广韵》橇字误读为起嚣切。（《夏本纪》、《河渠书》说禹所乘四载，橇、桥各异。橇亦作毳，如淳音茅蕝之蕝。修《广韵》者误谓橇即是桥，遂以起嚣之音切橇字，不审何以缪乱至是。）今亦误读竁音如轿，所谓貤缪者也。（《释言》）

此例中，章太炎认为《说文》中“竁”字的俗字当代写作“橇”，引徐铉所音“竁”字本当音“充芮切”，今音“竁”字读为“起嚣切”是延续了《广韵》之误。

《新方言》描写当代方音还有一种比较特别的方式：当某些口语音读无文献音释可供参考时，则用以汉字注汉字、说明发音方法等综合方式来描写。

1. 用“转如某”、“音转为某”“读如某”“音（如）某”等方式描写语音。

> 《说文》皮从为声，是古音为得发舒如皮。（为、皮同在歌部。）为有摄代扶助之义。《晋语》：子舆之为我谋，忠矣！内传：饮我酒，吾为子立之。今江南多言把，把即为字。为读如皮，故转如把。通语言替，此异文殊语也。（《释词》）

“为”读如“皮”，故“转如把”。其中转如“把”是章太炎给“为”字当代口语音所作的注音。

2. 以两字描写另一字音值范围

这种方式在其《二十三部音准》中有集中体现，在《新方言》中通常以“某音在某、某之间”表示：

> 《广雅》：方，始也。字亦作昉。《公羊传》：昉于此乎。解诂：昉，适也。《三苍》云：适，始也。（《一切经音义》引。）故《列子 · 黄帝篇》众昉同疑。注：昉，始也。今荆州谓适才为昉，音在昉、发之间。（《释词》）

此例以“音在昉、发之间”来描写“昉”字在当代荆州方言中的音值范围。

3. 自注反切以标注现代音

> 《说文》:哆,张口也。《广韵》音敕加切。今杭州凡张皆曰哆,音陟加切。(《释言》)

“陟加切”为章太炎为杭州“哆”字所注口语音,以说明与《广韵》所注反切音的区别。即在当代杭州方言中,“哆”字不读次清彻母,而读全清知母。

4. 以综合方式描写当代音读

上述某种方式不足以精确描写音读之时,辅之以对开合口、具体发音方式等的描述加以明确。

> 《说文》:竵,不正也。火鼃切。古袛作华。《夏官》:无有华离之地。注:华读为佤哨之佤。今江南谓不正为竵,尚合本音。佗处皆读如鼃,合口呼之。口戾不正为咼,本苦娲切,今江南亦音华,佗处亦合口呼鼃。(《释言》)

在此例中,综合运用“读如”与描述开合口两种方式来说明“竵”在方言中的读音,除江南外,其他地方都读如“鼃,合口呼之”;“咼”亦然。这里的“合口呼之”中的“合口”与通常所说的“合口呼”不同。“竵”、“咼”俱为古歌部字;“鼃”为古支部字,太炎先生认为,歌部音侈,支部音敛,敛而称“合口”,指的是元音舌位提高而唇合拢。

又如:

> 《说文》:也,女阴也。羊者切。荆州枝江谓女阴曰也巴,也正作羊者切。(今语也、野、冶等多作合口;惟此犹开口,为马韵正音。)巴借为魄。《左传》:人生始化曰魄。《祭义》注:耳目之聪明为魄。《尔雅》孔、魄同训间,故形体空窍曰魄。魄声古同霸,故今呼如巴矣。广州亦谓女阴曰也,音如閜,笼口上气呼之。(凡麻部字如车遮蛇社等今多笼口上气呼之。广州呼也正同其例。)(《释形体》)

此例中“音如閜”不足以准确描写“也”在当代广州方言中的读音,因此又加上“笼口上气呼之”的具体描写以进一步明确其音读。“也”“音如閜,笼口上气呼之。”所谓“笼口”指的是合拢口,即元音舌位高而发音时唇合拢。而“上气”这里指的是呼气,读为喉擦音。

二、《新方言》韵转轨道与《成均图》的比较

《新方言》所涉古今音变以韵转为主，既有韵部之间的转化，也涉及韵部音值变化，下文以前者为主，依照《成均图》韵转条例进行分析归类，以考察二者关系。

之所以可用《成均图》来解释《新方言》中的音转，同时也基于如下原因：

其一，当代方言中保留诸多古汉语语音面貌，且以俗语证雅言、以今言通古语、以活的方言考证文献语言而求"本柢"是章太炎要做的；

其二，音变之理，古今中外有诸多相通之处，这是事实，也是章太炎认同的，也因此，他有以梵文音理理解汉语音理的实践，才会有前述他在《新方言序》中赞同的话"人之语言万变而声气之微有自然之节限……五方之言及少儿学语未清者，其展转讹溷必各如其位。"——这是语音变化体现在生理上的共性；

其三，虽则《成均图》基于上古语言系统和上古音变，但上古本就不是共时音系，不但有千余年的时间跨度，亦包含空间上的不同方音。基于这样的认识，章太炎做《成均图》以阐释音理，具有普适性，这也是其价值所在，故而亦可用于古今语言音理的解释；

其四，传统语言学惯于用上古语言材料做研究对象，章太炎将活方言纳入研究视野以疏通古今本极具开创性，加之方言和通语、上古和中古等概念本身即包含人为主观界定因素，而语言发展自有其独立于主观之外的客观规律。

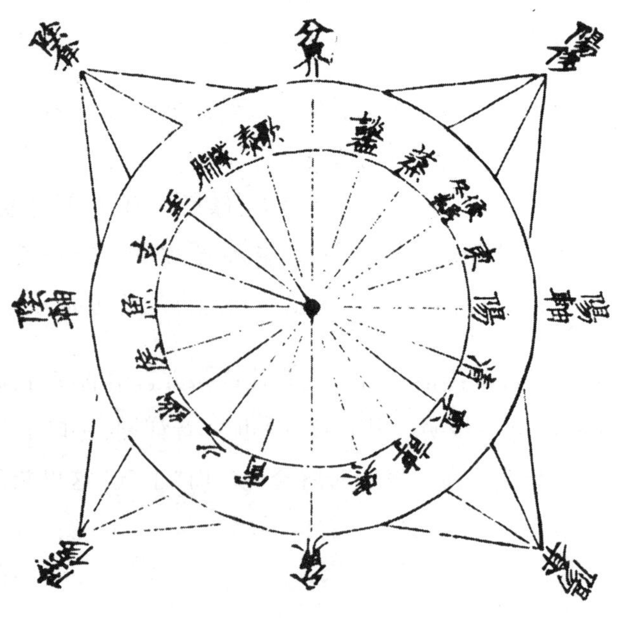

本文将在《新方言》中提取出的354组韵转材料放在《成均图》(上图所示)的韵转体系中去讨论其音转类型。得表1所示韵转频次。

表1:《新方言》韵转类型与《成均图》韵转条例印证表

类别/序号	正声(数字为在《新方言》中出现频次)					变声	
	近旁转	次旁转	同居而旁转	正对转	次对转	交纽转	隔越转
1	鱼支7	阳寒1	冬侵2	阳鱼13	东幽1	盍泰3	脂幽1
2	鱼侯6	阳谈3	冬缉1	东侯4	侵之2	谈歌2	谆侵1
3	阳清7	鱼歌22	谈盍2	侵幽4	至清2		侯歌1
4	阳东5	鱼宵6	侵缉1	蒸之8	真支2		泰侯1
5	东冬2	鱼之6	脂队3	谈宵1	泰谆1		幽队1
6	侵蒸2	鱼泰5	泰歌2	清支2	歌谆1		支宵1
7	清真1	鱼幽4		谆/脂、队4	阳侯2		
8	真谆6	鱼脂2		寒/泰、歌27	东鱼3		
9	谆寒14	冬阳1		脂谆3			
10	侯幽25	寒清3					
11	幽之4	东蒸2					
12	之宵2	阳蒸1					
13	脂歌5	侵谈2					
14	队歌1	队鱼2					
15	脂泰4	真寒3					
16	队泰5	清谆1					
17	至队2	侯宵5					
18	至脂4	侯之6					
19		幽宵19					
20		支脂5					
21		支歌7					
22		至泰5					
小计	102	111	11	66	14	5	6
总计	315						

以下依章太炎《成均图》7种类别,以《新方言》语言材料为依据一一例证。

1. 近旁转：

幽—侯

《说文》：尻，髀也。从尸，九声。今山西平阳、蒲、绛之间谓臀曰尻子，四川亦谓臀为尻子，音稍侈如钩，九声之转也。广州或移以言阴器。(《释形体》)

按：当代四川方言中读“尻”如“钩”为“九声之转”，“尻”《说文》“从尸，九声”，“九”转“钩”为幽侯近旁转。

寒—谆

《说文》：傿，引为贾也。(贾即今价字。)於建切。《后汉书·崔骃传》：崔烈入钱五百万，得为司徒。及拜日，帝顾谓亲幸者曰：悔不小傿，可至千万。今本傿作靳。今吴、越谓研磨作价为傿，音如靳。(元、寒转谆、文、魂也。)淮南谓研磨作价为傿，音如奥。(此如奥字本在元、寒，转为今音。)(《释言》)

按：傿为寒部字，“音如靳”，靳为太炎谆部，此为寒谆近旁转。

2. 次旁转：

宵—幽

《说文》：周，密也。《诗·小雅》传：周，至也。《论语》：虽有周亲。谓至密之亲也。凡言比周，谓相密着也。今人谓相比最密曰倜，(他历切。)比邻曰倜壁，倜即周字声变耳。(倜从周声。)俗书作贴。《新附》云：贴，以物为质也。非密比义。又，凡人可信任谓之倜心，倜即周字。《鲁语》曰：忠信为周。《公羊传》谓可信任之狗为周狗，是也。俗亦误贴。又，同父母者为周亲，周今音转如的。(的本在宵、肴、豪部，周在幽部，通转最近。)又，《周礼·地官》：五党为州，使之相赒。注：赒者，谓礼物不备，相给足也。今凡分卹贫人谓之倜补，亦曰帮倜，倜即赒字音变，古赒只作周也。俗书亦误作贴。(《释言》)

按：“周”今音转如“的”，前者在幽部，后者章太炎归在宵部，此例为阴侈声宵幽次旁转。

蒸—东

《说文》：倗，辅也。步崩切。此倗友正字。亦为倗党。朋声今转入东、江，故呼倗如帮。(帮，正作紺。)凡工商游民无不称帮，又，凡相辅助亦曰帮，本倗字也。《说文》云：堋，丧葬下土也。《礼》谓之封，《周官》谓之窆；则朋声、封声自古相通转矣。

(《释言》)

按:倗为蒸部字,帮为东部字,二者之间关系为阳侈声蒸东次旁转。

3. 正对转:

阳—鱼

《说文》:谞,知也。张揖《上广雅表》曰:令得用谞。今人谓了知为清楚,即谞字也。《说文》:疋,通也。从爻。今人谓疏通有条为清楚,即疋字也。鱼、阳对转,《夏小正》传:爽也者,犹疏也。今人言清楚亦曰清爽。(《释言》)

按:"爽"为阳部字,"疏""楚"俱归鱼部,此例为阳鱼(轴声)正对转。

侵—幽

《说文》:嘾,含深也。徒感切。含深曰嘾,所含曰覃。《说文》:覃,长味也。双声相转,侵幽对转,字变作道。《说文》:甘,从口含一。一,道也。覃之为道,若禫服作导服,谷道呼谷瞫矣。今人通谓味为味道,本味覃也。(《释器》)

按:嘾归侵部,道归幽部,此例为侵幽正对转。

寒—歌

《说文》:倝,兽豪也。《广雅》:倝谓之豪。则不别人兽矣。曹宪音汗。今直隶、陕西、江浙、广东皆谓豪为倝毛,读平声。福建音转如轲毛。(元寒、歌戈对转,故倝读如轲。《考工记》注:笴,矢倝也。又若干亦作若柯。皆二部对转之证。)(《释形体》)

按:"倝读如轲"、"倝"释"笴"、"干"作"柯",倝、干均属章太炎寒部,笴、轲皆为歌部,此例为寒歌正对转之证。

4. 次对转:

东—幽

《尔雅·释言》:孔,甚也。东、幽音转(同入,故相转)。故《释器》云:肉倍好谓之璧,好倍肉谓之瑗,肉、好若一谓之环。郭璞曰:好,孔。是借好为孔也。好、孔声义皆通。今人谓甚曰好,如甚大曰好大,甚快曰好快,与古言孔正同。(《说文》云,孔从乚从子,乚至而得子,嘉美之也。古人名嘉字子孔。是则孔训为嘉,亦与好同。好、孔古盖一字,音变始分为两耳。)(《释词》)

按:“孔”与“好”文献中相借为用,前者在东部,后者在幽部,为东幽次对转之证。

东—鱼

《尔雅》:螮蝀谓之雩。螮蝀,虹也。郭璞曰:江东呼雩音芋。《广韵》虹亦入四绛古巷切下,今直隶、山东及淮南北正作是音。其别名雩者,虹、雩亦一声之转耳。(《释天》)

按:虹雩一声之转,前者为东部字,后者为鱼部字,此为东鱼次对转。

5. 交纽转:

谈—歌

《说文》:耽,耳大垂也。聸,垂耳也。耽音丁含切,聸音都甘切。今人谓耳曰耳耽,音转如朵。耽、聸训垂,本由双声流转。古音垂如埵,《说文》埵读若朵,朵训树木巫朵朵也,故聸得读如朵。其在韵部,亦犹冉声之那入歌类矣。(《释形体》)

按:“聸”为谈部字,今音读如“朵”,“朵”为歌部字;“冉”在谈部,从“冉声之那”在歌部,体现的都是谈歌交纽转。

6. 隔越转:

侯—歌

《方言》:“謰謱,拏也。蕲州谓支离牵引之言为謱话,谓倚邪可诧之人为謱人,音如鹿。淮南吴越谓人言烦絮为謱搜,或曰謱疏,读如字。或如罗。(《释言》)

按:淮南或读謱音如罗,前者是侯部字,后者歌部字,此例为侯歌隔越转之证。

谆—侵

《说文》:念,长思也。引伸为凡思之称。《大雅》殿屎《说文》引作唸吚(唸音都见切)。今衡州谓随意为随唸,唸本从念声也,或作随钿,斯谬矣。通语曰随便。(《释言》)

按:殿引作唸,前者属章太炎谆部,后者属侵部,此为谆侵隔越转之证。

7. 同居而旁转:

侵—冬

《说文》:彤,船行也。丑林切。今人谓行船为彤船。或书作撑,非也。撑但可云

以篙楮柱船耳,行船不得言撑也。且天津言彤船音尺容切,此正侵冬之转,非撑明矣。(《释器》)

按:“彤”由“丑林切”转为“尺容切”,为侵冬同居而旁转。

经统计,占总提取材料约89%的表1共315组韵转均包含在《成均图》直接概括出来的韵转条例中,涵盖了其中所列出来的全部7种类型,共呈现出75种音转途径。其中,次旁转所占比例最大,总数为111次,约占总量的31%;其次为近旁转,总数为102次,约占总量的29%;出现次数最少的是变声中的交纽转,数量为5次,仅占总量的0.01%。另有39种韵转不包括在《新方言》直接列出的音转条例范围内,这部分材料约占总数的11%。

太炎先生对语音音转现象的复杂性是有充分认识的,即,很多语音流转并非一次完成,而是历经多种途径和方式才得以实现,因此,很多韵部之间事实存在的音转现象并未直接包括在上述条例中,而是遵循着上述条例,通过若干次音转而实现。比如,《成均图》中说:“因侯与泰转,故其同列之宵,亦随之以转。”“侯”与“泰”之间的关系是隔越转,而“宵”与“泰”之间的关系,是假道于“侯”,先与其次旁转,然后再与“泰”隔越转。

三、《新方言》出现较多语音多次流转的原因

下图表2是《新方言》韵转材料中未包含在《成均图》7大韵转条例里的类型。

表2:《新方言》韵转类型与《成均图》差次表

类别 总数	途径					
39	歌之5	鱼寒3	之脂2	泰幽1	宵歌1	谆支1	泰清1
	清之1	至寒1	东脂1	阳幽1	幽歌2	之支2	蒸清1
	东谆1	支寒3	侯脂1	至幽1	阳歌1	谆东1	宵清1
	幽谆2	侯寒3	真东1	冬清1			

这部分韵转材料占全部韵转材料的十分之一强。

举例如下:

《汉书·高帝纪》常从王媪、武负贳酒。如淳曰:俗谓老大母为阿负。古无轻唇,负音如倍,音转作婆。《广韵》:婆,老女称也。妇、负同声,妇转亦为婆,故今谓妻为老婆。(或谓婆本皤之声转,则无解于称妻也。)(《释亲属》)

按:此例中“负”与“妇”音均转为“婆”。“负”与“妇”上古音都是並母之部,“婆”上古音为並母歌部,音转轨道均是之歌之转。又如:

> 《说文》:俾,一曰门侍人。案:在男曰俾,犹在女曰婢。浙东或谓仆为俾头,或曰俾子,犹在女曰婢子矣。俾音近鼻,因以生义,非也。俾亦使也。《广雅》厮、徒、牧、圉、侍、御、仆、从、扈、养、保、佣、童、役皆训使。双声转变,俾亦作辩。《书序》:王俾荣伯作贿肃慎之命。马本俾作辩。《广雅》:辩,使也。(《释亲属》)

按:在这一例中,“俾”转作“辩”,前者上古音为帮母支部,后者上古音为並母元部,韵转轨道是支元(太炎寒部)之转。

如前所述,《成均图》中除明确以条例列出来的7种类型外,事实上也体现了语音“多次流转”的内涵。这些有差次的内容,也是可以通过《成均图》所包含的“多次流转”的内涵来加以解释的。尽管如此,本文并不认为《新方言》所体现出来的古今音转与上古文献所体现出来的音转是全然相同的。二者的差异主要体现为各自所出现的“多次流转”在频率上的不同。

《新方言》与《成均图》各自体现和总结的音转状况是有差异的,这种差异主要是因为二者面对材料的不同而导致的。《成均图》所归纳出的音转理论,其所面对的材料主要是上古文献中体现出来的秦汉古音以及古方言中的音转;而《新方言》中所提取的音转材料,主要体现为从上古到近现代的音转。后者较前者的时间跨度更大、地域涵盖更广,情况更为复杂,这是导致差次出现的一个主要原因。而这种复杂的情况会使得后者的“多次流转”在频率上更多地发生。

下面以《文始》中的音转状况来与《新方言》的音转状况做一个简单的对比来说明这个问题。

太炎先生的《文始》是以《成均图》的韵转条例来统率《说文》中同源词的韵转关系的。根据刘丽群(2009)博士学位论文《章太炎〈文始〉研究》,我们提取其中关于韵转情况的统计数据来加以对比。该文对《文始》1-4卷有明确标记“变易”材料的韵转关系进行了统计,其中349组发生韵转的途径如下①:20例近转(即同居而旁转)、89例近旁转、51例次旁转、121例正对转、57例次对转、11例变声相转(这些途径分别是:4例谆幽,1例谆鱼,1例泰盍,1例泰幽,1例脂鱼、1例之脂、1例真阳、1例至之),分析这11例音转,除泰盍、脂鱼、真阳3例实分别属于交纽转、阴弇声次旁转、阳弇声次旁转,并可归入《成

①刘丽群:《章太炎〈文始〉研究》,北京师范大学2009年博士学位论文,第102页。

均图》所直接列出的音转条例中外，其他 8 例应都属于“多次流转”。

再分析该文对《文始》1-4 卷有明确标记“孳乳”材料的韵转情况的统计结果，发生韵转的 747 组材料情况如下①：36 例近转、156 例近旁转、129 例次旁转、275 例正对转、147 例次对转、4 例变声（隔越转）。即，发生韵转的类型均可包含在《成均图》所直接列出的 7 种音转条例之内。

通过上述分析可以看出，以《说文》为主要取材范围进行同源词系联的著作《文始》，其材料的韵转情况，与《新方言》为主要取材范围的材料的韵转情况，在出现“多次流转”的频率上，后者更多。《文始》中提取出有韵转关系的材料共 1096（349+747）组，多次流转仅为 8 例；《新方言》提取出有韵转关系的材料共 354 组，多次流转为 39 例。多次流转占比分别是 0.007%和 11%，差异是显而易见的。

四、结语

在上述分析中，我们用“多次流转”来解释《新方言》中与《成均图》所列出来的直接韵转条例出现差次的内容，虽则《新方言》与《文始》出现这种差次的现象均包含在《成均图》的理论内涵中，但同时也要注意到两者由于面对材料的不同而导致的差别：即《成均图》是针对上古文献所体现出来的韵部之间的音转关系，从音理上加以阐释；而我们提取的《新方言》中的材料，则主要体现的是由古至今的音转状况。所以《新方言》的统计结果，和《文始》中针对上古文献语料所统计出来的音转状况加以对比时，呈现出较多的“多次音转”。也就是说，这种差异主要表现在：在古今音转中，由于时间跨度更长、地域涵盖更广，语音的转变更为复杂，所以出现“多次流转”的频次更多、更频繁。

除上述分析的原因外，还有两个客观因素会导致考察结果出现误差：第一是《新方言》材料中，太炎先生以汉字描写汉语语音、以两字标记另一个字的音值、以“转如某”等术语描写方音等方式，不但会受音节本身局限性的限制而采用音近的汉字，同时也会受作者方音因素的影响，这些都可导致有些语音无法精准描写②，故而导致考察结果出现误差。第二是受语音发展自身复杂性的影响。《新方言》所展示给我们的，包括了不同时间、区域的音转现象，在漫长的语音发展过程中，出现不合规律的少量例外情况是正

①刘丽群：《章太炎〈文始〉研究》，北京师范大学 2009 年博士学位论文，第 158 页。

②此观点源于王宁先生 2010 年在笔者同门论文答辩现场提及《新方言》时的观点，本文引用，特此致谢并说明。

常的。

音转现象的这种复杂性,诚如王宁、黄易青两位先生在《章太炎先生成均图的结构及其元音系统》①一文中所言:《成均图》论述的是古音流转的规律性,而不是任意性;它们是从文献材料归纳得到的,后人如果没有材料事实的支持,不能演绎性地搬用。《成均图》的立意不在于强调哪些声音之间可以相转以及无所不转,而是在于从音理上阐释那些已经发生了的音转可以得到怎样的说明。

综上所述,《新方言》的韵转可以印证上述《成均图》实质是对已然发生的音转现象进行音理上的解释的研究结论,其在章太炎《成均图》的音转体系中是可以自足的。这进一步证明了,章太炎是在用语音古今演变事实中归纳出的普遍性规律,来解释和沟通文献雅言到方俗口语的变化。

章太炎的实践给当代语音研究带来更多启发和思路:除却关注古代文献语音材料,在语音研究的理论发展上,既基于既往研究成果,也运用当代更为先进的语音分析技术和手段,以更为宏观的视角关注上古汉语到今天的语音演变,从而使相关语音研究理论更为丰富。

参考文献

章太炎:《章太炎全集》(一至七卷),上海:上海人民出版社,1982—1999 年。

章太炎:《新方言》,上海:上海人民出版社,1999 年。

章太炎:《章太炎生平与学术自述》,南京:江苏人民出版社,1999 年。

章太炎:《国故论衡》,上海:上海古籍出版社,2003 年。

陈彭年:《钜宋广韵》,上海:上海古籍出版社,1983 年。

许　慎:《说文解字》,北京:中华书局影印陈昌治本,2002 年。

段玉裁:《说文解字注》,上海:上海古籍出版社影印经韵楼本,2001 年。

陈复华、何九盈:《古韵通晓》,北京:中国社会科学院出版社,1987 年。

丁声树、李　荣:《古今字音对照手册》,北京:科学出版社,1958 年。

徐通锵、叶蜚声:《译音对勘与汉语的音韵研究——“五四”时期汉语音韵研究方法的转折》,《北京大学学报》,1980 年第 03 期。

郭锡良:《汉字古音手册》(增订本),北京:商务印书馆,2010 年。

①王宁、黄易青《章太炎先生成均图的结构及其元音系统》载《中国语言学》(第二辑),山东教育出版社,2009 年,第 40—50 页。

王　力:《汉语语音史》,北京:中国社会科学出版社,1985 年。
王　力:《清代古音学》,北京:中华书局,1992 年。
陆宗达、王　宁:《训诂方法论》,《训诂与训诂学》,山西:山西教育出版社,1994 年。
陆宗达、王　宁:《传统字源学初探》,《训诂与训诂学》,山西:山西教育出版社,1994 年。
王　宁:《论章太炎、黄季刚的〈说文〉学》,《汉字文化》,1990 年第 4 期。
王　宁、黄易青:《章太炎先生成均图的结构及其元音系统》,《中国语言学》(第二辑),山东:山东教育出版社,2009 年,第 40—50 页。
华学诚:《扬雄方言校释汇证》(全二册),北京:中华书局,2006 年。
刘丽群:《章太炎〈文始〉研究》,北京师范大学 2009 年博士论文。

On theRelationship of Xin Fangyan and Cheng yun tu

Yang Yanhui
(Beijing Normal University)

Abstract: In the *Xin Fangyan*, the evolution of dialect phonetics is consistent with that of historical phonetics. The article based on all of the phonetic evolution materials in *Xin Fangyan*, shows the relationship between dialect phonetic evolution and the theory of *Zhang Taiyan's Cheng Yun tu*. Furthermore, the paper analyzes the reasons for the contradiction between language facts and language theories.

Keywords: Zhang Taiyan, *Xin Fangyan*, *Cheng Yun tu*, Phonetic evolution

陈新雄《声经韵纬求古音表》勘误*

叶　磊　孟蓬生

（西南大学汉语言文献研究所）

提要：陈新雄先生所填《声经韵纬求古音表》以图表形式直观展示了《广韵》音系，其备注栏对《广韵》《切韵考》的考证不乏精辟之处，有助于我们更为深入地了解黄季刚先生的古音学思想。但是由于反切本身的复杂性，加之填写时间短、工作量大，存在疏漏也在所难免。本文以作者自填之表与陈表互观，校出陈表共5大类计210处纰漏。

关键词：陈新雄；《声经韵纬求古音表》；学术价值；分韵勘误

一　《声经韵纬求古音表》及其学术价值

陈新雄先生（1935—2012），字伯元，祖籍江西赣县。1949年随其父迁至台湾。曾先后就读于台湾师范大学国文系、台湾师范大学国文研究所。擅长文字、音韵、训诂之学，兼及东坡诗词。

关于《声经韵纬求古音表》的制作缘起，陈先生有如下论述：

> 在大四的时候，林先生教我训诂学，谈到声韵与训诂的关系，有天对我说："以前黄季刚先生有一张《声经韵纬求古音表》①，以声为经，以韵为纬，按着声母与各类韵

*本文为国家社科基金重大项目《汉字谐声大系》（项目批准号：17ZDA297）的阶段性成果。狄梦珊先生为本文的写作提供了部分资料，谨此致谢！

①根据谢一民、林庆勋先生所述，黄季刚先生的表名为《纽经韵纬表》，因笔者无缘见到原表，故未知孰是。参见谢一民：《蕲春黄氏古音说》（增订本），台湾：大通书局，1971年，第9页；林庆勋：《绝学继往圣——陈伯元先生之学术成就与贡献》，《南阳师范学院学报》（社会科学版），2011年第1期，第51页。

母的开合洪细，分别填入此一表中，就可看出古本音与今变音的关系。”这个表先生虽然带来了，但一时之间不知放置何处，因此先生要我按着这个意思去重新画一张表试试看。我遵着先生的指示，花了一个星期，几乎没有睡眠，画出来了一张表，并把《广韵》二百六韵之韵字及其切语分别填入其中。先生一看，认为比黄季刚先生原表还要完整，所以立刻请印刷厂来印刷，现在台湾学生书局所印行的《广韵声韵类归类习作表》，就是这张表。①

据此可知，季刚先生有《声经韵纬求古音表》。林景伊先生将此表带至台湾，但一时之间不知放置何处，故指导陈先生循其旨意，重新制作且填写了该表。全表载于《广韵研究》第三章第十一节《广韵》二百六韵之正变②。本文所论均据陈表展开。

作为音韵学学习和研究的重要参考资料，《声经韵纬求古音表》的价值大略有三：

其一，将《广韵》所有音节填入表中，通过音节表的形式直观展示中古汉语音系。换言之，该表相当于一部新式韵图。初学者可以“依切以求音，即音而知字” ③，晓反切之要，通天下之音。

其二，该表列有备注栏，用来说明对《广韵》及《切韵考》的考证，其中不乏独到的见解。这对于学习和研究中古音都有很大的帮助，实有功于《广韵》。

其三，该表对于了解季刚先生古声19纽，古韵28部等古音学思想及其推阐有非常重要的意义。季刚先生首先根据钱大昕“古无轻唇音”“古无舌上音”及太炎先生“娘日归泥”之说，以非、敷、奉、微、知、彻、澄、娘、日等9个变声考察《广韵》的339韵类，发现没有以上9个变声的韵也没有喻、为、群、照、穿、神、审、禅、邪、庄、初、床、疏等13个声纽，故而认定这22个声纽是同性质的变声，41声类中剩下的19个声纽才是古本声。其次，以古本声19纽、今变声22纽考察《广韵》的339韵类，发现其中没有今变声22纽的韵类有32个，合并开合分韵的8个韵④，即得到古本韵28部。⑤ 对于季刚先生的推阐，林语堂先生冠之以“循环式论证” ⑥，陈新雄先生已有长文加以辩驳⑦。季刚先生曰：“若夫等韵之

①陈新雄：《求学问道七十年》，《南阳师范学院学报》（社会科学版），2010年第10期，第2页。

②陈新雄：《广韵研究》，台北：台湾学生书局，2004年，第392—568页。

③艺文印书馆编辑：《韵镜》，《等韵五种》，台北：艺文印书馆，2014年，第1页。

④笔者按：即魂痕、寒桓、歌戈、曷末韵。

⑤林庆勋：《绝学继往圣——陈伯元先生之学术成就与贡献》，《南阳师范学院学报》（社会科学版），2011年第1期，第51页。

⑥林语堂：《古音中已遗失之声母》，《语丝》（第4卷），1928年第42期，第2页。

⑦陈新雄：《重校增订音略证补》，台北：文史哲出版社，1978年，第135—158页。

弊,在于破碎;音之出口,不过开、合;开、合之类,各有洪、细,其大齐惟四而已。”①即认为“单一音系中,最多能辨析开合洪细,实质就是开齐合撮”②。该表对上述季刚先生的古音学思想都以表格的形式直观呈现,我们可以执此表以了解其古音学成就。

二 《声经韵纬求古音表》分韵勘误

鉴于陈先生所填《声经韵纬求古音表》③的重要价值,笔者循其体例,重填此表。执此以校彼,发现了陈表的一些疏漏,下面按韵系④逐一列出,不当之处,祈请方家赐教!

2.1 东韵系

东韵:(1)清纽开口栏陈表作匆苏公切。按:当正作怱仓红切。

送韵:(1)晓纽齐齿栏陈表作臭香仲切。按:臭字中古音尺救切,不宜入此位,臭当正作趮。(2)匣纽开口栏陈表漏哄胡贡切、从纽开口栏陈表漏藂徂送切,当补。

屋韵:(1)娘纽齐齿栏陈表作朒女六切。按:余廼永先生《新校互注宋本广韵》朒字下注曰:“内声不入屋韵。切三、王二朒字并作‘朒’,合《说文》《玉篇》。”⑤杨军先生《七音略校注》朒字下注曰:“此字当以作朒为正,《说文》肉部有朒,从月,肉声。”⑥此为韵书版本上的错讹,朒当正作朒。(2)庄纽齐齿栏陈表作戚側六切。按:戚字中古音仓历切,不应入此,戚当正作缄。

2.2 江韵系

讲韵:(1)见纽开口栏陈表漏讲古项切,当补。(2)晓纽开口栏陈表作傋虚讲切。按:虚讲切当正作虚慃切。

①黄侃:《与人论治小学书》,《黄侃论学杂著》,北京:中华书局,1964年,第153页。

②梁慧婧:《清儒对等韵与古音关系的认识——兼论清儒对古今音变条件的理解》,《晋中学院学报》,2012年第6期,第84页。

③后文简称陈表,不更注。

④笔者按:所谓韵系,即《切韵》系韵书中四声相承的同一个韵。一般是举平声包括上、去、入声,如东韵系包括平声东韵、上声董韵、去声送韵和入声屋韵。参见《中国语言学大辞典》编委会:《中国语言学大辞典》,南昌:江西教育出版社,1991年,第152页。

⑤余廼永:《新校互注宋本广韵(定稿本)》,上海:上海人民出版社,2008年,第457页。

⑥杨军:《七音略校注》,上海:上海辞书出版社,2003年,第94—95页。

2.3 支韵系

支韵:(1)明纽齐齿重纽三等栏陈表作縻靡为切,明纽撮唇栏陈表作糜靡为切。按:縻、糜二字同在糜小韵,音靡为切。唇音字不分开合口,此处陈表将一音分列齐齿、撮唇栏,可能是纠结了。但据陈表体例,靡为切或置齐齿栏、或置撮唇栏,不宜两列。

纸韵:(1)疑纽齐齿栏陈表漏切语鱼倚切,心纽齐齿栏陈表漏徙斯氏切,当补。

2.4 脂韵系

脂韵:(1)喻纽齐齿栏陈表漏姨以脂切,当补。(2)帮纽撮唇栏陈表作悲卜眉切。按:悲字中古音府眉切,陈表作卜眉切是依《广韵》上平声卷第一新添类隔今更音和切所改。府字中古属轻唇音非纽、卜字中古属重唇音帮纽,但《广韵》音系中只有东三、钟、微、虞、废、文、元、阳、尤、凡十个韵系有轻唇音,其他韵系中的轻唇音还未从重唇音中分化出来,故脂韵的府眉切和卜眉切音同。

至韵:(1)晓纽撮唇重纽四等栏陈表作侐火季切。按:陈澧《切韵考》(卷四)六至云:"此韵末有侐字火季切,与瞲字香季切音同,侐字又见二十四职,此增加字也,今不录。"① 因为侐是增加字,故依例当删。(2)晓纽齐齿栏陈表作瞲香季切。按:《韵镜》列季字于内转第七合至韵重纽四等(合口细音),故瞲字应填入晓纽撮唇重纽四等栏。(3)晓纽齐齿栏陈表漏齂虚器切,切语下字齐齿栏陈表漏痹字,切语下字撮唇栏陈表漏悸字,当补。(4)滂纽齐齿栏陈表重出濞匹备切,切语下字撮唇栏陈表重出遂字,当删。(5)切语下字齐齿栏之季字宜移入撮唇栏。

2.5 微韵系

微韵:(1)见纽齐齿栏陈表作機取依切。按:取依切当正作居依切。

尾韵:(1)群纽齐齿栏陈表作顗鱼岂切。按:鱼字中古属疑纽,故顗字当移入疑纽齐齿栏。

2.6 鱼韵系

鱼韵:(1)疏纽齐齿栏陈表作疏所俎切。按:俎字中古音侧吕切,不应作平声疏字的

①〔清〕陈澧:《切韵考》(卷四),《音韵学丛书》,成都:四川人民出版社,1957年,第16页。笔者按:陈澧在论述中将瞲(香季切)误作瞲(火癸切),当正。

切下字,所俎切当是所葅切之误。

语韵:(1)清纽齐齿栏陈表作皶七与切。按:陈澧《切韵考》作皻七与切,陈表的皶当是皻之误。周祖谟先生《广韵校本》皻字下注曰:"皻,巾箱本作皶,与切三及故宫本、敦煌本、王韵合。此正文及注并误。"①余廼永先生《新校互注宋本广韵》皻字下注曰:"切韵系书及钜宋本、巾箱本、元建刊本及泰定本从皮、且声。"②此为韵书版本上的错讹,皶字当是皻字之误。(2)切语下字齐齿栏陈表漏巨、渚二字,当补。

御韵:(1)切语下字齐齿栏陈表漏去、助二字,当补。

2.7 齐韵系

齐韵:(1)定纽齐齿栏陈表作嗁杜溪切。按:杜溪切当是杜奚切之误。

荠韵:(1)清纽齐齿栏陈表作泚千里切。按:里字中古音良士切,不应作荠韵泚字的切下字,千里切当是千礼切之误。

霁韵:(1)切语下字撮唇栏陈表漏桂、惠,当补。

2.8 祭韵系

祭韵:(1)澄纽撮唇栏陈表漏鍎除芮切,当补。(2)邪纽撮唇栏陈表作篲岁切,漏切上字祥,当补作篲祥岁切。

2.9 泰韵系

泰韵:(1)见纽合口栏陈表作恺古外切。按:恺字中古音乌外切,恺字当是侩字之误。(2)明纽开口栏陈表作昧莫贝切。按:昧字中古属明纽灰韵去声,此处当正作眛。

2.10 佳韵系

卦韵:(1)匣纽合口栏陈表作卦古卖切。按:古字中古属见纽,故卦字当移入见纽合口栏。(2)匣纽合口栏陈表列卦字。按:此位当填画胡卦切。(3)知纽开口栏陈表作膪竹卖切。按:因唇音字无开合口之对立,故当唇音字作非唇音字的反切下字时,被切字的开合口不能据切下字而定。《韵镜》列膪字于外转第十六合卦韵二等(合口洪音),故当移

①周祖谟:《广韵校本》,北京:中华书局,2011 年,第 816 页。

②余廼永:《新校互注宋本广韵(定稿本)》,上海:上海人民出版社,2008 年,第 259 页。

入知纽合口栏。

2.11 灰韵系

队韵:(1)切语下字合口栏陈表漏对、昧、佩、内、队、缋、妹、辈等字,当补。

2.12 咍韵系

咍韵:(1)心纽开口栏陈表作鳃稣来切。按:稣来切当正作苏来切。

海韵:(1)备注栏陈表指出:"茝字音昌绐切,各本皆有,疑为增加字。"按:陈表断茝为增加字的理由不充分。章组字只能与三等韵相拼,而海韵为一等韵,故知海韵的茝为增加字,其本应在止韵,音诸市切①。

代韵:(1)精纽开口栏陈表作载作戴切。按:作戴切当是作代切之误。

2.13 夬韵系

夬韵:(1)心纽合口栏陈表作啐仓夬切。按:仓字中古属清纽,故啐字应移入清纽合口栏。(2)帮纽合口栏陈表漏败补迈切,当补。

2.14 真韵系

真韵:(1)备注栏陈表云:"某一声纽栏加—线者,表示二者为重纽。下仿此,不更注。"按:此条例已在五支韵注明,此处当删。

轸韵:(1)床纽齐齿栏陈表作笉士忍切。按:笉字中古音七忍切,应移入清纽齐齿栏。(2)滂纽齐齿栏陈表作牝毗忍切。按:毗字中古属並纽,故牝字当移入並纽齐齿栏。

震韵:(1)庄纽齐齿栏陈表作榇初覲切。按:初中古属初纽,故榇字当移入初纽齐齿栏。(2)切语下字齐齿栏陈表漏印字,当补。

质韵:(1)疏纽齐齿栏陈表作率所律切。按:陈澧《切韵考》(卷四)五质云:"率所律切,律字在六术,盖以率字无同类之韵,故借用也。"②陈氏言下之意,即认为率字在质韵。《韵镜》《七音略》列率于术韵,这合于切下字律的音韵归属,故率所律切当属术韵。陈表列于质韵疏纽齐齿栏有误,当删。(2)床纽齐齿栏陈表漏䶵仕叱切,切语下字齐齿栏陈表

①黄侃:《谈添盍帖分四部说》,《黄侃论学杂著》,北京:中华书局,1964年,第290—291页。

②〔清〕陈澧:《切韵考》(卷四),《音韵学丛书》,成都:四川人民出版社,1957年,第43页。

漏必、七,当补。(3)切语下字齐齿栏之律字当删。

2.15 谆韵系

谆韵:(1)切语下字撮唇栏陈表漏纶、�,当补。

准韵:(1)备注栏陈表所谓的烦(乃管切)当改为蝡(而允切),二字因形近而误。

术韵:(1)庄组撮唇栏陈表漏黜侧律切,当补。

2.16 文韵系

文韵:(1)影组撮唇栏陈表作煴於雲切。按:於雲切当正作於云切。(2)切语下字撮唇栏陈表衍雲字,当删。

吻韵:(1)轻唇音撮唇栏陈表漏粉方吻切、忿敷粉切、愤房吻切、吻武粉切,当补。

问韵:(1)见组撮唇栏陈表作攈居运切。按:攈字中古音武悲切,当是攈字之误。

物韵:(1)见组撮唇栏陈表作亥九勿切。按:亥字中古音胡改切,当是亥字之误。

2.17 欣韵系

隐韵:(1)群组齐齿栏陈表作听牛谨切。按:牛字中古属疑纽,故听字当移入疑纽齐齿栏。(2)群纽齐齿栏陈表漏近其谨切,当补。

2.18 元韵系

元韵:(1)溪组齐齿栏陈表作籧巨言切。按:巨字中古属群纽,故籧字当移入群纽齐齿栏,而溪纽齐齿栏当填攑丘言切。(2)群纽齐齿栏陈表作言语轩切。按:语字中古属疑纽,故言字当移入疑纽齐齿栏。

阮韵:(1)影纽齐齿栏陈表作偃於宪切。按:於宪切当是於幰切之误。(2)切语下字齐齿栏陈表漏偃、幰,当补。

愿韵:(1)疑纽齐齿栏陈表漏甗语堰切,切语下字齐齿栏陈表漏堰字,当补。

月韵:(1)晓纽齐齿栏陈表作歇许谒切。按:许谒切当是许竭切之误。(2)切语下字齐齿栏陈表漏歇、竭、谒、讦,当补。

2.19 魂韵系

慁韵:(1)清纽合口栏陈表作忖仓困切。按:忖字中古音仓本切,当是寸字之误。

没韵:(1)没韵属合口一等(合口洪音),故此韵所有反切皆当填入合口栏,陈表填入撮唇栏,误。(2)透纽撮唇栏陈表列宎字。按:宎字见于《集韵》,音一叫切又伊鸟切,当为宊字之误。(3)泥纽合口栏陈表漏讷内骨切,当补。

2.20 痕韵系

麧韵:(1)匣纽开口栏陈表漏麧下没切,切语下字开口栏陈表漏没字,当补。

2.21 寒韵系

旱韵:(1)备注栏陈表将坢普伴切误作普旱切,当正。

翰韵:(1)定纽开口栏陈表作燀徒案切。按:燀字中古有尺延切、昌善切、旨善切三读,当是憚字之误。

曷韵:(1)备注栏陈表认为擖字音予割切。按:擖字中古有恪八切、古辖切、丈甲切三读,无予割切之音,擖字当是藹字之误。

2.22 桓韵系

缓韵:(1)备注栏陈表以为叛音博管切。按:叛字中古音薄半切,当是粄字之误。

2.23 删韵系

删韵:(1)庄纽开口栏陈表作跧阻颜切。按:阻颜切当是阻顽切之误。

潸韵:(1)疑纽合口栏陈表作齗五板切。按:《韵镜》《七音略》列齗字于开口二等(开口洪音),故齗字应移入疑纽开口栏。(2)泥纽合口栏陈表作赧奴板切。按:《韵镜》《七音略》列赧字于开口二等(开口洪音),故赧字应移入泥纽开口栏。(3)庄组合口栏陈表分列拃、㹽、鹺、潸。按:《韵镜》列拃、㹽、鹺、潸于开口二等(开口洪音)①,故此四字当移入开口栏。

谏韵:(1)彻纽开口栏陈表漏㬇丑晏切,当补。

黠韵:(1)晓纽开口栏陈表列傄字。按:杨军先生《韵镜校笺》云:"然此字本书及《七音略》皆已列于二十四转,且各韵书此字皆注'傛傄,健貌'。傛傄二字为叠韵连语,傛字既列于二十四转,则傄字当亦同。《七音略》傄字仅列于二十四转,是也。本书于本转重

①笔者按:《韵镜》外转第二十三开无拃字,而列与之同音的醡字。

出者,则当是后人所增。”①据此可知,儵字当移入晓纽合口栏。

2.24 山韵系

山韵:(1)溪纽合口栏陈表作尲跪顽切。按:跪字中古属群纽,故尲字当移入群纽合口栏。

裥韵:(1)苋字音侯裥切,《说文》:“苋菜也,从艹见声”。莧字音胡官切,《说文》:“山羊细角者,从兔足,苜声。凡莧之属皆从莧,读若丸。宽字从此”。可知苋、莧有别,苋字中古属山韵去声,莧字中古属桓韵平声。陈表在去声裥韵栏将所有的苋字误作莧字,当更正。

辖韵:(1)日纽开口栏陈表作髻而辖切。按:据陈表体例,此处衍切字,当删。

2.25 先韵系

先韵:(1)并纽齐齿栏陈表作蹁田,漏反切上字部,当补作蹁部田切。

铣韵:(1)来纽齐齿栏陈表作铣苏典切。按:苏字中古属心纽,故铣字当移入心纽齐齿栏。

霰韵:(1)晓纽齐齿栏、疑纽齐齿栏、端纽齐齿栏、透纽齐齿栏的切下字,陈表作典。按:典字中古属先韵上声,当是铣韵的反切下字,此处应改作甸。(2)溪纽齐齿栏陈表作俔苦电切。按:苦电切当是苦甸切之误。(3)疑纽齐齿栏陈表作砚五典切。按:五典切当是吾甸切之误。

屑韵:(1)滂纽齐齿栏陈表作擎普结切。按:普结切当是普蔑切之误。

2.26 仙韵系

仙韵:(1)溪纽撮唇栏陈表作弮丘员切。按:丘员切当是丘圆切之误。(2)切语下字撮唇栏陈表漏圆字,当补。

狝韵:(1)床纽齐齿栏陈表作撰士免切。按:《韵镜》《七音略》列撰字于合口三等(合口细音),故撰字当移入床纽撮唇栏。(2)影纽齐齿栏陈表作尯於蹇切。按:於蹇切当为於蹇切之误。(3)并纽齐齿重纽三等栏陈表作鴘被免切。余迺永先生《新校互注宋本广

①杨军:《韵镜校笺》,杭州:浙江大学出版社,2007年,第249页。

韵》云:"注文被字当依《广韵》各本作披。"①此为韵书版本上的错讹,鴘字当音披免切,入滂纽齐齿栏。(4)切语下字栏陈表所填褰字当是蹇字之误。

线韵:(1)备注栏陈表将绢吉掾切误作绢吉椽切,当正。(2)备注栏陈表认为偏方见切是增加字。按:陈表论述不当。偏字中古属先韵去声,误入线韵。(3)疑纽撮唇栏陈表填入彦鱼变切。按:"彦"字列《韵镜》外转第二十三开,故当置于疑纽齐齿栏。(4)心纽撮唇栏陈表作选息卷切。按:息卷切当是息绢切之误。(5)疏纽撮唇栏陈表作篡所卷切。按:所卷切当是所眷切之误。(6)根据陈表体例,在有重纽的韵里,短横线之上的韵是重纽三等,短横线之下的韵是重纽四等。中古音下字属重纽三等(重纽 B 类),而便字属重纽四等(重纽 A 类),故陈表内便、卞二字当互换位置。

薛韵:(1)溪纽齐齿栏陈表作朅丘列切。按:丘列切当是丘竭切之误②。(2)别方别切,中古属重纽三等(重纽 B 类);鷩并列切,中古属重纽四等(重纽 A 类)。陈表的鷩、别二字当互换位置。(3)明纽齐齿栏陈表填入灭亡别切。按:亡别切当是亡列切之误。(4)切语下字齐齿栏陈表列字重出,当删;切语下字撮唇栏陈表脱绝字,当补。

2.27 萧韵系

萧韵:(1)晓纽齐齿栏陈表作晓许幺切。按:晓字中古音馨皛切,当是膮字之误。

筱韵:(1)影纽齐齿栏陈表作杳乌皎切。按:乌皎切当是乌晈切之误。(2)定纽齐齿栏陈表列窕字。按:窕字见于《集韵》,音土了切,当是窕字之误。(3)切语下字栏陈表漏晈字,当补。

2.28 宵韵系

宵韵:(1)帮纽齐齿重纽三等栏陈表作镳补娇切。按:补娇切当是甫娇切之误。(2)切语下字齐齿栏陈表漏嚣字,当补。

小韵:(1)群纽齐齿栏陈表漏鱎巨夭切,当补。

2.29 肴韵系

效韵:(1)床纽开口栏陈表作巢士教切。按:士教切当是士稍切之误。

①余迺永:《新校互注宋本广韵(定稿本)》,上海:上海人民出版社,2008 年,第 295 页。
②周祖谟:《广韵校本》,北京:中华书局,2011 年,第 500、1107 页。

2.30 豪韵系

豪韵:(1)滂纽开口栏陈表作橐普袍切。按:橐字中古音他各切,当是櫜字之误。

晧韵:(1)並纽开口栏陈表作抱薄晧切。按:薄晧切当是薄浩切之误。

2.31 歌韵系

哿韵:(1)匣纽开口栏陈表作荷胡我切。按:胡我切当是胡可切之误。

2.32 戈韵系

戈韵:(1)晓纽齐齿栏陈表作鞾许肥切。按:鞾字中古属戈韵合口三等(合口细音),故当填入晓纽撮唇栏。(2)並纽合口栏陈表作婆薄禾切。按:薄禾切当是薄波切之误。(3)肥字陈表置于切语下字齐齿栏。按:肥字当移入切语下字撮唇栏。

果韵:(1)疑纽合口栏陈表作卮五果切。按:卮音章移切。《说文》:"卮,圜器也。一名觛,所以节饮食。从人,卪在其下也。《易》曰:'君子节饮食。'凡卮之属皆从卮。"卮字当为厄字之误。(2)明纽合口栏陈表作么莫果切。按:莫果切当是亡果切之误。

过韵:(1)《广韵》去声三十九过韵为合口一等韵(合口洪音),故过韵所有小韵皆当置于合口栏,陈表列开口栏,当正。(2)心纽合口栏陈表漏膹先卧切,当补。(3)切语下字栏陈表误货为贷,当正。

2.33 麻韵系

麻韵:(1)晓纽开口栏陈表作蝦许加切。按:蝦字中古音胡加切,当为煆字之误。(2)日纽齐齿栏陈表作若人奢切。按:人奢切当为人赊切之误。(3)切语下字齐齿栏陈表漏赊字,当补。

马韵:(1)溪纽合口栏陈表作髂苦瓦切。按:髂字中古音枯驾切,当为髁字之误。(2)精纽合口栏陈表作䞨飷瓦切。按:飷瓦切当为銼瓦切之误。(3)清纽齐齿栏陈表作且七野切。按:七野切当为七也切之误。

祃韵:(1)柘之夜切、趚充夜切、射神夜切、舍始夜切、唶子夜切、笡迁谢切、褯慈夜切、蝑司夜切、谢辞夜切等小韵,陈表列合口栏。按:以上小韵皆开口三等(开口细音),故当置于齐齿栏。

2.34 阳韵系

阳韵:(1)奉纽撮唇栏陈表作房敷方切。按:敷方切当为符方切之误。

养韵:(1)知纽齐齿栏陈表作丈知丈切。按:丈知丈切当为长知丈切之误。(2)切语下字撮唇栏陈表漏养字,当补。

漾韵:(1)影纽齐齿栏陈表作怏於良切。按:於良切当是於亮切之误。

药韵:(1)为纽齐齿栏陈表漏籰王缚切,当补。

2.35 唐韵系

唐韵:(1)溪纽开口栏陈表作康苦郎切。按:苦郎切当是苦冈切之误。(2)切语下字开口栏陈表漏刚、当,当补。

铎韵:(1)影纽开口栏陈表作恶乌谷切。按:谷字中古属屋韵,不当作铎韵恶字的反切下字,此处应是各字之误,当正。

2.36 庚韵系

庚韵:(1)彻纽开口栏陈表作嵣丑庚切。按:嵣字当为瞠字之误。(2)並纽撮唇栏陈表作平仆兵切。按:仆兵切当为符兵切之误。

梗韵:(1)匣纽开口栏陈表作杳何梗切。按:杳字音乌晈切,中古属萧韵上声,当为杏字之误。(2)床纽齐齿栏陈表作省所景切。按:所字中古属疏纽,故省字当移入疏纽齐齿栏。(3)影纽开口栏陈表作覮乌猛切。按:覮字中古音普丁切,当为謍字之误。(4)晓纽开口栏陈表作丬呼覮切。按:据(3),可知切下字覮当为謍之误。潘文国先生《韵图考》外转梗第三十七丬字下注云:"此字《广》作'丬',二图据《集》作'廾'。《广》'丬,乎謍切',据切语应随'謍'字,《七》误入三等。"①余迺永先生《新校互注宋本广韵》丬小韵下云:"注文呼字北宋本、真福寺本、南宋祖本、巾箱本、黎本、景宋本并作'乎'字。"②陈广忠先生《韵镜通释》外转第三十四合廾字下云:"廾,《广韵》'梗'韵无'廾',有'丬,呼謍切'。'呼'在匣纽③,但'謍'为开口。《集韵》:'丬,胡猛切。''胡'为匣纽,'猛'亦在开口。然

①潘文国:《韵图考》,上海:华东师范大学出版社,1997年,第261页。

②余迺永:《新校互注宋本广韵(定稿本)》,上海:上海人民出版社,2008年,第317页。

③笔者按:呼字为晓纽,此处当为匣纽乎字之误。

帮组开、合可通用。与此位可认为相合。《七音略》亦作‘卝’。”①可知乎訾切的卝字属匣纽合口二等(合口洪音),故当填入匣纽合口栏。(5)切语下字合口栏陈表漏訾字,当补。

映韵:(1)疑纽齐齿栏陈表作迎语敬切。按:语敬切当是鱼敬切之误。(2)初纽齐齿栏陈表作瀧楚敬切。按:《正字通》瀧字下云:“瀙字之讹。”此为韵书版本上的错讹,瀧当正作瀙。潘文国先生《韵图考》外转梗第三十六瀙字注云:“《镜》漏。”②《七音略》列瀙字于初纽开口二等(开口洪音)。故瀙楚敬切当列开口栏。陈表置于齐齿栏,可能是依据瀙字的反切下字敬属三等。对此,杨军先生《七音略校注》指出:“此字切下字敬(或庆)为三等,被切字瀞为二等,属二三等混切。”③李荣先生也曾指出:“从表面看这些字(笔者按:指啧、鎗、瀙、栅、伧、齚、生、省、索等字)可以分为两类,一类的反切下字是二等的‘庚,更,陌’,一类的反切下字是三等的‘京,景,敬,戟’。实际上出现机会互补,应该是一类,就是说庄组字没有二三等的区别。麻韵二三等同韵,庄组字的反切下字全是二等。我们认为庚部庄组字全跟‘庚,梗,更,格’同韵母是参照麻部跟耕部定的。宋跋本‘生,所京反’(广韵‘所庚切’)跟‘所(原作生,据唐韵,广韵改)更反’(广韵‘所敬切’)又读单纯是平声去声的不同,并非韵母有什么差别。宋跋本跟广韵的不同,也单纯是表面的。”④

陌韵:(1)匣纽开口栏陈表作嚄胡伯切。按:《韵镜》《七音略》列嚄字于合口二等(合口洪音),故当移入合口栏。(2)疑纽开口栏陈表作额五伯切。按:五伯切当是五陌切之误。(3)並纽开口栏陈表作白傍伯切。按:傍伯切当是傍陌切之误。

2.37 耕韵系

耕韵:(1)溪纽开口栏陈表作铿苦茎切。按:苦茎切当是口茎切之误。(2)帮纽合口栏陈表作绷甫轰切。按:甫轰切当是北萌切之误。(3)切语下字合口栏陈表衍轰字,当删。

耿韵:(1)並纽开口栏陈表作倂薄幸切。按:薄幸切当是蒲幸切之误。

诤韵:(1)晓纽开口栏陈表作轰呼迸切。按:《韵镜》《七音略》列轰字于诤韵合口二等(合口洪音),故当移入晓纽合口栏。(2)帮纽开口栏陈表漏切语北诤切,当补。(3)滂

①陈广忠:《〈韵镜〉通释》,上海:上海辞书出版社,2003 年,第 334 页。
②潘文国:《韵图考》,上海:华东师范大学出版社,1997 年,第 258 页。
③杨军:《七音略校注》,上海:上海辞书出版社,2003 年,第 289 页。
④李荣:《切韵音系》,《语言学专刊》(第四种),北京:科学出版社,1956 年,第 101 页。

纽开口栏陈表作倠蒲迸切。按:蒲字中古属並纽,故倠字当移入並纽开口栏。

麦韵:(1)娘纽开口栏陈表作疒尼厄切。按:尼厄切当是尼戹切之误。(2)切语下字开口栏陈表漏戹字,当补。

2.38 清韵系

劲韵:(1)来纽齐齿栏陈表作令力正切。按:力正切当是力政切之误。(2)审纽齐齿栏陈表作圣式政切。按:式政切当是式正切之误。(3)帮纽齐齿栏陈表作摒卑政切。按:卑政切当是畀政切之误。

昔韵:(1)精纽齐齿栏陈表作积资悉切。按:悉中古音息七切,不应作昔韵积字的切下字,资悉切当为资昔切之误。(2)切语下字齐齿栏陈表衍一亦字,当删。(3)切语下字撮唇栏陈表漏役字,当补。

2.39 青韵系

青韵:(1)见纽撮唇栏陈表作扃古莹切。按:古莹切当是古萤切之误。(2)切语下字齐齿栏陈表衍经字,当删。

迥韵:(1)透纽齐齿栏陈表作珽他顶切。按:他顶切当是他鼎切之误。(2)定纽齐齿栏陈表作挺徒顶切。按:徒顶切当是徒鼎切之误。(3)心纽齐齿栏陈表漏醒苏挺切,当补。

径韵:(1)明纽齐齿栏陈表作覭莫定切。按:覭字中古音莫经切、莫狄切,当是䁱字之误。

2.40 蒸韵系

蒸韵:(1)切语下字齐齿栏陈表漏仍、升,当补。

职韵:(1)切语下字齐齿栏陈表漏极字,当补。(2)切语下字撮唇栏陈表列洫、域,当删。

2.41 登韵系

登韵:(1)切语下字开口栏陈表漏朋字,当补。(2)陈表将切语下字合口栏的肱、弘误列于精纽合口栏,当正。

德韵:(1)切语下字开口栏陈表漏德字,当补。

2.42 尤韵系

宥韵:(1)喻纽齐齿栏陈表作坹余救切。按:坹字中古音属屑韵,当是狖字之误。

2.43 侯韵系

侯韵:(1)帮纽开口栏陈表作裒薄侯切。按:薄字中古属並纽,故裒字当移入並纽开口栏。(2)滂纽开口栏陈表作呣亡侯切。按:亡字中古属明纽,故呣字当移入明纽开口栏。

候韵:(1)並纽开口栏陈表作脴蒲侯切。按:侯字属平声侯韵,当是候字之误。

2.44 幽韵系

黝韵:(1)切语下字齐齿栏陈表漏纠、黝,当补。

幼韵:(1)切语下字齐齿栏陈表漏谬、幼,当补。

2.45 侵韵系

侵韵:(1)澄纽齐齿栏陈表作沈直林切。按:直林切当是直深切之误。(2)照纽齐齿栏陈表作斟职淫切。按:职淫切当是职深切之误。(3)深式针切、谌氏任切、祲子心切、侵七林切、鮗昨淫切、心息林切、寻徐林切、先侧吟切、嵾楚簪切、岑锄针切、森所金切等小韵,陈表漏填,当补入齐齿栏。(4)切语下字齐齿栏陈表漏填,当补林、寻、深、任、针、淫、心、金、吟、簪等字。

寝韵:(1)审纽齐齿栏陈表作沈式任切。按:任字中古音如林切、汝鸩切,故不当作侵韵上声的反切下字。陈澧《切韵考》云:"沈式荏切,《广韵》诸本式任切,误也。任字在五十二沁,今从徐锴。"①此为韵书版本上的错讹,可知式任切当是式荏切之误。(2)切语下字齐齿栏陈表衍钦、任,当删。

沁韵:(1)来纽齐齿栏陈表作临良枕切。按:良枕切当是良鸩切之误。

缉韵:(1)床纽齐齿栏陈表作䐳色立切。按:色字中古属疏纽,故䐳字当移入疏纽齐齿栏。(2)床纽齐齿栏陈表漏霵仕戢切,切语下字齐齿栏陈表漏汲字,当补。

---

①〔清〕陈澧:《切韵考》(卷五),《音韵学丛书》,成都:四川人民出版社,1957年,第42页。

2.46 覃韵系

勘韵:(1)端纽开口栏陈表列牨字。按:牨字见《集韵》,此处当改填馾字。(2)晓纽开口栏陈表作鷂呼绀切。按:鷂字当是顑字之误。

合韵:(1)泥纽开口栏陈表作纳奴合切。按:奴合切当是奴荅切之误。

2.47 谈韵系

阚韵:(1)来纽开口栏陈表作滥卢瞰切。按:卢瞰切当是卢暾切之误。(2)切语下字开口栏陈表漏暾字,当补。

盍韵:(1)切语下字开口栏陈表漏杂字,当补。(2)切语下字开口栏陈表列搕字。按:搕字中古音乌合切,不应入此,当删。

2.48 盐韵系

琰韵:(1)溪纽齐齿栏陈表作预丘险切。按:丘险切当是丘检切之误。(2)溪纽齐齿重纽四等栏陈表漏脥谦琰切,照纽齐齿栏陈表漏飐占琰切,当补。

叶韵:(1)澄纽齐齿栏陈表作牒直叶切。按:牒字中古音徒协切,当是牒字之误。

2.49 添韵系

怗韵:(1)溪纽齐齿栏陈表作惬协,漏反切上字苦,当补作惬苦协切。

2.50 咸韵系

咸韵:(1)影纽开口栏陈表作揞乙咸切。按:揞字中古音乌感切、於陷切,当是猎字之误。

2.51 衔韵系

狎韵:(1)见纽开口栏陈表漏甲古狎切,当补。

2.52 严韵系

俨韵:(1)溪纽齐齿栏陈表作钦丘广切。按:广字中古音古晃切,《说文》云:"殿之大屋也。从广，黄声。”广字中古音鱼埯切，《说文》云：“因广为屋。象对剌高屋之形。凡广之属皆从广。读若俨然之俨。”可知廣字当为广字之误。

酽韵：(1)溪纽齐齿栏陈表作欦字。按：欦字中古音火占切、许兼切、丘严切、火斩切、丘广切，当为㰹字之误。

2.53 凡韵系

凡韵：(1)备注栏陈表所谓的凡符乏切当是凡符芝切之误，当正。

范韵：(1)知纽撮唇栏陈表作㒡丑犯切。按：丑字中古音彻纽，故㒡字当移入彻纽撮唇栏。(2)奉纽撮唇栏陈表作范防腰切。按：防腰切当是防錽切之误。

乏韵：(1)切语下字撮唇栏陈表漏法、乏，当补。

三　结语

陈新雄先生所填《声经韵纬求古音表》对于深入了解季刚先生的古音学思想及其推阐有十分重要的价值，是音韵学研究的重要参考资料。但由于《广韵》反切本身的复杂性加之填写时间短、工作量大，陈表存在疏漏也是在所难免的。需要指出的是，中古音中唇音不分开合口，列开列合都是可以的。这一类问题不应算作陈表的错误，它实际上是一个学术史的问题。本文共列出陈表210处疏漏，可分为5大类：

(1)字形讹误，包括反切上下字及被切字讹误。

(2)填表放置错误，包括误入它声它韵、等呼错误。

(3)衍文、脱文，主要是切语上下字的衍、脱。

(4)与陈表体例不符。

(5)备注栏论述不充分。

当然我们的校订肯定也有错误之处，倘若其中有一、二可视为确信者，愚者之得也！希望本文能为陈表发挥更大的价值尽绵薄之力。

参考文献

林　尹：《广韵声韵类归类习作表》，台北：台湾学生书局，1981年。

邵荣芬：《切韵研究》(校订本)，北京：中华书局，2008年。

赵振铎：《集韵校本》，上海：上海辞书出版社，2012年。

Corrections to Chen Xinxiong's *Sheng Jing Yun Wei Qiu Gu Yin Biao*

Ye Lei　Meng Pengsheng
(Southwest University)

Abstract: The *Sheng Jing Yun Wei Qiu Gu Yin Biao*(《声经韵纬求古音表》) filled out by Mr. Chen Xinxiong visually displays the phonology of *Guang Yun* (《广韵》) in the form of graphs. The remarks column of *Guang Yun*(《广韵》) and *Qie Yun Kao*(《切韵考》) has many insights and can help us have a deeper understanding of Huang Jigang's old Chinese phonology thoughts. However, due to the complexity of *Fanqie* (反切) itself, the short filling time and heavy workload, omissions are inevitable. This article compares the author's self-filled table with Chen's table, proofreading a total of 210 flaws in 5 categories of Chen's table.

Keywords: Chen Xinxiong; *Sheng Jing Yun Wei Qiu Gu Yin Biao* (《声经韵纬求古音表》); academic value; correction of rhyme

◎训诂和词汇研究

禅宗文献俗语词零札(三)*

王长林

(四川大学中国俗文化研究所、文学与新闻学院)

提要:文章综合利用语境求义、排比归纳、异文互参和方言佐证等训诂方法,对禅宗文献“嗔霍”“胡挥乱鐾”“索另”“三吉怛纳钵”“筛气”和“殃考”六则疑难俗语词予以考辨。结论有助于禅宗文献词汇研究、汉语方言溯源和语文辞书修订。

关键词:禅宗文献;俗语词;俗语言研究

禅宗文献作为近代汉语重要的白话文献,因俗语词丰硕而备受研究者的青睐。禅宗文献词汇研究近年来取得长足的发展,但仍留有大量的疑难俗语词阙疑待考。疑难词之所以“非雅诂旧义所能赅”,则与禅宗文献文字讹混、音近通假、惯见方言等因素密切相关。文章选取“嗔霍”“胡挥乱鐾”“索另”“三吉怛纳钵”“筛气”和“殃考”六则词语,综合利用俗语词训诂方法,辨形证义,求其确诂,希望对禅宗文献词汇研究有所裨益,也可为汉语方言溯源和语文辞书修订提供参考。

---

*本文得到国家社科基金青年项目“元明清禅宗文献词语论考”(项目编号:18CYY040)和四川大学创新研究项目“禅宗文献疑难字词通释”(项目编号:2020CXQ11)的资助。

嗔霍

卍续藏本《枯崖和尚漫录》卷上《野云南禅师》:“霜风落木,雁阵惊寒。生身父母,露出心肝。观音菩萨,嗔霍不尽,失却鼻孔。且喜诸人,天下太平。”(X87/28a①)

“嗔霍”禅宗文献仅此一见,笔者目力所及,仅日本僧人曾对该词做过解释,但观点不一。大藏院本佚名《诸录俗语解》认为“霍”是“惊愕”之义②,而京都大学附属图书馆藏五山版(宋版覆刻本)无名氏手书旁注:“霍,当作攉,手反复也。摇手曰挥,反手曰攉。又挥攉,猝遽也。《[文]选》‘纷纭挥霍’注:‘奋迅也。’”验诸文本,二说殊难贯通。手书批注改字为训,惜未举二字禅籍互通之证,难以令人信服。我们认为,“霍”应该是“喝”的假借字,试予申说。“嗔喝”义谓怒喝、怒吼,内典多有用例,如唐阿地瞿多译《佛说陀罗尼集经》卷五:“若欲止风,先以此呪呪灰一百八遍,小片绢裹,将随身去。若风来者,以右手取灰,向风打散。次以右余指作拳,头指直竖,向风数数诵呪,瞋喝即断。”(T18/828a)《天台三圣诗集和韵》:“娇女嫁贫夫,焉能事父母。只羡马上郎,瞋喝复搔首。”(J33/401b)或作“嗔嗷”,“嗷”为“喝”之俗写,唐菩提流志译《五佛顶三昧陀罗尼经》卷二:“成此呪者,怒目嗔嗷,一切天龙八部鬼神,皆得惶怖四散驰走。”(T19/274b)禅籍另有成语“嗔拳热喝”,如《月涧禅师语录》卷上:“记得鹅峰相聚日,嗔拳热喝当慈悲。而今含恨重相见,只得开颜陪笑,欢喜接伊。”(X70/506a)倒序又作“热喝嗔拳”,《大川普济禅师语录》:“举玄沙示众,常将诸人安顿向顶𩕳上,不敢错误一丝毫许。岳林动便热喝嗔拳,进亦无门,退亦无路,忽然堕坑落堑,方知亦不错误一丝毫许。”(X69/758b)《枯崖和尚漫录》“观音菩萨,嗔霍不尽,失却鼻孔”是禅宗“格外谈”,是说观音菩萨恶发怒吼,致使鼻子落失。“嗔”为佛教“三毒”之一,是佛家极力反对的行为。嗔怒恶发禅籍多与“鼻孔”(即“鼻子”)遭难相系,如《吹万禅师语录》:“忆昔幼年曾在芸局窗边,偶得大慧老人语录,读之心醉。……咂着一粒老鼠药,灼然恶发,咬穿鼻孔。”(J29/476b)《海幢阿字无禅师语录》卷上:“三年前游辽海,逢人恶发,扁担头不曾触着半个,及归,从新打失鼻孔,只者个也不

①文章佛教文献引文随文注明藏经册数、页码及栏数,J为《嘉兴藏》,T为《大正藏》,X为《卍续藏》。

②佚名《诸录俗语解》汇集《禅关策进》《博山警语》《大慧书》《圆悟心要》《碧严录》和《枯崖漫录》等宋代禅宗重要典籍中的疑难俗语词,并略加考证,是日本禅林颇有影响的俗语辞书。著者不明,但现存几个不同的抄本,一般认为大藏院本是最初的抄本。大藏院本为笔者复印资料,该条释义载于卷下第3页。

消得。”(J38/253c)《天岸升禅师语录》卷七:“终日瞌睡,被揭谛神恶发扭转鼻孔,甚生䏧恶。”(J26/689c)这些说法均与《枯崖和尚漫录》类同,可以互参。

《枯崖漫录》凡三卷,南宋福建禅僧枯崖圆悟(生卒年不详)编撰,集古搜遗,是南宋末年重要的禅宗典籍。该书于景定4年(1263)成书,咸淳8年(1272)序刊,流传情况不明。卍续藏的底本是日本宝永4年(1707)《跋改锓枯崖漫录》,笔者另检日本五山覆刻宋本、天和2年(1682)刊本《枯崖和尚漫录》,均作“嗔霍”,因此大体可以断定原宋本即为“霍”字。“霍”《广韵》“虚廓切”,属晓母铎韵合口一等,“喝”《广韵》“许葛切”,属晓母曷韵开口一等。二字双声,且主要元音相近,入声韵尾有异。但众所周知,成书不晚于南宋的《切韵指掌图》中入声的-p、-t、-k韵尾已经混为ʔ,入声韵内部的差别缩减,所以南宋之际“喝”与“霍”读音应当比较接近①,因此《枯崖漫录》才得以通借。二字相通禅籍另有证据。《石溪心月禅师语录》卷中:“鹫岭未曾拈花,少林何曾面壁。巧尽拙露,法出奸生。……至于胡挥乱喝,瞎棒盲枷,点检将来,大似隔靴抓痒。”(X71/44c)“胡挥乱喝”又作“胡挥乱霍”,如《天如惟则禅师语录》卷一:“如今人闻个活脱名字,便准拟打个跨跳,指东划西,胡挥乱霍,将谓是活脱,元来却是死法中之死法矣。”(X70/762b)《元洁莹禅师语录》卷七:“只有一种自昧心底瞎秃,不求深进,胡挥乱霍,高谭阔论,以谓无敌于天下者,一盲引众盲,相牵入火坑。”(J39/581c)或作“胡拗乱霍”,《布水台集》卷二〇:“尊性乖乖崖崖,宝襟洒洒落落。调御诸方龙象,不许左突右冲。横拈七尺山藤,一向胡拗乱霍。”(J26/386c)诸例“霍”也是“喝”之借,可资佐证。禅籍又有“嚯贼”一词,《呆庵普庄禅师语录》卷三:“僧问:‘路逢达道人,不将语默对时如何?’师云:‘达道者方知。’僧云:‘和尚何得干戈相待?’师云:‘捉贼不如嚯贼。’”(X71/493b)“嚯贼”同“喝贼”,义即喝散贼人,例如《洛阳伽蓝记》卷一《昭仪尼寺》:“此荀勖旧宅,其后盗者欲窃此像,像与菩萨合声喝贼,盗者惊怖应即殒倒。”(T51/1003c)《禅苑蒙求瑶琳》卷一收“三角喝贼”的典故(X87/57b),可见“嚯”实为“喝”改换声旁的俗字,也足以说明“霍”与“喝”读音相近。

胡挥乱壂

大正藏本《缁门警训》卷六《黄龙死心新禅师小参》:“近来又有一般奴狗,受雇得钱,买度牒,剃下狗头,披佛袈裟,奴郎不辨,菽麦不分,入吾法中,破坏吾法。一向装裹个浑身,揍腰捺膀,胡挥乱壂,要做大汉,大汉不恁么做。”(T48/1071c)

①降至在元代二字同属歌戈韵,现今部分方言区(如四川话)二字读音仍相同。

这是黄龙死心禅师对当时购牒为僧、滥竽充数的禅林弊病强烈的批判之词,例中“胡挥乱⿱殸土”费解,尤其是“⿱殸土”字不易落实。死心之语禅籍多有载录,但“⿱殸土”异文歧出,如卍续藏本《嘉泰普灯录》卷二五本章作“⿱殸坐”(X79/443c),卍续藏本《续古尊宿语要》本章又作“脛”①(X68/359c),而卍续藏本《死心悟新禅师语录》又作“兴”(X69/230c)。四组异文究竟孰是孰非,异文之间又是什么关系,均需要予以解释。

今按:卍续藏本《嘉泰普灯录》的“⿱殸坐”是“⿱殸土”之误,今检明洪武南藏本恰作“⿱殸土”,又检核日本内阁文库藏日本南北朝刊本、国立国会图书馆藏天和2年(1682)川又胜兵卫刊本《嘉泰普灯录》,分别作“⿱殸坐”和“⿱殸坐”,均将部件“空”刻成“坐”②,此为卍续藏俗体所本。又卍续藏本卷末的《音释》也恰巧收载“⿱殸土”的音读,“⿱殸土,当作⿰鬼畱,烟胫切。”“⿰鬼畱”古今字书不载,查两种日本古刊本《音释》又分别作“⿰鬼巠”和“⿰鬼巠”,实为“⿰鬼巠”字,可见卍续藏楷化有误。“⿰鬼巠”《广韵·迥韵》烟涬切“诬厌”,《集韵·迥韵》烟顶切“巫厌”,《正字通·鬼部》:“⿰鬼巠、⿰鬼巠,并俗字。”清黄钊纂《镇平县志》卷三《教养》“仙姑之技止此耳有⿰鬼巠公者”注:“俗称巫为⿰鬼巠。按:字书‘⿰鬼巠’烟顶切,其字从轻,从鬼,轻薄邪媚之鬼也。”可见“⿰鬼巠”义即“巫”,于义无取,《音释》不确,这也说明宋代僧人对该词的确切含义已经犯难。禅籍频见“胡挥乱~”四字格成语,有“胡挥乱做”“胡挥乱揎”“胡挥乱埽(扫)”“胡挥乱打”“胡挥乱棒”“胡挥乱注”“胡挥乱造”“胡挥乱统”“胡挥乱喝(霍)”等,末语素均为动词,与“挥”对文,所以“⿱殸土”无疑是个动词。再考《康熙字典·殳部》:“⿱殸土,《搜真玉镜》音‘腔’。”《汉语大字典》本条引《字汇补·殳部》:“⿱殸土,丘姜切,音腔。出《篇韵》。”《中华字海》本条:“音枪,义未详。见朝鲜本《龙龛》。”三部字书虽指明“⿱殸土”音“腔(枪)”,但遗憾的是词义未详。笔者怀疑,死心禅师所说的这个成语本当作“胡挥乱控”,“控”一般读作“苦贡切”,本义指“开弓”,引申有“驾驭”“走告”等义,但该字文献另有音义,《庄子·外物》:“儒以金椎控其颐”唐成玄英疏:“控,打也。”宋代的韵书也有载录,如《广韵·江韵》“苦江切”:“打也。”《集韵·江韵》“枯江切”:“打也。”又《讲韵》“克讲切”:“打也。”“苦(枯)江切”恰与“⿱殸土”同音,且“打”义与整个词义榫合,所以“胡挥乱⿱殸土”应当义同前文所列举的“胡挥乱打”。又《石田法熏禅师语录》卷二:“同行云:‘叵耐这汉番番只如此问我,我无可应对他,你为我代一转语,我这回去下着。’老和尚云:‘你待今番又如是问你,你但将两指夹鼻,⿱殸土他一⿱殸土,便出。’同行果去入室,依老和尚所教。”(X70/332a-b)③“将

①为后文方便讨论字形关系,姑且保留繁体。

②“坐”是“坐”的俗写,《字汇补·口部》:“与坐同。《孙叔敖碑》:‘若冠章甫,而坐涂炭也。’”

③日本宫内厅书陵部藏宋淳祐7年(1247)刊本《石田和尚语录》(仅存上卷)同作“⿱殸土”。公案又见录于卍续藏本宋圆悟编《枯崖漫录》卷二《石田熏禅师》,亦作“⿱殸土”(X87/37b)。

两指夹鼻,⿱殸空他一⿱殸空”①也就是用两指夹注鼻子打他一下的意思,“⿱殸空”也是“控”之借,表打击之义,可资比参。至此,语素“⿱殸空”殆无疑义,那异文“脛”与“兴”又是如何产生的呢?“脛”于义无所取,我们怀疑是“腔”字之误,而“腔”又是“控(⿱殸空)”的同音通假字,换言之“脛”可能是由音借、形讹而产生的版本误字②。卍续藏本《死心悟新禅师语录》“兴”出校记:“兴,一作脛,又作⿱殸空。”说明编者(甚至底本)曾顾及异文“脛”与“⿱殸空”,但二字均难索解,所以换用了一个更浅显、常见的动词“兴”,或取“兴”之“动”“作”之义,禅籍有“乱作胡行”“胡行乱作”“胡谈乱作”“胡为乱作”“胡做乱作”等成语,“作”与“兴”义相近。

最后附带考证“⿱殸空”的词义问题。古今字书只注明“⿱殸空”音“腔(枪)”,但词义阙如,其实汉文佛典中就有用例,隋智顗《摩诃止观》卷九:“从顶至足,皮肉自脱,唯白骨在,支节相柱,⿱殸空然不动,皮肉堕落,聚在一处,犹如虫聚,污秽鄙丑。”(T46/122c)引例指“九想观”之“白骨想观”,观人骨节寂然不动而皮肉堕落、聚集的情景。唐湛然《止观辅行传弘决》卷九:“⿱殸空者,亦作⿰害空③,深山谷也,此不净尸如空山谷,故曰也。”(T46/420a)又宋从义《法华经三大部补注》卷一四:“⿱殸空,记中作‘⿰害空’,‘⿰害空’正应作‘⿰害空’④,许江切,空谷之皃。”(X28/426b)两部佛经注疏认为“⿱殸空”当作“⿰害空”,有空谷之义。今按:二例“⿰害空”当为“谾”之误,《广韵·江韵》“许江切”:“谾,空谷皃。”《集韵·江韵》“枯江切”:“谾,山谷深皃。”⑤所以,表“山谷皃”的“⿱殸空”应该是“谾”的换旁俗字,“殸”同“声”,当取山谷空寂、幽邃之义。

①这种“V 他一 V”结构现代汉语方言多有使用,有学者曾梳理其历史发展情况,注意到明清时代《金瓶梅词话》《醒世姻缘传》《聊斋俚曲集》中早期用法,参罗福腾:《山东方言“V 他 V”结构的历史与现状》,《语言研究》1998 年第 1 期。但南宋石田法熏禅师(1171—1245)口中这例“⿱殸空他一⿱殸空”实非偶然,承潘牧天博士赐告,《朱子语类》中也有这种用法,卷一三四《历代一》:“但直说他,则恐未必便从,故且将去吓他一吓。”释儒语录二例说明“V 他一 V”至晚在南宋已经产生,再从二者籍贯和游历来看,当时使用的地区可能集中在南方。

②宋晓莹《云卧纪谭》卷一《黄龙死心禅师》:“死心曰:‘川僧休来胡胫!’泉曰:‘祖师偈云:“真性心地藏,无头又无尾”,亦胡胫耶?’死心不觉解颜。”(X86/665a)同为黄龙死心语,早在宋代禅籍中用字已经歧出。这种由通假、讹变产生的异文给释义带来困扰,例如无著道忠《内儁》本条:“未详。余谓《庄子》‘凫胫虽短,续之则悲’,此盖胡乱润削文字之义乎?”这实际犯了望文生训的弊病。

③赵城金藏本作“谾”,大正藏录文不误。

④按:该“⿰害空”显然是个误字,然《法华经三大部补注》仅见于卍续藏,笔者暂未目及单刻本,姑从原文。

⑤“谾”为多音字,《广韵》又音“呼东切”“卢东切”“许江切”。

索 另

"索另"一词仅见于金元万松行秀和林泉从伦师徒之评唱,不妨先看二则用例:

(1)僧至夏末,再举前话请教。(好酒醒人迟)头云:"何不早问?"(贪瞌睡)僧云:"未敢容易。"(可晒惯丛林)头云:"雪峰虽与我同条生,不与我同条死。(索另者先穷)要知末后句只这是。(旋蒸热卖)"(《从容庵录》卷三第五十则《雪峰甚么》,T48/258c)

(2)天童拈云:"当时若见雪峰道'瑕生也'(则今不少),但近前云'喏喏'(与你唱诺),且道何故如此?(下不测上)争之不足,(索另先穷)让之有余。(告和者赌赏)"(《请益录》卷二第五十二则《雪峰古镜》,X67/485b)

上二例括号内分别是行秀、从伦对古德言辞的"著语",由于缺乏更多样的文献用例,我们首先需要揣摩"索另"出现的语境以窥探其含义。从以上二例可见,"索另(者)先穷"是对有分别("同条生""同条死")和争议("争之不足")的"著语",类似的情况又如从伦《虚堂集》卷二第二十八则《洛浦祖教》:"举僧问洛浦:'祖意教意是同是别?'(索另者先穷),浦云:'日月并轮辉,谁言别有路。'"(X67/339a)这同样是对"祖意教意是同是别"这个分别之问作出的评断。元代的《通玄百问》为我们提供更切实的语境,玉溪圆通设问:"性相二宗还有浅深也无?"行秀答云:"索另者先穷。"从伦颂云:"索另先穷人尽知,圆融行布强支离。同田分贝君看取,家不和兮邻里欺。"(X67/704c)圆通故意让行秀对性相二宗的高低加以分别,但行秀回避直接作答,"索另者先穷"大意是说:试图作出分别的人会理屈词穷。而从伦颂"同田分贝君看取,家不和兮邻里欺"可谓"索另者先穷"的最佳注脚。"同田"即"富","分贝"为"贫",贫富任由你看取,但家庭不和则邻里相欺。我们认为,"家不和"即"索另",这里特指分家。上举禅籍中"索另"与"告和""圆融"反义对文,当为"分离""孤立"之义。考近代汉语中"另"有割开义,引申指分居,《五音集韵·径韵》:"另,割开也,分居也。"《正字通·口部》"另"条:"凡物两分者曰另,俗谓他日、异日曰'另日',旧注专训分居、割开。"黎锦熙等编《洛川方言谣谚志》:"兄弟分家曰另。"许宝华、宫田一郎《汉语方言大词典》"另"义项❶:"〈动〉分家。陕西北部[liŋ51] 弟兄两个~了。"[①]同书"另开"条义项❷:"〈动〉分开;分家。"[②]晋语还有"另家"一词,也指弟兄分家。李荣主

①许宝华、宫田一郎:《汉语方言大词典》,北京:中华书局,1999年,第1232页。
②同上。

编《现代汉语方言大词典》(6卷本)收录“另家”(忻州)、“另过”(万荣)、“另开”(西安)都有分家、另立门户之义①。而“索”也有“离散”之义,该义由来较古且历代沿用,《礼记·檀弓上》:“吾离群而索居,亦已久矣。”郑玄注:“群,谓同门朋友也。索,犹散也。”《玉篇·索部》:“索,散也。”《广韵·铎韵》:“索,散也。”韩愈《喜侯喜至赠张籍张彻》:“孟生去虽索,侯氏来还歉”朱熹注引孙汝听曰:“索,离也。”近代白话文献又有同义复词“分索”“离索”“疏索”等,语素“索”仍为“离散”义。要言之,“索另”系同义并行复合词,应该是个方言俗语词,外典罕见,幸有禅籍存留,本指“分离”,引申有“分家”义。从上举方言志、方言词典可以看出,“分家”义的“另”现在主要在中原官话和晋语中使用,而万松行秀(1166—1246)为怀庆河内(今河南沁阳市)人,籍贯地处中原,且与山西晋城接壤,所以对“另”这个词当不会陌生②,古代文献与现代方言可以互参互证。既已明辨“索另”的含义,有助于我们理解禅宗公案的内涵,如从伦《虚堂集》卷六第八十九则《梁山祖意》:

> 举僧问梁山:“祖意教意是同是别?”(索另先穷)山云:“金乌东上人皆贵,玉兔西沉佛祖迷。”(出没任渠分昼夜,往来终不离乾坤。)(X67/368c)

对于僧人“祖意教意是同是别”这样的问题,在从伦看来若予分别则会“先穷”(落入对方圈套,处于不利地位),但从梁山的偈语来看他并未正面回答,从伦著语“出没任渠分昼夜,往来终不离乾坤”,意思是说纵然日月轮回,终究不离乾坤,言下之意是说不论祖意教意是否有别,其终极目的是渡人解脱、直达本性。

三吉怛纳钵

> 大正藏本《敕修百丈清规·圣旨》:“钦录圣旨全文,连前告乞施行,得此照得,元统三年五月初七日,阿察赤怯薛第二日,三吉怛纳钵里有时分。”(T48/1111a)

元统3年(1335)元惠宗准宣政院颁布德辉修订清规的圣旨,其中“三吉怛纳钵”一词

①李荣主编:《现代汉语方言大词典》(6卷本),南京:江苏教育出版社,2002年,第948页。又第1930页收“初另蒿荒”(忻州),形容刚分家立户,家里缺少很多东西。

②弟子林泉从伦,籍贯、生卒年均不详,住持元大都报恩寺,也当属北方官话区。“索另”是师傅行秀的“原创”,弟子从伦属承袭。

颇难解释。日本禅僧多有臆解,江户学问僧无著道忠(1653—1744)《敕修百丈清规左觿》①列引诸说:

古解曰:此语亦难解,义堂、桃源本于"三吉怛"正中画朱,盖人名乎?又,近渡唐本《百丈清规》无"怛"字。

古解曰:寅曰:"'纳钵'一行上阙一字,可疑,或天子名乎?"

桃源曰:凡上言于天子者,若所白不当理,则其罪当死,僧人则当脱其衣钵。故官人先纳冠,然后敢上言;僧人先纳钵,敢上言。其意若所白有过,则请脱衣钵也。今东阳上言校正清规施行,故先纳钵于官府,是故抬"纳"字书。

日释所见的版本"纳钵"或前空缺一字,或抬头书写,所以倾向于人名、天子、官府解释,但这三种说法显然都不足为据。道忠旁征博引,提供另一种观点:

忠曰:余庚辰岁说之曰:"由予观之,谓天子居处乎,何以言之?按:《中峰录·札》曰'笃连帖木儿怯薛第二日,延春阁后咸宁殿里有时分',与今语势全同,乃知'三吉怛纳钵里'如彼'延春阁后咸宁殿里'。'纳钵'或天子所居,故抬头而书,听人美叹,以为近理。后看《文昌杂录》:'北方行在所曰"捺钵","捺"与"纳"音相近,"纳钵"即"捺钵"也。'况今顺帝在上都(圣旨尾云'上都有时分写来',故知在上都),上都行在所也(《通鉴发明》),故言'纳钵里'。'里',内也。至此,千古疑冰泮然,但'三吉怛'未知何据,且阙如,俟后贤解焉。"

道忠比勘《中峰录·降赐天目中峰和尚广录入藏院札》的句式,并参考《文昌杂录》的记载,推断"三吉怛纳钵"为天子所居之地,寔为确论。清查慎行《得树楼杂钞》卷六:"'纳钵'二字见《辽史》,谓车驾所在也。按《金国志·熙宗纪年》:'皇统三年谕尚书省,将循契丹故事,四时游猎春水秋山,冬夏剌钵。'注云:'剌,芦达切。剌钵者,契丹话,所在之意。'剌'与'纳'音相近,其义同也。'"该词又音转写作"纳八""纳宝"或"纳堡",如清李文田《元史地名考》"兀纳八"条:"天历二年六月丁酉次兀纳八之地,周伯琦《扈从北行前记》云:纳钵犹汉言顿所也。"清陈衍《元诗纪事》卷九载杨允孚《滦京杂咏》"纳宝盘营象辇来"注:"龙虎台,纳宝地也,凡车驾行幸宿顿之所谓之纳宝,又名纳钵。"清周际华修、

①《敕修百丈清规左觿》系无著道忠禅师对《敕修百丈清规》注解,初稿撰于元禄12年(1699)10月至元禄13年(1700)1月,后屡经校补,于享保3年(1718)定稿,道忠时年66岁。原书凡1400张,皇皇巨著,是研究禅林清规重要的域外注疏,现藏于日本龙华院。

戴铭纂《辉县志》卷一四:“众先生每根底圣旨裹道了,没体例的勾当休做者做呵,他更不怕那圣旨俺的。元统三年绪儿年八月二十七日,忽察秃因纳堡里有时分写来。”“忽察秃因纳堡里”指圣旨撰写的地点,“忽察秃”汉语指有山羊的地方,“纳堡”即“纳钵”,清金志节撰《口北三厅志》卷三:“忽察秃纳钵,兴和城东二十里汉言有山羊处也。”“纳钵”词义既明,可以推断“三吉怛”确非人名,而是当时皇帝降旨的地名①。

道忠说“三吉怛”未知何据,暂且阙如,态度审慎,今试为补论。“纳钵”是辽金元皇家巡幸生活的大事件,纳钵地点文献多有载述,其中有纳钵名为“三疙疸”,元熊梦祥《析津志 · 岁纪》载云:

> 大驾于八月内或九月初,自李陵台一纳钵之后,次第而至居庸关南佛殿,亦上位自心瓶造,并过街三塔,雄伟据高,穹碑屹立。西则石壁,东则陟峻深壑,蔚为往来之具瞻,界截天堑,古今重名,此其一也。过此有黄堠店,人烟凑集,回视山北景物则不侔矣。至龙虎台,高眺都城宫苑若在眉睫。上位、三宫、储君至此,千官、百辟、万姓多人仰瞻天表,无不欢忭之至。再一纳钵即三疙疸也。

同书《属县》又载云:

> 大口店,在京城西北三十里旧有城,今为店,西有高丘鼎峙,曰三疙疸。车驾春秋往还,百官迎送于此。

“三疙疸”音同“三吉怛”,显然是同一个地名。从《析津志》的记载来看,“三疙疸”亦即“大口店”,地处京城西北,又称为“大口”,元周伯琦《扈从集》:“大口,其地有三大垤,土人谓之三疙疸,距都北门二十里。”据赵其昌考证,大口店即清河镇,元代称“大口故城”,“三疙疸”指的是三座汉墓,新中国成立后曾有考古发掘②。要之,“三吉怛纳钵”就是“三吉怛”,或记为“三疙疸”,得名于三座汉墓,元或称大口(店),是皇帝巡幸驻跸地,是惠宗降旨德辉重修清规的地名,至此方可谓“千古疑冰泮然”。

---

①“纳钵”多缀于地名之后,如长春又称“春纳钵”,清阿桂《满洲源流考》卷十一《疆域》“辽上京长春州”条又称“春巴纳”,自注:“旧作纳钵,今改正。按:满洲语巴纳,地方也,盖指游猎之地而言。”可见蒙古语的“纳钵”义同满语的“巴纳”,所以才会改动。但关于“纳钵”的语源,学界意见尚未一致,详参朱翠翠:《元代纳钵若干问题新论》,《青海民族研究》2018 年第 1 期。

②赵其昌:《〈析津志〉及其著者熊梦祥》,载苏天钧主编:《北京考古集成 6》,北京:北京出版社,2000 年,第 535—545 页。此则材料转引自朱翠翠《元代纳钵若干问题新论》,《青海民族研究》2018 年第 1 期。

筛 气

嘉兴藏本《千岩和尚语录》:“吾本来兹土,传法救迷情。着甚死急,直饶二祖得髓,儿孙遍天下,还免得只履西归也无?所以无明也不把你诸人为事,诸人也不把无明为事。思量总是空筛气,何不留将暖肚皮。”(J32/210a)

日本国立国会图书馆藏江户刊本同作“筛气”。按:《千岩录》末后两句其实是引自宋僧保宁勇禅师的偈颂,卍续藏《禅宗颂古联珠通集》卷二十二载:“步步相随是大随,左边吹了右边吹。思量未免空簁气,何不留将暖肚皮。”(X65/611b)字作“簁气”,而卍续藏《宗鉴法林》卷二四《益州大随法真禅师》又作“篵气”(X66/428c)。“筛”“篵”与“簁”这三则异文孰为正体,词义当作何解呢?

今按:“簁”与“筛”系一组古今字,《说文·竹部》:“簁,簁箄,竹器也。”朱骏声《说文通训定声》:“簁,与籭略同,字亦作簛,今俗谓之筛,可以取粗去细。”《急就篇》“簁箄箕帚筐箧篓”颜师古注:“簁,所以箩去粗细者也,今谓之筛。”而“篵”辞书不收载,当是“簁”之形误字。细揆其文意,“空筛/簁气”意谓白白地浪费气力,“簁”当有浪费之义。稽考禅籍,多见“簁油费酱”一词,如《五灯会元》卷一九《何山佛灯守珣禅师》:“大凡扶宗立教,须是其人。你看他婆子,虽是个女人,宛有丈夫作略。二十年簁油费酱,固是可知。”(X80/414a)又有“簁盐费醋”,如《绝岸可湘禅师语录》:“兴化打克宾,簁盐费醋。云峰闻桶爆,接响承虚。”(X70/295c)同义的成语还有“伤盐费醋”“伤盐费酱”和“伤盐伤醋”等,例多不备列,“簁”“费”“伤”同义对举,均有浪费义。需要进一步考证的是“簁(筛)”何以有“浪费”义?我们认为“簁”和“筛”当为“搋”的记音字。“搋”与“簁”音同,同属《集韵·皆韵》“崽”(山皆切)小韵,“搋”《集韵·皆韵》释为“散失也”。后代的辞书多有收录,如《类篇·手部》:“搋,山皆切,散失也。”《字汇·手部》:“搋,山皆切,音筛,散失也。”《汉语大字典》亦收释,仅引《集韵》的释义,惜无例证。检诸方志文献偶有实例,可补字书之未备,民国王天杰修、宋文华纂《(民国)高邑县志》卷六《谚语》:“立夏小满麦搋芒,忙种夏至农夫盛。”“搋芒”即散落麦芒。高邑县隶属石家庄市,“搋”为当地的方言俗语。由“散失”义引申则有“浪费”义,如许宝华、宫田一郎《汉语方言大词典》本条:“粤语。广东广州。❶〈动〉浪费;大材小用:佢食饭好大~嘅他吃饭很浪费东西的|叫佢做呢啲工作,~咗佢呀叫他做这种工作真是浪费人材了。”①李荣主编《现代汉语方言大词典》(6卷

①许宝华、宫田一郎:《汉语方言大词典》,北京:中华书局,1999年,第7039页。

本）收“攋气”（广州），义指“费气，费劲儿”①，可见该词仍保留在汉语方言中。综合古代辞书释义与方志、方言实例，可确证“筛气”为费气力之义。

殃考

卍续藏本《请益录》卷下第六十一则《黄蘖问事》：“举黄蘖问百丈（鸬鹚语鹤）：‘从上相承底事，如何指示于人？’（殃考研槌打独立）。”（X67/489a）

括号中的文字是万松行秀为天童正觉拈古所作的“著语”，“殃考”一词禅籍少见，查东晋帛尸梨蜜多罗译《佛说灌顶经》卷一〇另有一例：“浊世罪众生，轻贱为未效。百事不吉祥，坐生诸殃考。”（T21/527a）词义均不明确。今按：“殃”有“祸患；灾难”义，无须烦议，“考”有“老；寿”义，引申指死去的父亲，所以该词本指亡考的殃孽②，清郭毓秀纂修《（康熙）金坛县志》卷一四：“晋时茅太元真□答许长史书云：‘郗回父无辜戮人数百口，取其财宝，殃考深重，怨主恒讼诉，天曹早已申对，回法应灭门。”“殃考深重”是说郗回之父杀戮劫财罪孽深重。引申指死后的罪孽、余孽，如宋李昌龄《乐善录》卷六：“今人但知彼为死矣，而不知彼死者，四大虽坏，神实不亡，必有所憾，尤甚于生。万一讼于鬼官，则殃考疰气，卒未易解。”同书卷七：“当知今之为鬼所绕，或沉疾缠绵，非药饵所能疗者，皆寃家有以守之故也。不见佛家所谓寃家恼害，与夫道家所谓殃考疰气、伏连冢讼之说乎？”进一步引申则有“灾难；灾祸”义，清丁永琪修、李辙纂《（乾隆）舞阳县志》卷一〇：“粤自封建废郡县分，斯民之命悬于监牧之守，其来尚矣。县令之在郡，其与民尤亲得其人，则民乐业，失其人，则民罹殃考，诸载纪灼，可见矣。”“民罹殃考”即人民遭受灾难。以上是“殃考”在文献中比较常见的三种意义。

引例中“研槌”乃“研物用的槌子”，禅籍多见“老鼠尾上带研槌”“猫儿尾上系研槌”等俗谚，又称为“擂槌”，是下端粗、上端细的槌子，“研槌打独立”即研槌独自竖立，这显然是不可能的事情，或者说是很荒谬、鬼祟的事情。所以引例中的“殃考”确切地说是指“邪怪”“鬼怪”③，是对“研槌打独立”的咒骂之词，实际上是对黄蘖问百丈的批评和否定，

①李荣主编：《现代汉语方言大词典》（6 卷本），南京：江苏教育出版社，2002 年，第 5366 页。按：词典另收“攋挞”（糟蹋；浪费）、“攋心机”（费心机）等词，可见“攋”使用较为灵活。

②禅籍多见“祖祢不了，殃及儿孙”这句俗谚语，可以说是“殃考”的最佳脚注。

③名词“殃孽”引申也可指“奸邪”，如《荀子 · 成相》：“君子道之顺以达，宗其贤良，辨其殃孽。”这与“殃考”引申指“邪怪”可以比参。

即"从上相承底事,如何指示于人"在万松行秀看来是十分荒谬、鬼怪的说法,这也即是禅宗常批评的"鬼家活计"或"家鬼(亲)作祟"。

参考文献

汉语大字典编辑委员会:《汉语大字典》(第2版),武汉:崇文书局/成都:四川辞书出版社,2010年。

冷玉龙、韦一心:《中华字海》,北京:中华书局/中国友谊出版公司,1994年。

李荣主编:《现代汉语方言大词典》(6卷本),南京:江苏教育出版社,2002年。

许宝华、宫田一郎:《汉语方言大词典》,北京:中华书局,1999年。

朱翠翠:《元代纳钵若干问题新论》,《历史学研究》2018年第1期。

〔日〕佚名:《诸录俗语解》,日本大藏院藏本。

〔日〕无著道忠:《敕修百丈清规左觿》,日本龙华院藏本。

Notes on Slang Words in Zen Literature(3)

Wang Changlin

(Sichuan University)

Abstract:This paper makes a comprehensive study of six difficult Slang words in Zen literature,such as Chen Huo(嗔霍),Hu hui Luan qiang(胡挥乱罄),Suo Ling(索另),San Jita Na Bo(三吉怛纳钵),Shai Qi(筛气)and Yan Kao(殃考),by using the methods of context seeking meaning,parallelism induction,cross reference of different texts and dialect support. The conclusion is helpful to the study of Zen literature vocabulary,the traceability of Chinese dialects and the revision of Chinese dictionaries

Key words:Zen Literature;Slang Words;Study on Slang Language

买地券“墓地”语义场词汇历时演变研究*

王景东

（吉林大学文学院）

提要：买地券中表示“墓地”义概念用词，在汉语史的各个发展阶段呈现不同特点。东汉至魏晋南北朝时期主要用“冢”构成的复合词，隋唐至宋元时期主要用“宅”和“墓”，宋元以后直至明清则多用“墓”。“墓地”语义场词汇在买地券中不断变化，是汉语词汇发展演变的结果。传世文献“墓地”语义场词汇数量较少，从发展路径来看与买地券存在异同，因此买地券“墓地”语义场词汇具有弥补语料的作用。

关键词：买地券；墓地；语义场；词汇；演变

买地券，是一种刻写或笔写于砖、铁、铅板、石板等硬化的物品上的随葬文字材料，是一种置于墓中的迷信物品，根据现实社会中的买地契约改造而来。现发现最早的买地券是河南省偃师县北窑村东汉墓出土的东汉永平十六年（公元 73 年）姚孝经买地券。东汉买地券至今发现 16 件①，数目虽然不多，但能总结出早期买地券的格式。日本学者池田温将买地券的构成要项总结为：年月日、买者、卖者、购买时日、对象地、四至、面积、代价、收价时日、立会人、违法卖地担保、买酒，其中也会省略收价时日、违法卖地担保、买酒、面积。② 其中“对象地”的位置上常出现表示“墓地”义的相关词语，且在语言的历时演变中

---

*本文为国家社会科学基金重大项目“出土两汉器物铭文整理与研究”（批准号：16ZDA201）的阶段性成果。

①本文统计数据和引用例证依据鲁西奇：《中国古代买地券研究》，厦门：厦门大学出版社，2014 年。

②〔日〕池田温：《中国历代墓券略考》，《东洋文化研究所纪要》第 86 册，第 205—206 页。

变化频繁，因此我们主要针对这个位置上的买地券“墓地”语义场词汇进行全面考察研究。① 张志毅、张庆云(2012)指出，语义场中的义位是以共性语义特征相聚合，以个性语义特征相区别。② “墓地”语义场词汇在“坟墓所在的地方”义项上形成同义义场，同一义场的各个词即同义词。纵观东汉至明清时期买地券，“墓地”语义场词汇构词形式主要为复合词③，从语言功能方面分析，前一词根既有可成词语素也有不成词语素，后一词根皆为可成词语素；从可成词语素义项方面分析，前一词根多为“坟墓”义，用词变化频繁；后一词根多为“地区”或“区域”义④，在漫长的语言发展变化中非常稳定。因此我们考察买地券中“墓地”语义场词汇的历时演变，主要考察的是前一词根位置上语素使用情况的变化，并从词汇属性和语法属性两方面辨析部分同义词的细微差异。

一、东汉买地券中的“墓地”语义场词汇

在东汉买地券中，表示“墓地”义的词汇仅有“冢田”和“冢地”⑤，“冢田”凡6见，“冢地”凡3见⑥：

(1)永平十六年四月廿二日，姚孝经买桥伟冢地，约𠷈出。他有名者，以卷(券)书从事，周中弟功，周文功□。(东汉永平十六年[73]姚孝经买地券)

(2)建安廿四年十月六日，龙桃杖从余根买𡍮(堽)上冢地，直钱万，石越时知要(约)，不得相争容(究)……(东汉建安二十四年[219]买地券)

(3)建初六年十一月十六日乙酉，武孟子、男靡、婴，买马熙宜、朱大弟少卿冢田，南广九十四步，西长六十八步，北广六十五，东长七十九步……(东汉建初六年[81]武孟子买地券)

(4)……今平阴偃人乡苌富里钟仲游妻薄命蚤死，今来下葬，自买万世冢田，贾直九万九千，钱即日毕……(东汉延熹四年[161]钟仲游妻买地券)

①除“对象地”位置以外，买地券“墓地”语义场用词主要还有“宅兆”“佳城”和“蒿里”。

②张志毅、张庆云：《词汇语义学(第三版)》，北京：商务印书馆，2012年，第66页。

③个别单音词不计入我们的考察范围中。

④主要是“地”“田”“兆”“域”“园”，占全部24例“墓地”语义场词汇的91.7%。

⑤文字有多个异体时，我们只列常用字。

⑥鲁西奇《中国古代买地券研究》中东汉买地券“冢田”1见，根据黄景春《中国宗教性随葬文书研究》最新材料补充为“冢田”3见。

“冢田”出现频率较“冢地”略高，二者在“墓地”语义场内是同义关系，皆出现在“什么时间，谁从谁那里买来”的语境中，皆可作“买”的宾语，后皆可接数量词修饰，也可不接，如：

(5) 熹平五年七月庚寅朔十四日癸卯，广□乡乐成里刘元台，从同县刘文平妻[买得]代夷里冢地一处，贾钱二万，即日钱毕……(东汉熹平五年[176]刘元台买地券)

(6) 光和元年十二月丙午朔十五日，平阴都乡市南里曹仲成，从同县男子陈胡奴买长谷亭部马领佰北冢田六亩，亩千五百，并直九千，钱即日毕……(东汉光和元年[178]曹仲成买地券)

可见，“冢”在汉代买地券中是“墓地”语义场词汇的主导语素。考察先秦传世文献和出土文献，未见“冢地”和“冢田”用例。先秦“坟墓所在地方”义的表达中，有单音词“墓”“兆”和“宅”①。《礼记·曲礼上》：“适墓不登垄，助葬必执绋。”郑玄注：“墓，茔域。”《左传·哀公二年》：“素车朴马，无入于兆，下卿之罚也。”杜预注：“兆，葬域。”《礼记·杂记上》：“大夫卜宅与葬日。”郑玄注：“宅，葬地也。”复音词有“墓地”“墓域”“兆域”和“域兆”。《周礼·春官·墓大夫》：“凡争墓地者，听其狱讼。”《周礼·春官·冢人》：“正墓位，跸墓域，守墓禁。”《周礼·春官·冢人》：“冢人掌公墓之地，辨其兆域而为之图。”孙诒让正义：“辨其兆域者，谓墓地之四畔有营域埒也。”可见先秦传世文献中“墓地”义多用“墓”“兆”“宅”等单音词，或由“墓”“兆”“宅”“域”作为语素组成的复音词，而东汉买地券“墓地”语义场中“冢”为主导词根，这种变化只见于买地券中，还是同样见于汉代传世文献中？我们首先明确“墓”“兆”“宅”“域”和“冢”的关系，有助于进一步考察二者在语言中的使用情况。

“墓”“兆”“宅”“域”同属“墓地”语义场，“墓”“兆”和“宅”上文已举例说明。《广雅·释邱》：“域，葬地也。”《诗·唐风·葛生》：“葛生蒙棘，蔹蔓于域。”郑玄笺：“域，谓茔域也。”因此四者在“墓地”义上是同义关系，皆可指墓地，也可以作为词根组成复音词表示“墓地”②。

①“墓”“宅”有“墓地”和“坟墓”两个义项。

②“兆”和“域”还同属于“区域”语义场，也可以作为词根语素组成“墓地”(坟墓所在区域)语义场词汇。

"墓""冢"与"坟"同属"坟墓"语义场,在"坟墓"义上是同义词关系,但在早期有明确的差异。坟指封土隆起的墓。《说文·土部》:"坟,墓也。"段玉裁注:"此浑言之也。析言之则墓为平处,坟为高处。"《字汇·土部》:"坟,坟墓。茔域曰墓,封土为垄曰坟。"墓指与地面齐平的墓。《说文·土部》:"墓,丘也。"段玉裁注:"丘自其高言,墓自其平言,浑言之则曰丘墓也。"冢指高大的坟墓。《说文·勹部》:"冢,高坟也。"段玉裁注:"《土部》曰:'坟者,墓也。'墓之高者曰冢。"简言之,无封土为墓,有封土为坟,封土高大则为冢。《礼记·檀弓上》:"古也墓而不坟。"孔颖达《礼记注疏》:"……殷以前墓而不坟。"可见在殷代以前的丧葬风俗中,多以墓葬,不封土。王念孙《广雅疏证》有言:"盖自先秦以前,皆谓葬而无坟者为墓,汉则坟墓通称。"因此"墓"在先秦早期的"坟墓"语义场占据主导地位,这种结论从传世文献中可得到验证。先秦时期,"墓"的构词能力比"坟"和"冢"强大许多,仅以《汉语大词典》所收复音词来说,"墓"构成的复音词有15个①,而"坟"和"冢"构成的复音词分别只有两个。进入秦汉以后,这种情况发生了变化。汉代"坟""墓"和"冢"成为一组同义词。但是在构词能力上,"冢"比"坟""墓"强大。根据《汉语大词典》收录的词汇,汉代"坟""墓""冢"(坟墓义)构成的复音词分别有3个、4个、15个。由此可见,"冢"是汉代"坟墓"语义场的主导语素,进一步推断也是"墓地"语义场的主导语素,这一结论从东汉买地券中可以得到验证。汉代"坟""墓"和"冢"统言无别,从同义词辨析的角度看,区别在于因地域性导致的各地方言的用词差异。如《方言》卷十三:"冢,秦晋之间谓之坟,或谓之垄。"

二、汉以后买地券中的"墓地"语义场词汇

汉代以后,买地券中"墓地"语义场词汇不断发展变化,一方面"冢"的优势地位不复存在,在两晋之后到明清时期,"冢"仅出现两次;另一方面"墓"和"宅"迅速发展,成为"墓地"语义场词汇的主导语素。在隋唐五代时期二者使用频率大致相当,到宋元时期,"墓"成为最常用的"墓地"义语素,这一现象延续到明清。

2.1 魏晋南北朝时期

在魏晋南北朝时期的买地券中,"墓地"语义场词汇共出现6个:冢地(7见)、宅兆(3

①《汉语大词典》中先秦时期"墓"构成的复音词有15例,分别是:公墓、墟墓、坟墓、垄墓、展墓、故墓、易墓、祭墓、邦墓、迁墓、墓地、墓门、墓域、墓道、墓厉。

见)、墓田(1见)、墓地(1见)、茔地(1见)、丘宅兆(1见),如:

(7)……为赟买男子周寿所有丹杨无湖马头山冢地一丘,东出大道,西极山,南北左右各广五十丈,直钱五十万,即日交毕……(东吴凤凰三年[274]孟赟买地券)

东吴和两晋时期"墓地"语义场词汇分别仅有一次"冢地"出现。南朝、北魏时期"墓地"语义场词汇数量增多,其中宅兆、墓田、茔地、墓地均为首见。如:

(8)……遵奉太山诸君丈人道法,不敢选时择日,不避地下禁忌,道行正真,不问龟筮,今已于此山堽为副立作宅兆……(南朝刘宋元嘉十年[433]徐副买地券)

(9)……今买得本郡县乡里覃坍圃上,纵广五茔地,立冢一丘自葬,雇钱万万九千九百九十九文,四域之内,生根之物,尽属死人。即日毕了……(南朝齐永明五年[487]黄道丘买地券)

"冢地"中1例作定语,其余4例皆可作动词"买""置"的宾语,可被数量词"一丘"修饰;"墓田"和"墓地"分别可被数量词"百亩""四方十顷"修饰;"宅兆""墓田""茔地""丘宅兆"皆作宾语;从买地券形式上看,"墓地"语义场词汇后多接墓地的四至或面积。如:

(10)大男杨绍从土公买冢地一丘,东极阚泽,西极黄滕,南极山背,北极于湖,直钱四百万,即日交毕……(两晋太康五年[284]杨绍买地莂)

(11)……今为佛女占买彭城郡□□□北乡□城里村南龟山为墓田百亩,东至青龙,西至白虎,南至朱雀,北至玄武……(南朝刘宋元嘉九年[432]王佛女买地券)

(12)……并州故民孙抚、孙抚妻赵丑女用银钱一万,买墓地四方十顷,上下诸官,莫横使侵夺……(北魏延昌元年[512]孙抚买地券)

"宅"有墓地义,"兆"有区域义。《广雅·释地》:"宅,葬地也。"《尔雅·释言》:"兆,域也。"郭璞注:"谓茔界。"郝懿行疏:"兆者,垗之假借也。""宅兆"一词不见于汉代买地券,最早见于南朝时期①。魏晋南北朝时期买地券所见的7例"冢地"皆出现在东吴——

①南朝时期买地券"墓地"语义场词汇始见"宅兆"一词,沿用至明清时期。该词有"墓地"和"坟墓"两个义项,且常出现在买地券固定表达格式中,如"坟墓宅兆,营域冢廓(椁/郭)""生居城邑,死安宅兆"等,因此在统计买地券各个时期"宅兆"的使用频次时,应去除"坟墓"义的"宅兆";由于固定表达格式中的"宅兆"不能反映"墓地"语义场词汇的历时演变情况,也不作为本文考察对象。

两晋时期,两晋以后,"墓地"语义场词汇的主导语素出现了变化,"冢"在"墓地"语义场词汇中不再占据优势地位,"墓"和"茔"的出现,使得南朝时期"墓地"语义场词汇类型丰富起来。北魏时期的买地券数量较少,但却出现1例"墓地",买地券中虽首见,但却开启了北魏以后"墓"在"墓地"语义场中占据主导地位的局面。

2.2 隋唐五代时期

在隋唐五代时期的买地券中,"墓地"语义场词汇共出现11个。宅地(5见)、宅兆(4见)、墓地(4见)、墓田(2见)、葬地(2见)、冢地(1见)、圹地(1见)、卦地(1见)、龙地(1见)、茔地(1见)、墓园(1见)。如:

(13)……用钱伍拾伍贯文,买地壹段,壹拾亩,充永业墓地。东自至,西至吴侍御墓,南自至,北自至……(唐大中元年[847]刘元简为亡考买地券)

(14)……今用白银钱九千九百九十九贯文,就土下卅六神买得信义里箭竹洋村祖墓西北边乾山岗华盖之前圹地一所,长九尺九寸九分,阔三尺三寸三分。东至甲乙、南至丙丁、西至庚辛、北至壬癸、中至戊己……(唐咸通二年[861]王楚中买地券)

(15)……今用铜钱万万九千九百九十九文,就于黄义天父、伯土母、十二神边买得前件墓田,周流一倾。东至青龙,西至白虎,南至朱雀,北至玄武。上至苍天,下至黄泉,四至分明……(后蜀广政二十五年[962]李才买地券)

"圹"有墓穴义。《说文·土部》:"圹,堑穴也。"段玉裁注:"谓堑地为穴也,墓穴也。""卦地"指"占卜以为适宜的葬地"①。"龙"通"垄",《玉篇·土部》:"垄,《方言》曰:'冢,秦晋之间或谓之垄。'""茔"有墓地义。《说文·土部》:"茔,墓也。"因此这一组词汇皆可表示"坟墓所在的地方",可以相互替换。

这时期最鲜明的特征是"冢"退出了"墓地"语义场,仅唐初可见1例。"宅""墓"在数量上保持相当,占据主导位置,其余语素总量不多,但类型依然多样,其中"宅""圹""葬""卦""龙""茔"皆为首见。如:

(16)……谨用五色彩帛,诸杂倍奠,买此宅地二亩。东至青龙,西至白虎,南至朱雀,北至玄武……(唐天宝六载[747]陈聪憋及其妻买地疏)

(17)……宜于宁州定安县神福乡庞村人户张敬思边买得卦地一所,谨用钱帛交付讫。东至青龙,西至白虎,南至朱雀,北至玄武,上至苍天,下至黄泉……(后周显

①鲁西奇:《中国买地券研究》,厦门:厦门大学出版社,2014年,第212页。

德二年[955]刘某买地券)

(18)……今用铜钱万万九千九百九十九贯,就阎罗王□神□买此龙地一所,东至青龙,西至白虎,南至朱雀,北至玄武,上至苍天,下至黄泉,四至之内,并是买讫……(杨吴天祚三年[937]赵氏娘子买地契券合同)

"冢地""宅地""墓地""墓田""圹地""葬地""卦地""龙地""茔地"都可以作"买"的宾语,"墓园"可作状语;"宅地"可被数量词"二亩""一段"修饰;"圹地""卦地""墓地""龙地""茔地""墓园"都可被数量词"一所"修饰;"宅地""墓地""墓田""圹地""卦地""龙地""茔地""墓园"后皆接墓地的四至或面积。

2.3 宋元时期

在宋元时期的买地券中,"墓地"语义场词汇共出现 18 个。墓地(25 见)、墓田(16 见)、宅兆(12 见)、阴地(7 见)、宅地(6 见)、葬地(4 见)、坟地(3 见)、吉地(3 见)、卦地(1 见)、茔地(1 见)、圆墓(1 见)、冢地(1 见)、寿山(1 见)、坟山(1 见)、坟域(1 见)、坟园(1 见)、封园(1 见)、茔宅兆(1 见)。如:

(19)……用价钱九万九千九百九十九文,买得吉地壹段,东止甲乙青龙,西止庚辛白虎,南止丙丁朱雀,北止壬癸玄武……(宋至和二年[1055]孙四娘子买地券)

(20)……今用钱九万九千九百九十贯文买墓地,南北长四步,东西阔三步。东至青龙,西至白虎,南至朱雀,北至□□……(宋至和三年[1056]胡进买地券)

(21)……用价钱中统宝钞柒拾伍两,买到坟地一所,南北长一十七步伍分,东西阔一十七步二分,计地壹亩贰分……(元元贞二年[1296]冯兴等为父祖买地券)

"墓地"语义场词汇多可被数量词修饰,比如:"墓地"可被数量词"一方""一坎"修饰;"墓地""墓田""吉地""阴地"可被数量词"一段"修饰;"墓田""坟地""卦地""茔地""葬地""宅兆"可被数量词"一所"修饰;"葬地""吉地""阴地"可被数量词"一穴"修饰;"封园"可被数量词"一座"修饰;"墓田""坟地""圆墓"可被数量词"一顷""四亩""五亩"修饰。这些词汇多可作"买"的宾语,"墓地"可作"为"的宾语,"葬地"可作"有"的宾语,"宅兆""茔宅兆"可作"卜"的宾语;"坟园""墓地"还可以作主语。

宋元时期最显著的特征是"墓"占据了"墓地"语义场的主要地位,其余词汇类型丰富,但从出土买地券来看总量少,较零散。"坟"在这一时期进入了"墓地"语义场,构成了"坟地""坟山""坟园"等词,它们与"吉地""阴地""封园""寿山"皆为宋元时期买地券"墓地"语义场出现的新词汇。"吉地"指风水好的墓地;"阴地"也指墓地,富含风水色彩;"封园"的"封"指坟墓,"园"指墓地,《后汉书·光武帝纪》:"迁吕太后庙主于园,四时上祭。"李贤注:"园,谓茔域也,于中置寝";"圆墓"即"墓园",二者为一组同素逆序词。"圆"通"园",二字同音通借①;"寿山"指"生前预备的死后埋葬的地方"。

从宋元买地券出土的地域来看,个别地域买地券用词具有显著特点。出土于京西(今河南)地区的宋元买地券中,"墓地"语义场词汇早期多用"墓"组成复音词,后期则使用"坟"组成复音词;河东地区所出宋元买地券,"墓地"语义场词汇绝大部分只用"墓地"一词;江浙地区所出宋元买地券则多用"阴地",皆充当"买"的宾语,且后一定接数量词的修饰;川陕地区所见宋元买地券多用"墓田",皆充当"买"的宾语,大部分后接数量词的修饰,后一定接四至。这体现出"墓地"语义场词汇使用的地区性差别。

2.4 明清时期

在明清时期的买地券中,"墓地"语义场词汇共出现7个。墓地(19见)、阴地(7见)、吉地(5见)、宅兆(5见)、宅地(1见)、墓田(1见)、葬田(1见)。如:

(22)……来去朝迎,地占袭吉,地属宁城之东南山,坐坤[向](问)艮之吉地,堪为宅兆。梯己出备钱采买到墓地一方,南北长二十步,东西阔十九步八分半,积一亩六分半。东至青龙,西至白虎,南至朱雀,北至玄武……(明宣德元年[1426]陈仲良为考陈子名、姚富氏买地券)

(23)……就将银钱九百九十九贯,于东王公、西王母名下,买到阴地一穴。坐落南昌府南昌县仪凤乡四十七都,地名赤岸山,午向。东至青龙,西至白虎,南至朱雀,北至玄武,上至青天,下至黄泉,五方四至为界安葬田……(明成化十二年[1476]朱郡主地券)

此时期"墓地"语义场词汇除"宅地"外皆被数量词修饰,"墓地""阴地""墓田"可被数量词"一方"修饰;"阴地""吉地"可被数量词"一穴"修饰;"吉地"可被数量词"一处"修饰;"墓地"可被数量词"一亩三分"修饰。这些词汇皆可作"买"的宾语,"宅地"可作"为"的宾语。明清时期最显著的特征是"墓"延续了宋元时期在"墓地"语义场中的主导地位,其次是宋元时期"墓地"语义场语素复杂、类型多样的局面不再出现,明清时期除"墓地" 和"墓田"以外,只存"阴地""吉地""宅地"和"宅兆"。

①冯其庸,邓安生:《通假字汇释》,北京:北京大学出版社,2006年,第235页。

三、传世文献中“墓地”语义场词汇的发展①

传世文献“墓地”语义场词汇的数量不多，但从中也能窥探词汇演变的痕迹。与买地券中的词汇发展情况相比较，也有助于补充传世文献的相关记载，具有弥补语料的作用。

由于先秦时期乃至汉代的“墓地”义词汇使用较少，因此考察先秦、秦汉时期“墓地”语义场词汇的发展，一方面看“墓地”语义场词汇的数量，一方面要看“墓”“冢”“坟”等相关语素在各个时期的使用频率情况。前文已述先秦文献表示“墓地”义的词汇有单音词“墓”“兆”“宅”和复音词“墓地”“墓域”“兆域”“域兆”，但用例较少，甚至为孤例，显然这种检索结果不足以确立先秦时期“墓地”语义场的核心语素，需要将“墓”“冢”“坟”“兆”“宅”等相关语素进行了检索比较，以得出更加深入的结论。我们检索了十二部先秦文献②，表示“坟墓”义的“墓”“冢”“坟”和表示“墓地”义的“兆”“宅”出现频次见表一。

表一

	“坟墓”义			“墓地”义	
	墓	冢	坟	兆	宅
《礼记》	34	0	3	2	3
《吕氏春秋》	6	2	2	0	0
《墨子》	2	0	2	0	0
《尚书》	1	0	0	0	0
《仪礼》	0	2	0	0	6
《晏子春秋》	3	0	0	0	0
《周礼》	16	2	0	0	0
《庄子》	1	1	0	0	0

①对于传世文献“墓地”语义场词汇的考察，我们只考察买地券中出现的“墓地”语义场词汇在传世文献中的使用情况，旨在对比的基础上考察买地券“墓地”语义场用词的特点，并补充传世文献。穷尽式检索《汉语大词典》，搜集到《汉语大词典》收录的传世文献“墓地”义词汇55个，其中买地券中出现的词汇有13个，其余42个分别为九京、兆、兆域、冢园、冢茔、吉阡、园茔、坟场、域兆、墓场、墓域、墓所、墓茔、墲、宅、松槚、松隧、栖神之域、永宅、灵域、灵宅、灵岗、茔兆、茔域、蒿蕹、阡兆、阡原、阴墟、阴壤、陵、青龙坞、青门、黄堂、吉壤、坟圈、坟壤、坟茔、域、墓、山头、松峤、陵兆。

②分别是：《礼记》《吕氏春秋》《墨子》《尚书》《仪礼》《晏子春秋》《周礼》《庄子》《春秋公羊传》《春秋谷梁传》《春秋左氏传》《管子》。

续表

	“坟墓”义			“墓地”义	
	墓	冢	坟	兆	宅
《春秋公羊传》	0	0	0	0	0
《春秋谷梁传》	1	1	0	0	0
《春秋左氏传》	16	1	1	1	0
《管子》	6	2	3	0	0

可见在先秦时期,“墓地”义单音词出现频率不高,“坟墓”义主要用“墓”,这也与我们前文所列举的先秦时期“墓”的构词能力最强相呼应。因此结合先秦时期传世文献“墓地”义复音词有“墓地”“墓域”“兆域”“域兆”,我们推断在先秦时期“墓”和“兆”占据了“墓地”语义场的核心地位。

秦汉时期,“墓”和“冢”的使用频率发生了变化。我们检索了 10 部汉代传世文献,“墓”“冢”和“坟”的出现频次见表二。

表二

	墓	冢	坟
《史记》	33	41	6
《春秋繁露》	2	0	0
《韩诗外传》	5	0	0
《淮南子》	8	4	2
《战国策》	5	0	1
《说苑》	0	3	5
《西京杂记》	0	9	0
《白虎通义》	10	1	3
《大戴礼记》	2	1	1
《汉书》	47	89	29

可以看出,在部分汉代文献中,“墓”和“冢”的数量交互领先,但在字数庞大的两部史书《史记》和《汉书》中,“冢”的数量超过“墓”,尤其东汉时期的《汉书》更为明显。

检索东汉时期的汉译佛经语料,“冢(塚)”出现 13 次,“墓”出现 3 次,“坟”出现 0 次。翻译佛经口语色彩浓厚,据此推断,东汉时期在“冢”与“墓”的选择中,口语和书面语皆偏向“冢”。因此至迟在东汉时期,“冢”已经在“墓地”语义场中超过了“墓”,成为“墓地”和“坟墓”语义场的核心语素。而这一结论与东汉买地券中“墓地”语义场词汇皆由“冢”构成恰好吻合。

魏晋南北朝时期,检索十余部传世文献①,其中“墓地”义词汇总量较少,分别有:葬地(6 见)、宅兆(5 见)、冢地(3 见)、墓地(2 见)、墓田(2 见)、冢田(1 见)、坟地(1 见)、墓园(1 见)。从传世文献看,这一时期的“墓地”语义场词汇大致和买地券相当,只是“葬地”“坟地”“墓园”的出现时间应提前到魏晋南北朝时期,这一点在买地券中没有体现。检索魏晋南北朝时期佛经语料②,“墓地”语义场词汇仅见 1 例“墓地”,难以作为语料支撑。但检索“冢”(2 见)“墓”(108 见)“坟”(47 见)可说明在这一时期,“墓”已经取代了冢,成为“坟墓”语义场的主导语素。

隋唐五代时期,检索几十部文献,发现“墓地”语义场词汇数量少,主要集中在九部正史著作中③,“墓地”语义场词汇分别有:墓田(13 见)、葬地(12 见)、宅兆(5 见)、墓地(2 见)、墓园(1 见)、冢茔(1 见)、茔地(1 见)、吉地(1 见)。这一时期“墓田”和“葬地”占据了“墓地”语义场的主要地位,而买地券中则是“墓地”和“宅地”。除此之外,买地券中的“卦地”“圹地”“龙地”等皆未见于传世文献中。通过检索隋唐五代时期的佛经语料,“墓地”语义场词汇分别有:墓田(1 见)、葬地(5 见)、宅兆(4 见)、墓地(5 见)、茔域(4 见)。此时期在“墓地”语义场词汇中,口语材料与书面语材料未见差异。

宋元时期,我们检索了十一部文献④,“墓地”语义场词汇分别有葬地(36 见)、墓田(24 见)、墓地(18 见)、宅兆(12 见)、坟地(9 见)、茔地(7 见)、坟地(7 见)、冢地(6 见)、坟园(5 见)、墓园(4 见)、冢田(2 见)。检索宋元时期的佛经语料,“墓地”语义场词汇分别有:墓田(1 见)、葬地(8 见)、宅兆(2 见)、墓地(4 见)、茔域(7 见)、吉地(3 见)、坟地(2 见)。可见在这一时期,“墓”同样是“墓地”语义场词汇的核心语素,与买地券不同之处在于“葬地”所占比重较大,“阴地”“宅地”均未出现。

明清时期,我们检索了两部史书《元史》和《明史》,以及 484 本口语色彩浓厚的明清小说⑤,“墓地”语义场词汇分别有:坟地(150 见)、葬地(68 见)、坟园(28 见)、墓地(18

①有“墓地”语义场词汇的分别是《后汉书》《魏书》《水经注》《昭明文选》《殷芸小说》。

②文中佛经语料检索根据“中华电子佛典协会”提供的 CBETA Online(CBETA 2019. Q3 版本)。

③分别是《北齐书》《北史》《陈书》《晋书》《旧唐书》《梁书》《南史》《隋书》《周书》。

④分别是《新唐书》《旧五代史》《册府元龟》《太平广记》《太平御览》《文献通考》《续资治通鉴长编》《夷坚志》《宋史》《金史》《辽史》。

⑤检索工具为汉籍全文检索系统(第四版)。

见)、阴地(16见)、墓田(15见)、冢地(15见)、墓园(2见)、冢茔(2见)、茔地(38见)、宅兆(7见)。在这一时期传世文献中,尤其是贴近口语的文献中,"坟"成为"墓地"语义场词汇的核心语素,其词汇数量远远多于"墓",这是明清时期传世文献与出土买地券最大的不同之处,买地券中明清时期"墓"占据着"墓地"语义场的绝对主导地位。据此,可以根据买地券对传世文献的相关数据进行补充。

通过对传世文献的梳理,我们发现"墓地"语义场词汇的发展演变路径与买地券同中有异,因此对买地券中的"墓地"语义场词汇进行梳理研究,有助于从汉语史的角度考察词汇的发展变化,并利用出土材料对传世文献进行补充。

参考文献

蔡子鹤:《汉至唐宋买地券语言研究》,西南大学硕士论文,2009年。

陈杏留:《金元明清买地券词语研究》,西南大学硕士论文,2010年。

〔日〕池田温:《中国历代墓券略考》,《东洋文化研究所纪要》,东京大学东洋文化研究所,1981年。

葛本仪:《现代汉语词汇学(第3版)》,北京:商务印书馆,2014年。

郭　宏:《东晋以前砖铭整理与研究》,华东师范大学硕士论文,2019年。

韩姣姣:《东汉买地券研究》,山西大学硕士论文,2013年。

洪成玉:《汉语词义散论》,北京:商务印书馆,2008年。

黄景春:《中国宗教性随葬文书研究》,上海:上海人民出版社,2018年。

黄景春:《早期买地券、镇墓文整理与研究》,上海:华东师范大学博士论文,2004年。

蒋绍愚:《汉语历史词汇学概要》,北京:商务印书馆,2015年。

蒋绍愚:《古汉语词汇纲要》,北京:商务印书馆,2005年。

吕志峰:《东汉石刻砖瓦等民俗性文字资料词汇研究》,华东师范大学硕士论文,2005年。

鲁西奇:《中国古代买地券研究》,厦门:厦门大学出版社,2014年。

鲁西奇:《汉代买地券的实质、渊源与意义》,《中国史研究》2006年第1期。

王丛慧、武振玉:《东汉买地券中的"比"》,《民俗典籍文字研究》第二十四辑,商务印书馆,2019年11月。

王海平:《宋元买地券复音同义词研究》,河北师范大学硕士论文,2016年。

张志毅、张庆云:《词汇语义学(第三版)》,北京:商务印书馆,2012年。

A Study on the Diachronic Evolution of Graveyard Semantic Field Vocabulary in the Ground Certificate

Wang Jingdong
(Jilin University)

Abstract: The graveyard semantic field vocabulary in the Ground Certificate has different characteristics in different stages of Chinese history. From the Eastern Han Dynasty to the Southern and Northern Dynasties, the compound words of "Tomb" were mainly used. Sui, Tang, Song and Yuan dynasties mainly used "curtilage" and "grave". The Ming and Qing dynasties often used "grave". The semantic field vocabulary in graveyard are constantly changing in the Ground Certificate, which is the result of the development and evolution of Chinese words. There are few words in the semantic field of graveyard in handed down documents. There are similarities and differences in the development path of the Ground Certificate. Therefore, words in the semantic field of graveyard can make up the corpus.

Keywords: The Ground Certificate; Graveyard; Semantic field; Vocabulary; Evolution

“风后先生”再商*

王闰吉　陈　缪

（丽水学院民族学院）

摘要：禅宗语录有不少疑难方俗语词，颇难考释，“风后先生”就是其中之一。学者或曰“风”与“锋”通用，或曰“风后先生”就是“伶俐汉”，皆有可商之处。其实，宋人很早就视其为歇后语，意思就是其后的“只知其一，不知其二”。日本室町、江户时代保留了大量的注释书，其诸多注释中，因为也大都是中国传过去的，所以也均视其为歇后语，表达与宋人类似的意思。因此，在禅录口语资料相对欠缺的情况下，更应该尊重极为难得的故训资料。此释义可以通赅众例，从词义来源上探讨也足以证明释义不误。

关键词：禅宗语录；方俗语词；风后先生

禅宗语录中的方俗语词，需要细细品味，稍有不慎就会理解错误。下面一则公案中的“风后先生”就颇难理解，如：

(1)举，僧问马大师：“离四句绝百非，请师直指某甲西来意。”大师云：“我今日劳倦，不能为汝说，问取智藏去。”师著语云：“错。”僧问智藏，藏云：“我今日头痛，不能为汝说。问取海兄。”师著语云：“错。”僧问海，海云：“我到这里却不会。”师著语云：“错。”僧回举似马大师。大师云：“藏头白，海头黑。”师著语云：“错错。”师拈云：“若是明眼汉，一举便知落处。”白云先师道：“这僧担一担蒙憧，换得个不安乐。”马大师道：“藏头白，海头黑。”白云拈云：“风后先生——只知其一，不知其二。”（《圆悟

*基金项目：国家社科基金“唐宋禅录方俗语词江户时代日人释义研究”（16BYY147）。《励耘语言学刊》编辑部及匿名审稿专家提出了很好的修改意见，谨致谢忱！文中疏漏处均由作者本人负责。

佛果禅师语录》卷一八,《大正藏》47 册)

鞠彩萍《禅录俗语词“风后先生”解读》(以下简称为《解读》)认为:“此处的‘风后’当与禅籍经常出现的‘风前’一词相对,‘风’与‘锋’通用,又写作‘封’。禅籍‘锋’指尖锐或犀利的言辞,‘锋(风)前’即言语之前,禅籍特指‘第一机’‘第一义’或‘第一句’,这是超越一切言句知解,无法用语言表述的宗门妙语,须靠学人自己去体悟。一旦形之于语言文字,就是‘风后’,也就是‘第二机’‘第二义’或‘第二句’了。因此‘风后先生’用来称呼以慈悲为怀,用言辞说略等方便法门接引中下根机的禅师。”①此解释最大问题,是没有分清“前後”的“後”和“君后”的“后”,因而颇显牵强。王长林、李家傲《禅录俗语词“风后先生”商诂》(以下简称为《商诂》)认为“禅录‘风后先生’就是传说的黄帝之臣”,这固然没错,但又认为借指“伶俐汉”,②仍有可商之处,因为在禅录中“伶俐汉”指机灵、有悟性的学人,没有一处有讽刺、贬斥之义,《解读》认为借指“伶俐汉”,“似与语境不合”,也不是没道理。

我们觉得,《解读》和《商诂》二文都犯了一个大错误,即欠缺对故训的搜集。王力在谈“训诂学上的几个问题”时说:“训诂学的价值,正是在于把故训传授下来。”③吴孟复也说:“古人是根据他们当时所用的字形、字音、字义,根据他们当时遣词行文的习惯而‘著之竹帛’亦即写成书的。因而,离作者时代越近的人对书中语义知道得越清楚,其对书中语义的解释也往往较多。”④虽然,禅宗经典不像先秦儒家经典那样,历代留下了大量的故训,但唐宋禅录语言玄奥难懂、口语性强,禅僧师徒教学过程中,也免不了作出必要的解释。但禅宗的宗旨是不立文字,禅师们有自己的底线,不能正面作出解释,只得绕路说禅。这无疑给我们搜集故训增大了难度。好在日本在室町时代、江户时代留下了大量的禅录抄物、冠注、句双纸、禅林方语等唐宋禅录的注释书。这些注释书里保留了许多禅录疑难方俗语词的解释,而这些解释或来自入日的中国僧人的解释,或来自入中的日本僧人的解释,都有极重要的参考价值。所以,在禅录口语资料相对欠缺的情况下,尊重故训,是解决禅录疑难方俗语词的一个最有效的途径。

---

①鞠彩萍:《禅录俗语词“风后先生”解读》,《励耘语言学刊》,2015 年第 2 期。

②王长林、李家傲:《禅录俗语词“风后先生”商诂》,《励耘语言学刊》,2016 年第 3 期。

③王力:《王力文集》第 19 卷,山东教育出版社,1990 年,第 200 页。

④吴孟复:《训诂通论》,安徽教育出版社,1983 年,第 4 页。

一、“风后先生”为歇后语

(一)前人的释义都视为歇后语

我们不妨先看看室町、江户时期日人如何解释的。如:

(2)封后先生:只知其一,不知其二。(清僧雷音带去日本无著道忠抄本《禅林方语》)①

(3)风后先生:黄帝之臣,善谈兵法。伶俐汉。(《宗门方语》元禄刊本)②

(4)封后先生:方语“善谈兵法,知而不用。”《不二抄》引《帝王世纪》。(据大藏院藏《诸录俗语解》写本翻译)③

(5)风后先生:黄帝之臣。善谈兵法,伶俐汉,知而不用。《代醉》二十(四丈)。《丹铅》十六(十丈左):“轩辕氏之风后、力牧。”《事文·后集》廿一(八丈):“黄帝得风后。”《说郛》百八《风后握奇经》注。《抱朴子》三(十丈):“黄帝讲占候,则询风后。”《前汉》廿五下(三丈)注:“黄帝臣。”《后汉·匡衡传》:“风后察三辰于上,然后天步有常,周公录职,黄帝受命风后受图,割地布九州也。”《李白集》一(五十四丈)引之。《通鉴纲目·前篇》一(十丈):“风后明乎天道,故为当时。”《路史后记》十三(廿三丈)注《诗含神雾》:“注:墨,力墨;风,风后。皆黄帝臣。”又《路史后记》五(二丈)、《广事记》四(十二丈)。《碧岩》八(五丈)作“封后先生”。《续说郛·宝椟记》(一丈):“风后。”(《禅林方语》无著道忠自写本)④

(6)风后先生:方语,善谈兵法,知而不用。《帝王世纪》云:“黄帝梦大风吹,天下之尘垢皆去。后多人执千钧之弩,驱羊数万群。帝叹曰:‘风,天号令;诟,去土后。岂有姓风名后者哉?千钧之弩,异力能远;驱羊数万群,牧民为善。岂有姓力名牧者哉?’乃得风后于海隅,得力牧于大泽。”《通鉴》:“黄帝举风后、力牧、太山稽、常先、大鸿,得六相,而天地治,神明至。”(庆安三年刊刻本《碧岩录不二抄》)⑤

(7)封后先生者,封,或作风,音相通。《史记·五帝本纪》注:“《帝王世纪》云:

①〔清〕雷音:《禅林方语》,禅文化研究所藏,江户时代无著道忠抄本。

②〔日〕佚名:《宗门方语》,禅文化研究所藏,元禄刊本。

③〔日〕桂洲道伦、湛堂令椿、大藏院主:《诸录俗语解》,大藏院藏,江户时代写本。

④〔日〕无著道忠:《禅林方语》,禅文化研究所藏,无著道忠自写本。

⑤〔日〕岐阳方秀:《碧岩录不二抄》,禅文化研究所藏,庆安三年刊刻本。

'黄帝梦大风吹,天下之尘垢皆去。又梦人执千钧之弩,驱羊万群。帝寤而叹曰:"风为号令,执政者也。垢去土,后在也。天下岂有姓风名后者哉?夫千钧之弩,异力者也。驱羊数万群,能牧民为善者也。天下岂有姓力名牧者哉?"于是依二占而求之,得风后于海隅,登以为相;得力牧于大泽,进以为将。'"云云。又《通鉴》:"黄帝举风后、力牧、常先、大鸿,得六相,天地治,神明至。"(花园大学国际禅学研究所藏大智实统《碧岩录种电钞》写本)①

(8)封后先生者,封,或作风,音相通也。方语,得其一,不藏其二。又前讲云,方语,只许老胡知,不许老胡会。又善谈兵法,知而不用。此外,方语"封后先生"为五祖拈语,多用来表前面"得其一,不藏其二"之义,用来解释"藏头白,海头黑"颇为准确。《不二抄》:风后先生,《帝王世纪》云:"黄帝梦大风吹,天下之尘垢皆去。后多人执千钧之弩,驱羊数万群。帝叹曰:'风,天号令;诟,去土后。岂有姓风名后者哉?千钧之弩,异力能远;驱羊数万群,牧民为善。岂有姓力名牧者哉?'乃得风后于海隅,得力牧于大泽。"《资治通鉴》:"黄帝举风后、力牧、太山稽、常先、大鸿,得六相,而天地治,神明至。"六相,六人宰相。(据清泰寺藏《碧岩集景聪臆断》写本翻译)②

日本人的注释值得我们重视。这些众多的解释,有一个共同的地方,几乎都视"风后先生"为歇后语:风后先生——只知其一,不知其二;风后先生——得其一,不藏其二;风后先生——只许老胡知,不许老胡会;风后先生——善谈兵法,知而不用等。所以将"风后先生"看作歇后语,应该是可靠的。

(二)《人天眼目》也视之为歇后语

中国古代对禅录方俗语词的解释,也并非一片空白。宋睦庵善卿的《祖庭事苑》可算是最早的一部禅语词典。而南宋晦岩智昭编《人天眼目》,是著者花费了20年的时间收集的中国禅宗五家宗旨的纲要书,全书共6卷,列举了中国禅宗五家各派一些重要祖师的语句、偈颂等,搜集相关拈提与偈颂,以助读者理解,明显起着注释的作用。有些地方甚至就是方俗语词的直接解释。如:

兴化验人(四碗四唾四瞎)

莫热碗鸣声(中下二机用) 碗脱丘(无底语) 碗脱曲(无绻缋语)

碗(向上明他) 当面唾(鬼语) 望空唾(精魂语) 背面唾(罔两语)

①〔日〕大智实统:《碧岩录种电钞》,花园大学国际禅学研究所藏,江户时代写本。

②〔日〕景聪兴勖:《碧岩集景聪臆断》,清泰寺藏,元禄二年写本。

直下唾(速灭语) 不似瞎(记得语不作主) 恰似瞎(不见前后语)

瞎汉(定在前人分上) 瞎(不见语之来处)(《人天眼目》卷一,《大正藏》48册)

括号里的文字,显然就是注释文字。更为重要的是,《人天眼目》卷五、卷六收录补遗事项与考证禅宗史上问题的宗门杂录、龙潭考等,卷六还特地整理了一批“禅林方语(新增)”。

“风后先生”一词就收入在《人天眼目·禅林方语》里,这些被收入的词几乎都是歇后语,其收入其他全部四字词“蜡人向火”“大象渡河”“趁狗跳墙”“德山罗汉”“封后先生”“徐六檐板”“清平渡水”“把髻投衙”“半夜教化”“金山砖岸”“质库典牛”“木匠檐枷”“嘉州石像”“湖南长老”“檐枷过状”“矮子泥壁”“常州打耶”“阔角水牛”“尼寺里发”“青平卖油”“腊月扇子”“急水打球”“巩县茶瓶”“澧州鱼羹”“水浸金山”“石人腰带”“昌州海棠”“简州石匠”“云居罗汉”“凤林咤之”“纸马入火”“张良受书”“太公钓鱼”“梁山颂子”“猫儿带槌”“李靖三兄”“乞儿拄杖”“狗咬枯骨”“波斯持呪”“新昌石佛”“马喫菜子”“矮子看戏”“黄犬渡河”“兔子望月”“罗公照镜”“波斯落水”“萧何制律”“驴唇先生”“新罗草鞋”“矮子渡河”“茆山土地”“云居土地”“道士打槌”“秀才使牛”“壁上棋盘”“果州饭布”“火烧香船”“蛇入竹筒”“投子道底”“云门道底”“兴化道底”“汾阳道底”“沩山道底”“雪峰道底”“仰山道底”“玄沙道底”“赵州道底”“金牛道底”“普化摇铃”“洞庭秋月”“江天暮雪”“烟寺晚钟”“山市晴岚”“平沙落雁”“渔村夕照”“远浦帆归”“潇湘夜雨”“君子可八”都是歇后语,如“蜡人向火——薄处先穿”“大象渡河——截流而过”“趁狗跳墙——没去处”“德山罗汉——见小失大”“封后先生——只知其一不知其二”“徐六檐板——只见一边”等。

(三)宋以来的禅录都视为歇后语

前人的注释中,例(2)清僧雷音带去日本的《禅林方语》“封后先生——只知其一,不知其二”,与例(1)宋人的解释同,可见宋人也是视为歇后语。此外,还有后人的解释也可以为证,如:

(9)五祖演云:“马大师无着惭惶处,只道得个‘藏头白,海头黑’,也是风后先生——只知其一,不知其二。”(《宗门拈古汇集》卷八,《续藏经》66册)

(10)昭觉勤云:“若是明眼汉,一举便知落处。”白云先师道:“这僧担一檐懵懂,换得个不安乐。”马大师道:“藏头白,海头黑”。白云拈云:“风后先生——只知其一,不知其二。”(《教外别传》卷五,《续藏经》84册)

歇后语,也叫俏皮话,是老百姓在日常生活中创造,具有鲜明的民族特色和浓郁的生活气息的一种特殊汉语语言形式。它把一句话分成两段来表达某个含义,前一段是隐喻,起引子作用 ,后一段是释义,起后衬作用。之所以称它为歇后语,因为在一定的语言环境中,通常只说出前半截,"歇"去后半截,如同样是评论"藏头白,海头黑",表达同样的意义,也可以只要前半段:

(11)所以道,末后一句,始到牢关。把断要津,不通凡圣。若论此事,如当门按一口剑相似,拟议则丧身失命。又道,譬如掷剑挥空,莫论及之不及,但向八面玲珑处会取。不见古人道:这漆桶。或云:野狐精。或云:瞎汉。且道与一棒一喝,是同是别? 若知千差万别,只是一般,自然八面受敌。要会"藏头白,海头黑"么? 五祖先师道:"封后先生。"(《佛果圜悟禅师碧岩录》卷八,《大正藏》48 册)

(12)今只管向语上作活计,白是明头合,黑是暗头合,不知古人一句截断意根,须向正眼里看始得。此事如当人按一口剑,拟议则丧身失命。要会"藏头白,海头黑"么? 五祖道:"封后先生。"(《宗范》卷二,《续藏经》65 册)

(13)且道与一棒一喝,是同是别? 若知千差万别,只是一般,自然八面受敌。要会"藏头白,海头黑"么? 五祖先师道:"封后先生。"(《指月录》卷五,《续藏经》83 册)

都是针对"藏头白,海头黑"的答语,例(1)(9)(10)说"风后先生——只知其一,不知其二",把歇后语的前后两段都说了;例(11)(12)(13)说"风后先生",只说了前段,歇去了后段。

二、正确的释义

(一)清雷音带到日本的《禅林方语》可信度高

知道"风后先生"是歇后语,那释义就变得简单了。歇后语的意思,说的人是最清楚的,所以宋以来的释义应该是最可靠的。

无著道忠自写本《禅林方语》、清泰寺藏《碧岩集景聪臆断》、花园大学国际禅学研究所藏大智实统《碧岩录种电钞》写本等都作了比较详尽的考释,特别是无著道忠引证最为详尽。一般情况下,我们比较倾向于无著道忠的解释。但方俗语比较特殊,无著道忠没有到过中国,他的语感远没有中国人的语感厉害。入矢义高认为无著道忠:"在引用一山的时候差不多都是不加批判地引用。他一味相信一山的释词,其中稍欠批判性的事例也明显可见。”①其实也怪不得，一山一宁是入日宋僧，他对唐宋口语的理解，无疑要可靠一些。无著道忠对自己的看法，也并非很自信，首先他保留了几种意见：善谈兵法，伶俐汉，知而不用。其次，他晚年撰写的《葛藤语笺》也没有收录。因为方语的意义，说的人是最清楚的。而例(2)是清僧雷音带到日本的解释，是中国历代流传下来的解释，应该颇为可靠。清僧雷音将来本《禅林方语》跟日本各种方语词典比较，有一个突出的特点就是其所有的方语释义都有且仅有一个释义，不会像日人的方语词典那样有多个把握不定的解释或无解释，这也可以看出雷音将来本《禅林方语》对自己释义的自信。如：雷音将来本《禅林方语》“大象渡水——截流而过”“水银落地——大小皆圆”“马吃菜子——咬嚼不得”，而无著道忠自写本分别为“大象渡水——截流而过(又一踏到底)”“水银落地——大底大圆，小底小圆(又大小作圆)”“马吃菜子——嚼不得(又著口不得、又咬不着、又提不着)”。

(二)“头白头黑”的来源也是说只知其一

“头白头黑”的来源，据吴经熊《禅的黄金时代》说：“这里所谓白和黑，是指的白帽和黑帽，这本是一个典故，据说有两个强盗，一个戴白帽，一个戴黑帽，戴黑帽的强盗最后用诡计又抢走了戴白帽强盗所抢来的东西。这是说戴黑帽的比戴白帽的更为无情，更为彻底。同样，百丈比西堂也更为无情，更为彻底。因为西堂只是推说头痛，好像是假如他不生病的话，可能会有确切的答案。但百丈的拒绝却是非常干脆和坦率的。依百丈的看法，这个问题是超乎肯定和否定，不是言语所能表达的，正如老子所谓的：‘道可道，非常道。’”②所以，从“头白头黑”来源看，例(1)是说对“西来意”的理解，大家一个比一个透彻，但仍偏执一端，只知其一，不知其二。这就是例(9)五祖点评“藏头白，海头黑”时，说“也是风后先生——只知其一，不知其二。”加一“也”字，表明尽管马祖机锋更为俊烈，但也跟智藏、怀海一样，只知其一，不知其二。例(9)说“只道得个”，例(10)说“若是明眼汉，一举便知落处”，说明即便是马大师也有未知处，或者说还不知落处。

这个典故来源，《佛光大辞典》③以及宽忍的《佛学词典》④也有引用。李壮鹰《禅语解读——“头白”与“头黑”》一文认为来源“侯白侯黑”：“在唐时的闽北，所谓‘头白、头黑’与‘侯白、侯黑’二者，实属同义而异写也。”又举下例：

①入矢义高著、邢东风译：《无著道忠的禅学》，《佛学研究》，1998年第1期。

②吴经熊著、吴怡译：《禅的黄金时代》，海口：海南出版社，2014年，第60页。

③兹怡：《佛光大辞典》第1册，佛光文化事业有限公司，1988年，第6611页。

④宽忍：《佛学辞典》，中国国际广播出版社、香港华文国际出版公司，1993年，第1411—1412页。

(14)师(投子大同)后携一瓶油归庵。赵州曰:"久向投子,到来只见个卖油翁。"师曰:"汝只见卖油翁,且不识投子。"曰:"如何是投子?"师曰:"油! 油!"赵州问:"死中得活时如何?"师曰:"不准夜行,投明须到!"赵州曰:"我早侯白,伊更侯黑!"(《景德传灯录》卷一五,《大正藏》51 册)

(15)闽有侯白,善阴中人以数,乡里甚憎而畏之,莫敢与较。一日,遇女子侯黑于路,据井傍徉若有所失。白怪而问焉,黑曰:"不幸坠珥于井,其直百金,有能取之,当分半以谢,夫子独无意乎?"白良久计曰:"彼女子亡珥,得珥固可绐而勿与。"因许之,脱衣井旁,缒而下。黑度白已到水,则尽取其衣函去,莫知所涂。故今闽人呼相卖曰:"我早侯白,伊更侯黑"。(秦观《淮海集》卷二五《传说·二侯说》)

并指出赵州说"我早侯白,伊更侯黑"意思就是"我会算计,他比我更会算计;我聪明,他比我更聪明"。隐喻赵州"只见到我的形色,而未曾见到我的真性",实际上就是说赵州"只知其一,不知其二"。马祖说"藏头白,海头黑"也一样,"谓智藏聪明,而怀海则比他更聪明也。"①禅不可说,但一旦你说了"不可说",就等于说了。所以智藏、怀海仍然是都偏执一端,拣了芝麻,丢了西瓜,只知其一,不知其二。五祖批评马祖为"风后先生",也表达类似的意思,也是说马祖虽然更高明,没有说破,但依然老婆心切,只知其一,不知其二。

(三)禅录中"风后先生"都是"只知其一"义

(16)问:"当阳佛法似地擎天,正与么时,请师高唱。"曰:"红梅与绿柳争妍。"曰:"者是体,如何是用?"曰:"玄鸟共白猿斗富。"曰:"岭头昨夜秋声静,别有疏钟透。"北垣曰:"封后先生。"(《重修曹溪通志》卷二,《大藏经补编》30 册)

(17)欧阳泰延生请上堂:一阳复始日初长,特地登堂为举扬。昨夜东风行正令,西园梅放两三行,拈起拄杖云:会么? 唤作拄杖,则触;不唤作拄杖,则背。若也识得,荆棘林中直过,红尘堆里横身。风后先生,即今现在,汝眉毛尖上,一一重添算筹。福亦如是,寿亦如是,我今为汝保任,终不虚也。掷拄杖下座。(《滦州万善晖州昊禅师语录》卷二,《嘉兴藏》39 册)

(18)举:睦州因秀才相看,云会二十四家书。师以拄杖空中点一点,云:"会么?"秀才罔措。师云:"又道会二十四家书,永字八法也不识?"……颂:睦州一点问来端,封后先生眼自瞒。既到班门休弄斧,被他八法累尼山。(《憨休禅师语录》卷一一,

①李壮鹰:《禅语解读——"头白"与"头黑"》,《北京师范大学学报》,1996 年。

《嘉兴藏》37 册)

例(16)说“红梅与绿柳争妍”只说了“体”,说“玄鸟共白猿斗富”只说了“用”,皆只知其一,不知其二。“岭头昨夜秋声静”,也是只知其一,不知其二,因为“别有疏钟透”,寺庙里稀疏钟声,依然那样清透。所以北垣说:“封后先生。”

例(17)《解读》与《商诂》均有引用,但解说得很复杂,不得要点。其实很简单,一方面说“若也识得”,就会“荆棘林中直过,红尘堆里横身”;另一方面,若只知其一,不知其二,则“即今现在,汝眉毛尖上,一一重添算筹”。可见“风后先生”就是“只知其一,不知其二”的意思。

例(18)秀才会二十四家书,结果“永字八法也不识”,所以说他是“封后先生眼自瞒”,只知其一,不知其二。

禅录中“风后先生”或“封后先生”,都是“只知其一,不知其二”的意思。除了以下两例,用的是“风后先生”的本义,即指黄帝手下的那个精通兵法、天文、历法、占卜的大臣。如:

(19)居士问:“炼石补天,劫火洞然还坏不坏?”师云:“问取封后先生。”士云:“太极未分前,且这一着,从何安立?”师云:“画蛇添足了也。”(《云溪俍亭挺禅师语录》卷七,《嘉兴藏》33 册)

(20)上堂:“月生一,上下四维无等匹。月生二,千手大悲难指注。月生三,海底虾麻解指南。垂钓新月无香饵,分付鱼龙莫放憨。封后先生忍俊不禁将六十花甲一时抖擞,曰:一是一,二是二,三是三,四是四,数目甚分明,从头数不及。”(《北京楚林禅师语录》卷四,《嘉兴藏》37 册)

三、“只知其一”义的来源

“风后先生”为黄帝大臣,在室町、江户时代日人的释义中,已经考释得非常清楚,特别是无著道忠几乎把我们现在能找到的材料都罗列殆尽,所以这一结论十分可靠,根本无需再考。但日本人因为语感问题,对“风后先生”的引申义的理解,就众说纷纭,莫衷一是。

其实,例(6)(7)(8)引《帝王世纪》“乃得风后于海隅,得力牧于大泽”,引《资治通鉴》:“黄帝举风后、力牧、太山稽、常先、大鸿,得六相,而天地治,神明至”等,也暗含有

“只知其一，不知其二”的意思，假若风后先生事事精通，就一人足矣。当然，这不明显。

禅录“风后先生”最早用例在宋代，就是例（1）。而“风后”的事迹先秦就有，除了日人注释中的例子外，我们再看几例，如：

（21）论道养则资玄素二女，精推步则访山稽力牧，讲占候则询风后，著体诊则受雷岐，审攻战则纳五音之策，穷神奸则记白泽之辞，相地理则书青乌之说，救伤残则缀金冶之术。（《抱朴子内篇》一三）

（22）风力上宰，内敷文教；方邵重臣，外扬武节。（隋·卢思道《劳生论》）

（23）庙堂有风力之臣，征镇有方召之老。（唐·李华《卢郎中斋居记》）

（24）帝精推步之术于山稽、力牧，著体诊之诀于岐伯、雷公，讲占候于风后先生。（唐·佚名《轩辕黄帝传》）

（25）《御览》七十九引《尸子》曰：“子贡问孔子曰：‘古者黄帝四面，信乎？’孔子曰：‘黄帝取合己者四人，使治四方，不谋而亲，不约而成，大有成功，此之谓四面也。’”案此盖杂记其君臣事迹，为后来言风后、力牧、太山稽等所本。（清·王先谦《汉书·补注》）

以上例子都表明，尽管风后在天文、历法、兵法、占卜等方面无所不通，但黄帝却只是“讲占候则询风后”，其他方面则要问别的大臣。例（24）是世俗文献“风后先生”出现最早的用例，也只是“讲占候于风后先生”，都因为“风后先生”只知其一，不知其二。

A Further Discussion on Fenghou Xiansheng(风后先生) from Zen Quotations

WangRunji Chen Miao

(Lishui University)

Abstract: There are a lot of difficult colloquial words in Zen quotations, which are difficult to explain. “Fenghou Xiansheng(风后先生)” is one of them. Scholars may say that “Feng(风)” and “Feng(锋)” have the same sound and meaning, or “Fenghou Xiansheng(风后先生)” is a “smart man”. In fact, people in Song Dynasty regarded “Fenghou Xiansheng (风后先生)” as a postscript, which means understand something incompletely. In many Japanese notes, most of them were introduced from China to Japan, so they all express the same meaning. Therefore, when the oral materials of Zen records are relatively insufficient, we should respect the rare ancient exegesis materials. This interpretation can be used to explain many examples, and it is enough to prove that the interpretation is correct from the source of word meaning.

Keywords: Zen Quotations; colloquial words; Fenghou Xiansheng(风后先生)

“习”与“集”

——“四谛”之第二谛的汉译形式考辨

吕小雷

（铜仁学院人文学院）

提要：“习”“集”用于“四谛”之第二谛的翻译，同为意译词。通过对东汉魏晋南北朝时期，《大正藏》译经中表示“四谛”之第二谛时，“习”“集”分布情况的统计，得出“习”“集”的使用大体经历了：基本都使用“习”，个别用“集”（东汉—西晋），到“习”“集”都见使用，“集”的使用增多（东晋—刘宋），再到基本都用“集”，个别用“习”（南齐—隋唐）的一个变化过程。第二谛的内容是关于苦的起源，“习”“集”分别是从不同角度对“苦的起源”的概括，“习”有“近习”“爱著”义，用“习”侧重这种行为能导致苦。“集”有“和合”义，是侧重“因缘和合能产生苦”；“集”还有“产生、起”之意，是侧重“产生、起”的行为。早期东汉译经中对第二谛的解释，都和“习”的“习近”“乐著”义相关，对第二谛的新的解释“产生、起”“和合”和“集”在中土文献中原来的意义相关，东晋后期始见，也可以证明早期第二谛的汉译形式当是“习”。利用“习”和“集”的分布可以对一些失译经的时代作大略的判断。

关键词：四谛；习；集；异文

“四谛”被认为是原始佛教的基本教义。“四谛”具体指什么，佛学词典和佛教史著作都有所说明。丁福保《佛学大辞典》（上）（1922/2015：806）指出“四谛”“又云四圣谛，四真谛。圣者所见之真理也。”第二谛“集谛”指“贪嗔等烦恼，及善恶之诸业也，此二者能集起三界六趣之苦报，故名集谛。”蓝吉富编《中华佛教百科全书》（第 8 册，4535 页）“集谛”条指出：“四圣谛之一，又名习谛、苦习圣谛或苦集谛。为原始佛教的重要教义。

指众生沉沦生死、遭受苦果的原因。"(日)平川彰《印度佛教史》(1971/2013:43)指出四谛中的第二谛"苦集圣谛"(Dukkhasamudaya-ariyasacca)是指"原因的真理"。洪修平、许颖《佛学问答》(2009:22)指出"四谛"主要指:"苦(世间苦的本质)、集(苦的原因,即贪爱)、灭(苦的熄灭)、道(灭苦的方法,即八正道等)","集谛","梵文为 samudayasatya,旧译亦作习谛"(172 页)。

"习"和"集"都是对第二谛的翻译,"习"和"集"是什么关系?是不同译者的用语倾向不同吗?它们的分布是怎样的?似乎只有洪修平、许颖(2009)明确提到"习"是"旧译",说明"习"和"集"在时间上分布不同。另外以《大正新修大藏经》(以下简称《大正藏》)校勘记来看,表示四谛中第二谛时,不同版本藏经"习"和"集"异文的情况很多。恒强校注《增一阿含经》(2012:261),卷十七《四谛品》高丽藏作"习"的地方,根据"元""明""圣"三种藏经而改作"集"。不弄清"习"与"集"的关系,对于佛经文献的不同版本中"习"和"集"的异文情况也就难以作出判断和取舍。"习""集"是汉译佛经的基本术语,弄清楚二者的关系也有利于从语言学角度对一些失译经的时代做出一定的判断。本文主要通过考察东汉魏晋南北朝时期"习"和"集"的分布和"习""集"在表示第二谛时分别的意义来探讨"习"和"集"的关系。偏颇疏漏之处,敬企专家、学人批评斧正。

一、东汉—隋以前"习""集"的分布①

我们首先调查了《大正藏》中东汉—隋以前,翻译四谛之第二谛时,用"习"和"集"的情况,关于译经的作者及时代参考吕澂《新编汉文大藏经目录》(1980),方一新、高列过《东汉疑伪佛经的语言学考辨研究》(2012),仅考虑有明确译者的作品。除了明确指明是"四谛"的,和"四谛"紧密相关的"习/集智",以及"习法""习黠"也包括在内,这些往往也是如"四谛"一样,形成"苦 X""习 X""尽/灭 X""道 X"四个并列的形式,如东汉安世高译《长阿含十报法经》卷一:"第八四法,令有四黠,苦黠、习黠、尽黠、道黠。(T01/234b)"②;后秦鸠摩罗什译《摩诃般若波罗蜜经》卷二十一:"亦应行苦智义、集智义、灭智义、道智义(T08/376b)"。列为下表1:(具体的佛经见附录)

①"习""集"均指和"四谛"之第二谛相关的"习""集",为了行文简洁,不一一指出。

②所引佛经例句均出自《大正藏》,引文出处的格式"T/Pabc",分别表示册数、页码和在每页的栏次。《大正藏》校勘记所出异文中,只列出和本文讨论相关的。

表 1　表示“四谛”之第二谛用“习”和“集”的情况

时代	译者	习	集
东汉	安世高	110	1
	昙果、康孟详	6	0
吴	支谦	5	0
	陈慧	0	1
西晋	竺法护	58	2
	法矩、法立	5	0
	无叉罗	13	0
东晋	僧伽提婆	918	6
	佛陀跋陀罗	5	16
	法显	0	4
前秦	僧伽跋澄	202	0
	昙摩难提	49	2
后秦	佛陀耶舍	5	42
	竺佛念	72	12
	鸠摩罗什	13	223
	昙摩耶舍	0	172
北凉	昙无谶	2	101
	浮陀跋摩	0	744
刘宋	求那跋陀罗	16	175
	昙摩蜜多	0	2
	佛陀什共竺道生	0	19
	功德直	1	1
	僧伽跋摩	0	114
	求那跋摩	0	5
南齐	昙景	1	0
	僧伽跋陀罗	0	6

续表

时代	译者	习	集
梁	僧伽婆罗	5	56
	僧祐	1	1
	月婆首那	0	3
	法云	0	16
	宝亮	0	48
陈	真谛	0	238
北魏	慧觉等	1	1
	吉迦夜共昙曜	1	1
	般若流支	0	22
	菩提留支	0	53
	昆目智仙	0	16
北齐	那连提黎耶舍共法智	0①	62

如上表显示的西晋以前基本都是用“习”,用“集”只有东汉安世高译经见1次、陈慧《因持入经注》见1次,西晋竺法护译经见2次。东晋开始用“集”有所增加,东晋僧伽提婆和前秦僧伽跋澄的译经中还是大量使用了“习”,这些译经的时间多在公元400年以前。如僧伽提婆所译《阿毘昙八犍度论》(383年)②,《中阿含经》(397—398年);前秦的僧伽跋澄所译《鞞婆沙论》(383年),《尊婆须蜜菩萨所集论》(384年)。而用“集”比较多的是公元400年以后的译经,如后秦佛陀耶舍译《四分律》(410—412年),《长阿含经》(413年);东晋法显的《大般泥洹经》(417年);北凉昙无谶的《大般涅槃经》(421年)等。我们也全面调查了《大正藏》中隋唐时期的佛教文献,一共用“习”7次,其他全部是用“集”。大体上看,“习”和“集”的使用经历了:从基本使用“习”,个别使用“集”(东汉—西晋),到“习”“集”都见使用,“集”的使用增多,有的译者使用“集”的总数超过“习”(东晋—刘宋),到主要用“集”,个别用“习”(南齐—隋唐)的一个变化过程。

另外,《大正藏》校勘记中列出了很多“习”和“集”异文的情况,我们调查了东汉—西晋译经中《大正藏》“习”和“集”异文的情况,列为表2:

①《中华大藏经》中《阿毘昙心论经》卷一末附小字中有三例“习”的用法,但是碛沙藏中没有,因此我们不算在内。这一部分小字的内容与《阿毘昙心论经》正文的关系有待进一步研究。

②参考吕澂(1980),下同。

表 2　东汉—西晋《大正藏》用“习”表示第二谛的异文情况

版本 译者	《大正藏》用“习”	《大正藏》校勘记指出其他版本用“集”				未出异文
		元明	宋元明	宋元明宫	明	
东汉安世高	110	40			9	58①
东汉昙果、康孟详	6	1	5			
吴支谦	5	4		1		
西晋竺法护	58	32	2	2	4	17②
西晋法矩、法立	5	2	3			
西晋无叉罗	13	6			2	5

以《高丽藏》为底本的《大正藏》中东汉—西晋译经和元明等版本中“习”和“集”大量地对应,说明了某版本或当是另外版本的改写。而《高丽藏》被认为是最早的雕版藏经《开宝藏》的覆刻本,所以我们更倾向于是元明等本改高丽本的“习”为“集”,更改的原因当是“习”和“集”在表示第二谛时都讲得通,因此根据后来普遍使用的翻译而改。

《房山石经》第 3 册(489 页)有安世高《转法轮经》(隋唐刻经),其中的五处“习”,《大正藏》校勘记指出元明本作“集”,而《房山石经》本作“习”。吴支谦《了本生死经》:“为见四谛:苦、习、尽、道。(T16/816c)”,《大正藏》校勘记指出宋元明宫本作“集”,《房山石经》第 3 册(368 页)《了本生死经》作“习”③(贞元五—八年刻)。

另外,我们利用陕西师范大学《敦煌文献数字图书馆》的目录数据库检索发现,东汉—西晋可以比对的译经或没有相应的敦煌写本,或者有的有,但经查阅又不包括表示第二谛的内容,因此没有办法进行比对。查到的最早的是前秦昙摩难提译《增一阿含经》卷十三《地主品》中共有四处“习”:“尔时,如来观众生意,心性柔和;诸佛如来常所说法,苦、习、尽、道,尽与彼四十亿众广说其义。(T02/610a)”;“如来观众生意,心性柔和,诸佛如来常所说法:苦、习、尽、道,尽与彼四十亿众广说其义。(T02/610b)”;“所谓不知苦、不知习、不知尽、不知道。(T02/ 614b)”;“所谓知苦、知习、知尽、知道。(T02/614c)”

根据《大正藏》校勘记,这四处元明本作“集”,而 S. 4010《增一阿含经 · 地主品第二

①另外 3 处异文不是“集”。

②另外 1 处宋元明宫圣作“习尽”。

③西晋竺法护译《持心梵天所问经》卷一:“观察苦习尽道,以为圣谛,其有晓了苦无所起,斯谓圣谛。其人行习者不为圣谛,其灭尽法不起不灭,斯谓圣谛。(T15/6c)。”其中的“习”,《大正藏》校勘记指出元明本作“集”,在《房山石经》(第 10 册 133 页)中也是作“集”。《房山石经》本《持心梵天所问经》为大安二年(1086 年)刻石,和《高丽藏》本不一致。

十二》(《敦煌宝藏》第 33 册 158 页、159 页、166 页)作"习"。东晋僧伽提婆译《中阿含经》卷四十九:"诸贤!我知此苦如真,知此苦习、知此苦灭、知此苦灭道如真,知此漏、知此漏习、知此漏灭、知此漏灭道如真。(T01/734a)"根据《大正藏》校勘记,这两处"习"元明本作"集",《甘肃藏敦煌文献》(第 3 册第 185 页)《中阿含经》卷四十九写卷作"习"。《增一阿含经》《中阿含经》都是用"习"表示第二谛比较多的,敦煌写卷和《大正藏》的底本《高丽藏》一致,作"习",在一定程度上也可以作为判断东汉—西晋译经中"习"和"集"的异文孰正孰误的一种参考。

另外,佛教类书在引用佛经时,也有把"习"改作"集"的,如:

(1)佛观其缘,随从说法,布施持戒行业报应,苦集尽道四真谛法。(梁宝唱《经律异相》卷五,T53/23a)(出《僧祇律》第十九卷)

(2)吾已开示,归命三尊,闻苦集灭谛,慧眼得明,尽诸有结。(梁宝唱《经律异相》卷七,T53/33b)(出《佛母泥洹经》)

《大正藏》中《摩诃僧祇律》和《佛母泥洹经》原文作"习"。

判断为早期多作"习",后作"集"的另一个依据是:早期汉译佛经中对第二谛的解释和"习"的"习近""乐著"义相关,对第二谛的新的解释:"和合""集起、产生",东晋以后的译经中才见,详见下文。不过由于"习""集"存在共同使用的阶段,对于这个共同使用的阶段,"习"的异文作"集"实际上很难做出判断和取舍。

二、"习"和"集"的意义

从佛经文献中实际的用例情况来看:早期作"习",其意义和中土文献中"习"原来的意义相关,为"近""习近""爱乐""爱著",而不和"集"的意义"产生,起""聚集" "招集""和合"相关。

(3)何等为,贤者!苦习①贤者谛?或人,贤者!六自,入身相爱,彼所爱著近往,是为习。如自身,外身亦尔,识更知行哀。有,贤者!人为六持爱:一为地、二为水、三为火、四为风、五为空、六为识。彼所爱著,相近往发,是为习。如是何应?若人在儿子,亦妻、从使御者、田地舍宅、坐肆卧具,便息为爱,著近更发往求,当知是爱

①《大正藏》校勘记指出"习",元明本作"集",后同("后同"指此例中后面的"习",其他仿此)。

习为苦习贤者谛。(东汉安世高译《四谛经》,T01/815c)

(4)何谓苦习[①]?谓从爱故而令复有乐性,不离在在贪憙,欲爱、色爱、不色之爱,是习为苦。何谓苦尽?谓觉从爱复有所乐,淫念不受,不念无余无淫,舍之无复禅,如是为习尽。(东汉安世高译《佛说转法轮经》,T02/503b)

(5)第二为习,何等为习?意随爱为习[②],断爱无有习。(东汉安世高译《阿毘昙五法行经》,T28/998b)

(6)何谓为习[③]?所爱著习,不爱亦习。何谓为尽?其所有爱,觉知有灭,不爱不念,而觉皆尽。(东汉昙果、康孟详译《中本起经》卷一,T4/148c)

(7)彼云何名为苦习[④]谛?所谓习谛者,爱与欲相应,心恒染著,是谓名为苦习谛。(前秦昙摩难提译《增一阿含经》卷十七,T2/631a)

(8)彼云何名为习谛?所谓爱本与欲相应者,是谓名为习[⑤]谛。(前秦昙摩难提译《增一阿含经》卷四十二,T2/779a)

对"习"的解释和"相近""爱著""欲"的意义相关。"习"为"近习""爱著"的意思,是中土文献中"习"的"近习"义[⑥]的引申或者说佛教术语化。

在佛经文献中,非表达"四谛"之第二谛意义的语境,"习"也有"近习""乐著"义的用法,如:

(9)不与菩萨、法师相从,藉受所闻,反与声闻、缘觉相习,乐共谈言;不欲闻法、自恣放逸、所游搪揬,则为魔业。(西晋竺法护译《佛说魔逆经》,T15/116a)

(10)若有所得以分与人,戒无所犯,不习众人睡眠之尤,适被粗言常能含忍,恒慎口言常立道化,叹咏精进常悦和心,与诸解脱亲近相习。(西晋竺法护译《贤劫经》卷一,T14/2c)

例(9)中表示人与人的相亲近,例(10)是和抽象概念"解脱"。

---

①《大正藏》校勘记指出"习",元明本作"集"。

②《大正藏》校勘记指出"习",明本作"集",后同。

③《大正藏》校勘记指出"习",宋元明本作"集",后同。

④《大正藏》校勘记指出"习",元明圣本作"集"。

⑤《大正藏》校勘记指出"习",元明本作"集"。

⑥如《汉语大词典》"习"条(第9册645页)义项八:"近习,亲近国君的人",举例为《吕氏春秋·任数》:"有司请事于齐桓公,桓公曰:'以告仲父。'有司又请,公曰:'告仲父。'若是三。习者曰:'一则仲父,二则仲父,易哉为君。'"高诱注:"习,近习;所亲臣也。"

(11)于是菩萨游在山间,往至尼连水边,乐于闲居心意寂然。(西晋竺法护译《普曜经》卷五,T03/510a)

(12)菩萨禅净有十事。何谓为十?常欲出家,志存一心则为清净;弃一切贪,得善亲友,应时致寂,等解道故;习在闲居修鲜洁行,不计吾我、亦无所慕。(西晋竺法护译《度世品经》卷五,T10/645b)

(13)佛复告持人:"若有菩萨学是经典,逮权方便常修四法。何谓为四?一曰弃家捐业行作沙门、二曰舍于愦闹习在闲居。"(西晋竺法护译《持人菩萨经》卷四,T14/639b)

例(11)用"乐于闲居",例(12)、(13)表示相近语义的用"习在闲居"。

(日)荻原云来编纂《(汉译对照)梵和大词典》(以下简称《梵和大词典》)(1979:38a)"adhy-avasita"条指出汉译为"贪、所贪、大贫,著,耽著,住著,乐著,贪著,求,贪求,遍执著,具增上贪,深生耽染,耽嗜,习","习"和"乐著、贪著、贪求"等意义相同。不过第二谛的梵文"samudaya"的意义,根据(英)Monier-Williams《梵英词典》(1872:1079)和《梵和大词典》(1979:1428a)并没有"近习、乐著、贪著、贪求"的意义,"习"似乎不是对第二谛"samudaya"的直接翻译。

《中华佛教百科全书》"集谛"条指出"指众生沉沦生死、遭受苦果的原因。"(日)平川彰(1971/2013:43)指出第二谛是关于"苦的原因"。Norman, K. R.(1982:380)研究了巴利文中四谛的不同形式,指出"有助记忆的形式"的"四谛":"Dukkham samudayo nirodho maggo"可以翻译为"pain, (its) origin, (its) cessation, the path",第二谛译为"origin(起源)"。早期汉译佛经文献中也有很多指出"苦"由"习"产生。如:

(14)又是,比丘!苦为真谛,苦由习①为真谛,苦习尽为真谛,苦习尽欲受道为真谛。(东汉安世高译《佛说转法轮经》,T2/503c)

(15)诸苦万端皆兴于身,明人深照知乐者,或返流求原,逮于本无,斯谓上士慧明真谛。不知身之尤苦者,皆由习②生;上士觉之,斯明者真谛。(吴支谦译《梵摩渝经》,T1/885c)

(16)比丘!便思惟,生是意:"是何等咄是识,还不复前在?名像因缘识,亦识因缘名像;名像因缘六入,六入因缘更,更因缘痛,痛因缘爱,爱因缘受,受因缘有,有因

①《大正藏》校勘记指出"习",元明本作"集",后同。
②《大正藏》校勘记指出"习",元明本作"集"。

缘生,生因缘老死。忧、哭、苦、不可意愁,从是致有。如是但为从五阴,一切苦从习生。”(西晋竺法护译《贝多树下思惟十二因缘经》,T16/826c)

(17)如是因求生苦,因习①生苦,苦灭,是谓知苦胜如。(东晋僧伽提婆译《中阿含经》卷二十七,T1/600b)

(18)尔时魔王极自庄严在首罗前,告首罗言:“我先说五受阴苦因习而生,修八正道灭五受阴,此是邪说。”(姚秦鸠摩罗什译《大庄严论经》卷八,T4/301c)

(19)为说五阴为苦为老为无真实,习②色著苦灭习成道,苦义众多习为原本,斯二事尽乃谓为道。(姚秦竺佛念译《最胜问菩萨十住除垢断结经》卷五,T10/1001c)

上例都说到“苦”由“习”生,“习”可以用作第二谛的翻译,当是从“近习、爱著”的行为可以导致苦,是苦的根源的角度出发的。

“集”作第二谛的翻译,从东晋开始增多。从东晋及以后的佛经来看,对第二谛有了新的解释,和“产生,起”“和合”的意义相关③。

1. 产生、起

(20)相谛者,苦、集④、道。苦谛、集谛、道谛是三相谛,以谛相观故相谛。相者说生老无常,相者说幖帜。于中逼相苦谛,转成相集谛,出要相道谛。灭者无相,此当别说。复次苦谛者阴界入,集谛者淫怒痴,道谛者戒定智。是谓相谛。(东晋僧伽提婆译《三法度论》卷二,T25/24c)(391年)

(21)尔时文殊师利法王子白佛言:“世尊!今云何应观四圣谛?”佛告文殊师利:“若行者能见一切法即是无生性,是名见苦。若能见一切法不集不起,是名断集。”(后秦鸠摩罗什译《诸法无行经》卷一,T15/754a)(401年)

(22)有为法,生相者则是集谛,灭相者则是尽谛。若不集则不作,若不作则不灭,是名无为法如实相。(后秦鸠摩罗什译《大智度论》卷三十一,T25/289a)(402—405年)

“招聚”义和“产生、集起”义相近,如:

---

①《大正藏》校勘记指出“习”,元明本作“集”。

②《大正藏》校勘记指出“习”,元明本作“集”,后同。

③参考吕澂(1980),在例句后附上作品翻译时代,以供参考。

④《大正藏》校勘记指出“习”,宋元明宫本作“集”,后同。

(23)所言苦者，逼切为义，无常三相逼切色心，故名为苦，审实不虚名之为谛。所言集者，招聚为义，烦恼业合，能招聚生死苦果，故名为集。(隋智顗撰《四教义》卷二，T46/725c)

不是表示佛教术语“四谛”的“集”也有“产生、起”的意义，“集”常常和“灭”“没”相对，如：

(24)持世！生灭者，即是见集没义。若法无集则无有没，若不起集，则不有退亦无住异。(后秦鸠摩罗什译《持世经》卷四，T14/663a)

(25)我当正观五阴生灭，六触入处集起、灭没。(刘宋求那跋陀罗译《杂阿含经》卷四十一，T2/303b)

2. 和合

(26)知苦无生是名苦圣谛；知集无和合是名集圣谛；于毕竟灭法中，知无生无灭是名灭圣谛；于一切法平等，以不二法得道是名道圣谛。(后秦鸠摩罗什译《思益梵天所问经》卷一，T15/38c)(402年)

(27)梵天！当来有比丘不修身、不修戒、不修心、不修慧，是人说生死相是苦谛、众缘和合是集谛、灭法故是灭谛、以二法求相是道谛。(后秦鸠摩罗什译《思益梵天所问经》卷一，T15/39a)(402年)

(28)观五受众因四行：烦恼、有漏业和合能生苦果，故名为集。(后秦鸠摩罗什译《大智度论》卷二十，T25/207a)(402—405年)

(29)复次，“苦智”名知苦相实不生，“集智”名知一切法离，无有和合；“灭智”名知诸法常寂灭如涅槃；“道智”名知一切法常清净、无正无邪。(后秦鸠摩罗什译《大智度论》卷二十三，T25/233c)(402—405年)

(30)正见亦如是，先以正智慧，观五受众皆苦，是名苦；苦从爱等诸结使和合生，是名集；爱等结使灭，是名涅槃；如是等观八分，名为道，是名正见。行者是时心定知世间虚妄可舍，涅槃实法可取，决定是事，是名正见。(后秦鸠摩罗什译《大智度论》卷二十二，T25/226a)(402—405年)

(31)梵天！若人证如是四谛，是名实语者。梵天！于当来世，有诸比丘不修身不修戒，不修心不修慧，是人说生相是苦谛，众缘和合是集谛，灭法是灭谛，以不二法求相是道谛。(北魏菩提留支译《胜思惟梵天所问经》卷二，T15/69b)(531年)

“产生、起”和“和合”是对“四谛”之第二谛的新的解释,在东汉—西晋的译经中未见。“集”在中土文献中原来的意义有:“栖身;停留”“集合;聚集”“至,到”“召,招致”“成就;完成”(参《汉语大词典》第11册798页),“和合”和“集合;聚集”义相近,“产生、起”义和“成就”“招致”意义相近。(英)Monier-Williams《梵英词典》(1872:1079)指出“samudaya”的意义有“rise(升起、起源)”“collection(集)”“aggregate(聚集、集合)”“mass(众多,集聚)”等意义,表示第二谛的“集”即对应于“samudaya”的“聚集、集合”“起源”义。

“四谛”最简单的形式是四个词语:“苦习尽道”(或“苦集灭道”),实际上代表的是四个陈述或判断,如安世高译《佛说转法轮经》:“又是,比丘!苦为真谛,苦由习[①]为真谛,苦习尽为真谛,苦习尽欲受道为真谛。(T2/503c)”其中第二个真谛为“苦由习”,即是一个句子。第二谛总体上是关于“痛苦的根源”,“习”“集”分别是从不同角度对“苦的起源”的概括,用“习”侧重于“近习”“爱著”的行为能导致苦。“集”有“和合”义,是侧重“因缘和合能产生苦”;有“产生、起”之意,是侧重“苦的产生、起源”。

在“集”也可以用于翻译第二谛之后,和“习”就有所相混了[②]。东晋末期以后一些佛经文献中,用的是“集谛”,解释却接近“习”的“近习”“爱著”义。

(32)云何苦集圣谛?此爱复有喜欲彼彼染,是名苦集圣谛。(后秦昙摩耶舍译《舍利弗阿毘昙论》卷四,T28/553a)(414年)

(33)集谛者,无明及爱,能为八苦而作因本。当知此集谛是苦因。(东晋法显译《大般涅槃经》卷一,T1/195b)(417年)

(34)何谓苦集圣谛?所谓有爱,及俱生烦恼,处处乐著,是谓苦集圣谛。(刘宋佛陀什共竺道生译《弥沙塞部和醯五分律》卷十五,T22/104c)(423年)

以上的讨论如果可以成立,就可以根据“习”和“集”这一组术语的使用情况,对一些译经的时代有大致的判断。《菩萨璎珞本业经》《佛说难提释经》,梁僧祐归入“失译”(梁

①《大正藏》校勘记指出“习”,元明本作“集”。

②这种相混或许也和非四谛表达的“习”“集”有相近的用法相关。中古的汉译佛经中既有“修习”,也有“修集”的用法,如:“如是等恒河沙数诸佛如来,断除一切不善之法,修集甚深无量善法。(吴支谦译《须摩提长者经》,T14/807a)”,“集”宋元明本作“习”。“积集”和“习”可以出现在一些相同语境中,如“积集善”“习善”。另外,“集”有“合集”义,“相合”和“相近”意义接近;“习”有“习成”义,和“集”的“成就”义相近。如“众行具足普受圣慧,入于道明合集佛智。(西晋竺法护译《正法华经》卷四,T09/92a)”“晓了坐定起立方便,成大神通聪明智慧,住于佛地习佛慧谊,于世希有,建大圣力。(西晋竺法护译《正法华经》卷七,T09/112c)”

僧祐《出三藏记集》,124、135 页),《菩萨璎珞本业经》4 处用“集”,推断大约是东晋以后的(包括东晋);《佛说难提释经》中表示第二谛全用“习”,共出现 6 次,推断大约在南齐以前。《显识论》不见于祐录,用“集”17 次,当是东晋后期以后的。《般泥洹经》,《开元释教录》附东晋失译录,8 处用“习”,推断大约是南齐以前的。这里只是尝试利用“习”和“集”的时间分布来对相关失译经的翻译时代作一个粗略的推断,更细致、确切的分析还需要结合多方面特点综合考虑。

三、结论

“习”“集”用于“四谛”之第二谛的翻译,同为意译词。用“习”和“集”来翻译第二谛,在汉译佛经中经历了:基本都使用“习”,个别用“集”(东汉—西晋),到“习”“集”都见使用,“集”的使用增多(东晋—刘宋),再到基本都用“集”,个别用“习”(南齐—隋唐)的一个变化过程。

第二谛的内容是关于苦的起源,“习”“集”分别是从不同角度对“苦的起源”的概括,用“习”侧重“近习”“爱著”的行为能导致苦。“集”有“和合”义,是侧重“因缘和合产生苦”;有“产生、起”之意,是侧重“(苦)产生、起”的行为。总体来说,和英语中对第二谛的翻译为“origin(起源)”不同,汉译的“习”有“习近”“爱著”义,“集”有“和合”义,指出了“苦”的具体的原因。

早期东汉—西晋译经中用“习”,元明等版本多作“集”,大量的“习”和“集”异文的情况,推断或当是后代的元明等本改《高丽藏》的“习”为“集”。依据有:一,《房山石经》东汉安世高译《转法轮经》、吴支谦译《了本生死经》中作“习”,和《大正藏》一致,而元明本作“集”;前秦《增一阿含经》和东晋《中阿含经》等译经中,一些“习”,《大正藏》校勘记指出元明本作“集”,而敦煌写本作“习”。二,对第二谛的解释早期是和“相近”“爱乐”“欲”的意义相关;对第二谛的新的解释“产生、起”“和合”是在东晋后期才出现,前者反映的是“习”的意义,后者是“集”的意义。利用“习”和“集”的分布可以对一些失译经的时代作大略的判断。

参考文献

丁福保:《佛学大辞典(上)》,上海:上海书店出版社,1922/2015 年。

段文杰主编:《甘肃藏敦煌文献(第 3 册)》,兰州:甘肃人民出版社,1999 年。

苻秦昙摩难提译:《增一阿含经(上)》,恒强校注,北京:线装书局,2012 年。

方一新、高列过:《东汉疑伪佛经的语言学考辨研究》,北京:人民出版社,2012 年。
黄永武主编:《敦煌宝藏(第 33 册)》,台北:新文丰出版公司,1986 年。
洪修平,许颖:《佛学问答》,北京:中国人民大学出版社,2009 年。
蓝吉富:《中华佛教百科全书(第 8 册)》,台南:中华佛教百科文献基金会,1994 年。
梁僧祐:《出三藏记集》,苏晋仁,萧炼子点校,北京:中华书局,2005 年。
吕澂:《新编汉文大藏经目录》,济南:齐鲁书社,1980 年。
中国佛教协会、中国佛教图书文物馆编:《房山石经》,北京:华夏出版社,2000 年。
(日)荻原云来:《(汉译对照)梵和大词典》,台北:新文丰出版公司,1979 年。
(日)平川彰:《印度佛教史》,显如法师等译,贵阳:贵州大学出版社,2013 年。
(英) Monier - Williams, M. A., *A Sanskrit - English Dictionary*, The Clarendon Press, Oxford, 1872.
(英)Norman, K. R., *The four noble truths: A Problem of Pali Syntax*, in *Indological and Buddhist Studies*, Canberra: 1982.

Xi(习) and *Ji*(集)

——On the translation of the second noble truth of the four noble truths

Lv xiaolei
(Tongren College)

Abstract: Both *xi*(习) and *ji*(集) can be used to translate the second noble truth of the original works of buddhist scriptures. By the research of the distribution of *xi*(习) and*ji*(集) of the Eastern han dynasty to WeiJin southern and northern dynasties period in dazheng Tibetan translation, it is concluded that the use of *xi*(习) and *ji*(集) experiences such a change: predominantly use *xi*(习), *ji*(集) is used only a few times (from Eastern han Dynasty to Western-jin Dynasty), to both *Xi*(习) and *ji*(集) are used, and the use of *ji*(集) increases in the number (from Eastern- jin Dynasty to liu-song), to predominantly use *ji*(集), *xi*(习) is used only a few times(from Southern-qi Dynasty to Sui andTang Dynasties).

The content of the second noble truth is about the origin ofpain. *Xi*(习) and *ji*(集) are generalizations of the origin of pain from different perspectives. The translation of *xi*(习), which means "be on intimate terms with" "be keen on", emphasizes that the act of "be on intimate terms with" "be keen on" can lead to pain; the translation of *ji*(集), which means "aggregation”, emphasizes “the aggregation of cause can lead to pain”; when the translation of *jí*(集) means “generate, produce”, it emphasizes the act of “generate, produce” of the pain. The interpretation of the second noble truth in the early Eastern-han translations was all related to the meaning of“be on intimate terms with”“be keen on” of *xi*(习), the new interpretation of the second noble truth: “generate, produce”“aggregation”, which is related to the original meaning of *jí*(集) in the middle-earth literature, was seen from the late Eastern-jin dynasty, which provide evidence for that the translation of the second noble Truth is *xi*(习) in the early stage. The distribution of *xi*(习) and *jí*(集) can be used to make a general judgment on the ages of some No translator-Buddhist sutras.

Keywords: the four noble truths; *xi*(习); *jí*(集); variant readings

附录

东汉安世高:《长阿含十报法经》习 2;《佛说大安般守意经》习 6;《佛说四谛经》,习 27;《阴持入经》习 19,集 1;《一切流摄守因经》习 2;《阿毘昙五法行经》习 44;《阿含口解十二因缘经》习 1,《佛说转法轮经》习 9。

东汉昙果,康孟详《中本起经》习 6。

三国吴支谦:《了本生死经》习 1;《佛说义足经》习 2;《佛说维摩诘经》习 2。

三国吴陈慧《阴持入经注》集 1。

西晋竺法护:《正法华经》习 1;《宝女所问经》习 2;《阿差末菩萨经》习 7;《贤劫经》习 1;《持心梵天所问经》习 7;《佛说魔逆经》习 4;《修行地道经》习 8;《舍头谏太子二十八宿经》习 2;《渐备一切智德经》习 3;《佛说如幻三昧经》习 2;《佛说方等般泥洹经》习 1;《诸法要集经》习 1;《光赞经》习 4;《生经》习 1 ,集 1;《佛说须真天子经》习 1;《佛说文殊师利现宝藏经》习 2,集 1;《持人菩萨经》习 2。《大哀经》习 1;《大迦叶本经》习 1。《顺权方便经》习 1;《心明经》习 1;《佛说海龙王经》习 2;《文殊支利普超三昧经》习 1;《弘道广显三昧经》习 1;《贝多树下思惟十二因缘经》习 1。

西晋法炬共法立:《大楼炭经》习 5。

西晋无叉罗:《放光般若经》习 13。

东晋僧伽提婆:《中阿含经》习 95;《阿毘昙心论》习 23;《阿毘昙八犍度论》习 800,集 1;《三法度论》集 5。

东晋佛陀跋陀罗:《大方广佛华严经》习 1,集 15;《摩诃僧祇律》习 4,集 1。

东晋法显:《大般泥洹经》集 4。

前秦僧伽跋澄:《鞞婆沙论》习 145;《僧伽罗刹所集经》习 4;《尊婆须蜜菩萨所集论》习 53。

前秦昙摩难提:《增一阿含经》习 49,集 2。

后秦佛陀耶舍:《四分律》集 16;《长阿含经》集 26,习 5。

后秦竺佛念:《出曜经》习 16,集 4;《最胜问菩萨十住除垢断结经》习 43;《鼻奈耶》习 3;《中阴经》集 1;《菩萨从兜术天降神母胎说广普经》习 1,集 7;《菩萨璎珞经》,习 9。

后秦鸠摩罗什:《诸法无行经》集 4;《佛说弥勒大成佛经》集 2;《摩诃般若波罗蜜经》集 31;《大庄严论经》集 2;《妙法莲华经》集 1;《十住经》集 2;《维摩诘所说经》集 2;《持世经》集 1;《思益梵天所问经》集 10;《坐禅三昧经》习 10;《禅法要解》集 10;《佛说华手经》集 1;《大智度论》习 1,集 91;《十住毘婆沙论》集 6;《成实论》集 29,习 1;《十诵律》习 1,集 6。《自在王菩萨经》集 7;《中论》集 13;《十二门论》集 4;《佛垂般涅槃略说教诫经》集 1。

后秦昙摩耶舍:《乐璎珞庄严方便品经》集 1;《舍利弗阿毘昙论》集 171。

北凉昙无谶:《佛所行赞》集 3;《大般涅槃经》集 40;《大方等大集经》习 1,集 53;《菩萨地持经》习 1,集 5。

北凉浮陀跋摩:《阿毘昙毘婆沙论》集 744。

南朝宋求那跋陀罗:《杂阿含经》习 11,集 168;《过去现在因果经》习 5;《央掘魔罗经》集 1;《胜鬘师子吼一乘大方便方广经》集 6。

南朝宋昙摩蜜多:《佛说转女身经》集 2。

南朝宋功德直:《菩萨念佛三昧经》习 1,集 1。

南朝宋佛陀什共竺道生:《弥沙塞部和醯五分律》集 19。

南朝宋僧伽跋摩:《分别业报略经》集 1;《杂阿毘昙心论》集 113。

南朝宋求那跋摩:《菩萨善戒经》集 5

南朝齐昙景:《佛说未曾有因缘经》习 1。

南朝齐僧伽跋陀罗:《善见律毘婆沙》集 6。

南朝梁僧伽婆罗:《阿育王传》习 2,集 1;《解脱道论》习 1,集 53;《文殊师利问经》习 2,集 2

南朝梁僧祐:《出三藏记集》习 1,集 1。

南朝梁月婆首那:《大乘顶王经》集 3。

南朝梁法云:《法华经义记》集 16。

南朝梁宝亮:《大般涅槃经集解》集 48。

南朝陈真谛:《四谛论》集 97;《阿毘达磨俱舍释论》集 83;《摄大乘论释》集 21;《佛阿毘昙经出家相品》集 3;《佛说无上依经》集 1;《佛性论》集 2;《十八空论》集 7;《三无性论》集 9;《随相论》集 3;《佛说立世阿毘昙论》集 1;《转识论》集 3;《中边分别论》集 8。

北魏慧觉等:《贤愚经》习 1,集 1。

北魏吉迦夜共昙曜:《杂宝藏经》习 1,集 1。

北魏般若流支:《奋迅王问经》集 10;《正法念处经》集 11;《第一义法胜经》集 1。

北魏菩提留支:《胜思惟梵天所问经》集 11;《入楞伽经》集 1;《深密解脱经》集 4;《佛说法集经》集 20;《弥勒菩萨所问经论》集 2;《大萨遮尼乾子所说经》集 5;《十地经论》集 10。

北魏毘目智仙:《转法轮经忧波提舍》集 10;《回诤论》集 6。

北齐那连提黎耶舍共法智:《阿毘昙心论经》集 62。

中医古籍疑难字辑考*

马　乾

（西北大学文学院）

提要：疑难字为中医古籍资源开发与利用的障碍。文章通过形音义互求、文献比勘等方法，对中医古籍中“⿰兼刂”“⿰吸攵”“⿰土责”“⿰麦包”“⿰米厭”等5个疑难字进行了考释，并沟通了相关字际关系，纠正了今人点校整理本中部分失误。文章的考辩结果也将有利于现代大型辞书的修订、汉字计算机编码等工作。

关键词：中医古籍；疑难字；考释；字形

中医古籍中疑难字的存在既不利于中医文献的阐释与解读，也不利于古医籍的数字化加工，我们有必要全面清理中医古籍中的疑难字，这项工作也将有利于广大中医药学者“挖掘和传承中医药宝库中的精华精髓。”沈澍农《中医古籍用字研究》对唐宋以前的中医古籍中的部分疑难字进行了考辩，但是金元以来的中医古籍中的疑难字尚缺乏专题研究。

文章辑录了中医古籍中未见于《汉语大字典》《中华字海》等现代大型字书中的5个疑难字，并利用形音义互求法、文献比勘法，对其形音义进行了考辩。考辩结论将有利于中医古籍整理、现代大型辞书的修订，以及汉字计算机编码等。

*项目来源：陕西省社会科学基金项目（2018M38）、陕西省社会科学基金项目（2019M014）、陕西省教育厅人文社科专项研究计划项目（18JK0729），陕西中医药大学学科创新团队建设项目（2019-PY04）。

一、剶

拳毛倒睫……治法:先宜剶洗瘀血,后用竹夹夹起眼皮,灸四五壮为妙,使毛生向外,其疾瘳耳。(唐孙思邈《银海精微》卷上,V735P992 下左①)

状如鱼胞证……气轮努胀,不紫不赤,或水红,或白色,状如鱼胞,乃气分之证,金水相搏所致,不用剶导,唯以清凉则自消复。(明王肯堂《证治准绳》卷 15,V767P426 上右)

睥肉粘轮……有热退血散,失于治疗者,其状虽粘,必白珠亦痛,止须用剶割之治。若赤痛时生粘者,必有瘀滞,宜渐导渐剶,如别病虽退,而粘生不断,亦须剶割渐开,仍防热血复粘生合,须用药时分之。"(明王肯堂《证治准绳》卷 16,V767P459 下右)

按,"剶"字不见于历代字书,文献中亦未见注释。中医文献中"剶"常与"洗""导""割"等连文,表示眼科疾病的治疗方法。

今考,"剶"与"镰、劆、鎌"当为一组异体字。"剶洗"又见于《银海精微》"两睑粘睛""暴露赤眼生翳"等条,用于处理眼部淤血。"剶洗"又作"劆洗""镰洗","劆洗"见于清吴谦《医宗金鉴》,该书卷 78《编辑眼科心法要诀》"暴赤生翳歌"条下曰:"赤肿热泪羞明痒,最宜劆洗出血良。"同卷"风牵睑出歌"条下曰:"胃经积热肝风盛,劆洗去瘀病可痊。"(V782P550 下右、P562 下右)"镰洗"则见于明葆光道人《秘传眼科龙木医书总论》等,如该书卷 3"膜入水轮外障"条下曰:"睛上有疮疴,后更生障翳,渐入水轮,因大肠壅滞致使热也。宜服退热饮子,钩割、熨烙、镰洗。"(明万历三年刻本)"剶导"又作"鎌导""镰导",《古今图书集成·医部汇考》卷 142 引《证治准绳》"状如鱼泡"条下即作"鎌导","镰导"又见于明傅仁宇《审视瑶函》卷 4《运气原证·睥病》"皮翻粘睑症"条下:"用镰割之法导之。"(明崇祯十七年刻本)"剶割"又作"鎌割""镰割",《古今图书集成·医部》卷 163 引《证治准绳》"睥肉粘轮"条均作"鎌割";"镰割"医经亦多见,如清黄庭镜《校刊目经大成》卷 2"鱼子石榴"条下曰:"俱为血气瘀,却即肺脾灾。能知镰割法,云汉渐昭回。"(清嘉庆二十二年达道堂刻本)据此则"剶"与"镰劆鎌"用法全同,且声符"兼""廉"音近,四者为一组异体字无疑。

①"V735P992 下左"指的是台湾商务印书馆影文渊阁《四库全书》本第 735 册第 992 页下左栏。后文仿此。

“镰(剩、㔂、鎌)”当与刮、割同义,即用刀锋等滑刮眼睛等器官的表面以活血化瘀、剔除异物、分离组织等。明王肯堂《证治准绳》卷15《七窍门·目》“钩割针烙说”下称:“剩割风毒、流毒、淤血等证。”(V767P415下左)宋赵佶《圣济总录》卷4《治法·砭石》下曰:“扁鹊有云:‘病在血脉者,治之砭石。’是故一切肿疾,悉宜鎌割足小指下横纹间。”(域外汉籍珍本文库影日本《聚珍版圣济总录》本,P204上)又清程林《圣济总录纂要》卷17《面体门》“目睑肿硬”条下曰:“久不差,多成风粟细疮,眵汁淹渍,浸坏眼目,先宜鎌洗出毒,然后以药攻治,则病可差。”(V739P384上右)此处的“鎌洗”即清除眼部的眵汁淹渍等分泌物。又,清黄庭镜《校刊目经大成》卷2“椒粟”条下曰:“此症似疮非疹,细颗丛聚,生于左右上睑之内。……形实邪盛则疙瘩高低,连下睑亦蕃衍,碍睛沙涩,开闭多泪……只利刀间日镰洗,照本症点服不辍,自尔渐渐稀疏。”(清嘉庆二十二年刻本)此处的“镰洗”即清除眼内丛生的细疮。用刀刮割眼球、眼睑内的分泌物、痘疮、淤血的方法今天仍有应用,四川等地的刀锋洗眼法即鎌洗之法,中医学多称之为镰洗术、镰洗法①。

“镰洗”“镰割”“镰导”当源于先秦时期以砭石治病的方法,医学或称之为砭镰疗法②。其源流见于《外科精义》等,该书卷上《砭鎌法》曰:

> 夫上古制砭石,大小者随病所宜也。《内经》谓针石、砭石、镵针,其实一也。今时用鎌者,从《圣济总录·丹毒论》曰:“法用鎌割,出血明不可缓也。”合扁鹊云“病在血脉者治之以砭石”。此举《素问》“血实宜决之”,又《气血形志论》曰:“形乐志乐病生于内,治之砭石。”盖砭石者,亦东方来,为其东方之民其病多疮疡,其法宜砭石。砭石之用,自有证候,非止丹瘤也。但见肿起、色赤不定,宜急鎌之。先以生油涂赤上,以鎌鎌之,要在决泄其毒,然而此法不可轻用,忌其太深。《内经》所谓“刺皮无伤肉”,以其九针之用,而各有所宜也。砭鎌之法,虽治疮疽,不可轻用也。(元齐德之《外科精义》,V746P814上左、下右)

据马继兴考证,在唐代已有金篦刮目以治眼疾的方法,成书于889年《医心方》中存有用针镰钩拨眼翳的方法数条③。

综上,“剩”为“镰”的异体字,其又作“㔂”“鎌”等,其有名词义和动词义两种用法:名词义,指中医学中一种刃面锋利的滑刮眼睛以剔除翳障的治疗工具,“以鎌鎌之”中,第一

①参麻仲学主编:《中国医学疗法大全》,济南:山东科学技术出版社,1990年,第724页。

②吴耀持:《针灸独特疗法聚英》,上海:上海科学技术出版社,2018年,第368页。

③马继兴:《中医文献学》,上海:上海科学技术出版社,1990年,第238、239页。

个"镰"即为名词义;动词义,是用刀锋等滑刮眼睛等器官的表面以活血化瘀、剔除异物、分离组织的治疗过程,如"镰洗""镰割""镰导"中之"镰"即为动词义,进而又引申为一种治疗方法,即医科治疗眼疾的小手术。清吴谦《医宗金鉴》卷78《编辑眼科心法要诀》"暴赤生翳歌"条下注:"劆音廉。劆者,或以针锋微刺之,或以灯心草微刮之也。"(V782P350下右)《汉语大词典》据此释"劆洗"为:"医科治疗眼疾的小手术。以针锋微刺或以灯心草轻刮,再用药水冲洗。"此释义不准确,当参考《中国医学疗法大全》《针灸独特疗法聚英》等完善释义。《汉语大字典·金部》于"镰"下释义曰:"古代的一种医疗器具。"此处释义亦不全面,可据此补充义项。

二、啵

钓藤大黄汤……此方不唯治伤寒,常时小儿伤食,作惊发痫,不乳,温壮,啵哐,皆可斟酌与服,以利为度。(宋庞安时《伤寒总病论》卷5,V738P650上左、下右)

忽然泻下如泔淀,又似脓胶涕作团。肛头凸出饶啵哐,不饮哺乳泪潸潸。(宋佚名《小儿卫生总微论方》卷12,V741P230下右)

按,"啵"当代大型字书未收,医学文献中亦未见注释。今考,"啵"为从口、孜声的形声字,"啵哐"为拟声词,为模拟小儿因内热烦躁导致的惊厥、啼哭而造。"啵哐"又作"嗞哐""嗞呀"。明鲁伯嗣《婴童百问》卷9"烦躁"条下论曰:"嗞煎不安是烦,嗞哐不定是躁。嗞煎者,心经有热,精神恍惚,内烦不安,心烦则满,自然生惊。嗞哐者,心经有风邪,精神恍惚,心躁生风,热多不安,烦久而惊,风多不定,躁久而搐。"同书卷10"齁船"条下载"小归命散":"治小儿变蒸伤寒,潮热惊热嗞呀,鼻流清涕咳嗽,浑身温壮,咽喉有涎,兼前项伤寒等证,及退惊热,坠涎安神,百病不生。"(明嘉靖十八年刻本)从鲁伯嗣的描述来看"啵哐"当以烦热而惊叫、大声啼哭为病征。故文献中"啵哐"多与"啼"等连文,如:《小儿卫生总微论方》卷12《五疳论·治诸疳杂证方》"龙香散"下:"治五疳,瘦悴,多啼,啵嗺[①],口疮,发穗。"(V741P234下右)明王肯堂《证治准绳·幼科》卷72《初生门·生下胎疾》"张涣立圣散"条下曰:"治妊娠之时,母服热药过多,或食炙煿热物等。致令婴儿初生下口噤不乳,口舌上疮如黍粟,啵哐多啼,名曰口噤。"(V770P31上左)"多啼啵哐"同"啵哐多啼",即描述其惊厥、啼哭之症。排印本《小儿卫生总微论方》"龙香散"条改"多

①"嗺"当为"哐"字之讹误。

啼哝嚾”为“多啼叫唤”(曹炳章《医学大成》本),即把握了啼哭的特征。又清林之翰《四诊抉微》卷3《附儿科望诊·小儿死候歌》:“啼而不哭是痛,哭而不啼是惊,嗞煎不安是烦,嗞啀不定是躁。”并注曰:“嗞音兹,啼不止;啀音崖,欲啮。”(清雍正四年玉映堂刻本)林之翰自注当本于《集韵·之韵》“嗞,啼不止”、《玉篇·口部》“啀,狗欲啮”等。但“嗞啀”为拟声联绵词,不当分开解释,“嗞啀”有因内热而“啼不止”之状,与“欲啮”无关。

综上,“哝”为从口、孜声的形声字,“哝啀”又作“嗞啀”“嗞呀”,为模拟小儿因内热烦躁导致的惊厥、啼哭而造的拟声词。

三、墳

戎盐,禀水中至阴之气凝结而成,不经煎炼而生于涯埃坂墳之阴,其味咸,气寒,无毒,入手足少阴经。(明缪希雍《神农本草经疏》卷5,V775P445上)

按,“墳”字不见于历代字书,现代整理者均照本转录而不注。今考,“墳”为“碛”改换义符的异构字。“戎盐”又名“岩盐”,即今天所谓的矿盐等,其多位于盐泉、盐湖及海边,由于盐水蒸发沉淀而成盐霜或盐矿,部分盐矿由于地壳运动而深埋地下。《本草纲目》卷11“戎盐”:“【集解】当之曰:戎盐,味苦臭,是海潮水浇山石,经久盐凝着石,取之北海者青,南海者赤。……恭曰:戎盐即胡盐,生河崖山坂之阴土石间,大小不常,坚白似石,烧之不鸣烢也。……时珍曰:……梁杰公传言,交河之间,掘碛下数尺,有紫盐,如红如紫,色鲜而甘。”(金陵初刻本)可知戎盐乃海水浇在河崖山坂之阴、山石沙碛之上,海水长时间蒸发凝结沉淀而成。《说文·石部》:“碛,水陼有石者。”其指的是水中的沙石或沙石堆积成的浅滩,而水中沙石及水边沙石浅滩等容易形成岩盐,故缪希雍称戎盐“不经煎炼而生于涯埃坂墳之阴”,而梁杰公所谓掘碛数尺而得的“戎盐”即深层盐矿。

综上,《神农本草经疏》中的“墳”字乃“碛”改换义符而造的异体字,盖受到前文“埃坂”两字的同化影响,书写者改从石旁为从土旁。

四、皰

王烂疮……治小儿王烂疮,初患一日肉色变,二日皰浆出,或四畔时赤,渐长。若皰浆匝身,即不可治。其状如汤火烧,宜速用黄连散……治小儿王烂疮初起,皰浆似火烧疮,宜用此方。”(明王肯堂《证治准绳》卷79,V770P251上左、下右)

按,《证治准绳》“王烂疮”下“皰”字出现了三次,而日本宽文十三年刊本,前两处作“皰”,后一处则作“皰”;陈立行点校整理本则三处均作“疱”。

今考,“皰”即“皰”之书写变异,“皰”则为“疱”的异构字。“皰浆”又作“瘭浆”,隋巢元方《巢氏诸病源候总论》卷35《疮病诸候》“王烂疮候”下曰:“王烂疮者,由脏腑实热,皮肤虚而受风湿,与热相搏,故初起作瘭浆,渐渐王烂,汁流浸渍,故名王烂也。亦名王灼疮,其初作瘭浆,如汤火所灼也。又名洪烛疮,初生如沸汤洒,作瘭浆赤烂如火烛,故名洪烛也。”(V734P800上)“瘭浆”又作“泡浆”,《古今图书集成·医部》第477卷《小儿疮疡门》:“治小儿王烂疮初起,泡浆似火烧疮,宜用。”据此则“瘭浆”“皰浆”“皰浆”“疱浆”“泡浆”义同。“皰”与“皰”在其它文献中亦常常为异文,如清桂馥《札朴》卷3“皻”引《通鉴》注:“皻,壮加反。鼻上皰也。”(清嘉庆十八年刻本)而《玉篇·鼻部》:“齇,壮加切。鼻上皰也。本作皻。”据此可证“皰”同“皰”,二者为一组异体字,形符“皮”与“夋”行草书体形近,整理者不识而误。现在通用从疒的“疱”字,其与“皰”“皰”亦为一组异体字。徐锴《说文解字系传·皮部》:“皰,面疮也。”明张自烈《正字通·皮部》:“皰,凡手足臂肘暴起如水泡者谓之皰。”据此则“皰(皰)”“疱”均为“泡”的分化字。

文献中“皰”又为“皴”的讹字。宋魏仲举编《五百家注昌黎文集》卷6《答柳柳州食虾蟆》:“其奈背脊疱”下引祝充校勘曰:“一作脊皰皰。”(V1074P139下左)文献中《答柳柳州食虾蟆》多作“其奈背皴皰”,“皴皰”即指蛤蟆背部因有疙瘩而粗糙。“皴皰”一词首见于《备急千金要方》,该书《七窍病方》“面药”下曰:“去粉滓、皯黯、皴皰及茸毛,令面悦、泽光、润如十四五时。”(唐孙思邈《备急千金要方》卷21,V735P237下右)此处的“皴皰”即面部的痤疮、痘疹之类,引申泛指皮肤表面的疙瘩,亦可指其它事物表面因疙瘩而粗糙之状,如清宋荦《江左十五子诗选》卷12载清缪沅《山雨乍霁,由桃花涧历天开岩,睹禹碑,望最高峰,慨然有出世之想》诗曰:“首尾一鼓荡,鳞爪恣拏攫。森森迭浪岩,皴皰瘦如削。”(《续修四库全书》影清康熙四十二年宛委堂刻本)缪沅诗中“皴皰”指的是松柏表面的皲裂及疙瘩等,即“皴皰”。“皰皰”一词中的“皰”乃是“皴”受后文“皰”形体的同化影响而误,书写者误抄“皮”作“包”,“皴”遂讹作“皰”。而“皴皰”之“皰”则是“皰”受到前文“皴”形体的同化影响而误,书写者误抄“皮”作“夋”。徐世昌《晚晴簃诗汇》卷57收录清缪沅同诗则作“皱皰瘦如削。”(民国退耕堂刻本)“皱皰”亦为“皴皰”之误,“芻”“夋”行草书写相混。

综上,“皰”为一组同形字,其作“皰浆”“皴皰”等义时为“皰”之讹字,其作“皰皰”时则为“皴”之误。

五、𥻘

> 凝脂翳……此证为病最急，起非一端，盲瞽者十有七八。在风轮上有点，初起如星，色白，中有𥻘，如针刺伤，后渐长大，变为黄色，𥻘亦渐大为窟者。有初起如星，色白无𥻘，后渐大而变色黄，始变出𥻘者。有初起便带鹅黄色，或有𥻘，或无𥻘，后渐渐变大者。或初起便成一片，如障大而厚，色白而嫩，或色淡黄，或有𥻘，或无𥻘而变者。或有障，又于障内变出一块如黄脂者。或先有痕𥻘，后变出凝脂一片者。所变不一，祸则一端。（明王肯堂《证治准绳》卷 15，V767P431 上左、下右）

按，"𥻘"于字书不载，亦未见医经整理者加以注释，吴唯等校注本《证治准绳》将其类推简化作"粧"①。明傅仁宇《审视瑶函》卷 3《运气原证》"外障凝脂翳症"条下与王肯堂所论基本相同，字同作"𥻘"（明崇祯十七年刻本）。《中华大典 · 医药卫生典 · 医学分典 · 眼科总部》"凝脂翳"条下等均照录。彭清华引《审视瑶函》字误作"橛"②。

今考，"𥻘"当为描述眼睛生翳的医学用字，其为"黶"的分化字。凝脂翳为黑睛生翳的一种。彭清华总结其病症为"黑睛生翳如米粒样，表面浮嫩，边缘不清，继则扩大溃疡陷，上覆凝脂。"③对于其病因，现代眼科学多认为其为黑睛外伤、细菌感染导致眼睛结聚生疮流脓等。传统中医学对于眼睛受伤后留有瘢痕多有总结，如王肯堂论"物损真睛证"曰：

> 被物触打，径在风轮之急者，物大则状大，物小则状小，有黄白二色，黄者害速，白者稍迟。若尖细之物触伤，浅小者可治可消。若粗厉之物，伤大而深及缺损神膏者，虽愈亦有瘢痕。……物有尖小而伤深膏破者，亦有细细黑颗，如蟹睛出，愈后有瘢。且如草木刺、金石屑、苗叶尖、针尖触在风轮，浅而结颗，黄者状如粟疮，急而有变白者，状如银星，为害稍缓。……若飞扬之物重大而打破风轮者，必致青黄牒出，轻而膏破者，膏汁流出黑颗为蟹睛。又轻而伤浅者，黑膏未出，有白膏流出，状如稠痰，凝在风轮，欲流不流，嫩白如凝脂者。此是伤破神珠外边上层气分之精膏也。……若粗大入深者，于此损处必有膏出为蟹睛，治亦有瘢。（明王肯堂《证治准

①吴唯等校注：《证治准绳 · 杂病》，北京：中国中医药出版社，1997 年，第 237 页。
②彭清华：《中医眼科学》，上海：上海科学技术出版社，2019 年，第 145 页。
③彭清华：《中医眼科学》，上海：上海科学技术出版社，2019 年，第 146 页。

绳》卷16,V767P473)

据此可知,眼睛受到外伤后,黑睛内多有或黄或白的瘢痕,此即王肯堂于“凝脂翳”下所谓的“䵣”,故《证治准绳》中“䵣”常与“痕”同义连用作“痕䵣”,如王肯堂论“物偶入睛证”曰:“芒刺、金石、棱角之物,失取碍久及擦重者,则坏损轮膏,如痕䵣、凝脂等病。”(明王肯堂《证治准绳》卷16,V767P474下左)又论“冰瑕翳证”曰:“凡风轮有痕䵣者,点服不久,不曾补得水清膏足,及凝脂、聚星等证初发,点服不曾去得尽绝,并点片脑过多,障迹反去不得尽,而金气水液凝滞者,皆为此证。”(明王肯堂《证治准绳》卷15,V767P436上左)“痕䵣”又作“瘢黶”,如王肯堂论“蟹睛证”曰:“蟹睛证谓真睛膏损,凝脂翳破坏风轮,神膏绽出黑颗,小则如蟹睛,大则如黑豆,甚则损及瞳神……虽有妙手,难免瘢黶之患。”(明王肯堂《证治准绳》卷15,V767P432上左、下右)“痕䵣”“瘢黶”义同,均表示眼内伤痕、斑障等。黶,《说文·黑部》训“申黑”(《系传》训“中黑”),《玄应音义》卷九、卷十二引作:“黶,面中黑子也。”其本义为面部黑痣等瘢痕,引申可指眼部的伤痕、斑障等。据此则“痕䵣”即“痕黶”之变,而“䵣”即是用来描述眼睛生翳的眼科专用字。

当眼睛因伤病而肿胀、生疮、溃烂时,淤血、分泌物等可覆盖眼睛而成翳,王肯堂则用“䵣凸”来描述此类情状,如其论“痘疹余毒证”曰:“有余邪蕴积,为凝脂、黄膜、花翳、蟹睛等证之重而目䵣凸者。”(明王肯堂《证治准绳》卷16,V767P477下左)又如其论“黄膜上冲证”曰:“在风轮下际坎位间,神膏之内,有翳生而色黄……此是经络阻塞极甚,三焦关格,火土邪之盛实者,故大便秘小便涩,而热蒸从膏内作脓溃起之祸也。失治者目有䵣凸之患。”(明王肯堂《证治准绳》卷15,V767P430下左)“䵣凸”即描述睛翳凸出之状。

综上,“䵣”为“黶”的分化字,为眼科翳病专用字,多用来指眼睛伤病后形成的斑痕,以及眼睛肿胀、生疮、溃烂后形成淤血、分泌物等斑障。由于这种翳病初期细小,色或白或黄,如粟米状,故字从米作“䵣”。

参考文献

〔梁〕顾野王:《宋本玉篇》,北京:中国书店,1983年。
〔明〕李时珍:《本草纲目》,明万历二十一年(1593)金陵初刻本。
〔明〕缪希雍:《神农本草经疏》,台湾商务印书馆影文渊阁《四库全书》本。
〔宋〕庞安时:《伤寒总病论》,台湾商务印书馆影文渊阁《四库全书》本。
〔唐〕孙思邈:《银海精微》,台湾商务印书馆影文渊阁《四库全书》本。
〔明〕王肯堂:《证治准绳》,台湾商务印书馆影文渊阁《四库全书》本。

〔宋〕佚 名:《小儿卫生总微论方》,台湾商务印书馆影文渊阁《四库全书》本。
马继兴:《中医文献学》,上海:上海科学技术出版社,1990 年。
彭清华:《中医眼科学》,上海:上海科学技术出版社,2019 年。
赵振铎:《集韵校本》,上海:上海辞书出版社,2012 年。

The Interpreting of Knotty Chinese Characters in Ancient Chinese Medical Books Ⅱ

Ma Qian
(Northwest University)

Abstract: Knotty Chinese characters are obstacles to the utilization of ancient Chinese medicine resources. By means of mutual seeking of form, sound and meaning, literature comparison and other methods, this paper has made some explanations of 5 knotty Chinese characters, and relations between related glyphs, and corrected some mistakes in the collation books. The results of this paper will also be beneficial to the revision of modern large dictionaries and the computer coding of Chinese characters.

Keywords: Ancient Chinese Medical Books; Knotty Chinese characters; Interpretation; Glyph

◎语法研究

强势与平衡:连词“但”“但是”语法功能比较研究*

李乃东

(江苏海洋大学中文系)

提要:“但”“但是”是现代汉语表转折语义重要的单双音连词,彼此语法功能相互替代性很高。在新闻、法律、文学三种语体实际运用中,“但”“但是”具有显著的不平衡性。“但”是强势成员,在功能、频率等方面对“但是”形成全面性压制,“但是”是弱势成员,处在低发育状态。它们彼此的语法功能是一种倾向性分工,相对平衡,各具语法价值。“但”主要关联复句分句,以句内关联为常。更重要的是:“但”已经具备关联分句、句子、段落,并且与其后成分用逗号隔断形成停顿的语法功能。“但是”主要关联句子、段落,以篇章关联为常,话题标记功能显著。“但”的强势分布缩短了“但是”的演化过程,“但是”的关联优势,拓展了“但”的语法功能范围,最终实现功能系统动态平衡。

关键词:强势;平衡;但;但是;对比

* 本文系江苏省社会科学基金课题“语言类型学视角下苏鲁交界地带方言接触研究”(17YYA001)、江苏省高校哲学社会科学研究课题“汉魏六朝因果标记搭配模式研究”(2019SJA1567)、江苏省社会科学基金课题“汉魏六朝因果构式发展演变研究”(20YYD001)研究成果之一。

一、引言

"但""但是"作为现代汉语里一对重要的单双音近义转折连词,功能相似度高,语义区别性小,都表达对前面语义的转折。吕叔湘《现代汉语八百词》(增订本)(1999)认为"但""但是"用法基本相同。区别是:"1)'但是'后边可以停顿,'但'后不能。……2)'但'还有副词用法,表示'只、仅仅'。用于书面语。"①"但是"是"[连]表示转折,引出同上文相对立的意思,或限制、补充上文的意思。连接小句或句子,也连接词、短语、段落。要表达的重点在'但是'之后。'但是'后面常有'却、也、还、仍然'等。"②

《现代汉语八百词》(增订本)等多部语法工具书把"但是"作为主训词条,标明基本功能,"但"置于其后,不作讲解。那么在实际运用中它们地位究竟如何?语法功能系统如何分布?彼此之间到底有无显著差异呢?作为一对近义单双音连词,哪个才是首选成员呢?目前学界对这些问题并没有明确的解答,很大程度上还是一种模糊的经验性认识。本文基于真实文本语料,比较它们的语法功能特征,对于深化认识,精确辨析,正确运用有重要借鉴意义。

二、"但""但是"的研究概况

学界对"但""但是"进行专门对比的研究成果不多,相关研究分为三个方面:

(1)"但""但是"的语法化研究。朱怀(2015)认为"'但'经历了动词、副词、连词又到副词用法的演变,其意义也由实在的'脱衣'演化为表示抽象空虚的转折和谦敬语气,演变过程中隐喻、语用推理、语境吸收、主观化及交互主观化在不同阶段分别起着重要作用。"③王启涛(2016)补充说"表谦敬语气的句首词'但'主要用于行政文书、法制文书、书信文书中,体现下级对上级、被执法者对执法者、长辈对晚辈的谦虚和尊敬,这一用法最早出现在唐高宗龙朔二年(公元662年)的吐鲁番文书中,先是用在部落之前,然后用在专用人名前,后来又用于各类谦辞之前,这个词的前身是'其',表谦敬语气的句首词

①吕叔湘编:《现代汉语八百词(增订本)》,北京:商务印书馆,1999年,第148页。

②吕叔湘编:《现代汉语八百词(增订本)》,北京:商务印书馆,1999年,第147页。

③朱怀:《"但"的语法功能演变及产生机制》,《中国语文》,2015年第2期,第141页。

‘但’是对‘其’的历时替换的结果。”[①]朱怀、范桂娟(2017)说“中古时期‘但是’为临时自由组合而成的跨层结构，近代转折连词‘但是’为转折连词‘但’和词缀‘是’类推而成，与跨层结构‘但是’没有直接演化关系。”[②]郭燕妮(2017)认为“‘但是’是以句法结构为条件以句法语义为机制逐步发生语法化的，同时受到双音化、重新分析、语用推理的共同作用。其语法化轨迹由偏正词组演变为副词‘但是’，副词‘但是’演变为弱转折连词‘但是’再演变为强转折连词‘但是’。”[③]文旭、曾容(2018)从范畴动态化角度，描述了“但是”的语法化过程，阐明了词汇化与语法化的关系。另有蔡甜(2007)、何潇(2016)等。

上述学者对转折连词“但”“但是”的来源及语法化进行了详细描写，揭示了它们语法化过程，但有些问题仍有深入讨论的空间。

(2)“但(是)”类近义转折词对比研究。史金生、孙慧妍(2010)从句法条件、语义轻重、心理期待三个角度对“但(是)”“不过”“只是”进行全面描写，从历时与共时角度探讨了各自形成机制。作者将“但”“但是”合为一类，未作细致区分。杨月蓉(2000)，刘清平(2000/2001)，张健军、吴长安(2010)，张世涛、孙莎琪(2010)，刘云、李晋霞(2013)等对“但是”“却”的差异与相容性进行了研究。学者观点不尽相同，但从不同角度反映了“但是”“却”的特点，深化了对二者语法功能的认识。曾君、陆方喆(2016)论述了“但是”的语用功能及演变，认为“但是”话语标记功能是反预期标记进一步语法化的结果，口语中高频使用是再语法化的动因。另有马国彦(2010)、刘思静(2019)等也对该问题进行过相关探讨。

(3)含“但(是)”句式研究。戴兴敏(2006)分析了汉语“虽”类和“但”类连词匹配框架及类型学解释。宋晖(2012)研究了“宁可p，也q”与“宁可p，但q”的转换条件。另有吕敬参(1988)、尹蓝嵚(2016)等。

综上，学界已有研究或探讨“但(是)”来源及语法化历程，或分析“但(是)”在同类转折连词中的差异与特征，或研究含“但(是)”句式的功能与特点。这些成果奠定了本文研究的坚实基础。下文着重研究“但”“但是”在不同语体文献中的运用情况，分析二者功能分布特点，探究语法功能的互动关系，比较彼此强弱均衡。

①王启涛：《再说表谦敬语气的句首词“但”——对朱怀〈“但”的语法功能演变及产生机制〉一文的补充》，《中国语文》，2016年第6期，第657页。

②朱怀、范桂娟：《“但是”的来源及演化过程》，《语言研究》，2017年第3期，第22页。

③郭燕妮：《转折连词“但是”的语法化》，《励耘语言学刊》，2017年第2期，第170页。

三、“但”“但是”的语法功能分布

“但”“但是”语法功能相似度很高,那么它们在现实文本里使用情况如何呢?下文从新闻语体、法律语体、文学语体三个方面,对它们语法功能分布情况进行考察。新闻语体语料是随机抽取的百度新闻中的100条新闻标题,其中10条无明确标点符号,予以排除,实际数量为90条,约0.22万字。法律语体为《中华人民共和国宪法》(2018年修正版)、《中华人民共和国刑法》(含修正案十)、《中华人民共和国刑事诉讼法》(2018年修正版)、《中华人民共和国行政诉讼法》(2017年最新修订),四部文献①共约14万字。文学语体是作家路遥的小说《平凡的世界》,全书约79万多字。

3.1 连词“但”语法功能分布

表1:连词“但”语法功能语体分布表

关联成分	句内成分		分句		句子		段落		合计	频率(次/万字)
是否逗号隔断	是	否	是	否	是	否	是	否		
新闻语体	—	7	—	67	—	3	—	—	77	350
法律语体	—	9	—	17	—	4	—	—	30	2.14
文学语体	—	26	—	978	—	410	—	141	1555	19.68
合计	—	42	—	1062	—	417	—	141	1662	17.83

表1说明:连词“但”在新闻语体、法律语体和文学语体中都有分布,且能关联句内成分、复句分句、独立句子以及独立段落。文学语体中数量最多,新闻语体次之,法律语体最少;在每万字频率上,新闻语体最高,文学语体次之,法律语体最低。

3.1.1 句内成分

“但”关联句内成分是低频功能,共42例,其中新闻语体7例,法律语体9例,文学语体26例。在三种语体中都是低频用法。句内成分是指连词“但”关联语法成分作更大语法结构的成分,并且是单句的语法成分,比如主语、宾语、定语、状语等。在三种语体中“但”与关联成分都是紧密连接,不用逗号隔开②。例如:

①以下简称宪法、刑法、刑事诉讼法、行政诉讼法。

②有无逗号隔开,造成语音停顿是本文判断“但”“但是”是否具有话语标记功能的标准之一。

(1)10个世界富豪所拥有的奇怪但却真实的习惯(百度新闻)

(2)对符合取保候审条件,但犯罪嫌疑人、被告人不能提出保证人,也不交纳保证金的,可以监视居住。(《刑事诉讼法·第七十四条》)

(3)李主任似乎无意但实际有意把儿子夸赞了一番。(路遥《平凡的世界》)

(4)他也知道,尽管俊武是个强人,但最终还是不能拒挡田福堂实现他的雄心。(路遥《平凡的世界》)

例(1)中“但”关联成分是中心词“习惯”定语的一部分,例(2)中“但”关联成分是整个主语“的”字结构的一部分,例(3)中“但”关联成分是状语的组成部分,例(4)中“但”关联成分是宾语的一部分,其中“知道”是整个句子的谓语动词,整个转折复句形式作其宾语。所以“但”关联成分能够较为自由充当各种句法成分的组成部分,无需逗号隔开,且没有超出单句范围。

3.1.2 复句分句

“但”关联复句分句是强势功能,共1062例,其中新闻语体67例,法律语体17例,文学语体978例,在三种语体中是强势功能。“但”关联的是单层或多层复句,新闻语体中以单层复句为主,这与新闻标题简洁性要求有关。在三种语体中“但”与关联分句都是紧密连接,无需逗号隔开。例如:

(5)失去小卡的猛龙,依旧是东部最强候选,但他们真能再进总决赛?(百度新闻)

(6)审判的时候已满七十五周岁的人,不适用死刑,但以特别残忍手段致人死亡的除外。(《刑法·第四十九条》)

(7)虽然他在班上个子最高,但他感觉他比别人都低了一头。(路遥《平凡的世界》)

(8)他们排在非凡的甲菜盆后面,虽然人数寥寥无几,但却特别惹眼。(路遥《平凡的世界》)

在例(5)—(7)中,“但”关联单层转折复句,形成先行分句语义转折;例(8)是双层复句,第一层“他们排在非凡的甲菜盆后面”与“虽然人数寥寥无几,但却特别惹眼”是转折关系,没有显性标记;第二层“虽然人数寥寥无几”与“但却特别惹眼”是转折关系,有“虽然”“但”连用,有显性标记。不管单层还是多层复句,“但”无需与其关联分句隔开。

3.1.3 独立句子

“但”关联独立句子是第二强势功能,共417例,其中新闻语体3例,法律语体4例,文学语体 410 例。在新闻和法律语体中数量较少,在文学语体中数量较多。它前面是独立句子,有句号、问号、叹号等终止性标点符号隔断,与“但”关联的句子具有相对独立性;在语义上前后句子依然比较紧密。“但”关联独立句子在新闻和法律语体中数量较少,与语体特点有关。新闻标题要求简洁,避免使用过长或复杂的语句;法律语体要求严谨,要把相近内容尽量概括在一句话中。文学语体较为自由,解释空间较大,所以使用频率较高。在三种语体中“但”与关联句子紧密连接,无需逗号隔开。例如:

(9)G 胖良心发现!但白嫖游戏界第一女主,玩家下得去手吗?(百度新闻)

(10)人民法院判决变更,不得加重原告的义务或者减损原告的权益。但利害关系人同为原告,且诉讼请求相反的除外。(《行政诉讼法 · 第七十七条》)

(11)仲平竭力要求出院后的少平到他家去。但他谢绝了。(路遥《平凡的世界》)

在新闻和法律语体中像例(9)、例(10)一样的用例不多,因为不符合新闻标题简洁性与法律语体严谨性的要求。而在文学语体中像例(11)一样的用例很多,与文学语体自由特点有很大关系。

3.1.4 独立段落

与新闻和法律语体不同,在文学语体中“但”除关联句内成分、复句分句、独立句子外,还关联独立段落。关联独立段落是指连词“但”用在段落开端,表示前后两段落转折关系。文学语体中“但”关联独立段落共 141 例。在关联前后两个段落时,“但”与其后段落,联系紧密,不用逗号隔开。例如:

(12)他蹲在房檐下,一边往嘴里扒拉饭,一边在心里猜测……才使他们躲避公众的目光来悄然地取走自己那两个不体面的黑家伙,以免遭受许多无言的耻笑!

但他对她的一切毫无所知。因为班上一天点一次名,他现在只知道她的名字叫郝红梅。(路遥《平凡的世界》)

例(12)中,“但”用在段落开端,连接前后两个段落。前段是孙少平对同学郝红梅情况的猜测,后段在语义上转折,补充说明孙少平对郝红梅并不熟悉,前段只是个人揣度,并进一步申述转折内容。

综上,单音连词“但”在三种语体中全面分布,是表达转折语义的首选。它关联句内成分、复句分句、独立句子,以至独立段落,语法功能全面,使用频率较高,每万字频率达到17.83次,具有强势分布特点。“但”与其关联成分关系紧密,全都不用逗号隔开。

“但”是表达转折关系的强势连词,在关联句法成分时,是否真没有用逗号隔开的用法呢?笔者检索了北京语言大学BCC语料库,在“文学”“报刊”“多领域”“微博”“科技”等模块下都有“但”与其后成分用逗号隔开的用例。例如:

(13)在法国被肢解,在我们陷入分崩离析的情况之下,我发现人人都在苦苦维护自己的事业,但,哪怕是最优秀的精英都少不了乔装打扮和撒谎,谁直言不讳加以述评,谁就鲁莽,谁就有错。(蒙田《蒙田随笔全集》)

(14)许多做过甲状腺手术的人都有类似的伤疤,但,“抹脖子大哥”不是这个原因。(毕淑敏《硕士今天答辩》)

(15)可能是年关之前很忙吧!但,上次那样分开,令冬子特别不能释然。(渡边淳一《红花》)

(16)不管如何,冬子认为这样也可以和贵志划清界线。

但,归根究底,冬子能由青山迁往原宿经营新店面,仍是靠贵志的援助,亦即,若无贵志,就没有现在的冬子。……(渡边淳一《红花》)

在例(13)—(16)中,连词“但”关联句内成分、复句分句、独立句子、段落,而且“但”与其后成分之间有逗号隔断。因此“但”不仅关联各种语法成分,而且与其后成分有无逗号隔开形成较长停顿是自由的,这充分反映出连词“但”语法功能的全面性。《现代汉语八百词》(增订本)(1999)认为:“‘但是’后面可以停顿,‘但’不能。”①并看作二者差别之一。现在看来,这个结论有待修正,因为现实中已经出现大量“但”之后停顿的用例,这是“但”语法功能拓展。

有学者②认为“但是”有话语标记功能,但未发现“但”这种功能的论述。话语标记是“序列上划分言语单位的依附成分”③。曾君、陆方喆(2016)总结话语标记有四个特点:“1)话语标记是一种语言表达式,可以是词、短语或小句;2)话语标记自身可能没有概念意义,它们的使用也不影响语句命题的真值条件;3)话语标记不是结构成分,句法上具有非强制性,它们在语篇中的作用主要不是语义的和结构的,而是语用的,表现当前话语与

①吕叔湘编:《现代汉语八百词(增订本)》,北京:商务印书馆,1999年,第148页。

②参见方梅:《自然口语中弱化连词的话语标记功能》,《中国语文》,2000年第5期;马国彦:《话语标记与口头禅——以“然后”和“但是”为例》,《语言教学与研究》,2010年第4期;曾君、陆方喆:《从反预期标记到话语标记——论“但是”的语用功能及演变》,《语言科学》,2016年第4期,等等。

③[英]戴维·克里斯特尔编,沈家煊译:《现代语言学词典》,北京:商务印书馆,2000年,第111页。

前一话语之间的某种联系，它们的核心意义是程序性意义，即为话语理解提供方向，以引导听话者对前后关系的识别和说话者意图的准确理解；4）话语标记在分布上具有独立性，主要由于句首，前后一般有停顿隔开（李宗江 2008）。”①

按照上述四条标准来看“但”的性质。第一，“但”是连词符合第一条标准；第二，连词“但”没有概念意义，只表达逻辑语义关系，不影响语句命题的真值；第三，连词“但”的使用是非强制性的，无标记形式大量存在，主要作用是提示前后语法成分之间的转折关系，或者提示听话人理解说话的正确意图；第四，“但”前后都出现停顿，而且一般用在小句、独立句子或段落开端。因此现代汉语中的“但”确然具有话语标记的功能②，而这是之前不曾注意到的语法事实。虽然“但”有话语标记功能，但使用频率不及“但是”，这说明“但是”更容易行使话语标记功能，而“但”话语标记功能极有可能是受到“但是”高频使用影响而发生的语法类化现象。

3.2“但是”语法功能分布

表 2：双音连词“但是”语法功能语体分布表

关联成分	句内成分		分句		句子		段落		合计	频率（次/万字）
是否逗号隔断	是	否	是	否	是	否	是	否		
新闻语体	—	—	2	9	1	1	—	—	13	59.09
小计	0		11		2		—			
法律语体	—	1	1	31	9	3	—	—	45	3.21
小计	1		32		12		—			
小说语体	1	—	1	2	54	12	65	10	145	1.84
小计	1		3		66		75			
合计	2		46		80		75		203	2.18

通过表 2 看出：“但是”在新闻语体、法律语体与文学语体中均有分布，关联句内成分、复句分句、独立句子以及独立段落，但使用频率远不及连词“但”。小说语体中数量最多，法律语体次之，新闻语体最少；在每万字频率上，新闻语体最高，法律语体次之，文学语体最低。

---

①曾君、陆方喆：《从反预期标记到话语标记——论“但是”的语用功能及演变》，《语言科学》，2016 年第 4 期，第 394 页。

②单音连词“但”的话语标记功能演化情况另文详述。

3.2.1 句内成分

“但是”关联句内成分频率极低，仅有 2 例，法律、文学语体各 1 例。在法律语体中，“但是”与关联成分无逗号隔开；在文学语体中，“但是”与关联成分有逗号隔开，形式上停顿明显。可见，逗号有无是自由的，没有强制性。例如：

(17) 行为在客观上虽然造成了损害结果，但是不是出于故意或者过失，而是由于不能抗拒或者不能预见的原因所引起的，不是犯罪。(《刑法 · 十六条》)

(18) 他看到，责任制大包干后，农民的积极性空前地高涨，但是，基层干部似乎却没事可干了。(路遥《平凡的世界》)

例(17)中“但是”关联成分是主语“的”字短语的组成部分，与关联成分形式紧密，无逗号隔开；例(18)中“但是”关联成分是谓语“看到”宾语的组成部分，但形式较松散，它与关联成分之间有逗号隔断，形成较长语音停顿。

3.2.2 复句分句

“但是”关联复句分句是弱势功能，共 46 例，新闻语体 11 例，法律语体 32 例，文学语体 3 例。在新闻语体中是强势分布，在法律和小说语体中是弱势分布。“但是”关联的是单层或多层复句。在这 46 例中，有 4 例用逗号隔开，有 42 例形式紧密，无逗号隔开。可见，“但是”关联分句有无逗号隔开形成停顿是自由的，但倾向于紧密形式，无逗号隔断。例如：

(19) 长期喝茶有益身体健康，但是喝茶方式需注意(百度新闻)

(20) 日漫中的反重力裙子难以在现实中实现，但是，反重力发型却可以①(百度新闻)

(21) 本法总则适用于其他有刑罚规定的法律，但是其他法律有特别规定的除外。(《刑法 · 第一百零一条》)

(22) 有第一款行为，经税务机关依法下达追缴通知后，补缴应纳税款，缴纳滞纳金，已受行政处罚的，不予追究刑事责任；但是，五年内因逃避缴纳税款受过刑事处罚或者被税务机关给予二次以上行政处罚的除外。(《刑法 · 第二百零一条》)

(23) 此时没有人唱这歌，但是她听见了。(路遥《平凡的世界》)

---

①有些新闻标题结尾未加标点符号，本文统一处理为句末终止性标点符号，如句号、叹号、问号等，表示一句话已经完结。

(24)是的,两年共同的生活,相互之间也许发生过口角、误会,甚至龋龉;但是,一旦到了分别的时刻,……。(路遥《平凡的世界》)

例(19)—(24)反映出“但是”在三种语体中关联复句分句相对自由,有无逗号隔断均可。从实际用例看,“但是”之后逗号有无,停顿久暂与前后分句复杂与否并无联系。

3.2.3 独立句子

“但是”关联独立句子是强势功能,共有80例,新闻语体2例,法律语体12例,文学语体66例。在新闻和法律文体中频率较低,在文学语体中频率较高。前面是独立句子,有句号、问号、叹号等终止性标点符号,与“但是”关联的句子有相对独立性;语义上前后句子比较紧密。三种语体中“但是”后有无逗号均可,但整体以有逗号为常例。例如:

(25)虞书欣,你好作哦!但是我好喜欢(百度新闻)

(26)择校方面,要配得起自己的梦想。但是,人要有自知!(百度新闻)

(27)人民法院审判第一审案件应当公开进行。但是有关国家秘密或者个人隐私的案件,……可以不公开审理。(《刑事诉讼法·第一百八十八条》)

(28)对于涉嫌危害国家安全犯罪、恐怖活动犯罪,……也可以在指定的居所执行。但是,不得在羁押场所、专门的办案场所执行。(《刑事诉讼法·第七十五条》)

(29)他现在既同情姐夫,又同情姐姐。但是他又该抱怨谁呢?(路遥《平凡的世界》)

(30)反对农业学大寨就等于反对革命。但是众人又不好表态支持,因为所有的人都看见二队长脸红得象一块烧红的铁。(路遥《平凡的世界》)

(31)这一切把人肠子都愁断了!但是,愁也没用。(路遥《平凡的世界》)

从例(25)—(31)看出,“但是”在三种语体中关联独立句子,有无逗号形成语音停顿较为自由。与关联复句分句相似,句子复杂与否不是有无停顿的依据。比如例(26)(28)(31)中,句子比较简单,但有较长停顿,用逗号隔断;在例(27)(30)中,句子很复杂,却没有停顿。这说明“但是”关联独立句子,停顿与否是作者的主观选择,不是语法结构上的要求。

3.2.4 独立段落

在文学语体中“但是”除了关联句内成分、复句分句、独立句子之外,还能关联独立段落。“但是”关联独立段落共75例。在关联前后段落时,“但是”与其后段落,疏密皆可,但以逗号隔开为强势用法。例如:

(32)每天的劳动可是雷打不动的,……只是吃力而机械地蠕动着两条打颤的腿一步步在山路上爬蜒。

但是对孙少平来说,这些也许都还能忍受。……只是希望能象大部分乡里来的学生一样就心满意足了。(路遥《平凡的世界》)

(33)他先是跟着父亲,随后便和村里同龄的男孩子一块相跟着出山砍柴。……第一次感受到了劳动给人带来的荣耀。

但是,每天砍柴回来,他饿得要命,家里又顿顿是稀饭,没一点象样的干粮。……再说,每顿饭母亲都已经在稀汤里给他捞一碗稠的了。(路遥《平凡的世界》)

上面两例“但是”在段落开端,关联前后段落。例(32)没逗号隔断,例(33)有逗号隔断,在语音停顿上,隔开略微长些,无间隔更紧凑。

综上,连词“但是”在三种语体中全面分布,但不是表达转折语义的首选,整体使用频率偏低。它可以关联句内成分、复句分句、独立句子,以至独立段落。语法功能虽然全面,但频率很低,每万字仅为2.18次,呈现弱势分布特征。“但是”与其后关联成分关系疏密皆可,有无逗号隔开相对自由,但以疏散为优势,以逗号隔断为常。

四、强势分布与系统平衡

4.1“但”“但是”语法功能对比

“但”“但是”相同点是:语义相同,都“表示引出同上文相对立的意思,或限制、补充上文的意思”①。功能上都关联句内成分、复句分句、独立句子以及段落,与其后关联成分梳密度比较自由,有无逗号隔断均可,有极高可替代性。

“但”“但是”不同点是:

第一,使用频率上,连词“但”远高于“但是”,二者差距较大,“但”样本文献平均分布率为17.83次/万字,“但是”样本文献平均分布率为2.18次/万字,前者大约是后者的8倍,“但”对“但是”形成全面压制。这表明双音连词“但是”并不是表达转折关系的首选。恰恰相反,人们更倾向选用单音连词“但”。双音节是现代汉语词汇主流形式,并不必然预示着是首选形式。

①吕叔湘编:《现代汉语八百词(增订本)》,北京:商务印书馆,1999年,第147页。

第二,语体分布上,“但”分布优先序列是“新闻语体>文学语体>法律文体”;“但是”分布优先序列是“新闻语体>法律语体>文学语体”。新闻语体是“但”“但是”共同高频领域,然而“但”的样本频率为350次/万字,“但是”的样本频率为59.09次/万字,前者大约是后者的6倍。相比之下,“但”更青睐新闻语体。

第三,关联成分上,“但”关联序列是“分句>句子>段落>句内成分”,“但是”的关联序列是“句子>段落>分句>句内成分”。就“但”来说,关联复句分句是第一功能,在用例数量上优势显著,几乎是第二功能关联独立句子的2.5倍。关联独立段落与句内成分是“但”的第三功能,使用频率远不及前两种,即“但”更倾向于关联转折复句分句。就“但是”来说,关联独立句子与段落是第一功能,在数量上略多一些;关联复句分句与句内成分是第二功能,使用频率较低,即连词“但是”更倾向于关联独立句子与段落。

第四,语音停顿上,“但”一般与关联成分关系紧密,无需用逗号隔断,用逗号隔断是选择之一。“但是”既能采用紧密形式,不用逗号隔断;又能采用松散形式,用逗号隔断,形成较长语音停顿。“但是”关联各种成分,更多用逗号隔断,即话语标记功能优势。

4.2“但”“但是”的强势分布

强势分布是指在一组相近的语言单位里,某个或某几个成员在语法功能、使用频率等方面在范围内占据绝对优势;或者某个成员的某种语法功能在范围内占据相对优势。“但”“但是”的强势分布体现为:

首先,“但”是现代汉语表达转折关系的首选连词。语法功能上,“但”是强势分布,它关联句内成分、复句分句、独立句子以及独立段落,其中“但”以关联复句分句为第一功能,是自身范围内的相对强势,具有语法功能全面性。使用频率上,“但”是强势高频。考察范围内“但”有1662例,“但是”只有203例,前者是后者的8倍多,具有使用高频性。语法功能强势与使用频率强势共同塑造单音“但”的绝对强势,形成对“但是”的全面压制。

其次,“但是”是现代汉语表达转折关系的候选连词。语法功能上,“但是”没有形成对“但”的绝对优势,“但”几乎覆盖“但是”的全部语法功能,“但是”以关联独立句子或段落为主,形成自身范围内相对优势。使用频率上,“但是”远不能与“但”相抗衡。语音停顿上,“但是”取得绝对优势,即话语标记功能优势。样本范围内,“但”没有松散形式,而“但是”有121例。

为验证结论,笔者分别以“但/但是”、“但/但是+语气词,”为关键词检索BCC语料库分布情况。

表 3:“但/但是”BCC 语料库分布情况表①

	文学	报刊	多领域	微博
但	880	1507	10085	4265
但是	18303	198845	139323	23796
但是/但	20.8	131.9	13.8	5.6

表 4:“但/但是+语气词”BCC 语料库分布情况表

		文学	报刊	多领域	微博
但+语气词②	但啊	0	0	0	0
	但吧	0	0	0	0
	但呢	0	0	0	0
	但呀	0	0	0	0
合计	0				
但是+语气词	但是啊	7	1	57	34
	但是吧	0	0	51	83
	但是呢	10	5	240	174
	但是呀	2	0	4	0
合计	668				

表 3 说明:“但是”与“但”相比,更多与其后关联成分形成语音停顿,用逗号隔开。表 4 说明:“但是”更容易与语气词搭配使用,形成较长停顿,而“但”虽能形成停顿,用逗号隔断,但一般不会和语气词搭配,形成停顿再关联其他语法成分。两表说明,在关联篇章语法功能方面,“但是”比“但”更具有优势,具有强势分布地位,前后语音停顿以及语气词的加入都反映出“但是”显著的话语标记功能。

4.3“但”“但是”的系统平衡

“但”“但是”作为一组近义转折连词,相似性很高。从经济原则看,“但”足以承担表达转折语义的功能;实际上,它们在互动系统中,既有各自的强势分布,又有相对系统平衡,形成相对稳定的语法功能体系,各自具有相应的语法价值。

①以上数据是整体数据,可能包含二者非连词用法,但比例较低,不影响差距对比。

②“但+语气词”也有少量使用,但本文检索标准是“但/但是+语气词,”,未加标点或非逗号用例都不合标准,排除在外;但总体数量不多,不影响二者比较。

首先,系统平衡是强势的基础。语言里一种语义有多种表达方式是一种普遍现象,这能满足人们表达多样性的需求。要确保每种表达方式的存在必要,必须赋予它们特定价值,从而维持系统相对稳定。当然,这种价值分配不是均等的。人们在表达某种语义时,总是倾向更多使用某种形式,而更少使用另外形式。这就使某些成员会在功能、频率等方面形成强势分布,从而限制其他成员功能的发育,使其处于补充地位,形成差异性平衡。"但""但是"语法功能高度相似,关联成分基本相同,疏密形式基本相同。但这种高度重合是有差异的平衡。即"但"是表达转折关系的优选,在语法功能与使用频率等方面是强势分布。这种强势分布全面压制了"但是"的分布情况,使其处在补充地位。在话语标记功能上,"但是"又取得强势地位,二者在篇章功能与非篇章功能上实现差异性平衡。可见,强势是以平衡为基础的。

其次,强势是一种动态平衡。虽然强势分布是一组近义语言单位中某个成员占据语法功能或者使用频率的优势地位,或者某个成员某项功能优势发育;但这种强势在动态中不断对系统进行调整优化。强势成员容易发展出完备的语法功能,为其他成员功能拓展提供演化基础。即其他成员不必都经历强势成员的演变路径,而可以复制强势成员的演化过程。这样就使得整个成员团体语法功能逐渐走向完备化。此外,个体成员某项语法功能的强势会补充其他成员语法功能的缺失,进而完善整个团体的有关功能。"但"的强势分布与高频使用促使自身语法功能逐渐完善,可以关联句内成分、复句分句、独立句子、独立段落等。这样相对后起的双音连词"但是"可以便捷复制"但"的各项功能,迅速完善语法功能。与此同时,在话语标记功能上,"但是"占据优势,促使"但"话语标记功能的扩展与语法功能完备。

综上,"但""但是"的语法功能的比较表明,近义虚词语法功能之间存在紧密互动关系。成员构成系统平衡是成员强势分布的基础,同时个体成员强势分布又不断更新调整全体成员的功能分工,进而形成动态平衡系统,不断向前演化。

余 论

虚词是汉语主要语法手段之一,在语法研究中具有重要地位。一方面,虚词个体多是多功能性的,能够表达不同语义;另一方面,不同近义虚词具有相同与相异的语法功能。学界对汉语虚词多集中在个体虚词成员的多功能研究上,但对相同功能虚词的对比研究不够深入,尤其是对它们语法功能系统性研究还有很大拓展空间。加强近义虚词语法功能与系统分布特征研究,有助于加深对汉语虚词功能的理解,挖掘新的语法规律,更新语法研究知识。同时,也应该看到,语言是不断发展变化的,之前许多不曾出现过的语法事实,已经悄然浮出水面,值得加以重视,并修正既有的结论与认识。

参考文献

蔡　甜:《“可是”“但是”“只是”的词汇化》,北京语言大学硕士学位论文,2007 年。

戴兴敏:《汉语“虽”类和“但”类连词匹配框架及其类型学解释》,湖南师范大学硕士学位论文》,2006 年。

方　梅:《自然口语中弱化连词的话语标记功能》,《中国语文》,2000 年第 5 期。

郭燕妮:《转折连词“但是”的语法化》,《励耘语言学刊》,2017 年第 2 期。

何　潇:《试论限定性范围副词兼转折连词的历时演变——以“但是”、“不过”、“只是”为例》,《汉语学习》,2016 年第 6 期。

刘清平:《“却”与“但是”的异同》,暨南大学硕士学位论文,2001 年。

刘清平:《“却”与“但是”的语义、句法和语用比较》,《学术研究》,2000 年第 10 期。

刘思静:《语篇模式理论下“但是”句的篇章功能分析》,南京师范大学硕士学位论文,2019 年。

刘　云、李晋霞:《论“但(是)”与“却”的兼容与差异》,《华中师范大学学报》,2013 年第 3 期。

吕叔湘编:《现代汉语八百词(增订本)》,北京:商务印书馆,1999 年。

马国彦:《话语标记与口头禅——以“然后”和“但是”为例》,《语言教学与研究》,2010 年第 4 期。

史金生、孙慧妍:《“但(是)”类转折连词的内部差异及其形成机制》,《语文研究》,2010 年第 6 期。

宋　晖:《“宁可 p,也 q”与“宁可 p,但 q”的转换条件》,《汉语学习》,2012 年第 1 期。

王启涛:《再说表谦敬语气的句首词“但”——对朱怀〈“但”的语法功能演变及产生机制〉一文的补充》,《中国语文》,2016 年第 6 期。

文　旭、曾　容:《从范畴动态化角度看词汇化与语法化的关系-以汉语“但是”为例》,《外语教学》,2018 年第 2 期。

杨月蓉:《“但是”与“却”的相容性与相斥性——兼论转折句的语义关系》,《中国语文》,2000 年第 2 期。

〔英〕戴维 · 克里斯特尔著,沈家煊译:《现代语言学词典》,北京:商务印书馆,2000 年。

曾　君、陆方喆:《从反预期标记到话语标记——论“但是”的语用功能及演变》,《语言科学》,2016 年第 4 期。
张健军、吴长安:《"但是"与"却"的转折强度》,《语言教学与研究》,2010 年第 3 期。
张世涛、孙莎琪:《预设冲突及三种语义关系对"却、但"的句法选择》,《华文教学与研究》,2010 年第 4 期。
朱 怀:《"但"的语法功能演变及产生机制》,《中国语文》,2015 年第 2 期。
朱 怀、范桂娟:《"但是"的来源及演化过程》,《语言研究》,2017 年第 3 期。

语料来源

路 遥:《平凡的世界》,北京:北京十月文艺出版社,2015 年。
中华人民共和国宪法(2018 年修订版),北京:中国法制出版社,2018 年。
中华人民共和国刑法(含修正案十),北京:中国法制出版社,2017 年。
中华人民共和国刑事诉讼法(2018 年修订版),北京:中国法制出版社,2018 年。
中华人民共和国行政诉讼法(2018 年修订版),北京:中国法制出版社,2017 年。
百度新闻——海量中文资讯平台 https://news.baidu.com/
北京语言大学 BCC 语料库 http://bcc.blcu.edu.cn/

Dominance and Balance: the Grammatical Function Contrast Research on Conjunction "Dan"(但) and "Danshi"(但是)

Li Naidong
(Jiangsu Ocean University)

Abstract: "Dan" and "Danshi" respectively are important monosyllabic and disyllabic conjunctions in modern Chinese, and mutually their grammatical functions are highly be substituted. In the language styles of journalism, law and literature, "Dan" and "Dan" are obviously unbalanced in their application. "Dan" is a dominant member, which comprehensively suppresses "Dan" in terms of function and frequency, etc., while "Danshi" is a weak member and in a state of low development. Their grammatical functions are predisposing distribution , relatively balanced, and each of them has grammatical value. "Dan" is mainly related clause, with the correlation within the sentence as the constant. What is more important is that "Dan" has developed the function of associating clauses, sentences and paragraphs with a pause after them. "Danshi" is mainly associated with sentences and paragraphs, with inter-sentence chapter correlation as the norm, and the topic marking function is significant. The dominant distribution of "Dan" shortens the process of grammatical evolution of "Danshi", while the related advantages of "Danshi" expand the functional range of "Dan", and finally realize the dynamic balance of the functional system.

Keywords: dominance; balance; *Dan*(但); *Danshi*(但是); contrast

近代汉语中的“蒙语化”与“去蒙语化”

——以语气助词“咱”为例*

麻彩霞

（内蒙古师范大学文学院）

提要：汉语在历史发展过程中经历了“蒙语化”和“去蒙语化”的变化。“蒙语化”就是元明时期的汉语受蒙古语影响而表现出蒙古语语法的特点，它是汉语发展史上一种独特的语言现象。元代蒙汉语言接触是造成近代汉语“蒙语化”的主要原因，而明代以后蒙古语的影响减弱则造成了汉语的“去蒙语化”，即汉语摆脱了蒙古语的影响而保留了汉语语法的特点。语气助词“咱”产生于宋代，元代是其繁荣时期，明清逐渐衰亡。它的发展演变速度比较快，历程较短。其发展历程反映了近代汉语的“蒙语化”与“去蒙语化”的变化。通过对近代汉语“蒙语化”和“去蒙语化”的探讨，能够让我们进一步认清汉语自身的发展规律，同时也为我们研究近代汉语其他语言现象的发展变化起到一定的启发和借鉴作用。

关键词：近代汉语；蒙语化；去蒙语化；语气助词“咱”；语言接触

引　言

汉语在发展过程中一直伴随着与少数民族语言和外民族语言的接触。在元代，汉语与蒙古语广泛接触，产生了带有蒙汉混合特点的“蒙式汉语”（有的也称为“汉儿言语”），蒙古语直译体文献中的语言就是“蒙式汉语”的典型代表，如《元典章》《通制条格》《蒙古

*本文为国家社科基金重大项目“中国古代通俗类书的文献整理及语言文学研究”（19ZDA248）和国家社科基金一般项目“蒙古族直译体历史文献《蒙古秘史》语法研究”（17BMZ031）的阶段性成果。

秘史》《华夷译语》等。由于蒙汉语言接触使得元代的标准汉语也受到了蒙古语的影响在语法方面出现了一些特殊现象，学界专门讨论这种现象的成果也出现了一些，代表性的如李崇兴的《论元代蒙古语对汉语语法的影响》(2005)、祖生利的《元代的蒙式汉语及其时体范畴的表达——以直译体文献的研究为中心》(2007)、曹广顺等的《中古译经、元白话语法研究与语言接触》(2010)和《变与不变——汉语史中语言接触引发语法改变的一些问题》(2014)等。但此类成果绝大多数是从共时静态的角度描写元代汉语受蒙古语影响而出现的语法现象，很少有从历时发展的层面去探讨汉语在发展过程中特别是元明时期出现的发展变化及其规律，因此，我们认为，这样的研究不仅有助于元代蒙式汉语的研究，而且对于认清汉语在历史发展过程中的演变轨迹和规律也具有较为积极的理论价值。

一、近代汉语的“蒙语化”

汉语在发展历程中出现了几次大的语言接触，其中学界把汉语和印欧语接触产生的语法现象叫做“欧化”，那么我们比照这一概念，把汉语和蒙古语接触而产生的语法现象叫做“蒙语化”，这是汉语史上出现的一种独特的语言现象。“蒙语化”现象在“蒙式汉语”的典型代表蒙古语直译体文献中经常见到。对于这样的现象前人也曾进行过讨论，如祖生利先生曾对元代蒙古语直译体文献白话碑文和《元典章·刑部》中出现的特殊语法现象进行过考察，他指出：“《刑部》中这类直译体文字并不只是一种存留于书面上的翻译文字，而是有着现实的口语基础，在很大程度上是元代蒙古人所说的洋泾浜式汉语(可以称之为“蒙式汉语”)的书面反映，是中古蒙古语同元代汉语发生语言接触的生动体现。”①“《刑部》直译体文字在翻译蒙古语原文时，虽然尽量采用汉语固有的意义和功能相当的词汇和语法成分来对译蒙古语名词、动词等的各种变化形式，但两者往往并不一一对应，因而造成这些词汇、语法成分所标记的蒙古语用法有时超出它们在元代汉语里所承担的功能，显得十分奇特。”②李崇兴先生也曾对汉语受蒙古语影响而出现的几种语法现象进行了探讨，他认为：“语言接触对汉语语法的历史发展产生了怎样的影响，这是汉语史研究中一个十分重要的问题。”③

①李崇兴、祖生利：《〈元典章·刑部〉语法研究》，开封：河南大学出版社，2010年，第239页。
②李崇兴、祖生利：《〈元典章·刑部〉语法研究》，开封：河南大学出版社，2010年，第239页。
③李崇兴：《论元代蒙古语对汉语语法的影响》，《语言研究》，2005年第3期，第77页。

在元代较为标准的汉语文献里我们也看到了这种由于蒙汉语言接触而出现的“蒙语化”现象。以元代比较常见的语气助词“咱”(zá)为例,它在元代使用的过程中就呈现出“蒙语化”的特征。“咱”产生于宋代,一般认为它是由语气词“者”演变而来的。宋金时期可谓是“咱”的萌芽阶段,这一阶段它的用法主要是5种:①用来表示提醒、嘱咐的语气;②表示陈述语气;③表示询问、诘问语气;④表示使令;⑤申明事实存在,略带夸张。以下各举1例:

(1)莫因别个,忘了人咱。(南宋 辛弃疾《眼儿媚》)

(2)两情各自肯,甚忙咱。(北宋 黄庭坚《归田乐令》)

(3)不知他姓甚名谁,怎得个人来问咱?(金 董解元《西厢记》)

(4)绣旗底飞虎道:“驱来询问咱。”(金 董解元《西厢记》)

(5)被你刁镫得人来,实志地咱。(金 董解元《西厢记》)

“咱”在宋金时期出现的用例数量比较少,笔者对《全宋词》考察,只检索到2例,对董解元的《西厢记》进行考察,也只考察到7例。虽然宋代已经出现了“咱”表示祈使语气的用法,但也是屈指可数,只有寥寥几例,而且没有发现用于第一人称表示意愿和希望的用例。除此以外,宋代表示祈使语气的用法与其他几种用法的数量大体相当,没有表现出优势。

在元代较为标准的汉语文献中“咱”却很常见,它的用法也比较丰富,主要有:①表示询问、诘问语气;②用于句末,表示嘱咐语气,犹“呵”;③用于句末,表示慨叹语气;④用于句末,表示呼唤;⑤用于问句,表示选择语气,相当于“呢”;⑥用于句中,表示提顿语气。以下各举1例:

(6)有甚言语嘱付小生咱?(王实甫《西厢记》)

(7)父亲年纪高大,鞍马上小心咱!(关汉卿《拜月亭》)

(8)早是没外人,阿的是甚么言语那,这个妹子咱!(关汉卿《拜月亭》)

(9)风浪起怎生奈何?救人咱!(范子安《竹叶舟》)

(10)俺学唱咱,学说咱?谁敢和前辈争高下!(杨立斋《哨遍》)

(11)别的不打紧,我这一口刀咱,是一把好刀也。(无名氏《衣袄车》)

除了以上6种,最为常见的用法是表示祈使语气,其中有的是表示希望、请求或建议,例如:

(12)今夜晚间,若成就了这亲事,我重重的相谢你咱。(无名氏《鸳鸯被》)

(13)我小人知罪了,只望上圣饶过些儿咱。(无名氏《盆儿鬼》)

(14)愿俺姐姐早寻一个姐夫,拖带红娘咱!(王实甫《西厢记》)

(15)大王,一人舞剑冷静,俺两个舞剑咱。(《全元曲》)

例(12)的主语是第一人称,"咱"表示说话人自己的意愿和希望。例(13)中的"咱"表示请求,例(14)中的"咱"表示希望,例(15)中的"咱"表示建议。还有的"咱"表示使令或敦促的语气,犹"者",例如:

(16)梅香,绣房中叫小姐来拜见学士咱。(《全元曲》)

笔者对《全元曲》中的《保成公径赴渑池会》《钱大尹智勘绯衣梦》《布袋和尚忍字记》《㑳梅香骗翰林风月》《包待制智勘后庭花》《看钱奴买冤家债主》《同乐院燕青博鱼》《散家财天赐老生儿》《汉高皇濯足气英布》《相国寺公孙合汗衫》10 个作品以及《元刊杂剧三十种》进行了考察,语气助词 "咱"的使用情况如下:

表 1 元代部分作品"咱"的使用情况统计表

使用情况 文献	总数	表示祈使的数量	用于第一人称表示意愿的数量
《全元曲》(10 部作品)	212	125	88
《元刊杂剧三十种》	56	44	8

由上表可见,元代语气助词"咱"比较常见,而且表示祈使语气是它最主要的用法。孙锡信先生(1999)也曾经指出,"咱"是元代最具优势的表达祈使语气的语气词。其中用于第一人称的"咱"在《全元曲》中数量也比较多。

根据前面的考察可知,元代的"咱"可以表示多种语气,而且表示祈使语气是"咱"的主要用法。我们认为,表示祈使语气的"咱"在元代兴盛特别是常用于第一人称表示祈使应该与蒙汉语言接触有很大的关系。在元代,蒙古语的影响最盛,汉语与蒙古语两种语言的接触,形成了带有蒙汉混合特点的"蒙式汉语"。与元代标准的汉语相比,"蒙式汉语"受蒙古语的影响更大,蒙古语的痕迹也更明显。蒙古语属于黏着语,一般通过一些附加成分来表达语法意义。如蒙古语动词有陈述式和祈使式之分,根据祈使对象的不同,可以分为第一、二、三人称三种祈使形式,每一种祈使形式都会用不同的附加成分来表示。中古蒙古语里,动词第一人称祈使式表示说话人自己的愿望、建议等,附加成分有-suGai/-sügei、-su/-sü、-ya/-ye 等。通过考察,我们发现,蒙古语直译体文献《蒙古秘史》里一般用“咱”来对译蒙古语动词第一人称祈使式的附加成分,如:

(17)王罕说那般呵。教咱只儿斤勇士[中]合答吉冲他者。(《蒙古秘史》170 节)
音译:帖[舌]列　兀格突[舌]儿　王[中]罕　呜诂列[舌]论　帖因孛额速　必荅
旁译:那　言语 里　人名　说　那般有呵　咱每
音译:帖颠突[舌]儿　只[舌]儿斤　把阿秃的颜　[中]合荅吉　土失牙$_{勒}$敦
旁译:他 每 行　姓　勇 士自的行 人名行　相　对
音译:只[舌]儿斤 把阿秃的颜多〔$_{卜}$〕秃$_{勒}$[中]合牙
旁译:姓　勇 士自的行教　冲　咱

此例中,蒙古语音译中的“牙”是蒙古语动词第一人称祈使式的附加成分,《蒙古秘史》旁译用“咱”对译,总译里用“者”翻译。“者”是元代汉语里表示祈使语气的词,总译用“者”来翻译也说明旁译里的“咱”是作为祈使语气助词来使用。

《蒙古秘史》也有旁译和总译都用“咱”对译蒙古语动词第一人称祈使式附加成分的现象,例如:

(18)想着在前契合时。交换物的意思。又重新亲爱咱。共说了。(《蒙古秘史》116 节)
音译:额[舌]儿帖讷　安荅　孛仑$_{勒}$察$_{黑}$撒你颜　都[舌]剌都$_{勒}$潺　安荅
旁译:在 前 的 契合 共做了的自的行 共　想 着 契合
音译:统[中]忽$_{勒}$都周　阿马[舌]剌$_{勒}$都牙　客额$_{勒}$都罢。
旁译:共 重 新 着　相亲爱 咱　共说 了
(19)就我儿子性命有时。可再教冲咱。(《蒙古秘史》174 节)
音译:可兀讷阿米 额[舌]鲁孙　多$_{卜}$秃$_{勒}$都牙
旁译:子　的性命　夺　冲　咱

《华夷译语》里也出现了用“咱”对译蒙古语动词第一人称祈使式的附加成分,如:

(20)音译:你刊勺[舌]里吉阿儿 古纯斡古牙
旁译:一　意　教　气力与　咱

《蒙古秘史》旁译里还出现了用第一人称代词“我”对译蒙古语动词第一人称祈使式

的附加成分,如:

(21)脱斡邻说我的兄弟捏古思散在各部落内。我欲收集咱。(《蒙古秘史》218节)

音译:捏古思 阿^{中}合 迭兀 米讷 ^{中}合^{舌}里　秃屯 不^{舌}刺 塔^{舌}刺 备 莎余^{舌}儿^{中}合阿速

旁译: 种　兄　弟　我的　部落　每里　漫　散　有　恩　赐

音译:捏古$_{思}$　阿^{中}合 迭兀 余延　赤兀$_{勒}$^{中}合 速^{中}该。

旁译: 种　兄　弟 自的行　教　众　我

“我”在近代汉语里没有作语气助词的用法,只有作第一人称代词的用法,这说明总译里句末的“咱”不但有表示祈使语气的作用,而且还用来标记蒙古语动词的人称,相当于第一人称“我”,来表达第一人称的意愿建议。

在蒙古语直译体文献中,与《元典章》《通制条格》等相比,《蒙古秘史》和《华夷译语》中的译文都是由音译、旁译和总译 3 部分构成。音译是用汉字对译蒙文的字音,旁译是用汉语词对译蒙语词,总译是整体翻译各段内容。所以,通过音译、旁译和总译的对照我们一般就可以找到蒙古语和汉语词语之间的对应关系,并发现汉语中某些词在直译体文献中的语法作用。而其他的直译体文献只有总译,所以,像《蒙古秘史》《华夷译语》这样的蒙古语直译体文献在验证汉语中某些词的语法作用方面比其他直译体文献更具有说服力。笔者认为,“咱”原本在标准近代汉语里就可以表示祈使语气,而且“咱”字也能表示第一人称代词,所以,蒙古语直译体文献里用“咱”翻译蒙古语动词第一人称祈使式的附加成分还是非常合理的。直译体文献里的“咱”与标准汉语里表示祈使语气的“咱”用法上有相同之处,都能表示祈使,但除此以外还能标记动词的人称,这完全是受蒙古语语法的影响。这样的“咱”就是蒙汉语言接触和交融下的直译语体的产物①。

由对蒙古语直译体文献的考察,我们得知,元代汉语翻译蒙古语动词第一人称祈使式的附加成分一般用“咱”,而在元代的标准汉语里,通过对《全元曲》《元刊杂剧三十种》的考察,“咱”表示祈使语气比较常见,且可以表示说话人自己的愿望建议,那么“咱”在元代盛行可能就是蒙古语影响的结果。我们知道,元代是蒙汉两种语言广泛接触的时期,蒙汉混合的蒙式汉语是两种语言接触的典型代表。“种种迹象表明,混成语在当时是有广泛影响的,对元代汉人语言生活的冲击是巨大的,今天我们所能看到的元代白话材

①余志鸿:《〈蒙古秘史〉直译体汉语后缀“咱”及其他》,《民族语文》,2003 年第 5 期,第 20 页。

料，几乎都能显现出这种冲击"①。因为元代的蒙式汉语对标准汉语产生了很大影响，所以，使得这种用法在元代得到进一步巩固和强化，由此导致表示祈使的语气助词"咱"在元代使用得比较频繁。因此，我们认为，表示祈使语气的"咱"特别是用于第一人称表示意愿在元代数量骤增的现象主要是因为蒙汉语言接触，汉语受蒙古语的影响而产生的。从汉语的角度来看，这样的现象属于汉语的"蒙语化"，这是汉语受外来因素的影响而出现的变化。按照汉语自身的发展规律，表示祈使语气的"咱"在元代未必会大量使用，只是由于蒙古语这样的外来因素的作用而进一步促使它大量增加，成为元代汉语常用的祈使语气助词。

二、近代汉语"蒙语化"的其他例证

元代汉语里出现的"蒙语化"现象不止我们前文提到的"咱"，还有其他的"蒙语化"例证。比如元代汉语里经常会见到表示方位的词语用来标记蒙古语的格范畴，像用"行""根底"等方位词表示蒙古语的与-位格等，例如：

(22)着红娘来下处来，有话去对姑娘行说去。(《西厢记》)

(23)如今刀子根底，我敢割得来粉零麻碎！(《全元曲》)

这样的现象就是蒙汉语言接触使得元代汉语受蒙古语语法的影响而出现的"蒙语化"。中世纪蒙古语中名词、代词等静词有主格、宾格、领格、与-位格、工具格、离格等形式，每种格范畴都会用相应的附加成分来表示，如与-位格的附加成分是-dur(-dür)/-tur(-tür)、-da(-de)/-ta(-te)、-a/-e，主要表示动作行为涉及的对象、处所、时间或依据等。在蒙古语直译体文献里，我们就看到了汉语用方位词标记蒙古语格范畴的情况，例如：

(24)日里来俺行吃马奶子。(《蒙古秘史》31节)

音译：兀都儿 不舌里 蛮途儿 亦舌列周 额速克赤列周 斡都木

旁译：日 每 俺行 来 着 马奶子吃着 去有

此例蒙古语音译材料里出现了蒙古语与-位格的附加成分"途儿"，旁译和总译中都用

①李崇兴：《论元代蒙古语对汉语语法的影响》，《语言研究》，2005年第3期，第77页。

“行”来对译，表示动作行为涉及的处所。这样的语法现象也逐渐渗透到元代的标准汉语里，也就出现了汉语的“蒙语化”。

除此以外，像元代方位词“上/上头”用于因果复句的原因分句后表示原因，这样的用法主要是对译中古蒙古语中表示原因的后置词-tula和形动词工具格附加成分-'ar/-bar的结果。在蒙古语直译体文献里也经常见到“上/上头”对译中古蒙古语中表示原因的后置词，例如：

(25)因孙勒都歹种的人塔孩把阿秃儿。太祖处有恩的上头。与了一百只儿斤百姓。(《蒙古秘史》186节)

音译：孙[勒]都歹 塔[中]孩·把阿秃[舌]仑 土撒因 亦讷 秃剌 你刊 札温 只[舌]儿 吉泥斡[克]罢

旁译：姓 人名 勇士的 恩 的他的上头 一 百 姓 行与了

此例在蒙古语原文名词“恩”领格形式后出现了“-tula”，总译的“上头”对译的是蒙古语名词领格后的原因后置词。又如：

(26)辛哈思的为娶了乐人做媳妇的上头，他的性命落后了也。(《通制条格》)

(27)因着法度不均平的上头，管民官无所遵守。(《元典章·刑部》)

非直译体文献里也有这样的用例，如：

(28)只是你心里不喜欢的上头，你无心弹。(钱校本《琵琶记》)

(29)咱弟兄们和顺的上头，皇帝的大福阴里，酒也醉了，茶饭也饱了。(《朴通事》)

这样的现象完全是汉语受蒙古语影响而出现的“蒙语化”现象。

又如元代蒙古语直译体文献里出现了一些复数词尾“每”的特殊用法。祖生利先生(2002)曾专门对元代白话碑文中词尾“每”的特殊用法进行过探讨。在蒙古语直译体文献里出现了“N每”前用数词或数量词语修饰的现象，例如：

(30)将一十七个先生每剃了头发，交做了和尚。(元代白话碑文)

(31)原曾来不而罕山围绕了三遭的那三百人每。尽绝殄灭了。(《蒙古秘史》112节)

笔者对《蒙古秘史》中此类现象的音译、旁译和总译进行了考察，我们可以很清楚地看到，这样的现象就是受蒙古语语法的影响而出现的。例如：

(32)将五个儿子唤来根前列坐着。(《蒙古秘史》19 节)

音译:额迭 塔奔 可兀的颜 者儿格连撒温〔勒〕周

旁译:这 五 子每 行 列 坐 着

中古蒙古语的名词复数形式可以在名词后添加表示复数意义的附加成分,这样的附加成分主要有-s、-d、-nar/-ner、-ud/-üd、-n。此例在音译材料的名词后出现了表示复数意义的附加成分-d,旁译里用“每”来翻译,总译中虽然没有译成“五个儿子每”,但旁译中翻译成“五子每”。

这样的特殊现象也渗透到元代的标准汉语里,在非直译体文献中我们也看到了这样的用法,例如:

(33)臣等三人每曾与国家出气力来。(《全元曲》)

以上我们列举的元代汉语中几种特殊的语法现象都是近代汉语“蒙语化”的典型代表,这样的现象都是受蒙古语语法的影响而出现的,是蒙汉语言接触的产物,也是“蒙式汉语”的生动体现。

三、近代汉语的“去蒙语化”

所谓“去蒙语化”也就是汉语摆脱了蒙古语语法的影响而保留汉语语法特点的现象。这样的现象一般出现在明清时期。在明代,随着蒙古政权的灭亡,蒙古语对汉语的影响也在减弱,蒙式汉语的使用范围逐渐缩小,影响力也逐渐下降,汉语慢慢去除了蒙古语语法的痕迹,继续保持汉语的语法特点,由此也就造成了近代汉语的“去蒙语化”。

以语气助词“咱”为例,它在明清时期也表现出“去蒙语化”的变化。明清时期“咱”逐渐消亡,孙锡信先生(1999)指出:到了明清时,“咱”极少见,明代小说《水浒传》《金瓶梅》《西游记》和《三言》中均未见用例,倒是在清人洪昇的《长生殿》中见到个别例句①。这一时期,“咱”出现的用例数量大为减少,以《长生殿》为例,用例不超过 10 个。这一时期,“咱”主要是表示祈使语气,具体有 3 种用法:①表示使令或敦促;②表示请求或建议;③表示说话人自己的意愿希望。例如:

①孙锡信:《近代汉语语气词——汉语语气词的历史考察》,北京:语文出版社,1999 年,第 153 页。

(34)伊休诈,把这杯残酒饮干咱!(明 沈璟《义侠记》)

(35)清早起来,不见了娘娘,一定在这翠阁中,不免进去咱。(清 洪昇《长生殿》)

(36)别的休闲讲,你则索花下烧香拜诵咱。(明 孟称舜《娇红记》)

(37)老爷正著我等候,待我去通报咱。(明 孟称舜《娇红记》)

除此以外,还可以用于疑问句,表示询问,例如:

(38)供养已毕,请问吾师如何行法召魂咱?(清 洪昇《长生殿》)

这一时期,“咱”的用法主要就是表示祈使和询问2种,虽然此期作为祈使语气助词仍是它的主要用法,但与元代相比数量大为减少。由此可见,明清时期,语气助词“咱”已经走向消亡。它只在某些方言中保留了下来,如李小军(2012)就曾论述过邵阳方言语气词“咱”分化为鼻化韵和阴声韵的问题,说明“咱”在湘方言中仍然存在。

与“咱”同类的语气词还有“著”“者”“则个”“罢”,“则个”是“著”演变的产物,“罢”也是金元时代已经出现的语气词。“者”“则个”“罢”这些语气词在明清时期使用的频率与“咱”相比,都要高于“咱”。笔者对明清时期的《金瓶梅》《水浒传》《长生殿》和《红楼梦》4部作品进行了考察,语气词“咱”“者”“则个”“罢”的使用情况如下:

表2 明清时期“咱”“者”“则个”“罢”使用情况统计表

作品 \ 语气词	者	则个	罢	咱
《长生殿》	30	5	25	10
《金瓶梅》	0	22	693	0
《水浒传》	0	88	57	0
《红楼梦》	0	0	821	0

由上表可见,明清时期,与“咱”同类的语气词“者”“则个”“罢”使用的数量要远远多于“咱”,甚至在《金瓶梅》《水浒传》和《红楼梦》里没有出现“咱”,而在《红楼梦》里“罢”基本上已经占据了绝对优势。我们考察时还发现,在《长生殿》《金瓶梅》《水浒传》和《红楼梦》里,“者”“则个”“罢”都可以表示祈使语气,如:

(39)这里地阔沙平,就此摆开围场,射猎一回者。(《长生殿》)

(40)武大道:"好兄弟,你说与我则个。"(《金瓶梅》

(41)袭人似要和他说话,秋纹走来说:"药好了,姐姐吃罢。"(《红楼梦》)

"咱"基本没有出现用于第一人称表示意愿的用例,而语气词"罢"可以用于第一人称表示说话人的意愿,例如:

(42)西门庆道:"你教丫头拿水来,我这里梳头罢。"(《金瓶梅》)

(43)林冲道:"如此,是我没福,不得相遇。我们去罢。"(《水浒传》)

语气词"罢"在直译体文献《蒙古秘史》《元典章·刑部》和《通制条格》里均没有发现,但在元明清较为标准的汉语里出现了。这说明"咱"已经被汉语里其他同类语气词代替,而逐渐消失了。

又如我们前文提到的元代汉语里经常会见到表示方位的词语用来标记蒙古语的格范畴,方位词"上/上头"用于因果复句的原因分句后表示原因等"蒙语化"现象,也出现了"去蒙语化"。经过笔者对《水浒传》和《红楼梦》的考察,我们看到,汉语里用方位词"行""根底"等标记格范畴的现象已经基本消失了,方位词"上/上头"用于因果复句的原因分句后表示原因也很少见了,"N 每"前用数词或数量词语修饰的现象也没有发现,这些现象的消亡可以说就是汉语"去蒙语化"的具体表现。

结　语

综上所述,汉语经历了"蒙语化"到"去蒙语化"的发展变化,这样的变化发生在近代汉语较为短暂的阶段。"蒙语化"现象是由于蒙汉语言接触而产生的,而且一部分也渗透到标准汉语里了,不过多数仅仅是昙花一现,之后就被汉语淘汰了。而有些外来因素则在汉语中稳定下来,成为了汉语中有生命力的成分,如蒙古语中的一些借词"歹""站""胡同"等,所以说,外来因素在汉语中的发展结果并不完全相同。外来成分在汉语里如何发展主要取决于它们是否是汉语需要的,是否符合汉语本身的规则和发展规律。由语气助词"咱"来看,受蒙古语的影响,它不仅能够表示祈使语气,而且还能标记动词的人称,而其他的语气词不具备这样的意义,所以,它是汉语里需要的有用的成分。而当蒙古语在汉语里逐渐失去影响力,汉语也就不需要这样的"咱"了,因为汉语语法里表示祈使语气不会因为人称的不同而在语气词上有所区别,再加上汉语里原本就有表示祈使语气的"者""则个""罢",或者说"咱"并不是汉语里不可或缺的,亦或者说"咱"没有什么专门的特殊的用处了,所以,"咱"也就逐渐消亡了。由此,我们看到,汉语在吸收外来因素时是有选择性的。通过这样的个案考察,我们也看到了汉语与外来因素之间的竞争。在元代,汉语与蒙古语之间就存在这样的竞争,"去蒙语化"其实代表了汉外竞争的结果,蒙古语中的某些成分最终被汉语拒之门外也是汉外竞争中汉语战胜蒙古语的表现。以上对语气助词"咱"的考察尽管只是个案,但它的发展演变一定程度上也反映了外来因素对汉语的影响和汉语自身的发展规律,通过这样的考察也为我们研究近代汉语其他语言现象的发展变化起到一定的启发和借鉴作用。

参考文献

孙锡信:《近代汉语语气词——汉语语气词的历史考察》,北京:语文出版社,1999 年。

余志鸿:《〈蒙古秘史〉直译体汉语后缀"咱"及其他》,《民族语文》,2003 年第 5 期。

吕叔湘:《汉语语法论文集》(增订本),北京:商务印书馆,1999 年。

阿尔达扎布:《新译集注〈蒙古秘史〉》,呼和浩特:内蒙古大学出版社,2005 年。

嘎日迪:《中古蒙古语研究》,沈阳:辽宁民族出版社,2006 年。

"Mongolian-ization" and "De-mongolian-ization" in Modern Chinese

——Taking the Particle "Za" as an Example

Ma Caixia

(Inner Mongolia Normal University)

Abstract: In the course of its historical development, Chinese has undergone the changes of "Mongolian" and "de-mongolian". "Mongolian" is the yuan and Ming period of Chinese Mongolian Grammar by the influence of the Mongolian grammatical features of the change, it is a unique language in the history of Chinese development. The contact between Mongolian and Chinese in Yuan Dynasty was the main reason for the "mongolian-ization" of modern Chinese, while the weakening of the influence of Mongolian after Ming Dynasty caused the "de-mongolian-ization" of Chinese, that is to say, the Chinese language has got rid of the influence of the Mongolian language and retained the change of the Chinese grammar characteristics. The Modal Particle "Za" came into being in the Song Dynasty, the Yuan Dynasty was its prosperous period, and the Ming and Qing dynasties gradually declined. Its development and evolution speed is relatively fast, the course is short. Its development reflects the change of "Mongolian" and "de-mongolian" in modern Chinese. Through the discussion of "mongolian-ization" and "de-mongolian-ization" of modern Chinese, we can further understand the law of the development of Chinese itself, at the same time, it also gives us some inspiration and reference to study the development and change of other language phenomena in modern Chinese.

Keywords: Mongolian; De-mongolian; Modal Particle "Za"; Language contact

语境吸收与功能扩展

——“燃”“爆”用法的演变

梁永红

(太原师范学院文学院)

提要:“燃”和“爆”原本都是可以独立使用的动词,分别用于语境“某一事物燃而生火”和“火飞而炙”,但是由于认知心理的作用,前者又与“激情”类词语糅合在了一起,由此使得它经常处于一种情绪激发的语境中,后来“燃”吸收了语境所表达的这种情感,同时其功能也有了扩展;而后者与“火”构成的主谓短语发生了词汇化,降格后的“火爆”经常用于商业、贸易等领域,此时不仅“火爆”所处语境发生了变化,同时也使得原本经常独立使用的“爆”降格为语素,后来随着“爆”对语境中量幅大特征的吸收,又重新升格为词,同时其功能也有了拓展。语境吸收既是语义演变的途径,也是功能扩展的方式,意义变化与功能扩展之间往往相辅相成、密切相关。

关键词:语境吸收;功能扩展;燃;爆;易位分析

浏览新闻时,经常会有一些“燃”或“爆”的句子或短语跃入眼帘,比如“这套海报,燃!”“这里最燃!”“燃歌大赛”“好用到爆”“美爆了”“爆款”等。很显然,这些都是有别于传统用法的新用法,那么“燃”和“爆”的这些新用法是如何产生的?其间的发展脉络如何?目前我们还很少看到相关讨论,而这正是本文主要分析的内容。

一、“燃”用法的演变

“燃”在古代汉语与现代汉语的用法不尽相同,从古代到现代,随着语境的变化与吸收,其功能也有了扩展。

1.1 语境的变化

“燃”的古文字形为“然”,《说文解字》解释为“烧也,从火肰声”,词性为动词,经常独立充当谓语。通过对 CCL 古代汉语语料库的考察,我们发现“燃”的受事主要为“烛、香、炭、薪、炮、眉、炬、灯”等一些具体事物,结果往往是出现了看得见的“火”。例如:

(1)今夫陶冶者初埏埴作器,必模范为形,故作之也;燃炭生火,必调和炉灶,故为之也。(《论衡》)

(2)以苇荻塞瓮里以蔽口,合著釜上,系甑带,以乾牛粪燃火,竟夜蒸之……(《齐民要术》)

(3)既不烧香、燃灯、礼拜,恒怀狐疑。(《佛经选》)

另外,由于隐喻思维的作用,具体现象“火”偶尔也与“情爱”相关联,此时“燃”的动作性就没有之前那么强,例如:

(4)飞蛾不息,萦蚕自缠。箧蛇未断,藤鼠方缘。苦流长泛,爱火恒燃。(《全梁文》)

当然,古代汉语这种用法还非常少。但是,到了现代汉语就多了起来,而且投射的对象已经不限于“情爱”,还增加了“热情、激情、希望、欲望、勇气”等,尤其是改革开放以后这种用法就更为常见。例如:

(5)这全体的亚美尼亚人,七个村庄里约五千左右的同族的人,燃起了抵抗的热情,宁为玉碎,不为瓦全……(《摩西山的四十日》)

(6)优秀企业的标志是能够燃起员工的工作激情。(《世界 100 位富豪发迹史》)

(7)在嘉文不死的信念与朋友的鼓舞之下,清玉又重新燃起了生之希望和奋斗的勇气。(《晚年蒋经国》)

以上例句中原本与“火”搭配的动词“燃”跟“热情、激情、希望、勇气”等“糅合”在了一起。“糅合”是指从具有相似性的概念 A 和概念 B 中各抽取一部分整合形成句子的方式(沈家煊,2006)。这里的概念 A 就是“燃……火”(“火……燃”),概念 B 是“产生……激情/希望/勇气等”(“激情/希望/勇气等……产生”),二者之间有[+温度][+亮度][+

较为剧烈]的相似性,所以在人们认知心理的作用下,就把前者的“燃”与后者的“激情”等整合在了一起,由此糅合形成了“燃…… 激情/希望/勇气等”(“激情/希望/勇气等……燃”)这种新的句子。与原来的句子相比,新句子中“燃”的受事不再出现,往往只出现“激情/希望/勇气”等的拥有者——人。“燃”出现在了一个新的语境中。

当然,由于受双音化的影响,现代汉语中的“燃”已经很少独立使用,比如以上(5)(6)(7)例“燃”的后面都有补语“起”,同时也经常用到双音节的“点燃、引燃、燃烧、重燃、遍燃、燃着”等。另外,在这些新的句子中,“燃”与情感类的词语搭配最多,除了上文例句中涉及到的“激情、热情”外,还有“深情、豪情、旧情、不满之情”等。例如:

(8)这儿即将来临的雷鸣,都跟我永远联系在一起,跟我永远联系在一起,燃起我火热的深情。(《当代世界文学名著鉴赏词典》)

(9)虽然不能和妻儿父母共度中秋,但此时此刻大家庭的天伦之乐再度燃起了援藏干部胸中的豪情。(《人民日报》1995.09.09)

(10)聂赫留朵夫第一天看到卡秋莎,对她就燃起了旧情。(《复活》)

(11)此刻,我的内心正燃起一腔不满之情。(《简爱》)

总之,由于“燃……火”与“产生……激情/希望/勇气等”具有[+激发][+温度][+亮度][+较为剧烈]的相似特征,所以在人们认知心理的作用下,“燃”便与上述情感类词语糅合在了一起,表达的主要是对某种较为强烈情绪的激发,而且到20世纪90年代末,“燃”与“情”的直接组合形式“燃情”也逐渐出现。例如:

(12)网络信息股步入燃情六月。(《大河报》1999.05.27)

同时,随着电视剧《激情燃烧的岁月》的热播,2001年以后“燃情”的使用就更为常见。例如:

(13)记者昨日获悉,他们将有机会再做“燃情夫妻”,出演一部表现西藏干警生活的电视剧《雪域巡警》。(《北京青年报》2003.08.15)

(14)民营企业已经成为当地经济发展的重要力量,一大批民营企业大户脱颖而出,成为这一方经济发展的生力军,为胜利街道民营经济发展迎来了“燃情岁月”。(《东营日报》2003.09.24)

以上例句中的“燃情六月、燃情夫妻、燃情岁月”分别表示“情感炽热或激烈的六月、夫妻和岁月”,“燃情”主要充当定语,其中“燃”的动作意义已经大大减弱。

总之,“燃”原本出现在类似“烛、香、炭等具体事物燃而生火”这样的语境中,后来又用在“某人的激情、深情等燃起”或“燃情”这样与情感、激情等的渲染或激发有关的语境,新语境中的“燃”其动作意义已经大大减弱。

1.2 句法功能的改变

随着使用的增多,新语境所具有的那种强烈的、炽热的、富有感染性的情绪逐渐被“燃”吸收。关于这一点,我们可以从“燃”与“激情燃烧”使用时的相互呼应方面得到证实,比如读秀网报纸语料库中首例不同于传统用法的“燃”为《重庆商报》2012 年 10 月 12 日的一则新闻标题《疯了 燃了 笑了 爽了》,标题中的四个词正是正文叙述时每一段的主题,与其中“燃了”对应的是文中的第二段,而这一段的开头就是“球员们激情燃烧”,“激情燃烧”正是对标题“燃了”的呼应;再如《晶报》2014 年 5 月 3 日有一则新闻标题为《太燃了》,正文解释时用到“太令人激情燃烧了”,同样“燃”与“激情燃烧”相呼应。由此可见,“燃”已经吸收了激情燃烧所表达的那种强烈的、炽热的情感。随着“燃”对语境的吸收,其句法功能与原来相比也发生了较大的变化,主要表现在以下几个方面:

1.2.1 可以独立充当谓语

前文谈到,“燃”在古代汉语是经常独立使用的,但是到了现代汉语由于受双音化的影响,这种情况大大减少。使用时,要么前加状语,比如“遍燃、重燃”,要么后加补语,比如“燃起”,或者使用双音词“燃烧、引燃、点燃”等,而且这些词的后面往往带宾语。但是,随着语境吸收的发生,“燃”独立使用的情况便多了起来。例如:

(15)速度与激情 ShanghaiBurning 技术控,燃了!(《华商报》2015.04.23)

(16)满满的摇滚和梦想的情怀,燃!(《新快报》2016.06.30)

同时,“燃”作谓语中心语时还可以后带补语。例如:

(17)他称今年如何让大家更多的去关注、去互动融合春晚,是导演组一直在思考的问题。他也表示今年的年味一定很足,燃到爆。(《克拉玛依日报》2016.01.12)

除了充当谓语外,有时还独立成句,例如:

(18)燃!李玟蔡妍与“韩国舞王”张佑赫热舞。(《新快报》2015.07.17)

1.2.2 受程度副词的修饰

“燃”可以受程度副词的修饰,例如:

(19)曝光的预告片将沙耶加努力奋斗的情节进行快节奏混剪,证明青春并不只有谈恋爱才值得铭记,努力学习也可以变得很“燃”,凸显出一股永不服输的精神。(《渤海早报》2016.03.25)

(20)此书最“燃”的地方,在于雅各布描述饮食控制、运动、好的睡眠能带来好身体之外,也会让头脑清醒。(《南方都市报》2014.06.08)

(21)《舌尖2》的第二集,展示了蓑衣刀功、褪骨刀工、扣三丝刀功等民间厨艺刀功神技,尤其是双胞胎兄弟做扣三丝那段,被网友赞“太燃了”!(《晶报》2014.05.03)

除了“很、最、太”外,在我们搜集的语料中还有“有点、好、超、更、特别、相当”等各类量度不同的程度副词修饰“燃”的情况。

1.2.3 充当定语

“燃”还可以独立充当定语,例如:

(22)昨日,第六届侨乡动漫节燃歌大赛落下帷幕,作为动漫节的经典赛事,45首燃歌引爆全场。(《江门日报》2016.07.25)

(23)本次地铁广告以酷炫的漫画形式、有态度的“燃宣言”吸引着过往乘客驻足围观,而戳心的文案也让乘客重拾“燃”的激情。(《北京晨报》2017.07.12)

除了上例中的“燃歌、燃宣言”外,在我们搜集的语料中还有“燃曲、燃文、燃创意”等。

1.2.4 充当补语

除了定语外,“燃”还可以独立充当补语。例如:

(24)徐克将红色经典拍“燃”了。(《新疆都市报》2014.12.18)

(25)“动漫小唱将”唱燃国漫!(《杭州日报》2017.04.25)

总之,语境吸收后的“燃”可以独立充当谓语、定语和补语,可以受程度副词的修饰,而这些都是形容词的主要特征,也即“燃”有了形容词的功能,这一点在“燃”与其他形容词的并列使用中更能看出来,例如:

(26)作为青岛国际啤酒节的“主角”,青岛啤酒今年将携最强阵容登上舞台——

西海岸、崂山会场，带给消费者全方位的啤酒畅饮体验：鲜、火、静、美、炫、酷、燃！（《半岛都市报》2018.07.20）

当然，在功能改变的同时，“燃”的意义也发生了变化，主要表示某种激烈、澎湃、令人热血沸腾的情绪或情感，这种情绪或情感往往是健康积极的，尤其是2017年以后，由于受ACG（ACG为英文Animation、Comic、Game的缩写，是动画、漫画、游戏的总称）圈子中“燃文化”的影响，“燃”所表现的那种积极情感就更为突出，例如：

（27）与“佛系”不同，“燃系”青年敢说敢做，喜欢的就去努力争取；有理想，对未来充满期望和信心；敢于直面前进路上的困难与曲折，对自己的人生有掌控感，相信自己有力量实现个人价值和社会价值。（《淮安区报》2018.12.22）

综上所述，由于语境的变化和语境吸收的作用，“燃”的语法功能和意义都发生了变化，有了形容词功能，意义上也主要表达情绪或情感的激烈、澎湃或令人热血沸腾等。

二、“爆”用法的演变

“爆”与“燃”相似，从古代到现代，随着语境的变化与吸收，其功能也有了扩展。

2.1 语境的变化

2.1.1“火爆”的词汇化

“爆”《说文解字》解释为“灼也，从火暴声”，而“灼”指“火飞所灸也”。它的词性为动词，在古代汉语大都可以独立使用，主要充当谓语或谓语中心语。从CCL古代汉语语料库中有关“爆”的句子来看，其对象往往是具体的事物，例如：

（28）若取九转之丹，内神鼎中，夏至之后，爆之鼎热，内朱儿一斤于盖下。伏伺之，候日精照之。（《抱朴子》）

（29）对曰：“自己尚怨家，从人得堪作什摩？”师曰：“冷灰里豆子爆。”（《祖堂集》）

这种具体事物很多与“火”有关，例如：

（30）贾母因笑道：“怪道昨日晚上灯花爆了又爆，结了又结，原来应到今日。”（《红楼梦》）

(31)此人顶梁门打将下来,此人举金背刀招架,双锏打在刀背上,火星乱爆,放开坐下马,杀个一团。(《隋唐演义》)

而且有时干脆就是“火”,由此也就出现了“火”与“爆”直接组合的情况。CCL古代汉语语料库中这种用法最早出现于五代,即:

(32)雷鸣电吼雾昏天,磷砾声扬似火爆。(《敦煌变文集新书》)

由例(32)可以看出“火爆”的威力非常大,所以在隐喻思维的作用下,这一语言形式也常常被用来形容人的性格或脾气暴躁。例如:

(33)那神说道:“你这等性如火爆。常言道‘有理不在高声’,还有这个佛菩萨做个证明功德。”(《三宝太监西洋记》)

随着比喻用法的增多,“火”与“爆”直接组合的情况逐渐增加,同时在人们组块(chunk)心理的作用下(董秀芳2011:46),“火爆”也逐渐被作为一个整体来处理,由此发生了词汇化。例如:

(34)无奈贺人杰是个火爆将军,听黄成被殷龙打死,更是喜出望外,跳舞如飞。(《施公案》)

(35)百里雁一天英气,只看见断了口刀,就激得火爆连天。(《三宝太监西洋记》)

上例(34)(35)中的“火爆”作为一个整体分别充当了定语和补语,在语义上指向某个具体的人,“火爆”由短语降格为词。以上就是“火爆”在CCL古代汉语语料库中的使用情况。到了现代汉语,由于隐喻思维的作用,“火爆”又出现在了新的语境中。

2.1.2“火爆”语境的变化

除了比喻人的性格外,到现代汉语具有[+威力大]或[+量幅大]语义特征的“火爆”也用在了商业、贸易等领域,用以形容其中呈现出来的旺盛、红火等局面。例如:

(36)交易非常火爆,房子在几分钟之内就售出了。(《富爸爸,穷爸爸》)

(37)她从9点到10点,一个小时的功夫就卖出去30多个胶卷,生意火爆极了。(CCL语料库)

(38)在曾经火爆的SOHO员工跳槽第一商城事件中,领头的那个女孩后来认为

她当时……(《名家对话职场 7 方面》)

此时的“火爆”可以充当谓语中心语,而且前面可以受程度副词的修饰,如例(36);可以后带程度补语,如例(37);可以充当定语,如例(38)。同样,运用“火爆”的这些语句也有[+威力大]或[+量幅大]的语义特征。当然,此时的“爆”只是作为一个语素参与其中。

总之,“爆”在古代汉语原本主要作为一个独立的词来使用,经常与“火”组合构成主谓短语。随着使用的增多以及人们组块心理的作用,短语“火爆”逐渐降级凝固成词,发生了词汇化,而且到现代汉语还用在商业、贸易等领域。当然,此时的“爆”只是一个不独立使用的语素。

2.2 句法功能的扩展

随着使用的增多,“火爆”所表达的那种量幅大的语义逐渐被“爆”所吸收,由此“爆”又升格为一个可以独立使用的新词。这里的“吸收”,仍然可以从“爆”与“火爆”使用时相互呼应方面得到证实。读秀网所收《寿光报》1998 年 2 月 9 日有一则新闻为《菜丰价稳生意爆——节后市蔬菜批发市场见闻》,正文中的解释为“节后的菜市菜丰价稳生意火爆”;同样《云南日报》2000 年 9 月 22 日有一则新闻为《花市爆 花价涨 花农笑》,正文解释时说到“花市的火爆、花价的攀升、花农的笑声,传递出花卉节拉动花卉产业发展的新动向”,“爆”与“火爆”相对应。语境吸收后的“爆”往往独立使用,主要有以下功能:

2.2.1 充当谓语,例如:

(39)“假日经济”拉动公交市场——南京国庆客运市场公交“热”、出租“稳”、租赁“爆”。(中国建设报,2000.10.12)

(40)美版《蒙面歌王》看过吗?这个综艺节目在美国爆了,首集收视就创下 7 年来所有美国电视网无脚本节目的最高纪录。(羊城晚报,2019.02.02)

2.2.2 充当定语,例如:

(41)翻滚的鱼汤与展位的人头攒动相互呼应,成为 2019 年郴州市工业产品展销对接会食品轻工展区的“爆款”。(郴州日报 ,2019.10.12)

(42)同时,产品相关页面显示的销量数据和评价晒图仅供参考,消费者应仔细辨别评论真假,详细查看产品详情,并结合自身实际需要购买,切勿轻信“爆品”宣传而冲动消费。(潮州日报,2019.11.10)

2.2.3 受程度副词修饰，例如：

(43)我省上半年食品投诉增幅最大预付卡消费投诉依然很“爆”。(《大河报》2018.07.20)

(44)2019 国产片爆款太爆，进口片继续走低。(《新京报》2020.01.09)

同时，随着使用的增加，“爆”的意义更加虚化，有时表达的只是一种量幅大或量饱和的状态或程度，例如：

(45)这次到厦门我怀着十分崇敬的心情参观了中外闻名的厦门大学，心底不禁惊呼：美爆了，厦门大学，真不愧是中国最美的大学！(2019.09.18 清徐报导)

(46)本土电商卖爆了！——1 天卖了 23.13 亿元完成上个月 40% 销售额。(《南国都市报》2019.11.13)

总之，语境吸收之后的“爆”又重新独立使用，主要充当谓语、定语、状语和补语。意义也逐渐虚化，主要表达一种量幅大或量饱和的性状。

综上所述，词汇化后的“火爆”不仅所处的语境发生了变化，同时也使得原本经常独立使用的“爆”降格为语素。后来随着语境吸收的发生，“爆”又重新升格为词，同时其功能与意义也发生了相应的变化。

三、语境吸收对“燃”“爆”功能扩展的影响

语境吸收(absorption of context)是指，某一语言形式在长期使用过程中将其所处语境表达的意义吸收进来，并逐渐规约其中，变为一种常规意义(conventional meaning)(丁健 2011，胡清国 2017，姚尧 2018)。语境吸收是语义演变的一种重要途径，现有的研究大都集中于此，比如姚尧(2018)认为，实词“意思”的十多个义项正是各类语境吸收的结果；丁健(2011)认为，副词“果然”在使用过程中吸收了其所在句子表达的那种“假设——推论”的命题意义；蒋绍愚(2013)认为，“斯”吸收了所处句式的因果意义，“要”吸收了假设意义；胡清国(2017)认为“这话说的”吸收了语境中负面评价的意义等。总之，人们从语境吸收的角度讨论的主要是某个实词、虚词或构式意义的发展演变，将语境吸收与语义演变紧密联系在一起。这当然是无可厚非的，但同时我们也应该注意到它与功能扩展之间的联系也非常密切。有一些形式在语境吸收的过程中其句法功能与之前相比也发生

了很大的变化,本文的“燃”和“爆”便是如此,均由动词发展出了形容词的功能,其中语境变化、隐喻思维、易位分析等起到了非常重要的作用。

3.1 语境变化

传统“语境”包括上下文语境、情景语境和话语交际的背景知识等(熊学亮,1996)。其中,上下文语境对某一词语的影响最直接,因为任何词语在使用时都往往要与其他词语搭配组合,也就是肯定处于一定的上下文中。上下文的改变直接影响其中词语的意义或功能。“燃”与“爆”功能的扩展都首先起于上下文语境的变化。

前文谈到,“燃”和“爆”原本都是可以独立使用的动词,分别用于“某一具体事物燃而生火”和“火飞而炙”这样的语境中,但是后来由于人们认知心理的作用,前者便与“激情”类词语糅合在一起,由此使得“燃”经常处于一种情绪或情感激发的语境中,即“燃而生火→情绪/情感的激发”;而后者与“火”构成的主谓短语也发生了词汇化,降格后的“火爆”经常用于商业、贸易等领域,即“火飞而炙→商业、贸易等的旺盛、红火”,这也是“爆”语境变化的体现。以上所述语境的变化便是“燃”和“爆”功能扩展的基础,也可以说,从语境变化开始它们功能的变化也就开始了。前文我们已经谈到,“燃”和“爆”原本都是可以独立使用的动词,但是在新的语境中它们更多只是作为一个语素参与其中,从词降格为词的组成部分,当然其功能就会受到影响,所以语境变化是功能扩展或变化的起点。

3.2 隐喻思维

语境变化与人们的认知心理密切相关。在“燃”和“爆”的变化中,隐喻心理的作用体现的最明显。隐喻(Metaphor)是用具体事物来理解抽象事物的一种方式,是将一个认知域投射到另一个具有相似性的认知域中(沈家煊,1998)。这里的另一个认知域,其实也就是另一种语境。正是人们认识到“燃而生火”与“激情产生”之间有[+温度][+亮度][+较为剧烈]的相似性,所以“燃”才投射到新的语境中。同样,也正是人们认识到“火爆”的[+威力大]或[+量幅大]的特征与商业、贸易等领域旺盛的状态相似,所以才投射其中,使得所处语境发生了变化。因此,隐喻思维对于“燃”和“爆”语境的改变起到了非常重要的作用,这也为这两个语言形式的功能扩展提供了可能。

3.3 易位分析

上述隐喻思维与语境变化是“燃”和“爆”功能扩展的前提条件,而语境吸收则是其功能扩展的直接诱因,也即语境吸收直接导致了功能的扩展。这里语境吸收的发生主要是人们易位分析的结果。

Croft(2011)认为,语句是一个整体,它所表达的语义也是个整体,但是由于语句中的句法单位及其表达的语义作为一个整体会在不同语境中重复出现,所以在确定每个句法单位对语句的贡献时,就具有一定的模糊性,同时这也为人们对某个句法结构"形式——功能"的投射进行重新分析提供了可能。其中,"易位分析"(metanalysis)就是重新分析的主要类型之一。它是指说话人把某一语言形式的语境义与内在义易位,即语境义变为内在义,内在义变为语境义。虽然在"燃"和"爆"的演变中后者表现得不太明显,但是前者却很突出。人们有时会将由多个成分共同构成的意义归功于其中的具体要素"燃"或"爆",由此使得语境义成为其内在义,功能也有了一定的扩展。例如:

(47)a. 那种久违的激情,那种对机器人战斗画面的向往,瞬间就被激发了……此时只想享受这部动漫作品中热血战斗画面带来的激情燃烧。(腾讯网,2020. 2. 25)

b. 男人的浪漫,这部剧场版动画太燃了!(同上)

c. 篮球场上激情燃烧,篮球场下温暖阳光,他们是最燃的篮球小哥哥。(新浪网,2018. 11. 27)

(48)a. 记者昨日从华臣、百老汇、金逸等影城了解到,两天来,各家影院票房火爆。(青岛早报,2012. 12. 24)

b."末日"没来,票房爆了!——上周末岛城影院人满为患《泰》《十二生肖》联手催生"最好票房日"(同上)

c. 吉克隽逸把秀场唱出演唱会的感觉,这也太火爆了,现在抖音都刷爆了。(新浪网,2019. 4. 21)

例(47a)与(47b)为同一篇文章的内容,其中(47b)为文章的标题,而(47a)为文章的内容,作者将动漫画面激情燃烧所体现的那种热血沸腾、激烈兴奋的情感归于其中的"燃",于是便用"燃"来表现这种情绪,由此也就有了新闻标题(47b),而例(47c)"激情燃烧"与"燃"处于同一句中更能证明这一点。同样,例(48a)与(48b)也分别是同一篇文章的正文内容与标题,正是因为作者认为"爆"便是"火爆"所表达的威力大、量幅大特征的表现点,于是便直接用"爆"来表达这种意思,也就出现了标题例(48b)的用法,而且随着使用的增多,这种量幅大的特征也规约其中,例(48c)更能说明这一点。

总之,语境吸收有时是易位分析的结果,同时也是人们对信息进行优化处理、寻求最佳关联的结果。这些分析和处理既可以带来意义的变化,同时也有功能的扩张。谈到词义和句法功能变化的关系时,蒋绍愚(2013)认为,语境吸收首先发生的是语义弱化,然后才可能吸收语境义,所以还是语义变化在前,句法变化在后。我们认为,对于虚词来说,其变化确实大都如此,比如蒋先生文章中谈到的"斯"和"要",但是对于实词来说却未必都是这样,像本文的"燃"和"爆"便是语境吸收的同时意义发生了变化,其功能也有了改变,语义与功能的变化往往交织在一起,并不能很明确地区分哪个在先哪个在后。总之,语境吸收既是语义演变的途径,也是功能扩展的方式,意义变化与功能扩展之间往往相辅相成、密切相关。

参考文献

董秀芳:《词汇化——汉语双音词的衍生和发展》,北京:商务印书馆,2011 年。
丁　健:《语法化视角下的双音节副连兼类词》,《汉语学习》,2011 年第 5 期。
胡清国:《现代汉语评价构式"NP 一个"》,《汉语学报》,2017 年第 1 期。
蒋绍愚:《词义变化与句法变化》,《苏州大学学报》,2013 年第 1 期。
沈家煊:《实词虚化的机制——〈演化而来的语法〉评介》,《当代语言学》,1998 年第 3 期。
沈家煊:《"糅合"和"截搭"》,《世界汉语教学》,2006 年第 4 期。
熊学亮:《语用学和认知语境》,《外语学刊》,1996 年第 3 期。
姚　尧:《"意思"的意思——语义演变与语境吸收》,《当代修辞学》,2018 年第 4 期。
Croft. W. *Explaining Language Change*. 北京:世界图书出版公司,2011 年。

Absorption of Context and Expansion of Function

——The Evolution of the Usage of "Ran" (燃) and "Bao" (爆)

Liang Yonghong
(Taiyuan Normal University)

Abstract: "ran" (燃) and "bao" (爆) were originally verbs that could be used independently. They were respectively used in the context of "something burns and makes a fire" and "fire flies and burns". But later, due to the role of cognitive psychology, the former was mixed with words like "jiqing" (激情), which made it often in a context of emotional stimulation,. Later, It absorbs the strong and fiery meaning expressed by context, and its function is also expanded; the latter and the subject predicate phrase formed by "huo" (火) are lexicalized, and it is often used in business, trade and other fields. At this time, not only the context of "Huo" changed, but also the word "bao" (爆) which is often used independently, is reduced to a morpheme, Later, with the absorption of "bao" (爆) to the large features of the context, it is upgraded to word again. At the same time, its function has been expanded. Context absorption is not only the way of semantic evolution, but also the way of function expansion. Meaning change and function expansion are often complementary and closely related.

Keywords: Absorption of Context; Expansion of Function; Ran(燃); Bao(爆); Metanalysis

频率副词“一个劲”的功能、演化及动因

魏　雪

（上海师范大学对外汉语学院、西华师范大学文学院）

提要：频率副词“一个劲”有独特的句法语义表现和语用功能。其后VP具有可控与不可控、重复性与持续性等多重属性，可以表达正面评价义和负面评价义，且正面评价用法是其优势用法。语用表达上凸显动态性和意愿性。时间属性上也有较为严格的限制。频率副词“一个劲”是由名词性短语“一个劲”演化而来，并存在变体形式“一劲”，其动因是近似结构的类化影响和求新求异的表达需求，演化机制为转喻，具体为原因转喻结果。

关键词：“一个劲”；频率副词；语义功能；演化机制

零、引言

现代汉语中有两个“一个劲”，一个是名词性短语，由数量短语“一个”和抽象名词“劲”组成，如“拔河比赛输了，他们使的不是一个劲儿”；一个是频率副词“一个劲”，表示不停地连续下去，如“他一个劲儿地往前跑”①。目前学界对“一个劲”还未给以应有关注，但与之相关的近义表达“一直”“一味”“一向”等关注较多，主要可以归结为两类：一是从词汇化和语法化角度考察的，如徐时仪（2006：24）提出“一味”在宋代渐由偏正结构固化并语法化为一个副词，表示“不改变地一直持续某种行为”；陈昌来（2015：120）指出“一直”成词最早在五代时期，成词后又继续语法化，宋元以后产生了表示“动作持续不断

①中国社会科学院语言研究所词典编辑室：《现代汉语词典》（第7版），北京：商务印书馆，2018年，第1534页。

或状态持续不变”的用法。二是对相关近义结构进行辨析或用法功能考察的，如邓小宁（2002：58）就“一直”和“一向”进行对比分析，认为在静态动态、长时短时、习性非习性以及时态上有成系统的对立；蒋静忠、魏红华（2017：412—420）通过互换实验对“一直”“总是”进行考察，归纳各自的典型用法，并从语义和认知方面作出解释；张言军（2017：79—87）对情态副词“一味”在句法特征、语义特征和语用特征方面进行多维度考察。上述研究对本文富有重要的启示作用。此外，邹海清（2006：36—44）对频率副词范围和类别的考察，为本文的研究开拓了视野。

本文感兴趣的是频率副词“一个劲”①有何语义功能，它与近义的“一X”②有何区别？副词性“一个劲”从何而来，它与名词性短语“一个劲”有何联系，其动因机制又是什么？我们有必要深入细致地多视角考察频率副词“一个劲”。鉴于此，本文拟从句法语义、语用表达、时间属性及来源动因等方面展开讨论，揭示频率副词“一个劲”的语义功能和来源动因。

一、句法语义

《现代汉语词典》（第7版）将频率副词“一个劲”释义为“不停地连续下去”，显然词典的解释较为简单，那么它在句法语义方面还有哪些独特的表现？本文通过其后VP的性质和立场表达两个方面来说明。

1.1 其后VP的性质

频率副词“一个劲”后面的VP具有可控与不可控、重复性与持续性等多重属性。

1.1.1 可控与不可控

语言事实表明，其后动词表示的动作行为多是自主、可控的，其中动作动词较多，尤其是言说义动词和身体动作动词，心理动词和弱动作动词较少。例如③：

（1）不知过了多久，她终于感到身体轻松了一些，踉跄地打开门，发现张之荣主任还在门旁守着。她一个劲地道歉说：“对不起，对不起！”（中国作家网2010-04-

①本文研究的“一个劲”也包括儿化形式“一个劲儿”，为了行文方便，我们统一写为“一个劲”，但在具体例句中仍保持原貌。

②“一X”指“一直”“一味”“一向”“一贯”“一连”等近义表达。

③本文所举例句主要来自于北京大学中国语言学研究中心语料库（CCL），个别来自于网络的例句已标明出处，还有个别例句由笔者自拟。

09)

(2)舅妈则一个劲地嘱咐我:要担心阿娥的病啊,这样的女孩活不长。(残雪《残雪自选集》)

例(1)(2)“一个劲”后面的VP“道歉”“嘱咐”是言说义动词,均为自主可控动词。“一个劲”后面经常使用的言说义动词如“说、讲、读、喊、嚷、问、吵、叫、唱、聊、说话、叫唤、追问、喊冤、诉苦、叫好、哭喊、嘱咐、嘟囔、念叨、唠叨、征询、道歉、道谢”等。值得注意的是,有些VP并非言说义动词,但意义上蕴含着言说义,仍然可以出现在“一个劲VP”格式中,如“怪、求、劝、责备、数落、夸赞、求情、检讨、保证、强调、反对、宣传、动员、抱怨、辩解”等。例如:

(3)她就势坐在金卡斯身边,一个劲地抱怨他为什么用假死吓唬人。(文美惠、朱雯、施蛰存《当代世界文学名著鉴赏词典》)

(4)我知道,不能空着手求人办事。处长见我提了礼物上门,一个劲儿怪我太客气了,把他当外人了。(卞庆奎《中国北漂艺人生存实录》)

以上两例“抱怨”“怪”并非言说义动词,但意义上蕴含着言说义,因为“抱怨”“怪”等动作行为一般需要言说来表现。

“一个劲”后面的VP也可以是身体动作动词。例如:

(5)一提起有位考生把贝多芬的《欢乐颂》答成舒伯特的《鳟鱼》,他一个劲地摇头:“这明摆着是送分的题,我都快写分了,听他那么一说,简直是哭笑不得。”(《人民日报》2000-08-05)

(6)毛泽东的手使劲地晃动着:“你那《江姐》写得很好,你干得不错啊!”阎肃听不太懂湖南话,只是一个劲儿地点头,又一连串地谦虚:“写得不好……写不好……请主席多批评!”(人民网2017-07-11)

例(5)(6)“一个劲”后面的VP“摇头”“点头”是身体动作动词,均为自主可控动词。“一个劲”后面经常使用的身体动作动词如:“磕头、摆手、鞠躬、抹(眼睛)、摇头、搓手、点头、哭泣、抽烟、作揖、鼓掌、咽(口水)、回头、眨巴(眼睛)、咬牙、抚摸、挥动、吃、嘬嘴、梳头、翻(白眼)”等。

“一个劲”后面的VP也可以是弱动作动词和心理动词。例如:

(7)小西妈走到小西爸面前,伸出一个食指指着小西爸的脸道:“当初小西要跟何建国结婚我就反对,就你,一个劲儿地充好人,说什么儿女的婚事父母不要干涉太多。(电视剧《新结婚时代》)

(8)现在她更不想开口讲话了,心里一个劲地厌恶着自己,头也有点发晕了。(残雪《残雪自选集》)

例(7)(8)“一个劲”后面的VP“充”“厌恶”分别是弱动作动词和心理动词,也都是自主可控动词。但“一个劲”后面的VP为弱动作动词和心理动词的情况较少,弱动作动词如:“发展、解围、当成、充(好人)、办(报刊)、坚持、设想、沉浸”等,心理动词如:“想、享受、希望、害怕、操心、厌恶”等。

频率副词“一个劲”后面的VP有时也可以是不可控动词,此时的VP主要涉及生理反应、经济现象和自然现象。生理反应如“流泪、出汗、哆嗦、咳嗽、颤抖、(心火)上冒”等,经济现象如“涨价、上窜、下跌、(产量)上翻”等,自然现象如“刮风、下雨、冒(水泡)、(水位)上涨”等。例如:

(9)后来一调查,100多名工人各自不同在雪中赶路的故事,把矿领导感动得眼泪一个劲儿在眼圈里转!(《人民日报》1994-02-11)

(10)于是,产量居然也变魔术似地一个劲往上翻:1992年到8万台、1993年到12万台、1994年到26万多台、1995年到65.6万台。(《人民日报》1996-01-09)

(11)李代新对他们说:“跟我救人去!”夜,黑得伸手不见五指,风一个劲儿地刮着,暴雨下个不停。(《人民日报》1998-09-15)

例(9)(10)(11)“一个劲”后面的VP“转”“翻”“刮”均为不可控动词,但使用频率较低,我们从北京大学中国语言学研究中心语料库随机检索500条例句,其后VP为可控动词的有447例,占比高达89.4%,不可控的有53例,仅占10.6%。

1.1.2 重复性与持续性

通过语料分析发现,“一个劲”后面的动词所表示的动作行为均为可重复性的,其后动词表示的动作行为都有终点。事实上有终点的动作行为才有可能重复,才有可能与频率副词共现。例如:

(12)老汉呆坐在老黑牛空荡荡的槽前,只是一个劲抽烟。(史铁生《我的遥远的清平湾》)

(13)张科长急得一个劲摇手:"我不要,我不要……"(周而复《上海的早晨》)

(14)韩云程一个劲转动着茶杯,他不愿意参加任何一方面,他坐在一旁看徐义德和余静针锋相对,反正与他无关,他怕牵连到自己身上,也怕向他提出问题。(周而复《上海的早晨》)

例(12)(13)"一个劲"后面的VP"抽烟""摇手"都是可重复性动词,表示的动作行为有明显的终结点,例(14)"转动着"虽然有表持续的"着",但仍理解为"不停地转动"或"转动动作不断重复",所表示的动作行为也有终结点。

值得注意的是,"一个劲"后面的动词表示的动作行为一般具有可重复性,但不能是瞬间性的,具有一定程度的可持续性特征。例如:

(15)郭彩娣一个劲盯着张小玲望,那眼光的意思肯定是怪粗纱间,她不满地说,"筒摇间可怪我们。"(周而复《上海的早晨》)

(16)"站军姿"是第一个训练课目。何懿涵小朋友永远忘不了这一天:那天骄阳似火,阳光照在身上,汗水一个劲儿地往下淌。(《人民日报》2007-08-06)

(17)10个节目,讲的是身边事,演的是身边人。每个节目结束,村民曾莉琼都一个劲地鼓掌,"他们演得开心,我看着也高兴,因为节目演出了我们脱贫时的心情。"(《人民日报》2017-01-26)

例(14)(15)"转动着""盯着"有表持续的"着",具有可持续特征,例(16)(17)"淌""鼓掌"表示的动作也不是瞬间性的,都有自然终结点,具有一定程度的持续性。

1.2 立场表达

1.2.1 正面评价义

频率副词"一个劲"语义为"不停地连续下去",在说话人主观心理的影响下,发展出正面评价义,因为不停地做某事或不停地进行某种行为,在语言向好倾向的影响下,极易理解为执着地、努力地做某事,成为一种正面评价。例如:

(18)在去年的第一届"环卫工人日"聚会上,全市的环卫工人高兴得一个劲地鼓掌,他们当中的先进模范人物得到表彰,让他们也让市民有了学习榜样。(《经济日报》2008-11-12)

(19)今年3月21日上午,海运派出所接待了3位远道而来的客人,只见他们围在李永财的身边,握着他的手,眼含热泪一个劲地道谢:"多亏了你啊,真不知怎么感

谢你。”(《人民日报》1994-04-26)

(20)党支部发动全体员工献计献策,解决了关键部位的技术问题。总经理感激得不知说什么好,一个劲地鞠躬致谢。(《人民日报》1995-03-28)

以上三例中“一个劲”在“不停地连续下去”的语义基础上发展出正面评价义,能突出反映说话人的主观意识。例(18)“一个劲”表示对“全市环卫工人鼓掌”的正面积极评价,从共现词语“高兴”可以看出“一个劲”的正面评价色彩。例(19)“一个劲”表示对“这三位客人向李永财道谢”的正面积极评价,其后的道谢内容可看出这一点。例(20)“一个劲”表示对“总经理向全体员工鞠躬致谢”的正面积极评价,其前的“总经理感激得不知说什么好”可以说明这一点。

1.2.2 负面评价义

频率副词“一个劲”的语义“不停地连续下去”,在说话人主观心理的影响下,也可以发展出负面评价义,因为不停地做某事或不停地进行某种行为,在消极主观意愿“过犹不及”的理解下,极易引申出负面消极意义。例如:

(21)前一时期主管部门的注意力都放在申办新报刊上,不少地区和单位对所办报刊出现的问题过问不多,或管理不力,却一个劲地要办新报刊,形成“只生不死”、“优劣并存”的被动局面。(《人民日报》1994-04-13)

(22)每当孩子贪玩时,不是训斥就是打上几巴掌,孩子还在梦乡,就一个劲地催她早起温习功课。(《人民日报》1993-02-08)

(23)各科任教师则“见缝插针”,拖长课堂时间,侵占课余时间,挤掉劳动时间,蚕食文娱体育课时间,分秒必争地为学生“开小灶”,一个劲地拼命“灌”;有的学校还利用星期天“补课”,利用寒暑假开办“补习班”……(《人民日报》1993-06-02)

以上三例中“一个劲”可以替换成“一味”,意义表达不变。张言军(2017:83)认为情态副词“一味”表达因过量而带来的说话人的否定态度。同样“一个劲”也有因行为过量而带有明显的负面评价意义。例(21)“一个劲”表示对“不少地区和单位不停地要办新报刊”的负面评价,例(22)“一个劲”表示对“孩子还在梦乡就不停地催她早起温习功课”的负面评价,例(23)“一个劲”表示对“分秒必争地为学生开小灶,不停地拼命‘灌’”的负面评价。这种负面评价义从本质上说是“频度过量”(张谊生 2005:32)行为导致的,即所谓的“过犹不及”。一旦超出说话人的心理预想,很容易发展出负面评价义。

值得注意的是,“一个劲”的两种立场表达,在使用频率上并不对等,正面评价是其优势用法，我们从北京大学中国语言学研究中心语料库随机检索 300 条例句，其中正面评价用法有 246 例，占比高达 82%，负面评价用法只有 54 例，仅占 18%。

二、语用表达

频率副词“一个劲”在语用表达上有独特的表现效果，表现在以下两个方面：一是凸显动态性，二是凸显意愿性。为了更好地分析“一个劲”的语用表达特点，必要时我们通过与之近义的“一 X”比较加以验证。

2.1 凸显动态性

邹海清（2006:39）将频率副词的范围分为判断性频率副词和描写性频率副词。本文认为“一个劲”是典型的描写性频率副词。频率副词只表示动作行为的重复量，这种重复量反映在语言使用中便带有动态性、事件性和画面性。

2.1.1 其后 VP 具有可重复性

频率副词是表示动作频度的，所以要求其后的动词具有可重复性。“一个劲”其后 VP 具有可重复性，在语义和谐原则的制约下，能凸显频率副词“一个劲”的动态性语用效果。例如：

（24）有些药物毒性大，接触久了，脸被熏肿，眼睛胀得睁不开，嘴唇外翻，一个劲打喷嚏。（《人民日报》2000-01-15）

（25）茶汤不爱吃，反倒奖巨银，为嘛？傻啦？杨巴趴在地上，一个劲儿地叩头谢恩，心里头却一清二楚全明白。（冯骥才《俗世奇人》）

以上两例中“一个劲”后面的动词“打喷嚏”“叩头谢恩”是可重复动词。在“一个劲”与其后可重复动词的相互作用下，不仅能强化动作行为的重复量，还能凸显动作行为的动态性。其实，动作行为的动态性本质上是动作行为的重复量在话语表达中的具体表现。

2.1.2 画面感强

频率副词“一个劲”常出现在动态句或事件句中，不能出现在静态句或状态句中。“一个劲”其后不能出现形容词或静态动词，因为形容词表示一种性质或状态，具有不变性和稳定性，静态动词没有明确的起始点和终结点，具有无限性和匀质性，二者与高频副词强调重复量的语义属性不符。动态句或事件句中的“一个劲”具有很强的描写性，画面

感强,凸显动态性语用效果。这可以从状语标记"地"①的选用上得到印证。例如:

(26)这么多年了,郑言鼎只去过二弟家两次,第二次去过之后他再也不敢去了。那次吃完饭后他把肠子都差点呕了出来……饭桌上,四菜一汤。二弟媳的筷子就没停过,一个劲地给他碗里夹茄子。(中国作家网 2018-05-07)

(27)未等下咽,就全给喷了出来,拍着桌子一个劲儿地吵嚷,要找经理问问,为什么堂堂首都还敢卖腐烂变质的食品,简直是没了王法!(《人民日报》2000-08-26)

以上两例均为动态性事件句,并使用带有描写性的状语标记"地",凸显"往碗里夹茄子""拍着桌子吵嚷"的动态行为或事件。

另外,语言事实表明,多数情况下"一个劲"和 VP 之间有状语标记"地"。我们从北京大学中国语言学研究中心语料库随机抽取 500 条语料,带有状语标记"地"的有 393 例,占比高达 78.6%,不带的有 107 例,仅占 21.4%。

有时"一个劲"后没有描写性状语标记"地",但都可以补出来,并且更能凸显描写的画面感,凸显动态性。例如:

(28)马青根本不听于观解释,只是一个劲儿(地)盯着于观反复问:"你说好事我什么时候忘过你?你说,好事我忘过你没有?"(王朔《一点正经没有》)

(29)小朋友们格外敬畏那枪刺上的凹进去的血槽,看得入迷,走出老远还一个劲儿(地)后仰着身子拧脖回头。(王朔《看上去很美》)

"一个劲"凸显动态性,我们也可以通过与之近义的"一 X"来验证。邓小宁(2002:58)指出"一向"所在句只表示静态义。例(24)—(29)中频率副词"一个劲"都不能替换为"一向",再如"他一向吃三碗饭"也不能换成"他一个劲吃三碗饭"。还可以通过其他"一 X"来验证,通过带有明确时间数量成分的静态句来验证。例如:

(30)a 雨一直下了一天一夜。(《现代汉语词典》(第七版)第 1540 页)

b * 雨一个劲下了一天一夜。

(31)a 一连下了三天雨。(《现代汉语词典》(第七版)第 1535 页)

b * 一个劲下了三天雨。

①邹海清(2006:40)将频率副词分为判断性频率副词和描写性频率副词,并给出判断标准,能加副词后缀"地"的为描写性频率副词。这也间接说明加"地"的句子描写性更强。

例(30)(31)带有明确的时间数量成分,是典型的静态句,近义的"一直""一连"都可以使用,但"一个劲"却不能出现在这种静态句中,这也从侧面说明"一个劲"的动态性语用效果。

2.2 凸显意愿性

频率副词"一个劲"在主观可控语境中,明显带有动作发出者强烈的主观意愿。意义近似的"一直"凸显客观性,不凸显动作发出者的主观意愿。蒋静忠(2017:419)也指出含"一直"的句子倾向于客观描述。例如:

(32)a 上海人愣把雪白粉嫩的豆腐,捂得发了酵,长了绿毛,不馊不臭不甘心。然后放在油锅里炸成金黄色,沾上辣椒酱,吃得津津有味,一个劲儿地夸,真是"香得来"。(《人民日报》2000-08-26)

b 上海人愣把雪白粉嫩的豆腐,捂得发了酵,长了绿毛,不馊不臭不甘心。然后放在油锅里炸成金黄色,沾上辣椒酱,吃得津津有味,一直夸,真是"香得来"。

(33)a 文化节、艺术节、纪念日,慰问的、扶贫的、下乡的,各地的桔子节、苹果节、草莓节,各行业的总结会、表彰会、庆功会……都一个劲地争着办文艺晚会,追求轰动效应。(《人民日报》2000-08-26)

b 文化节、艺术节、纪念日,慰问的、扶贫的、下乡的,各地的桔子节、苹果节、草莓节,各行业的总结会、表彰会、庆功会……都一直争着办文艺晚会,追求轰动效应。

(34)a 我们今年暑假后本应升入高中。但是前些日子老师一个劲地动员我们报考望城服装学校,我们没办法只好报了名、交了报考费。(《人民日报》2000-07-16)

b 我们今年暑假后本应升入高中。但是前些日子老师一直动员我们报考望城服装学校,我们没办法只好报了名、交了报考费。

以上例句中a句"一个劲"能表现出动作发出者的强烈主观意愿,"一个劲"分别表示"夸的意愿很强""争着举办文艺晚会的意愿很强""老师动员我们报考望城服装学校的意愿很强"。b句"一直"虽也能用,但更倾向于客观描述,动作发出者的强烈主观意愿就不凸显了。

"一个劲"在语言使用中明显带有动作发出者的强烈意愿,说明"一个劲"具有意愿程度大的语义特点,在某种程度上与高程度副词"拼命"①相近,有时二者在意愿程度方

①李宗江、王慧兰(2011:357)在《汉语新虚词》中收录了"拼命",有表示程度高的副词用法。

面有较为相似的用法。例如：

(35)她好像要说什么，可终于合上了那双泪光莹莹的眼睛，一个劲儿(拼命)地摇着头。(翻译作品《荆棘鸟》)

(36)她全身湿透，一个劲儿(拼命)在地上打滚，放声痛哭，不肯起来。(欧阳山《苦斗》)

“一个劲”本是频率副词，为何与高程度义用法的“拼命”相似？这主要是因为“一个劲”为高频副词，尤其凸显动作行为的动态性和重复量，这必然会带来动作行为量的增加，凸显意愿程度量，带有高程度义色彩。

三、时间属性

频率副词“一个劲”在时间属性方面也有较为严格的限制。因为频率总是和时间有着千丝万缕的联系，所以下面我们将分析“一个劲”的时间属性。频率副词“一个劲”在时间方面有三个属性：一是用于短时性时段，二是用于过去、现在事件，三是能与持续体“着”共现，但不能与完成体“了”和经历体“过”共现。

3.1 用于短时性时段

时点是指时间轴上的某点时间，时段是指时间轴上的某段时间，短时性是指动作行为在某时点或较短时段内完成。“一个劲”的时段短时性是指“一个劲”所修饰的动词的动作一般是在较短时间内完成，其后动词多为持续动词，不能为非持续瞬间动词。例如：

(37)小明在群众协助下将小偷制服。小明包扎伤口时，看着一个劲儿求饶的小偷气不打一处来，操起水果刀在小偷的大腿上刺了一刀，并将小偷的胳膊打断，然后将小偷扭送到公安局。(《人民日报》1995-11-17)

(38)她一股急劲，硬是挤出窄窄的窗子要去报案，不料被铁栅栏挂在空中。当她被人们扶下来时，还一个劲地直嚷：“快去抓歹徒，别让他跑了！”(《人民日报》1995-08-06)

(39)或许是从没有过登山经历的缘故，走在那片通往营地的碎石坡上时，禁不住内心的好奇一个劲儿地向高山教练搭话聊天，说说笑笑，丝毫没有想到这片冰冻地带融化后深一脚浅一脚的小路会让我们一会儿一个趔趄。(新华社新闻报道2004-04-30)

以上三例中“一个劲”其后动词为持续动词,如“求饶”“直嚷”“搭话”,其后动词的动作行为发生的时间段相对较短,分别表现在“小偷求饶”动作行为发生的时间较短,“崔淑荣大妈直嚷”动作行为发生的时间较短,“向高山教练搭话”动作行为发生的时间较短,还可以从各自前文“小明包扎伤口时”“当她被人们扶下来时”“走在那片通往营地的碎石坡上时”得到印证,因为这些动作发生的时间段都相对较短。

我们还可以通过“一个劲 VP”前加时间限制成分进行验证,“一个劲”所修饰的动作行为只能是短时性的。例如:

(40)a 昨天下午第二节课,小明一个劲儿在教室里说话。(自拟)

b 昨天,小明一个劲儿在教室里说话。

c? 上个月,小明一个劲儿在教室里说话。

d * 去年,小明一个劲儿在教室里说话。

例(40)ab 句可以说,“小明一个劲儿在教室里说话”动作发生的时段较短,有明确的时间限制,c 句“上个月,小明一个劲儿在教室里说话”接受度很低,d 句“去年,小明一个劲儿在教室里说话”不能接受。说明“一个劲”在时间方面有较为严格的限制,在时间属性上具有时段短时性特点。请再看两个例句:

(41)约摸下午 3 时许,各式消防车陆续进入训练场,准备用再一次的训练,给百姓平安再添一份保险。不多时,空旷的训练场上突然划过一道道水柱,犹如苍劲的蛟龙一般,一个劲地向前冲。(《人民日报》2014-07-30)

(42)何塞费诺张了张嘴,话没有说出来,几秒钟内一个劲地眨着眼,一丝尴尬但又淡漠的微笑弄皱了他的面孔。(翻译作品《绿房子》)

例(41)(42)中有明确的短时性时段“不多时”“几秒钟内”,也说明“一个劲”在时间属性上具有时段短时性。

3.2 用于过去、现在事件

频率副词“一个劲”可用于过去和现在事件,修饰过去或现在的动作行为,但不能用于未来事件。这主要是因为“一个劲”是频率副词,频率副词是对动作行为或事件进行频率方面的限定,没有发生的动作行为谈不上频率限制,也就不能用于未来事件。例如:

(43)今年 8 月中旬,我奉命带医疗队到齐齐哈尔大兴镇参加抗洪。当时洪水一个劲儿地向上涨。部队从将军到士兵,都冒雨作业,一干就是十六七个小时。(《人

民日报》1998-09-23)

(44)学员杨惠说:这种教学方法适合我们工人的特点,太好了,过去教师一个劲地讲课,讲完后像问小学生似的问大家懂不懂?(《人民日报》1958-12-09)

(45)都说股市是国民经济的晴雨表,可现在股市一个劲地下掉,是晴雨表不准了,还是真的经济出大问题了?(《人民日报》2012-12-03)

(46)“听说她退学后在一家公司里混得很不错,好好的为什么又要回来呢?”“当初退学时那么坚决,现在又一个劲儿要求复学,真叫人不可理解!”(《人民日报》1989-03-29)

例(43)(44)“一个劲”用于过去事件,有明显的时间标记“今年 8 月中旬”“当时”“过去”,例(45)(46)“一个劲”用于现在事件,有明显的时间标记“现在”。

另外,“一个劲”也不能用于泛时类的句子中表示惯常性动作行为,但与之近义的“一直”却可以。例如:

(47)a 地球一直绕着太阳转,会不会因为阻力而停止?(搜狐网 2019-03-24)

b * 地球一个劲绕着太阳转,会不会因为阻力而停止?

(48)a 千百年来,实践一直是检验真理的唯一标准。(自拟)

b * 千百年来,实践一个劲是检验真理的唯一标准。

3.3 能与持续体“着”共现

频率副词能与表持续的“着”共现,但不能与完成体“了”和经历体“过”共现。“一个劲”是频率副词要求其后 VP 具有可重复性,一般是动态持续动词,在语义属性上与表持续的“着”和谐,但不能与实现体和经历体共现,因为二者在语法属性上表示动作行为的完成,与“一个劲”其后 VP 要求动作行为的可重复性、可持续性动态表达相矛盾。例如:

(49)新见已经顾不上自己的姿态了,只是一个劲儿地极力辩解着。这并不只是为自己申辩,文枝的失踪,对他来说恐怕也是个重大的打击。(翻译作品《人性的证明》)

(50)她们对这件事越谈越起劲,班纳特太太一个劲儿数说着这门姻缘有多少多少好处。(翻译作品《傲慢与偏见》)

例(49)(50)“一个劲”与“着”共现,表示“辩解”“数说”动作行为的重复持续进行。

四、来源动因

频率副词“一个劲”从何而来,它经历了哪些演化阶段和过程,动因和机制又是什么?本文认为频率副词“一个劲”是由名词性短语“一个劲”演化而来,其动因是近似结构的类化影响和说话者求新求异的表达需求,演化机制为转喻,具体为原因转喻结果。

4.1 来源表现

“一个劲”形成时间较晚,一直到清代才出现“一个劲”的线性组合,既有名词性短语“一个劲”,也有频率副词“一个劲”。但名词性短语数量较少,频率副词用法较多。例如:

(51)他的手底下实在有些讲究,而且一部《易筋经》记的烂熟的。他若是趱一个劲,那怕几千斤的石块,打落在他头上、身上,他会丝毫不觉得。(清代小说《儒林外史(下)》)

(52)先是十枝里头只能中一两枝,又过了几天,便十枝里头能中三四枝,弓也渐渐长了一个劲儿了。(清代小说《补红楼梦》)

例(51)“一个劲”为名词性短语,作“趱”的宾语,表示一个力量,例(52)“一个劲”为名词性短语,作“长”的宾语,清代满族把“力”作为弓的强度单位,俗称“劲儿”,“一个劲”表示弓的强度为“一力”。

值得注意的是,为何名词性短语“一个劲”数量较少?本文认为“一个劲”的出现是比较晚近的事儿,且带有很强的口语色彩,尤其是“劲儿”带有明显的北方方言色彩,可能会导致名词性短语“一个劲”语料较少。另外,明清时期其书面形式“一力”使用较多,也是导致名词性短语“一个劲”数量较少的原因。例如:

(53)温大怒曰:“众将可助吾一力,即日起兵,攻打同台,定要剿灭,方遂我愿。”(明代小说《五代秘史》)

(54)僧人笑道:“师兄,你有水克它,只是水火交战,便难服它。我僧家以静定收它,故此不劳一力。”(清代小说《东度记(下)》)

清代时期,“一个劲”的频率副词用法出现,使用逐渐增多。例如:

(55)一见面的时候,刘云脸儿红啦,拿鞭就打,姑娘并不还手,一个劲的向后退,刘云一个劲挤兑人家,人家要再向后退,可就退到水里啦,这才用家伙跟老七还招。

(清代小说《三侠剑(中)》)

(56)纪逢春只是一个劲地扯开嗓子嚷,众人急忙赶出来,再瞧没人。(清代小说《彭公案(四)》)

例(55)(56)中“一个劲”是频率副词,分别表示“向后退”“挤兑人家”“扯开嗓子嚷”等动作行为重复持续进行。

4.2 动因机制

名词性短语“一个劲”向频率副词演化有一定的基础。从其组成成分来看,整个结构的指称性较低,抽象度较高,其中有抽象名词“劲”①,抽象名词一般是无指的,在“一个劲”中中心语是无指的,修饰成分“一个”的指称性也较低,可以说整个结构的指称性较低、抽象程度较高。这样的结构较容易成词,换句话说,“一个劲”具备词汇化和语法化的基础和可能。

名词性短语“一个劲”演化为频率副词,其动因本文认为是近似结构的类化影响和“一个劲”本身生动形象的表达效果。前文语用表达部分能看出“一个劲”生动形象的动态性表达效果,能满足说话人求新求异的表达需求。此外,“一个劲”与“一口气”均为三音节数量名结构,且都具有形象生动的表达效果,满足说话人求新求异的表达需求。《现代汉语词典》(第7版)释义“一口气”为“不间断地做某事”②,为持续义副词。受近似结构“一口气”的类化影响,“一个劲”也走上了持续义用法之路。

“一口气”频率副词用法在元明时期就已出现③。请看下面例句:

(57)那条大蛇,张开血红大口,露出雪白齿,来咬先生。先生慌忙爬起来,只恨爹娘少生两脚,一口气跑过桥来。(元话本《元代话本选集》)

(58)暖雪等不及解完,慌忙检了裤腰,跑出门外,叫住了瞎先生。拨转脚头,一口气跑上楼来,报知主母。(元话本《元代话本选集》)

例(57)(58)“一口气”是持续义用法,表示“不间断地做某事”。由于“一个劲”与

①董秀芳(2017:110)指出具体名词可以是有指的,抽象名词一般是无指的,并指出这里所谓的“抽象”指的是名词所指事物不占据一定的空间,是无形的。“劲儿”就属于这种情况。

②中国社会科学院语言研究所词典编辑室:《现代汉语词典》(第7版),北京:商务印书馆,2018年,第1535页。

③曾常红(2014:43)认为元末明初“一口气”开始固化,明代初期才出现描摹某些不间断且迅速的行为方式的“一口气”,明中后期用例增多并完成词汇化。

“一口气”在音节数量、结构形式和表达效果(生动形象)等方面较为接近,在“一口气”的类化影响和“一个劲”本身生动形象的表达效果的影响下,说话人出于求新求异的表达需求,使得“一个劲”发展出持续义用法。但有意思的是,二者并不完全相同,“一口气”侧重“持续”,“一个劲”侧重“频率”。

名词性短语“一个劲”演化为频率副词“一个劲”的机制是转喻(metonymy),具体为原因转喻结果。转喻是在同一领域内用某一个实体去指代另一个与之相关的实体。(Lakoff & Johnson 何文忠译 2015:32)转喻是一种认知过程,在这一过程中,在同一领域矩阵(domain matrix)或理想化认知模式(ICM)内一个概念实体(载体)从心理上激活另一个概念实体(目标)。(Kovesceses & Radden 1998:39)

名词性短语“一个劲”演化为频率副词“一个劲”,就好比“一个力量”可以让动作不停地连续进行下去,“一个力量”是导致动作不停地连续运行下去的原因,动作不停地连续进行是“一个力量”导致的结果。也可以说,名词性短语“一个劲”是来源义,频率副词“一个劲”是目标义。

Lakoff 和 Johnson(1980:39)提出邻近性的认知观,他们认为,转喻概念的基础涉及物理的或因果的联系。文旭、叶狂(2006:2)指出转喻的传统修辞学分类和转喻的认知语言学分类都涉及到原因转喻结果。转喻认知过程由相对突显原则提供理据,转喻词语所表达的实体往往是认知上突显的实体,它作为认知参照点触及其他不那么突显的实体,从而激活目标概念实体。(Langacker 1993:30)

从过程论和解释学的角度来说,原因比结果更为凸显,原因可以作为转喻的认知参照点,触发认知上不那么凸显的结果,从而激活原因转喻结果机制。所以,表原因的名词性短语“一个劲”可以触发表结果的频率副词“一个劲”,实现原因转喻结果。这就为“一个劲”从名词性短语到频率副词演化提供了认知心理通道(mental access)。另外,在“一个劲”生动形象的语用表达效果、近似结构的类化影响以及语言使用者求新求异表达需求的多重作用下,频率副词“一个劲”便应运而生。

4.3 变体形式

频率副词“一个劲”在发展过程中出现了变体形式。由于经济性原则,“一个劲”中“个”逐渐脱落,形成变体形式“一劲”。① 方梅(2018:137—138)指出“一个”常常有省“一”留“个”情况,这样的“(一)个”在元代以后就已经很普遍了,或许是因为“(一)个”

①“一劲”是带有北方方言色彩的频率副词。除了经济原则外,也有可能是在读音上发生合音现象,“个”的读音脱落,于是,听觉形式的简化而导致视觉形式的简化。

的语法意义负载过重,现代北京话里出现了一种省"个"留"一"的用法,专用在名词前,"一"后没有量词同现。这说明"一个劲"脱落"个"并非个例。

变体形式"一劲"最早出现于民国时期老舍先生的早期作品中,并且在老舍先生的笔下大量使用。例如:

(59)老茅象小蚂蚱似的往里一跳,跳到墙角,一劲儿摇头。马威往前挪了两步,瞪着茅先生。(老舍《二马》)

(60)小鼻子尖子出了一层冷汗珠,嘴唇一劲儿颤,比手颤的速度快一些。她呆呆的看着地上的东西,一声没出。(老舍《二马》)

频率副词"一劲"带有明显的北方方言色彩,我们从北京大学中国语言学研究中心语料库检索"一劲",频率副词用法的有效例句有 135 例,但光老舍先生作品的例句就有 93 例,北方代表性作家谈歌的作品例句有 11 例,还有北方或京派作家作品例句 16 例,①总之,北方作家作品例句高达 120 例,占比高达 88.8%,可见"一劲"带有明显的北方方言色彩。

"一劲"在用法功能上与"一个劲"基本相同。请看下面例句:

(61)张乐仁　这是利用咱们的工作热情,给掌柜的多赚钱,咱们一劲儿劳动,他一个劲儿破坏!(老舍戏剧《春华秋实》)

例(61)中"一劲"和"一个劲"用法基本相同,都是频率副词,表示不停地连续做某事。请再看下面例句:

(62)志河一身高档服装,要不是那口土话,真像个城里的大款。志河一劲夸吕建国,说当年村里那些知青,就数吕建国有出息。(谈歌《大厂》)

(63)可偏偏主持人多事,一劲儿请"最佳"讲几句,问她喜欢什么,"最佳"身子一扭道:"俺喜欢吃鸡腿儿!"(《人民日报》1993-08-31)

(64)"手里有钱生是花不出去。"老太太在杨重的搀扶下边往门外走边唠叨,"钱花不出去还一劲儿涨利息这不是逼着我把人民币砸手里么?"(王朔《一点正经没有》)

(65)这么冷的天,大北风一劲儿呼呼地刮,骑着车子跑西郊,你瞧这个干劲儿多

①这里的北方或京派作家主要有杨沫、汪曾祺、冯志、萧红、李宏林、陈建功、王朔、魏润身、皮皮。

么大。(老舍戏剧《春华秋实》)

以上例句中“一劲”的用法功能与频率副词“一个劲”基本相同,既可以用于正面评价,也可以用于负面评价,其后VP既可以是可控的也可以是不可控的,但必须具有可重复性和一定程度的持续性。以上例句中“夸”“请”是可控动词,“涨”“刮”是不可控动词,但它们都具有可重复性和一定程度的持续性。例(62)“一劲”表示“志河夸吕建国”的正面评价,例(63)(64)(65)“一劲”分别表示“主持人请‘最佳’讲几句”“钱花不出去还涨利息”“大北风呼呼地刮”的负面评价。

五、结语和余论

本文从句法语义、语用表达、时间属性及来源动因等几个方面,探讨频率副词“一个劲”。在句法语义方面,频率副词“一个劲”后面的VP具有可控与不可控、重复性与持续性等多重属性,可以表达正面立场评价和负面立场评价,且正面评价用法是其优势用法。在语用表达方面,“一个劲”凸显动态性和意愿性。在时间方面有三个属性:用于短时性时段,用于过去、现在事件,能与持续体“着”共现,但不能与完成体“了”和经历体“过”共现。在来源动因方面,频率副词“一个劲”是由名词性短语“一个劲”演化而来,并存在变体形式“一劲”,其动因是近似结构的类化影响和自身生动形象的表达效果能满足说话者求新求异的表达需求,其演化机制为转喻,具体为原因转喻结果。

频率副词“一个劲”有其独特的句法语义表现和语用功能,在语言表达中具有不可替代的价值。与普通话频率副词“一个劲”相比,方言中也有各自独特的表现手段,也需要重视和关注,比如岳阳话中的“一老”、唐山话中的“$yier^{35}$ $yiner^{51}$”。

值得注意的是,董秀芳(2017:153)认为“数+名”结构不太稳固,词汇化较难,是比较难以固化为一个双音词的,一般来讲,只有当定语是表示数量的定中形式具有一个专指的意思时才可能发生词汇化,如“三王”“三代”“五色”等。但有意思的是,“一+名”结构“一直”“一味”“一向”“一贯”“一连”“一劲”等“一X”都已词汇化且发展出持续义用法,这与董文所述有所差异。“一个劲”在高频度副词中处于何种地位?它与由“总/老”构成的“总/老是”类高频副词有何功能分野?这些是今后仍需努力的方向。

参考文献

陈昌来:《副词“一直”的词汇化和语法化及相关问题》,《河南大学学报(社会科学版)》,

2015年第3期。
邓小宁:《"一直"与"一向"的多角度分析》,《汉语学习》,2002年第6期。
董秀芳:《词汇化:汉语双音词的衍生和发展》(修订本),北京:商务印书馆,2017年。
方 梅:《浮现语法:基于汉语口语和书面语的研究》,北京:商务印书馆,2018年。
蒋静忠、魏红华:《"一直"与"总是"辨析》,《中国语文》,2017年第4期。
李宗江、王慧兰:《汉语新虚词》,上海:上海教育出版社,2011年。
文 旭、叶 狂:《转喻的类型及其认知理据》,《解放军外国语学院学报》,2006年第6期。
徐时仪:《"一味"的词汇化与语法化考探》,《语言教学与研究》,2006年第6期。
曾常红:《"一口气"的词汇化及相关问题》,《语文研究》,2014年第3期。
张言军:《情态副词"一味"的多维度考察》,《汉语学习》,2017年第2期。
张谊生、邹海清、杨 斌:《"总(是)"与"老(是)"的语用功能与选择差异》,《语言科学》,2015年第1期。
中国社会科学院语言研究所词典编辑室:《现代汉语词典》(第7版),北京:商务印书馆,2018年。
邹海清:《频率副词的范围和类别》,《世界汉语教学》,2006年第3期。
莱考夫、约翰逊:《我们赖以生存的隐喻》,何文忠译,杭州:浙江大学出版社,2015年。
Kovesceses, Z, & G, Radden. Metonymy: Developing a Cognitive Linguistic View, Cognitive Linguistics, Volume 1, 1998.
Lakoff, G. & M. Johnson. Metaphors We Live By. Chicago: The University of Chicago Press, 1980.
Langacker, R. Reference-point Constructions. Cognitive Linguistics, Volume4, 1993.

The Functions, Evolution and Motivation of Frequency Adverb "Yigejin"

Wei Xue

(Shanghai Normal University、China West Normal University)

Abstract: The frequency adverb "yigejin" has unique syntactic and semantic expressions as well as pragmatic functions. Its subsequent verbs have multiple properties of controllable and uncontrollable, repeatable and persistent. The evaluation meanings of positive and negative can be expressed, and the positive evaluation is the dominant usage. In terms of pragmatic expression, it highlights dynamics and willingness. There are also strict restrictions on time attributes. The frequency adverb "yigejin" is derived from the noun phrase "yigejin", and there is a variant form of "yijin". Its motivations are the effect of analogy on approximate structure and the expression demand of seeking for the new and the different. The evolution mechanism is metonymy, which is manifested from cause to result.

Keywords: "yigejin"; frequency adverb; semantic function; evolution mechanism

移情介词"依照"的句法分布及其隐涵义*

钱　坤

（江苏大学文学院）

提　要：文章从语言主观性的形式表现切入，综合运用归纳和演绎、定性和定量、分类和对比等方法，通过分步分层描写能够和"依照"同现的介词宾语、能够和"依照"介宾短语同现的主谓小句以及"依照"句的预设等成分，在短语、小句和话语层面上精确定位"依照"的分布环境，从而提取并验证其语法意义为"立定移情解惑"。首先，文章基于前人研究和语料调查提出"依照"介词宾语的语义特征"恒定"义，并从性质、数量、关系、模态四个逻辑范畴上给予正反验证；其次，基于"依照"句主语的语义特点，将其功能性语义界定为"言者移情"，从认识论、本体论、目的论、方法论四个角度分别论述其移情方式和相应的语用预设，并结合语用隐涵将"依照"句的语义特征界定为"移情解惑"；最后，讨论介宾短语和主谓小句间的组配方式并给予认知解释，论证了"依照"句的主观性。

关键词：介词"依照"；移情；预设；规约隐涵；"依定移情解惑"义

语言的"主观性"(subjectivity)是指说话人在说出一段话的同时表明自己对这段话的立场、态度和感情，从而在话语中留下自我印记(Finegan 1995:1-15)。作为一种主观性较强的语言(沈家煊 2009:3-12)，汉语的这种"自我印记"集中体现在"语法意义极为丰富、精细、有趣"(邵敬敏 2020:23-32)的虚词上。对这些虚词的句法语义逐一进行精细描写，将有助于我们深刻、全面地把握汉语的主观性，从而更好地服务于汉语语言教

*本项研究得到国家社科基金一般项目"汉语情态副词的语义提取与分类验证研究"(17BYY026)、国家社科基金重大项目"境外汉语语法学史及数据库建设"(16ZDA209)和中央高校基本科研业务费专项资金"暨南领航计划"(15JNLH04)的资助。

学、词典编撰以及机器语言处理。

因此,本文选择现代汉语常用介词“依照”为研究对象,运用语义语法的正反验证和双向选择思想(邵敬敏 2004:100-106,赵春利 2014:2-13),遵循“根据语法形式归纳语义解释、依据语法意义演绎形式验证”的研究思路,按照从介宾短语到介词句再到语用预设这一由内而外的逻辑顺序,逐层定位了“依照”的句法环境,分步提取出它的语法意义“立定移情”,然后立足言者的主观视角阐明了“依照”句的“解惑”功能,并从认知角度给以了合理解释。

一、“依照”宾语的语义特征及语义类型

介词的基本功能是把“实体词”介绍给述说词(黎锦熙 1924/1957:22-23),因此研究介词结构可以从它的内部关系(介词和宾语的组配关系)和外部关系(介宾短语和后续主谓小句的组配关系)两个方面入手(郭大凡 1980:67-78)。本节我们先基于前人论述和语料调查,提出“依照”宾语的语义特征,再以性质、数量、关系、模态四大逻辑范畴为纲,用正反两面的语言事实对其进行论证和验证。

1.1 “依照”宾语的语义特征

吕叔湘等(1980/1999:611)最早提出“依照”宾语语义“标准说”,并得到王自强(1998:248)、刘月华等(2001:267)、丁宇红(2008:21)、李行健(2014:1551)和方清明(2017:184)等的赞同。但是,各家对“标准”的内涵和外延则观点不一①,因而尚无法精确定位“依照”的句法位置②。例如,语料调查显示,当宾语是“特点、特征、情况、程度、大小、多少”等“特征”义和“计量”义名词时,性质上可以被“依照”介引,数量上这类例句和“按照”句有显著差异(表1)。进一步观察发现,在语义上这些可组配的宾语须有“恒定不变”义,即宾语中心语前都同现“本地、本身、自己、当前、这些、实际、目前、具体”等限定其范围的定语(例1a),或是通过上下文中可以确定宾语的范围以示其性质“恒定不变”(例1b)。相反,如果中心语前的定语替换成表示性质存在差异、变化的“各种”,它就

①如王自强(1998:248)举例说明“标准”包括“法律、文件、指示、命令”,而赵新、刘若云(2013:405)却认为这些事物属于“前提和基础”,说明他们对“标准”的内涵没有达成一致。

②如韦其标(2008:22)一方面认为当宾语具有“特征”义和“计量”义时,介词用“依”不用“照”,另一方面在例句中又举了“依照”和“特征”义宾语组配的例子:“比如美国生产的健牌衬衫,依照各民族的体型特征,销往欧洲市场与亚洲地区的规格、型号就不一样。”实际上,这样的例句极少,可以说是孤例,而且韦著也没有从语义上解释为什么会有这样极少数的例句。

不能和“依照”组合了,而“按照”却不受此限(例2)。如:

表1 相同搜索条件下“依照”和“按照”对“特征”义、“计量”义宾语的选择差异

	特点	特征	情况	程度	大小	多少
依照 $ 6N①	9	2	21	6	6	4
按照 $ 6N	123	24	251	77	68	46

(1)a. 二十二个乡镇都依照自己的特点,组建了农工商总公司。(1994年《市场报》)

b. 樊崇让刘盆子等三人站在高台中间,依照年纪的大小先后到竹器里去“摸彩”。(1994年《作家文摘》)

(2)特区政府会*依照/按照各种实际需要,协助有关行业和人士渡过难关。

由此可见,“依照”所选择的“标准”应具有“恒定”义。那么这一结论是否能得到语言事实的验证呢?可以。

1.2 “依照”介词宾语的语义类型

1.2.1 性质上的权威性

在性质上,“恒定”义来自宾语的权威性,而权威性可以从量和质两个方面得到保证。首先在量上“集体意志”是权威的,即宾语由表集体的定语如“大家的、他们的、大部分人的”等加上表意志的中心语如“意见、观点、看法、方略”组成的定中组合充任(例3a),或径由“集体意志”的极端形式——“法规制度”类名词如“规定、法律、法规、条例、章程、制度、规章”等充任(例3b);其次在质上“方家之说”是权威的,即上述意志中心语前的定语是表名人、专家、学派的名词,如“亚里士多德、巴金、希罗多德、蒋方良、历史学家、占星学家、佛教”等(例3c),或宾语径由“方家之说”的极端形式——“理论学说”类名词如“理论、学说、原理、概念”等充当(例3d)。如:

(3)a. 在平时,领导者依照大家的意见做事,确实比较平稳。(《读者》合订本)

b. 国家依照法律规定保护公民的私有财产权和继承权。(《中华人民共和国宪法》)

①N表示名词,$ 6N表示在CCL语料库中满足“在‘依照/按照’后不大于6个汉字的位置出现相应的名词”这一搜索条件。

c. 依照巴金的说法,《激流》三部曲正是一本写命运的大书。(《读书》第153卷)

d. 依照历史唯物主义的基本原理,历史当然是根据社会性质分期的。(《读书》66卷)

相反,缺乏权威性,表示个体感受、偏好的“直觉、感觉、听觉、视觉、嗅觉、情趣、爱好、心情、感受、体验”等名词则不能做“依照”的宾语,但它们和“按照、根据”等近义词的组合却不受限。这样我们就从正反两面通过对比在性质范畴上验证了“依照”宾语须具有“恒定”义。如:

(4)a. 摄影者甚至可以按照/*依照其独特的生活感受、艺术体验去选择特定的景物,表现他们的思想情感、追求、情趣。(1995年《人民日报》)

b. 字画挂得太多,易使人眼花缭乱。要根据/*依照自己的情趣爱好精心选择,才可以起到画龙点睛的作用。(1994年《人民日报》)

1.2.2 数量上的积淀义

在数量上,“恒定”义来自宾语的积淀性,即宾语由“风俗、习惯、传统、惯例、经验、规律、原则、常理、常规、常识”等表示经历较长时间积淀、因“约定俗成”而不易改变的名词充当。如:

(5)a. 依照传统,春节是中国人回家团圆的日子。(新华社2002年2月新闻报道)

b. 它昭示上市并非意味一劳永逸,关键是要依照经济规律,真正转换企业经营机制,建立现代企业制度。(《1994年报刊精选》)

上述名词的“积淀”义都是其自身蕴含的,因此“临时、短期、最新、最近”等“短期易变”义定语不能进入“依照”的宾语位置,这和近义词“依据”形成对比。如:

(6)a. 种子选手将依据/*依照国际乒联最新排名确定。(新华社2001年5月新闻报道)

b. 依据/?依照巴以签署的临时和平协议,以色列将从约旦河西岸撤军。

(1998年《人民日报》)①

1.2.3 关系上的一致性

在关系上,“恒定”义可以来自宾语的一致性,即宾语由表示双(多)方一致意见的“合同、协议、约定、标准、规范、计划、准则、协定”等名词充当。如:

(7)a. 依照合同来收费,少磨嘴皮少跑腿。(1993年《人民日报》)

b. 依照政府的道德准则,任何公职人员不得利用公职获取个人收入。(新华社2003年3月新闻报道)

这些一致性宾语中心语自身蕴含了“一致”义,所以“单方面合同、单边协定”等组合本身就因语义冲突而不合法,那么,如何反向验证“依照”要求宾语具有“一致”义呢?

第一,我们可以从“一致”义的衍推义“全面”义入手②。首先,语料显示凡是和“全面”义相反的“片面”义宾语都不能被“依照”选择,即宾语中不能出现“少数、零星、稀少、稀疏、稀有、罕见、有争议、待考证”等定语(例8a)。其次,表示当事某一方内部意见一致的“单方面”一词可以被“根据”选择,但不能被“依照”选择(例8b)。因为“单方面”具有“内部全面”义,这进一步证明“依照”选择的必须是“(各方)一致”义宾语。

(8)a. *选举领导小组依照少数居民的意见确定候选人。

b. 这意味着美国将根据/*依照自己单方面的判断,在任意时刻,用核武器对特定国家实施打击。(新华社2002年3月新闻报道)

第二,我们可以从“依照”和近义词“根据”对宾语的不同选择入手。当“各自”和“不同”分别单独充当宾语定语(析取式)时,都可以被“依照”选择(例9a、b),但如果它们组合起来以“各自不同”修饰宾语中心语(合取式),则受其排斥,而“根据”的宾语无论受析

①此句的合法性存在一定争议。如果认为可接受,是因为宾语中心语“协议”具有关系上的“不变”义,但语料库中没有一例“依照”宾语中含“临时”做定语的例子。另外,也有极个别例句在“依照”宾语的定语位置出现“最新”,如“依照最新规定,只有国家认定的一级残废者才有权享受投票站的上门服务。”(新华社2004年12月新闻报道),但这时“最新”修饰的中心语都是“法规制度”类名词(我们在CCL语料库中仅见的三例均是如此),都在性质上优先保证了关系上的“不变”义。

②所谓“一致”义衍推“全面”义,是说达成一致不仅要求当事各方间无分歧,还要求各方内部也没有分歧,而全面可以只指单方面的“全”。换言之,有两个层面的“全面”,一种是当事各方间意见一致的“全面”,另一种是当事某一方内部意见一致的“全面”。前者和“一致”义基本相同,后者可以和“一致”义不同。

取式还是合取式修饰均可(例 9c)。对此的合理解释只能是析取式宾语取"个体视角",因凸显模态上的"稳定"义而合法,合取式宾语取"集体视角",因凸显关系上的"不一致"义而不合法。而"根据"的宾语无论是析取式还是合取式是都凸显模态上的可能性、"情殊"义而合法①。如:

(9)a. 在实践中,中国共产党……支持工会、共青团和妇联等人民团体依照法律和各自章程独立自主地开展工作。(《中国的民主政治建设》白皮书)

b. 鲁迅对读中国书的意见是依照不同的环境和对象而异。(《读书》第 32 卷)

c. 杭州商界的一些同行根据/*依照各自不同的客观情况,对此作出了不同的反应。(《1994 年报刊精选》)

1.2.4 模态上的稳定性

在模态上,"恒定"义可以来自宾语的稳定性。这类宾语中心语的范围较广,可以说只要在一定时空范围内具备稳定性的事物,都可以被"依照"选择。常见的宾语中心语有"条件、权限、职权、职责、义务、期限、纪律、范围、项目、程序、手续、顺序、秩序、规则、程式、方式、做法、要求"等名词。这些名词的"稳定"义可以来自法律法规、风俗惯例及计划约定,也可以来自事物自身的固有属性,因此其定语位置除了出现"法定的、规定的、确定的、制定的;传统的、古老的、一般的、习惯的、以往的;商定的、预定的、设定的"之外(例 10a-c),还可以高频同现"一定的"(例 10d)。如:

(10)a. 给予纪律处分,必须依照法定程序和期限,做出决定。(《检察官纪律处分暂行规定》第 39 条)

b. 依照以往的销量,除双休日外,我们每天只能销售一头大肉。(陆步轩《屠夫看世界》)

c. 过了阿拉杜工业区,我们便依照预定的计划,参观了几个公路附近的农场。(朱复《东尼! 东尼!》)

d. 在市场上,依照一定的程序,债权各方将其到期债权向债务人和其他投资者拍卖。(《1994 年报刊精选》)

此外,此类宾语的"稳定"义也可以从"依照"介宾短语与"如(果)、要是、若"等条件

①关于介词"根据"的语义选择,详见拙作《介词"根据"的语义选择、语义蕴含和语义提取》,《现代汉语虚词研究与对外汉语教学》第八辑,上海,学林出版社,2020 年,第 118—139 页。

连词同现的频数与近义词“按照”的对比得到验证。调查显示,从定量比较看,上述连词虽然和“依照、按照”都能组合,但存在显著差异(表2);从定性分析看,能和“依照”组合的条件连词隐含的“备选项”都是“不依照”,两者是矛盾关系(例12a),能和“按照”组合的选择连词隐含的“备选项”还可以是“按照其他的”,两者是反对关系(例12b)。因此前者的“依照”可以替换成“按照”,而后者的“按照”不能替换成“依照”。如:

表2 CCL语料库中条件连词和“依照、按照”组合的数量差异

	如(果)	要是	若
依照	22	0	10
按照	492	39	30

(12)a. 一个国家,如果依照/按照国家之理进行统治,它必然安定而繁荣;它若不依照/按照国家之理,就必然瓦解,陷入混乱。(《中国哲学简史》)

b. 目前四家国有商业银行的不良资产率,如按照/＊依照四级分类,还高达21.4%;如果按照/＊依照国际通行的五级分类法,要达到25%左右。(新华社2003年3月新闻报道)

以上我们综合运用归纳与演绎、定性与定量、分类与对比多种手段,系统论证、正反验证了“依照”的宾语须具有“恒定”义,从而在介宾短语层面上精确定位了“依照”的句法环境。以上论述可以总结如表3。

表3 “依照”介词宾语的语义类型及其验证

宾语的逻辑范畴和语义类型	论证方法	
	正面验证(选择对象)	反面验证(排斥对象)
性质上的权威性	集体意志类名词(法规制度) 方家之说类名词(理论学说)	宾语排斥感觉感受类名词
数量上的积淀性	惯例风俗类名词	宾语排斥 “短期易变”义定语
关系上的一致性	合同约定类名词	与近义词“根据”对宾语中定语的不同选择
模态上的稳定性	一定时空范围内具有稳定性的名词	与近义词“按照”对宾语和介词句前连词的不同选择

二、“依照”句的语义：功能、类型、预设和隐涵

“对于虚词，必须从意义和用法两方面进行考察与研究。”（马真 2016：11）

如果说“依照”选择什么样的介词宾语可以部分地反映它的意义，那么“依照”介宾短语选择什么样的主谓小句则可以进一步揭示它的用法，从而有助于全面提取它的功能性语法意义。

2.1 “依照”句的功能性语义

和大部分依凭介词“与施事同现”（陈昌来 2003：239-240）特征不同，调查发现“依照”介宾短语所指向的主语不但可以是受事，还可以是经事、起事，甚至是“跟句子的主要VP或其他VP没有直接的论元关系或嵌入关系”（徐烈炯 刘丹青 2018：24）的话题①。如：

（13）a. 土地的使用权可以依照法律的规定转让。（《中华人民共和国宪法》）

b. 保险人依照保险合同的约定，认为有关的证明和资料不完整的，应当通知投保人、被保险人或者受益人补充提供有关的证明和资料。（《中华人民共和国保险法》）

c. 城市市区土地，依照法律规定属于全民所有即国家所有。（《中华人民共和国土地管理法》）

d. 涉及国家安全和重大利益需要保密的发明创造，必须依照专利法的规定申请保密专利，不得向境外提出专利申请。（《中华人民共和国专利法》）

当然，主语也可以是施事，但它不接受在谓语动词前出现“成功、圆满、正确、清楚、准

①我们认同徐烈炯、刘丹青两位先生（2018：37）“话题与主语、宾语一样是句子的基本成分”的观点，即话题是一个句法概念而非语义概念，这里把它和其他语义角色并列只是因为例13d那样的句子的主语没有合适的语义角色称之，故径称之为“话题”。事实上，其他三例的主语也是话题。在下文论述中，我们也称前三例的主语为“（出现在主语位置上的）论元话题”，称第四例为“（出现在主语位置上的）非论元话题”。（可参照徐烈炯、刘丹青（2018：51）对主语和话题关系的说明和张伯江（2018：442-455）对主语位置非论元现象的讨论。）

确、很容易、毫不费劲、轻而易举、一目了然、轻轻松松”等“顺利”义状语①(例14a),也不接受在“依照”介宾短语前的毗邻位出现“认真、自觉、积极、主动”等“主动”义状语(例14b)。如:

(14)a. 我国政府依照法律(*毫不费力地)取缔了“法轮功”。(新华社2001年2月新闻报道)

b. 叔婆请放心,我们将(*主动)依照您的吩咐去做。(陈廷一《宋氏家族传》)

对此合理的语义解释应是:由于受“依照”介宾短语影响,“依照”句主语位置对“施事性”的要求很弱,因而它可以由非施事语义角色填充。即使占据此位置的是施事,它也不具备“典型施事”应具有的“意愿性”语义特征(李临定1984:8-17;Van Valin & Wilkins 1996:289-322),而只是获得了言者对他的“移情”,成为言者的“移情焦点”(张伯江2016:35)。也就是说,讨论“依照”句的语义应超越客观陈述“主语行事”的层面,而转向言者对句子内容的移情,因此我们把“依照”句的语义称为功能性语义。

2.2 “依照”句的语义类型和语用预设

移情(empathy),即“理解他人的感受和面临的问题”(英国培生教育出版有限公司2002:449)。从“他人”和“感受和问题”切入,基于语料调查并结合“依照”句主语的语义角色和“依照”介宾短语语义类型,我们把“他人”分为经事类主语(包括上述经事和起事)和施事类主语(包括上述施事、受事和话题,详细分析见下文),把“感受和问题”分为认识问题和实践问题,后者又可以分为实践的本体论、目的论和方法论问题,从而得到“依照”句的四种语义类型,以下分别论述。

2.2.1 对经事类主语的认识移情

所谓认识移情,即言者对经事类主语的认识表示理解。此类“依照”句有两种形式:S_1. 依照NP_2,NP_1认为C;S_2. NP_1依照NP_2是/属于O。S_1式主语是经事(例15a),S_2式主语是起事,但可以在句首加上“本法所称、我们认为、本条例规定”等短语将其改写为经事主语句(例15b)。如:(【】内的内容是原文没有而由本文作者合理插入的。)

(15)a. 依照他的想法,他认为如果全部家财都归他所有,那才最妙。(岑凯伦

①“正确、准确”在少数情况下可以出现在主句状位,如:“承包经营户和个体工商户,必须依照本条例的规定准确、及时向统计机构提供统计资料。”(《1994年报刊精选》)但这时“依照”介宾短语前必有“必须、要”等道义情态动词,说明“正确、准确”是言者对听者(也就是施事主语)的要求,而不是对其动作的描写,与本文的论证并不矛盾。

《合家欢》)

b.【我们认为】合署后的监察部,依照宪法规定仍然属于国务院序列。(1993 年《人民日报》)

言者为什么要表示理解呢? 是因为在“依照”句之前存在一个待解决的疑问,而言者认为主谓小句可以(至少是部分地)回答这个疑问。我们可以在“依照”句的上文中找到这样的设问句(例 16a)或是根据“依照”句本身的内容补出这样的设问句(例 16c)来验证该命题的存在。如:

(16)a. 我觉得提到清诗或清代文学,有个问题要先回答:清代文学可否依朝断代? 依照历史唯物主义的基本原理,历史当然是根据社会性质分期的。(《读书》第 66 卷)

b.【发现的文物如何处理?】依照前款规定发现的文物属于国家所有,任何单位或者个人不得哄抢、私分、藏匿。(新华社 2002 年 10 月新闻报道)

2.2.2 对施事类主语的实践移情

所谓实践移情,即言者对主语的行为表示理解和认同。

此类主语既可以是论元话题中的施事、受事,也可以是非论元话题。之所以统称施事类主语,是因为句中都有作为移情对象的施事。在施事主语句中,这是显而易见的(例 17a);在受事主语句中,施事作为受事的相对方也必然存在,可以通过悬空的介词“被”(张谊生 2016:109-111)得到验证(例 17b);在非论元话题主语句中,话题和“依照”短语间高频同现标记施事的“由”字介词短语,即时没有同现也可以合理补出,这都可以证明施事论元的存在(例 17c、d)。如:

(17)a. 双方依照自愿、互利原则,正式签订了兼并协议。(1994 年《人民日报》)

b. 九月廿三日上午,依照两岸“金门协议”,两人被遣返回台湾。(新华社 2004 年 9 月新闻报道)

c. 工会经费由本企业工会依照有关规定独立使用。(《1994 年报刊精选)

d. 涉及国家安全和重大利益需要保密的发明创造,必须【由发明人】依照专利法的规定申请保密专利,不得向境外提出专利申请。(《中华人民共和国专利法》)

因此可以说,这类“依照”句言者的移情对象都是句中明示或暗示的施事。按照前文

对“依照”宾语语义类型的分类,这种实践移情可以作如下细分:

2.2.2.1 实践的本体论移情

此类“依照”句预设可能出现某种前置条件,继而回答“在此情景下主语如何应对”。言者移情体现在用介词“依照”引入权威义名词,从而表达对小句主语“在权威意见的指导下行事”的理解。因此,“依照”句前常同现“如果、只要、一旦”等连词引导的条件状语(例18a),或者作为主语的话题本身就是条件,这时可以在主语前插入“如果”(例18b1)或者将其改写成“当……时”(例18b1)。如①:

(18)a. 企业如果长期亏损,资不抵债,就要依照《破产法》的规定,实行破产。(1994年《人民日报》)

b1.【如果】设立公司必须依照本法制定公司章程。(《中华人民共和国公司法》)

b2.【当】设立公司【时】必须依照本法制定公司章程。(同上)

2.2.2.2 实践的目的论移情

此类“依照”句预设的问题是“主语为什么要这样做/这样做的目的是什么”,言者移情体现在用“依照”引入积淀义名词作解释主语行为的理据,表明其“之所以如此有因可溯、有情可原”。特别地,如果主语行为具有“反常性”,则言者意在指出其“之所以如此是为了符合传统/习惯”。因此,句中都不能再插入“居然、竟然、头一次、破天荒、史无前例、毫无征兆”等“意外”义状语。如:

(19)a. 最初北魏依照本族传统【*竟然】设置八部大夫,分管政事;又设三十六曹尚书分理各种政务。(阴法鲁 许树安《中国古代文化史》)

b. 五月一日,贝雷戈瓦依照其多年习惯【*破天荒】在家乡与工会代表攀谈,听取工人们述说世道艰难和失业的困苦。(1993年《人民日报》)

2.2.2.3 实践的方法论移情

此类“依照”句预设某事已经发生,回答“在此事出现后主语如何应对”。言者移情体现在用“依照”引入一致义名词,表达对其“按一致的/确定的方案行事”的理解。因此

①如上文所述,施事类主语在句中不一定明示,因此例句中施事可以不出现,但读者可以合理推断施事的存在,如例18b隐含的施事是“公司发起人”。

句前常同现或根据其内容可补上“在……时”表示它预设的先行事件①。如：

(20) a. 持证人在执行公务时必须依照法定程序进行检查。(1994 年《市场报》)

b. 该片采用多种形式，【在叙事时】依照历史顺序，突出重大事件，生动再现了叶剑英元帅的光辉形象。(1998 年《人民日报》)

以上所述四种移情方式亦即“依照”句的四种语义类型可以归纳为表 4。

表 4　“依照”句的移情方式(语义类型)

移情方式(语义类型)		预设的情景	移情对象(“他人”)	移情内容(“感受和问题”)
认识移情(认识论)		存在待解答的疑问	经事类主语	主语的观点
实践移情	本体论	可能出现某种情况	施事类主语	当该情况出现时主语采取的应对措施
	目的论	存在“为何如此/目的何在”的疑问		主语这样做的原因/目的
	方法论	某种情况已经出现		在该情况出现后主语采取的应对方法

2.3 “依照”句的隐涵义及其语用功能

以上我们分类论述了“依照”句言者移情的类型。就“移情”一词本意而言，它重在

①方法论移情和前述本体论移情是两种不同的移情方式。本体论移情的形式标记“如果、只要、一旦”或“当……时”标记的是条件状语，强调的是预设和“依照”句主语行为间的条件关系；方法论移情的形式标记“在……时”标记的是时间状语，强调的是预设和“依照”句主语行为间的先后关系。在形式上，虽然部分条件状语如果改成“在……时”的形式句法上也可以成立(如例 18b 说成“在设立公司时……”句子也成立)，但二者意义不同。“当设立公司时，必须依照……”回答的是“**如果**想设立公司(尚未发生)，应该做什么”，而“在设立公司时，必须依照……”回答的是“设立公司时(已经发生)，应该怎么做”。

强调理解对方的处境和言行，但并不必然认为他人的言行是正确的①。如果说“依照”句能够表达言者对主语观点行为的支持，那么这是由移情义推导来的隐涵义（implicature），因而可以被取消，这时全句表达“和预期相反”义（张欣 2009：27）。如：

（21）a. 依照气象规律，冬天是不会暴涨洪水的，但在那一年，竟连续下了整整三天三夜瓢泼大雨，澄碧清澈的资水，也变得浑浊泥黄了。（《读者》合订本）

b. 依照惯例，研讨会是专家学者的“专利”，演员无权也无须涉及。这一次则不然，红线女坚持要让所有参赛的演员都参加，并充当发言的主力。（1994 年《人民日报》）

然而必须承认，这种隐涵义在很大程度上已经成为“规约隐涵”（conventional implicature），基本上不可取消。所以，当实践移情“依照”句作宾语小句时，主句动词就只能是“相信、希望”等“认同”义动词，而很难接受“担心、反对”等“反对”义动词；此外，“依照”句前高频同现“可以、应该、必须”等道义情态动词，说明它所陈述的主语言行已经“凝固化”（Traugott & Konig 1991：189－218）为言者的观点、态度和要求。如：

（22）a. 人们关注民航，更希望/？担心民航依照国际惯例来从严管理、改善服务。（《1994 年报刊精选》）

b. 我们相信/？反对小组中的其他球队会依照公平竞赛的原则进行比赛。（新华社 2004 年 11 月新闻报道）

综上，“依照”句的语用功能可以界定为“移情解惑”。这种“解惑”功能还集中体现于“依照”可用于给新概念下定义。如：

（23）a. 如法砲制：依照成法，砲制中药。比喻照样仿做。（《中国成语大词典》）

b. 名次：依照一定标准排列的姓名或名称的次序。（《现代汉语词典》）

c. 本条所称劣药，是指依照《中华人民共和国药品管理法》的规定属于劣药的药品。（《中华人民共和国刑法》）

①张伯江（2016：35－36）正确指出“移情”的“情”是 empathy（共情），而非 affection（感情）。我们想补充的是，这种“情”也不是 sympathy（同情），即“依照”句只表示言者对所述事实或观点的理解，但不必然表示对其的支持。

d. 辞职是指国家公务员依照法律法规的规定,申请终止其与国家行政机关的任用关系。(新华社 2004 年 7 月新闻报道)

三、结论:"依照"的语法意义及"依照"句的主观性

介词"依照"在介宾短语层面的句法环境是必须和"恒定义"宾语同现,在小句层面的句法环境是必须和"移情解惑"义主谓小句同现,因此它的语法意义就是"立定移情解惑"。这是从言者立场给对"依照"一词的描写。在使用该词时,还要注意介宾短语和主谓小句之间的组配关系:认识论移情小句可以和四类"依照"短语自由组配(例 24),而实践移情中的本体论、目的论和方法论移情小句则分别和权威义、积淀义、约定义/稳定义"依照"短语组配,否则整个"依照"句仍不合法(表 5)。如:

表 5 介词"依照"在句子层面的句法环境

"依照"宾语语义类型		"依照"句语义类型
权威义		认识论移情
积淀义		本体论移情
约定义		目的论移情
稳定义		方法论移情

(24) a. 依照现行法律法规,行业管理也是各邮电管理局的重要行政职能。(《1994 年报刊精选》)

b. 依照惯例,这是一个世界体坛"调整年"。(1993 年《人民日报》)

c. 依照计划,到 2005 年,能够使用宽带的网民将比 2001 年增长一倍。(新华社 2003 年新闻报道)

d. 依照法定继承顺序,她属于第二顺序继承人。(1994 年《人民日报》)

(25) a. 职工依照法律、法规和企业章程/ * 当地风俗行使管理集体企业的权利。(《1994 年报刊精选》)

b. 仪式上,十二辆工程车辆亮灯启动,并依照菲律宾传统/ * 合同的约定,在这些车辆上洒下香槟酒以示庆祝。(中新社 2019 年新闻报道)

c. 出租人依照租赁合同约定/? 当地法律向承租人收取租金。(《1994 年报刊精选》)

也就是说,“依照”介宾短语和小句之间除了存在一一对应关系(把约定义介宾和稳定义介宾看成一类)外,还存在四类介宾短语都可以和认识移情组配的“多对一”关系。之所以如此,一方面是因为“人的正确思想只能从社会实践中来”(毛泽东 1964:1),即认识移情是在实践移情基础上的升华。因此,实践移情“依照”句也可以改写成认识移情“依照”句。如:

(26)a. 依照法律、法规和企业章程,管理集体企业是职工的权利。
b. 依照菲律宾传统,在车辆上洒下香槟酒是表示庆祝的方式。
c. 依照租赁合同约定,租赁人收取租金的对象是承租人。

另一方面,所有“依照”句表达的都是言者的认识。在认识移情“依照”句里,这种主观认识是直接表达的,而在实践移情“依照”句里,这种主观认识是通过施事类主语的三种实践行为间接表达的。借用 Langacker(1990:5-38)的术语,从经事类主语(认识移情)到施事类主语(实践移情),从非第一人称施事到第一人称施事,言者逐步退出“依照”主句的言语场景,而主句的射体以及它和界标间的关系逐步从主观轴移到客观轴,其中非第一人称施事主语得到完全的客观识解。这个关系如图 1 所示,这就是我们对“依照”的语法意义和功能的较全面的认识。

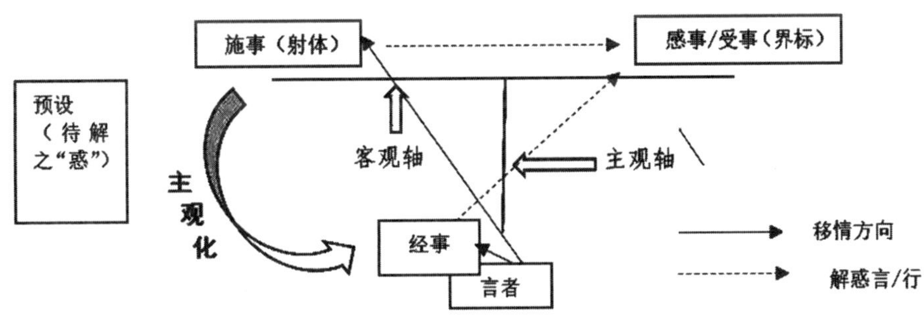

图 1 介词“依照”“移情解惑”图解

参考文献

陈昌来:《现代汉语语义平面问题研究》,上海:学林出版社,2003 年。
丁宇红:《现代汉语方式、依据类介词比较研究》,苏州:苏州大学硕士学位论文,2008 年。
方清明:《现代汉语介词用法词典》,北京:商务印书馆,2017 年。
郭大凡:《介词结构究竟是什么结构(上)》,《福建师范大学学报(哲学社会科学版)》,1980 年第 3 期,第 67 页。

黎锦熙:《新著国语文法》,北京:商务印书馆,1957 年。

李临定:《施事、受事和句法分析》,《语文研究》,1984 年第 4 期,第 8 页。

李行健主编:《现代汉语规范词典》(第三版),北京:外语教学与研究出版社,2014 年。

刘月华等:《实用现代汉语语法》,北京:商务印书馆,2001 年。

吕叔湘等:《现代汉语八百词(增订本)》,北京:商务印书馆,1999 年

马　真:《现代汉语虚词研究方法论》(修订本),北京:商务印书馆,2016 年。

毛泽东:《人的正确思想从哪里来》,北京:人民出版社,1964 年。

邵敬敏:《"语义语法"说略》,《暨南学报》,2004 年第 1 期,第 100 页。

邵敬敏:《语义语法与中国特色的语法理论创建》,《汉语学报》,2020 年第 3 其,第 23 页。

沈家煊:《汉语的主观性和汉语语法教学》,《汉语学习》,2009 年第 3 期,第 3 页。

王自强:《现代汉语虚词词典》,上海:上海辞书出版社,1998 年。

韦其标:《现代汉语凭据性介词研究》,桂林:广西师范大学硕士学位论文。2008 年。

徐烈炯、刘丹青:《话题的结构与功能》(增订本),上海:上海教育出版社,2018 年。

英国培生教育出版有限公司编:《朗文当代英语辞典》(第三版增补本),北京:外语教学与研究出版社,2002 年。

张伯江:《从施受关系到句式语义》,上海:学林出版社,2016 年。

张伯江:《现代汉语的非论元性句法成分》,《世界汉语教学》2018 年第 4 期,第 442 页。

张　欣:《现代汉语"依据"类介词研究》,北京:北京语言大学硕士学位论文,2009 年。

张谊生:《介词的演变、转化及其句式》,北京:商务印书馆,2016 年。

赵春利:《关于语义语法的逻辑界定》,《外国语》,2014 年第 2 期,第 2 页。

赵新、刘若云:《实用汉语近义虚词词典》,北京:北京大学出版社,2013 年。

Finegan. E. *Subjectivity and Subjectivisation: an Introduction.* In Stein, D. & S. Wright. *Subjectivity and Subjectivisation.* Cambridge: Cambridge University Press, 1995.

Langacker, R. W. *Subjectification. Cognitive Linguistics*, Volume 1, 1990.

Trautgott, E. C. and E. Konig. *The Semantics Pragmatics of Prammaticalization Revisited.* in Trautgott & Heine eds. *Approaches to Grammaticalization* Vol1. Amsterdam: John Benjamins. 1991.

Valin V, R. D. Jr. and Wilkins, D. P. *The Case for Effector: Case Roles, Agents and Agency Revisited.* in Mashayoshi Shibitani & Sandra A. Thompson eds. *Grammatical Constructions: Their Form and Meaning.* Oxford: Clarendon Press. 1996.

The Syntactic Distributionand Subjective Implicature of Empathy Preposition *Yizhao*

Qian Kun

(Jiangsu University)

Abstract: Starting from the realization in grammatical forms of the language subjectivity, the paper, within the semantics grammar theory, locates precisely the syntactic distribution of *yizhao* in terms of phrases, clauses and discourses by describing its co-occurrences layer by layer, i. e. its prepositional object, following clause and pragmatic presumption, and generates and verifies the grammatical meaning of *yizhao* as "empathetic issue-solution". Firstly, the paper proposes "constantness" as the semantic feature of the object of *yizhao* based on previous research and language facts and verifies it in terms of the four logic categories, namely quality, quantity, relation and modality. Second, the paper describes the function of the clause following the prepositional phrase as "to express the speaker's empathy" and discusses the way of empathization and the corresponding pragmatic presumptions from epistemology, ontology, teleology and methodology and then generalizes the semantic feature of the following clause as "empathization for issue-solution", which entails an implicature. Last, the paper discusses the synthetic relation between the prepositional phrase and the following clause and explains it cognitively, thus demonstrates the subjectivity of *yizhao* construction.

Keywords: preposition *yizhao*; empathy; presumption; conventional implicature; "empathy for issue-solution"

范畴边界新词语的素序制约机制*

张 舒

（中央民族大学文学院）

提要：本文主要探讨了用两个语义范畴的核心成分相组合来表达新事物的范畴边界新词语（如"房车""空调扇"）的素序制约机制。本文发现，不同语义类型词语的素序制约机制不同。对于自然类范畴边界新词语，如果其表达的事物不涉及杂交，那么语义是制约素序的唯一因素；如果其表达的事物涉及杂交，那么语义、社会文化等则是制约因素。对于人造类范畴边界新词语，语义、韵律、主观认识是制约因素，但是这些因素有主辅之分，语义起主导作用，韵律起协调作用，主观认识在满足语义、韵律的前提下方可发挥作用。

关键词：范畴边界；新词语；素序；制约机制

一、引言

人类面对千姿百态的物质世界，首先是要分类，分类的过程就是范畴化的过程（刘正光 2006：9），范畴化的结果和产物是范畴。尽管范畴边界是模糊的，但是由于各个范畴具有一定的离散性，因此，在正常情况下，我们不难识别范畴成员，也不难给予它们合适的

*本研究得到北京语言大学梧桐创新项目"汉语第二语言词汇教学的实证研究创新平台"（中央高校基本科研业务专项资金）（项目编号：20PT01）、教育部人文社科规划基金项目"韵律—结构—语义界面的汉语词法研究"（项目批准号：20YJA740032）资助。文章写作得到孟凯教授的悉心指导，感谢杨吉春、张博、宋作艳、徐晶凝等先生和袁飞、宋萌萌、姚昭璞等学友以及匿名审稿专家提出的重要修改建议，谨此一并致谢！

类别名称(Ungerer & Schmid 2006/2008:7)。然而,随着社会的发展、科技的进步以及人们认识的深化,现实世界中出现了很多处于两个范畴边界位置的新事物,这就使得原有的类别名称不能胜任表达的需要。例如,在对种类繁多的服装进行分类时,我们不难区分裤子、裙子、袜子等,但是现实生活中在裤子、裙子两个范畴的边界位置出现了"既像裤子又像裙子的服装",裤子、袜子两个范畴的边界位置出现了"裤子、袜子相连的服装",这些新事物的出现使得原有的类别名称"裤子、裙子、袜子"已经不能精准表达范畴边界新事物。既然原有的类别名称不能胜任指称范畴边界新事物,这就势必会创制新词语以填补词汇空缺。

汉语所创制的指称范畴边界事物的新词语,类型多样、种类繁多,这在构词上的体现就是构词的具体方式呈现多样性。例如,"裙裤、雾霾、城中村、连衣裙、硬卧代硬座"等词语所指称的事物均处于两个范畴的边界位置,但是它们的构造方式并不完全一样。具体来说,"裙裤"的构造方式为"名+名"定中式,"雾霾"为"名+名"并列式,"城中村"为"(名+名)方位短语+名"定中式,"连衣裙"为"(动+名)动宾式+名"定中式,"硬卧代硬座"是"(名+动)状中式+名"定中式。以上这些方式中,"裙裤"这种将两个语义范畴的核心成分组合成定中式词语的构词方式,彰显了范畴边界新事物兼具两个语义范畴属性的特点,构词简便,理据性较强,日益成为一种较为能产的构词方式。由这种构词方式类推产生的词语有"房车、药膳、奶啤、空调扇、沙发床、苹果梨"等。张舒(2019、2020)指出,"由这种命名方式造出的词语,因其兼具两个范畴的语义属性,且表达的又是处于范畴边界的新事物,对人们来说,相对新颖,可称为'范畴边界新词语'"①。

对于范畴边界新词语来说,以往研究关注较少,宋作艳(2014、2016)注意到"房车""沙发床"体现了语义类的多重继承性,"房车"既是房又是车,"沙发床"既是沙发又是床。可以说,宋作艳(2014、2016)已经发现"房车"这类词语的特殊性。不过,两项研究是从功用的多重性来关注"房车"这类词,它们并没有从范畴这个角度来对该类词语进行关注。目前从范畴角度关注这类词的研究仅有张舒和孟凯(2017)、张舒(2019、2020)三项。张舒、孟凯(2017)以"裤裙/裙裤""裤袜/袜裤"两组词为例,探讨了范畴边界新词语的语义范畴归属及汉语二语学习者对两组词的语义识解问题;张舒(2019)主要关注的是范畴边界新词语的语义结构类型及其各个语义结构类型复合词的生成机制;张舒(2020)关注的是汉语二语学习者对范畴边界新词语的语义识解情况。总体来说,三项研究聚焦的都

①这些词语无论是其表达的事物,还是给人们的感觉,都还比较新颖。因此,这类词语被称为"范畴边界新词语",但这里对"新词语"的时间不做严格界定。

是词义，并未涉及素序。然而，实际上范畴边界新词语的素序也应得到关注。这是因为，范畴边界新词语在将两个语义范畴的核心成分组合的过程中肯定涉及两个语义范畴孰先孰后的问题，这在构词上就是构词语素的次序问题。那么，制约素序的因素又有哪些呢？若是能够探明范畴边界新词语素序的制约机制，不仅利于深化对范畴边界新词语的研究，而且利于深化对素序制约因素的研究。

二、范畴边界新词语的确定与分类

2.1 范畴边界新词语的确定

既然要探讨范畴边界新词语的素序制约机制，首先就要确定范畴边界新词语。范畴边界新词语是将两个语义范畴的核心成分组合成的定中式词语，其表达的是处于两个范畴边界的新事物。据此，我们确定了范畴边界新词语的几个判定标准：首先，从语法结构上该词语为定中式；其次，从构词成分的语法类别来看，构词成分的语法类别为名词性；最后，从新词语指称的事物来看，新词语指称的事物打破了原本两个范畴相对清晰的界限，处于两个范畴的边界位置。基于以上几条标准，我们对《现代汉语词典》（第7版，下文简称《现汉》）、《新世纪新词语大词典》、北京语言大学BCC语料库、北京大学CCL现代汉语语料库等进行了检索，共得到69个范畴边界新词语。（详见下文表1）

2.2 范畴边界新词语的分类

在对范畴边界新词语检索过程中我们发现，该类词语的语义类型和音节类型并不单一。从语义类型来看，范畴边界新词语主要分为自然类和人造类两大类。例如，“苹果梨”打破了“苹果”“梨”两大范畴之间相对明晰的界限，“苹果梨”处于两个范畴的边界位置，其属于自然类名词。“裤袜”打破了“裤”“袜”两个语义范畴之间相对明晰的界限，“裤袜”处于两个范畴的边界位置，其属于人造类名词。范畴边界新词语的数量虽然不多，但是内部所呈现的典型性可能并不一致，而自然类、人造类或是影响典型性的重要因素。宋作艳（2016）已经敏锐地观察到自然类、人造类对语义类多重继承性以及构词的影响。该文指出，“基于自然属性的分类是偶分的，非此即彼，自然类范畴是单线的，只有一个自然类上位”，如“‘苹果梨’是形状像苹果的梨，不是苹果，二者是自然类范畴，互相排斥”。“功用角色是多选的，人造类范畴是多线的”，“‘沙发床’既是沙发也是床，可以坐可以睡”，“‘房车’既是房也是车，可以住也可以运输”。可以看出，自然类、人造类对定中式 N_1N_2 的语义范畴归属具有较大的影响，而语义范畴归属不仅是制约该类词语典型性的重要因素，更是制约该类词语素序的重要因素。由此来看，有必要将该类词语划分为自然类、人造类两大类。

从音节类型来看,范畴边界新词语主要分为双音词、三音词、四音词。与汉语音节相关的因素是韵律。众所周知,韵律在汉语成词过程中发挥着不可或缺的重要作用。那么,韵律是否是制约范畴边界新词语素序的因素呢?所以,本文还对范畴边界新词语的音节类型进行了划分。表1是范畴边界新词语语义类型、音节类型分布一览表。

表1 范畴边界新词语语义类型、音节类型的分布表

<table>
<tr><th>语义类型</th><th>音节类型</th><th>词例</th><th colspan="2">词数</th></tr>
<tr><td rowspan="3">自然类</td><td>双音节</td><td>豹猫、鳄龟、鳄蜥、蚁蚕、狗熊、虎猫、鲸鲨、狼狗、马鹿、蛇蜥、驼鹿、鼠豚、羊驼、熊猫/猫熊①、鲸豚(兽)②、虎狮(兽)、狮虎(兽)、豹狮(兽)、桔柚、杏梅、杏李</td><td>21</td><td rowspan="3">29</td></tr>
<tr><td>三音节</td><td>菠萝莓、苹果梨、苹果芒、狮子狗、柠檬桔、柠檬柚</td><td>6</td></tr>
<tr><td>四音节</td><td>香蕉苹果、樱桃番茄</td><td>2</td></tr>
<tr><td rowspan="3">人造类</td><td>双音节</td><td>碗杯、房车、绵绸、茶酒、奶茶、奶酒、奶咖、奶啤、奶粥、水酒、药茶、药酒、药膳、裤靴、鞋袜、塔楼、纸巾、裤裙/裙裤、裤袜/袜裤、帽伞/伞帽</td><td>20</td><td rowspan="3">40</td></tr>
<tr><td>三音节</td><td>抱枕被、餐巾纸、面巾纸、厕巾纸、衬衫裙、果汁酒、咖啡酒、馄饨面、空调扇、蜡烛灯、毛巾被、沙发床、沙发凳、沙发椅、手帕纸、T恤裙、袜子鞋、饮料酒、羽绒棉</td><td>19</td></tr>
<tr><td>四音节</td><td>手表电话/电话手表</td><td>1</td></tr>
<tr><td colspan="3">合计</td><td colspan="2">69</td></tr>
</table>

表1显示,范畴边界新词语的语义类型可分为自然类、人造类两大类。每一类词语的音节又可分为双音节、三音节、四音节。总体来看,范畴边界新词语以人造类为主,自然类相对要少。从音节来看,双音节词语数量最多,其次是三音节词语,四音节词语则罕见。这说明,尽管多音复合词有明显增加的趋势(刘楚群2012;惠天罡2014等),但范畴边界新词语在产生过程中依然符合"现代汉语名词的典型词长是二至三音节"(刘丹青1996)的大局面。四音范畴边界新词语之所以较为少见,主要原因有两点:一是韵律模式为[2+2]的四音词语音节较长,词感较低,形式相对复杂,不够简洁;二是四音范畴边界新词语表义不明确,存在多解的可能,如"香蕉苹果"是同形异构形式,既可以是并列式,语

①范畴边界新词语中"同素异序词"指称事物相同,计数时每对同素异序词按1个处理。

②对于杂交的动物,如鲸豚兽,既可以称为"鲸豚",又可以称为"鲸豚兽"。本文处理为"鲸豚(兽)",音节按双音节处理。

义为“香蕉和苹果”,又可以是定中式,语义为“颜色、气味等如香蕉的苹果”。两方面的综合作用就使得无论是自然类还是人造类范畴边界新词语都以双音、三音为主。

三、自然类范畴边界新词语的素序制约机制

自然类范畴边界新词语两个组合成分之间的概念关系具有相似性,两个组合成分或者都是动物,如“狼狗、羊驼、蚁蚕”;或者都是植物,如“桔柚、苹果梨、香蕉苹果”。这些表示动植物的自然类范畴边界新词语主要可以分为两大类:一类不涉及杂交关系,如“菠萝梅、苹果芒、驼鹿、马鹿”;一类涉及杂交关系,如“杏梅、桔柚、苹果梨、鲸豚(兽)”。两类相比,涉及杂交关系的 N_1N_2 是更为典型的范畴边界新词语,因为涉及杂交关系的 N_1N_2 同时具有 N_1 和 N_2 的基因,而不涉及杂交关系的 N_1N_2 只是 N_2 在某方面和 N_1 相似。那么,两类词语的素序制约机制是否相同呢?

3.1 不关涉杂交关系的自然类范畴边界新词语的素序制约机制

对于不涉及杂交关系的自然类范畴边界新词语,如“豹猫、狮子狗、羊驼、菠萝莓、香蕉苹果”,N_1 只是凸显 N_2 的区别性特征。换句话说,由于 N_2 与 N_1 具有相似特征,所以 N_2 在凸显其属性时就以具体形象的 N_1 来凸显 N_2 所具备的特征。Wisniewski(1996、1998)从名名复合词理解的角度提出,当两个名语素高度相似时,人们就采用属性解释(property interpretations)来对陌生的名名偏正复合词进行解释,也就是说,将修饰成分 N_1 的某些特征映射到中心成分 N_2 上。复合词理解对应的其实就是复合词的“解码”,而复合词的“解码”又与复合词的“编码”密切相关。对于动植物名词而言,复合词在编码过程也是将 N_1 的某些特征映射到中心成分 N_2 上。如,“豹猫、虎猫、驼鹿、羊驼、狗熊、狮子狗、樱桃番茄”等是将 N_1 的外形特征映射到 N_2 上,“菠萝莓”是将 N_1 的味道特征映射到 N_2 上,“香蕉苹果、苹果芒”是将 N_1 的颜色特征性映射到 N_2 上,“狼狗”是将“狼”的习性、外形等特征映射到“狗”上。无论 N_1 凸显的是 N_2 的哪种特征,N_1 都只是 N_2 的区别性特征,N_2 才是中心范畴,所以占据中心成分的范畴自然是能够定位所指对象类别的范畴。可见,对于不涉及杂交关系的自然类范畴边界新词语来说,语义是制约素序的唯一因素。

在不涉及杂交关系的范畴边界新词语中,有一对词语比较特殊,即“熊猫/猫熊”。学界对“猫熊/熊猫”这对同素异序词的研究由来已久。如王艾录(1995:179)认为,“熊猫”这个词语的造词理据是“体型若猫似熊”;王艾录、司富珍(2007:3)认为,读作“熊猫”是人们的误读,是以讹传讹,使得“熊猫”逐渐代替“猫熊”;宋作艳(2014)指出,“熊猫”和“猫熊”虽然是同素逆序词,但都属于前隐转喻,字面意思分别是“外形像熊的猫”和“外

形像猫的熊”;吴礼权(2016)认为,之所以有“熊猫/猫熊”两种形式,是源于构词的“本体”与“喻体”不明确,“熊猫”一词的创造乃是以“猫”为本体,以“熊”为喻体,是从panda长相与猫的相似着眼的,台湾人称“猫熊”是从体型与“熊”的相似点着眼的。可见,尽管这对同素逆序词具体的造词理据还有待考究,但不乏有学者认为这种动物既像熊又像猫。那么,我们是否可以推测,在人们的认知当中,“熊猫/猫熊”兼具“熊”和“猫”两个范畴的属性,命名之初不同的人面对这种动物时,有不同的理解,有些人认为“猫”的属性更凸显,命名为“熊猫”更合理;有些人认为“熊”的属性更凸显,命名为“猫熊”更合理。不过,这仅是我们的一种推论,具体理据还待进一步考究。

3.2 关涉杂交关系的自然类范畴边界新词语的素序制约机制

对于涉及杂交关系的范畴边界新词语,如“苹果梨、桔柚、杏梅、杏李、鲸豚(兽)”,N_1同样是凸显N_2的区别特征。但是,相较于不涉及杂交关系的范畴边界新词语,这一类相对复杂,而且也属于相对典型的范畴边界新词语。这是由于N_1、N_2涉及杂交关系,所以杂交后的N_1N_2中既有N_1的基因又有N_2的基因。Lakoff(1987/2017:197)指出,“生物物种概念不仅要考虑形态相似,而且考虑进化论的各种参数,如繁殖、生态适应、基因库等。”可见,为杂交种群命名是一项非常复杂的工作。“苹果梨”是人们通过嫁接技术,将苹果枝嫁接到梨树上,从而培养出的似苹果的梨。“苹果梨”尽管具有苹果的基因,该水果在颜色、口味、形状等方面都酷似苹果,但是终究是梨的基因更为凸显,所以定位“苹果梨”语义范畴归属的是“梨”。这在构词上的体现就是“梨”占据了中心成分,“苹果”占据修饰成分,从而使得“苹果梨”的语义符合“N_1N_2是一种N_2”的定中构式种属义。“苹果梨”体现的是植物的杂交关系,范畴边界新词语中体现动物杂交关系的较为多见,如“鲸豚(兽)、狮虎(兽)、虎狮(兽)、豹狮(兽)”。这些词在成词过程中,其素序受社会文化的影响。“鲸豚(兽)、狮虎(兽)、虎狮(兽)、豹狮(兽)”都是按照雄雌顺序排列,雄性动物范畴占据前位成分,雌性动物范畴置于后位成分。这样的排列次序或是受社会男权思想影响,在人类认知中,相较于雌性,雄性的力气、地位等更为凸显,所以在对杂交动物命名时,也会采取“雄雌”的次序。需要说明的是,动物的杂交关系不同于植物的杂交关系,对于杂交后的动物N_1N_2(兽),它们已经通过将两个已有的范畴表征结合起来而产生了一个新的范畴,N_1N_2(兽)的上位范畴已经不再是N_1或N_2。这正如人类的繁殖:两性结合,繁衍后代,尽管孩子既具有母亲的基因又具有父亲的基因,但是孩子已经成为一个独立的个体,它的上位范畴是人,而不是父亲或母亲。“鲸豚(兽)、狮虎(兽)、虎狮(兽)、豹狮(兽)”也是如此,它们各自已经是一个新的范畴,其上位范畴是“兽”,而不再是N_1或N_2。

四、人造类范畴边界新词语的素序制约机制

人造类范畴边界新词语两个组合成分的概念关系具有一定的相似性，两个组合成分大多具有类义关系，它们代表同类事物中的不同对象，如“馄饨面”中“馄饨”“面”都是主食，“果汁酒”中“果汁”“酒”都是饮品，“羽绒棉”中“羽绒”“棉”都是材质。有些词语的组成成分是否具有类义关系，不大容易确定，但是 N_1N_2 指称的明显是范畴边界新事物，N_1、N_2 两个范畴层级相同，如“房车、药膳、药酒”。在采用将两个语义范畴的核心成分组合成定中式词语这一构词方式为人造类范畴边界事物命名时，两个语义范畴的次序如何确定呢？

4.1 语义的主导作用：定位事物所属类别的范畴占据后位成分

既然范畴边界新词语兼具两个语义范畴，所以通常是属性更为凸显、可以定位事物所属类别的范畴占据后位成分。这是因为，两个已有的范畴表征结合起来使中心成分创造了一个次范畴，其语义大多可以概括为“N_1N_2 是一种 N_2”（董秀芳 2004：133）。例如，“奶酒、奶咖、奶啤、奶粥、茶酒、咖啡酒、果汁酒”表达的都是两种事物混合配制的饮品，尽管 N_1、N_2 均表材料，然而，两种材料相比，一种材料占据主导，意即 N_1、N_2 近似一种包含关系，N_2 里含有 N_1。既然如此，那么自然是材料为主的语义范畴占据后位成分。又如，“房车”是处于“房”和“车”之间的边界成员，它既具备车的运输功能，又具备房子的居住功能和形状。然而，“房车”是随着长途旅游业的发展，人们对车舒适性的要求逐渐提高的产物。可以说，“房车”是在“车”的功能上增加了“房”的功能，定位该事物所属类别的语义范畴为“车”，而非“房”，所以“车”占据了后位成分。又如，“空调扇”是处于“空调”和“电扇”之间的边界成员，既具有电扇的送风功能，又具有空调的制冷、取暖功能。但是，相较于空调的属性，电扇的功能属性和外形属性都更加凸显，所以“电扇”的核心成分“扇”置于后位成分，即“空调扇是一种扇”。又如，“蜡烛灯”是处于“蜡烛”和“灯”之间的边界成员，其具有蜡烛、灯两种语义范畴的属性，然而，相较之下，“灯”的范畴属性更为凸显，所以“灯”占据后位成分，“蜡烛灯是一种灯”。由此可见，在人造类范畴边界新词语生成过程中，语义发挥着重要的作用，是制约其素序的重要因素。

有些人造类范畴边界新词语，随着语言的发展，语义的制约作用似乎不再明显，两个成分置换顺序似乎也较为合理。然而，从词语产生的初始理据来看，依然是语义起主导作用。这里以“纸巾”“奶茶”两词为例，详做分析。

“纸巾”的语义结构为“材料+事物”，命名为“纸巾”的确合理，意义为“纸做成的巾”。

但是,造词之初,如果造出"巾纸"似乎也可讲通,"巾纸"的语义结构为"用途+事物",意义为"用途如巾的纸"。但是,在对"纸""巾"两个范畴边界的事物命名时,为何只产生了"纸巾",并没有产生"巾纸"呢?其实,归根结底是语义在发挥作用。《说文》:"巾,佩巾也。从冂,丨象糸也。凡巾之属皆从巾。"可见,"巾"的本义是纺织品。因此,如果按照"纸""巾"的本义来理解,"纸巾"是"一种用纸做成的巾(纺织品)"。可以说,"纸巾"既可提示事物的材料属性为"纸",又可定位事物的所属类别为"巾",表义直观而明确。然而,造词之初,如果造出的是"巾纸",按照本义来理解,"纸巾"是"用途如巾的纸"。《现汉》对"巾"的释义为:擦东西或包裹、覆盖东西的纺织品。从"巾"释义来看,"巾"的功用既可是"擦",又可是"包裹、覆盖东西","巾"的功用并不唯一。可见,如果造出的是"巾纸",那么"巾"本想提示新事物的功用属性,但是由于"巾"自身的功用属性并不唯一,这就导致"巾纸"表义上没有"纸巾"显豁、明晰。可见,从命名之初来看,"纸巾"在表义上远远优于"巾纸"。不过,需要深究的问题是,既然"巾"是中心成分,可是为何在人们的主观认知中,"纸巾"的语义范畴归属倾向为"纸"呢?例如,《现汉》对"纸巾"的释义为"一种像手绢那样大小用来擦脸、手的质地柔软的纸片"。原因在于,"纸巾"功用是"擦脸、擦手","巾"是喻指成分,喻指义为"擦脸/手的纺织品"。况且,由于"巾"的材质大多为丝、布,这已固化于人们的头脑中,成为"巾"的规约化属性,所以当"巾"的材料为"纸"时,材料属性异常凸显。加之,汉语中"卫生纸、手纸"等词的产生早于"纸巾",而"卫生纸、手纸"中的"纸"已隐含功用属性"擦"。这些因素的综合作用就使得"纸巾"的语义范畴归属倾向为"纸",似乎"纸巾"两个成分置换顺序也很合理。但是,这并不影响"纸巾"一词产生之初的理据性。"奶茶"的语义结构为"材料+材料"。对于"奶茶"的语义范畴归属,不同的人有不同的观点,有人认为"奶茶是一种茶",有人认为"奶茶是一种奶"。对于奶茶的语义范畴归属,尽管有不同的观点,但是现实语言中只有"奶茶"一词。其实,"奶茶"产生之初,依然是"茶"为主,"奶"为辅,如《汉语大词典》的释义为:掺和着牛、羊奶沏的茶。只不过,后来随着"用牛奶和茶,配上果汁、糖等制成的饮料"的"奶茶"出现,才产生"奶茶"是"奶"还是"茶"的争议,但是这并不影响"奶茶"一词最初产生的理据性。(张舒 2019)由此可见,尽管随着语言的使用,看似两个语素置换顺序也合理,然而,从词语产生的理据来看,语义起着关键的作用,定位事物所属类别的范畴占据着后位成分。

4.2 韵律的协调作用:语义制约的前提下,韵律起着协调作用

与其他名名定中式词语相比,人造类范畴边界新词语最为显著的特点是:范畴边界新词语是为了满足指称范畴边界新事物的需要而产生的,其兼具两个语义范畴的属性,这就导致有些人造类范畴边界新词语在语义范畴归属上是两可的,可以是 N_1 也可以是

N_2。通常来说,的确是属性更为凸显的范畴占据后位成分。然而,毕竟有些典型的人造类范畴边界新词语在语义范畴归属上是两可的,无论选择哪个成分作为后位成分,人们都可接受,在这种情况下,韵律就起着协调作用。

双音、四音范畴边界新词语韵律模式分别为[1+1]和[2+2],语义起着主导作用,并不涉及韵律的协调作用。对于三音范畴边界新词语来说,韵律的协调作用就颇为关键。例如,“沙发床”,其语义结构为“用途+用途”。沙发床的日常形态是沙发,一般只有当床用时才改变其形态变为床。应该说,“沙发床”是在“沙发”的功能上增加了“床”的功能,不大可能是在“床”的功能增加了“沙发”的功能,“沙发床”在语义范畴上归属上或许更倾向是“沙发”。然而,毕竟“沙发床”在范畴归属上是两可的,无论认为是“沙发”还是“床”均合理,在这种情形下,词语在生成过程中,韵律的协调的作用就发挥了重要作用。以往大量研究已经发现,三音定中结构以[2+1]式为主,排斥[1+2]式。(吕叔湘 1963;卞成林 1998;孟凯 2016、2018 等)所以,在语义范畴归属两可的情形下,为了让生成的词语满足定中式词语[2+1]的韵律要求,一般会让双音成分置于修饰成分的位置,而让另一个词的核心成分(单音词或派生词的词根)占据中心成分的位置。由此来看,或许从语义来说,“沙发床”“床沙发”差异不大,然而,在语义范畴归属两可的情形下,韵律在发挥着重要的协调作用,生成[2+1]式的“沙发床”更符合汉语词的特点。又如,“抱枕被”的语义范畴归属存在两可的情形,“抱枕被”既是“抱枕”又是“被子”,在这种情形下,韵律的协调作用发挥了重要的作用,双音节的“抱枕”置于修饰成分的位置,单音节“被”置于中心成分的位置。从语义来看,“抱枕被”的语义符合“N_1N_2 是一种 N_2”的种属构式义;从韵律来看,“抱枕被”的韵律符合三音定中式词语[2+1]的韵律要求。

人造类范畴边界新词语中,最能体现韵律协调作用的或是“餐巾纸、面巾纸、厕巾纸”。前文在说明“纸巾”的素序制约机制时曾提及,由于“纸巾”在表义上远远优于“巾纸”,所以受语义的制约作用最后生成了“纸巾”。然而,三音词语“餐巾纸、面巾纸、厕巾纸”却又选择了“纸”作为中心成分,原因何在?单纯从语义来看,构词成分置换顺序,“纸餐巾、纸面巾、纸厕巾”也很合理,置换顺序后,词语的语义结构为“材料+事物”。据周韧(2016)、孟凯(2018)的研究,当表材料的成分为单音节,表事物的成分为双音节时,生成的多是[1+2]式词语,如“纸尿裤、纸飞机、金项链、皮大衣、玉观音、钢结构、木地板”,而且在理解这些词语时可以直接通过物性结构的构成角色来进行解读。“纸餐巾、纸面巾、纸厕巾”也不例外,如果它们得以生成,也完全可以通过构成角色来解读。但是,“纸餐巾、纸面巾、纸厕巾”之所以没有生成,而只是生成了“餐巾纸、面巾纸、厕巾纸”,同样是因为韵律的协调作用。“餐巾纸、面巾纸、厕巾纸”指称的都是范畴边界事物,它们兼具两个语义范畴的属性，在语义范畴归属上既是 N_1（喻指义“用途如 N_1 的事物”）又是 N_2，在这种情形下，韵律发挥了重要的协调作用。因为相较于[2+1]式的“餐巾纸、面巾纸、厕巾纸”，[1+2]式的“纸餐巾、纸面巾、纸厕巾”结合较为松散，类似 AN 结构（参见王洪君，2001）。可见，在语义主导的前提下，韵律的协调作用颇为关键。

4.3 主观认识的制约作用：语义、韵律制约前提下，主观认识或起作用

人造类范畴边界新词语中还存在几组同素异序词，如“裤裙/裙裤”“裤袜/袜裤”“帽伞/伞帽”“手表电话/电话手表”。与“狮虎（兽）/虎狮（兽）”不同的是，“狮虎（兽）”“虎狮（兽）”分别指称的是不同的事物，可以说，异序的目的就在于指称不同的事物。然而，人造类范畴边界新词语中的每组词语指称事物完全相同，两个词语几乎是等义词，如“手表电话”“电话手表”指称的事物完全相同，没有丝毫差别，两个词可以被视为等义词。与“茶砖/砖茶”类同素异序词不同的是，这几组同素异序词的命名方式完全一样。宋作艳（2014）指出，“茶砖、砖茶”指同一种事物，但命名方式不一样。“茶砖”是后隐转喻式，指“茶做的砖状物”；“砖茶”是前隐转喻式，指“形状像砖的茶”。人造类范畴边界新词语中的每组词语命名方式也完全相同，如“帽伞”是前隐转喻，语义为“形状像帽子的伞”；“伞帽”也是前隐转喻，语义为“形状像伞的帽子”。既然两个词语指称事物完全相同，命名方式也完全相同，那么人造类范畴边界新词语中为什么会存在同素异序词呢？

究其原因在于，对于有些事物，有时 N_1、N_2 的语义属性皆凸显，不易区分哪个范畴属性更为凸显，这就导致人们对同一事物的理解不同，所以权宜之下产生“N_1N_2/N_2N_1”这类指称事物相同、命名方式也相同的同素异序词。如“穿在身上肥肥大大像裤子又像裙子的衣服”，裙子、裤子的属性都较为凸显，有人认为更像是裙子，命名为“裤裙”更为合理；有人认为更像裤子，命名为“裙裤”更为合理，这就导致同一事物由一组同素异序词“裤裙/裙裤”来表达。（张舒、孟凯 2017）可见，范畴边界新词语中之所以存在指称事物相同、命名方式也相同的同素异序词，一方面与客观事物的特点相关，客观事物两个语义范畴的属性均较为凸显；另一方面与人们的主观认识相关，同一事物人们的理解可能不同。

不过，需要指出的是，主观认识发挥作用的前提首先是要符合语义和韵律的要求。分析可知，人造类范畴边界新词语中每组同素异序词中的两个词语义都符合“N_1N_2 是一种 N_2”的种属构式义，而且，韵律模式为双音节的[1+1]或四音节的[2+2]。三音节的人造类范畴边界新词语没有产生同素异序词，原因在于[2+1]在韵律上远胜于[1+2]，所以在符合语义的要求下，受韵律的制约一般不会再产生[1+2]的同素异序词，主观认识自然也不再发挥作用。

五、结语

与其他定中式词语不同的是，范畴边界新词语表达的是范畴边界事物，其是通过将两个语义范畴的核心成分组合而生成的。范畴边界新词语在生成过程中，面临着两个构词成分的素序选择问题。本文发现，范畴边界新词语的素序并不是偶然的，而是有规律可循的。对于自然类范畴边界新词语，如果其表达的事物不涉及杂交，那么语义是制约其素序的唯一因素；如果其表达的事物涉及杂交，那么不仅语义会制约其素序，而且社会文化因素或会制约其素序。对于人造类范畴边界新词语，语义、韵律、主观认识等都是制约其素序的因素，在这些制约因素中，语义起主导作用，韵律起辅助作用，在满足语义、韵律的前提下，主观认识或起作用。

不过，本文只是以范畴边界新词语的素序制约机制管窥范畴边界事物的命名方式。其实，除素序制约机制外，还有很多问题尚待挖掘。一方面，有些范畴边界新事物，不仅可以用范畴边界新词语来指称，还可以用其他形式的词语来指称。如，“碗杯”还可称为“早餐杯/泡面杯”，“鞋袜”还可称为“地板袜”，“裤袜/袜裤”还可称为“连裤袜”。可以说，多个词语来表达同一事物并不符合语言的经济性原则，那么为何还会出现多个形式？多个形式中的哪个形式会经得起时间考验而留存下来？哪些类型的边界新事物容易产生多个形式来表达？将两个语义范畴的核心成分组合的生成方式最适合表达哪些范畴边界新事物？另一方面，范畴边界新词语的语义范畴归属倾向对词语简缩成分的选择或会产生影响。例如，“纸巾”是处于“纸”“巾”两个范畴的边界成员，目前在人们的主观认识中，“纸巾”中“纸”的范畴属性或许更为凸显，所以“纸巾”这一范畴的下位成员“抽纸巾、餐巾纸、面巾纸、厕巾纸”可简缩为“抽纸、餐纸、面纸、厕纸”。然而，由于“纸巾”范畴成员多样，不乏有些下位成员“巾”的范畴属性更为凸显，如“湿纸巾”，因其材质多为涤纶、棉纺布，柔韧性较好，使得“巾”的语义属性更为凸显，所以“湿纸巾”可简缩为“湿巾”。

总的来说，范畴边界新词语为我们观察范畴边界新事物的造词方式提供了一个窗口，其引发的语言现象纷繁复杂，尚待未来的研究进一步深入挖掘。

参考文献

卞成林：《现代汉语三音节复合词结构分析》，《汉语学习》，1998 年第 4 期。

董秀芳：《汉语的词库与词法》，北京：北京大学出版社，2004 年。

汉语大词典编辑委员会、汉语大词典编纂处:《汉语大词典》,上海:汉语大词典出版社,1990—1993年。

惠天罡:《近十年汉语新词语的构词、语义、语用特点分析》,《语言文字应用》,2014年第4期。

亢世勇、刘海润主编:《新世纪新词语大词典》(2000年—2015年),上海:上海辞书出版社,2015年。

刘楚群:《近年新词语的三音节倾向及及理据分析》,《汉语学报》,2012年第3期。

刘丹青:《词类和词长的相关性——汉语语法的"语音平面"丛论之二》,《南京师范大学学报》(社会科学版),1996年第2期。

刘正光:《语言非范畴化——语言范畴化理论的重要组成部分》,上海:上海外语教育出版社,2006年。

吕叔湘:《现代汉语单双音节问题初探》,《中国语文》,1963年第1期。

孟　凯:《三音词语的韵律、结构、语义界面调适——兼论汉语词法的界面关系》,《中国语文》,2016年第3期。

孟　凯:《复合词内部的成分形类、韵律、语义的匹配规则及其理据》,《语言教学与研究》,2018年第3期。

宋作艳:《定中复合词中的构式强迫》,《世界汉语教学》,2014年第4期。

宋作艳:《功用义对名词词义与构词的影响——兼论功用义的语言价值与语言学价值》,《中国语文》,2016年第1期。

王艾录:《汉语理据词典》,北京:北京语言学院出版社,1995年。

王艾录、司富珍:《汉语的语词理据》,北京:商务印书馆,2007年。

王洪君:《音节单双、音域展敛(重音)与语法结构类型和成分次序》,《当代语言学》,2001年第4期。

吴礼权:《从修辞的角度看"熊猫""猫熊"两个"同义异序词"的成词理据》,《辽宁师范大学学报》(社会科学版),2016年第3期。

许慎撰、段玉裁注:《说文解字注》(第2版),上海:上海古籍出版社,1988年。

张　舒、孟　凯:《新词语的语义范畴归属及二语者的语义识解——以服装范畴AB/BA型新词语为例》,《汉语应用语言学研究》第6辑,北京:商务印书馆,2017年。

张　舒:《范畴边界新词语的语义结构类型与生成机制》,《汉语学习》第5期,2019年。

张　舒:《二语学习者范畴边界新词语语义识解的影响因素》,《云南师范大学学报》(对外汉语教学与研究版)第3期,2020年。

中国社会科学院语言研究所词典编辑室编:《现代汉语词典》(第 7 版),北京:商务印书馆,2016 年。

周　韧:《汉语三音节名名复合词的物性结构探讨》,《语言教学与研究》,2016 年第 6 期。

Lakoff, G. *Women, Fire, and Dangerous Things. What Categories Reveal about the Mind.* Chicago; London: University of Chicago Press, 1987.《女人、火与危险事物:范畴显示的心智》,李葆嘉、章婷、邱雪玫译,北京:世界图书出版社,2017 年。

Ungerer, F. & H. -J. Schmid. *An introduction to cognitive linguistics*, 2nd edn. New York: Pearson Education ESL, 2006.《认知语言学导论》(第二版),彭利贞等译,上海:复旦大学出版社,2008 年。

Wisniewski, E. J. Construal and similarity in conceptual combination. *Journal of Memory and Language*, 35, 434-453, 1996.

Wisniewski, E. J. & B. C. Love. Relations versus properties in conceptual combination. *Journal of Memory and Language*, 38, 177-202, 1998.

Morpheme Order Constraint Mechanism of New Words in Category Boundary

Zhang Shu

(Minzu University of China)

Abstract: This paper mainly looks at the morpheme order constraint mechanism of the new words in category boundary (such as *fangche*, *kongtiao shan*) which are words that combine core components of the two semantic categories to express the new things in the category boundary. This paper finds that the different morpheme order constranint mechabnisms of different semantic type's words are different. For the new words in category boundary of the natural category, if the things they express don't involve hybridization, semantics is the only factor restricting morpheme order; if the things they express involve hybridization, semantics, social culture are factors. For the new words in category boundary of the artificial category, semantics, prosody and subjective cognition are the factors that restrict their morpheme order, but these factors are divided into main and auxiliary factor: semantics plays a leading role and prosody plays a coordinating role. Subjective knowledge can play a role under the premise of satisfying semantics and prosody.

Keywords: category boundary; new word; morpheme order; constraint mechanism

韵律与句法、语义互动视角下述宾黏合结构直接作定语问题*

应学凤

（浙江外国语学院中国语言文化学院）

提要：述宾黏合结构直接作定语构成的定中黏合结构是韵律与句法、语义等多因素互动的结果。动词词长不同，生成机制也不同。动词为单音节的受韵律、句法制约，其中句法起主要作用。动词为双音节的主要受语义制约。动词为双音节的结构有三大类型：有的是过渡性质的临时结构，它处于由组合短语到黏合短语的过渡阶段，处于"VO 的 N——VON——OVN"进程中；有的 VON 和 OVN 式同时存在，但语义出现了分化；有的只存在 VON 式。

关键词：动宾复合词；述宾黏合结构；定中黏合结构；陈述性

一、由述宾黏合结构直接作定语构成的定中黏合结构

述宾黏合结构直接作定语构成的定中黏合结构又被称之为动宾复合词，"纸张粉碎机"之类的动宾复合词的研究成果众多，有的从韵律语法角度分析，有的从形式语法角度讨论，有的从多个角度综合分析。（Duanmu 1997，顾阳、沈阳 2001，石定栩 2003，冯胜利 2004，何元建 2004，何元建、何玲玲 2005，程工 2005，程工、周光磊 2015，周韧 2006，庄会彬、刘振前 2011，应学凤 2015、2019）

动词和宾语是单音节的述宾结构不需要倒序可以直接作定语构成动宾复合词，动词

*匿名审稿人提出了宝贵的修改意见，特此致谢！文中错漏由笔者负责。

和宾语是双音节的，则需要倒序。如：

(1)纸张粉碎机——＊粉碎纸张机

(2)碎纸机——＊纸碎机

对于上述对立，不同视角的解释存在一些差异，但基本上都认为例(1)是一般机制作用的结果，例(2)有特殊的原因。动词和宾语均为单音节的不需要倒序，有的用回环理论解释，有的认为是音步屏蔽作用的结果，有的认为是韵律构词，是汉语个性的表现。然而，随着研究的深入，人们逐渐发现，有不少例子无法在上述理论框架下解释。

(3) 审查资格小组 征求意见稿 保护动物政策 报废汽车数量 捐赠物品计划

(4)建设有中国特色社会主义理论 开垦塔里木盆地计划 纪念徐悲鸿诞辰100周年学术年会 和平利用国家管辖范围以外海床洋底委员会

(5)泄露国家机密罪 走私文物犯 走私毒品罪 倒卖文物团伙

(6)制造谣言者 操作计算机者 收受不正当利益者 触犯刑法第六条者 在公众场合聚众闹事、造成严重后果者

(7)领护照条 投硬币口 取行李处 索身份证号码函 抗病毒胶囊

例(3)——(7)的动词和宾语不倒序，述宾结构直接作定语构成动宾复合词。例(4)、(7)的全部和例(5)的部分例子动词和宾语倒序后反而不好。如：

(8)建设有中国特色社会主义理论——＊有中国特色社会主义建设理论

开垦塔里木盆地计划——？塔里木盆地开垦计划

(9)拐卖儿童犯——＊儿童拐卖犯 开设赌场罪——＊赌场开设罪

(10)抽油烟机——＊油烟抽机 去死皮钳——＊死皮去钳 降血压药——＊血压降药

动宾复合词的生成本质上是述宾黏合结构直接作定语构成定中黏合结构时是否需要倒序的问题。朱德熙(1982：112)指出："粘合式述宾结构往往可以直接(不带'的'字)作定语，组合式述宾结构必须加上'的'字体词化以后才能作定语。"本文拟在朱德熙先生的基础上从韵律、句法、语义互动的视角进一步阐述述宾黏合结构直接作定语问题。

二、述宾黏合结构直接作定语的句法与韵律制约

根据动词音节的单双音节不同，述宾黏合结构直接作定语构成的动宾复合词可以分为两类。动词为单音节的述宾黏合结构直接作定语构成的动宾复合词的生成是多因素互动的结果。

2.1 单单式VON动宾不倒序的原因

动词和宾语都是单音节的话，这类述宾结构直接作定语构成的复合词动词和宾语不倒序，倒序反而不合格。如：

(11)售票员 编剧人 洒水车 录像机 提款卡 杀猪刀 剃须刀 筑路工 理发店 储钱箱 练功房 负心汉 管家婆 投资商 传令兵 留言簿 骑马术 猎兔犬 修车铺 碎纸机 割草机 榨汁机 采煤厂 签名册

(12)切菜工具 伐木工人 修路大军 登月飞船 抽水马桶 炒股专家 灭鼠能手 节能标兵 喷气飞机 审稿专家 避雷装置 养蜂技术

这类结构动宾不需要倒序原因可以从句法和韵律两方面解释：

1、句法制约。“碎纸机”类的单单式VON的“VO”不需要倒序，是因为双音节的述宾黏合结构“VO”相当于一个动词，节奏紧凑。此外，单音节动词的动作性强，倒序后的“OV”结构很难重新分析为定中结构，“V”很难成为定中结构的中心语。从述宾结构的自然顺序来说，倒序结构也是有标记的结构，除非有特殊的动因，否则也没有必要采用有标记的倒序形式，所以没有必要再多个倒序动作，这也违反经济原则。

2、韵律制约。端木三（Duanmu1997）、冯胜利（2004）都认为双音节述宾结构不需要倒序是因为韵律的制约，但两人的方案有些许不同。端木三（Duanmu1997）认为一个标准音步的双音节述宾结构受到“音步屏蔽”保护，没有必要倒序。冯胜利（2004）提出是由于“无向音步”“韵律词”的作用，使得双音节述宾结构不需要倒序。周韧（2006、2011）在冯胜利的基础上，进一步阐述了“韵律构词”的作用机制。他认为单单式VO直接作定语构成复合词是因为单单式VO是最小韵律词。“汉语使用者将这些双音节的‘VO’（如‘采煤’和‘碎纸’等）作为一个词来使用，而非短语。”

单单式“VO”不倒序既可以从句法角度，也可以从韵律角度解释，但我们认为句法制约优先于韵律制约。单双、单多式VON的“VO”是三音节或以上的，不是一个标准的韵律词，无法从韵律的角度解释。如果认为单单式和单双、单多式具有同构性的话，那么更

说明动词为单音节的动宾复合词从句法角度解释更有内部一致性。

单单式“VO”的构造跟述宾式复合词相同,音节长度也相同,都是双音节的,很多就是双音节述宾式复合词。如:

(13)售票 编剧 录像 收款 理发 报税 播音 投机 毕业 发言 管家 投资 讨厌 探险 留言 签名

那为什么又有一些看似动宾倒序的单单式 OVN 呢?如:

(14)客运站 客运室 空调器 汽修厂 机修厂 警报器 法属圭亚那 耳挖勺 房管局 雨刮器 漕运官 货运港 列检厂 肉食动物

这些单单式“OVN”来源复杂,我们首先要排除由双双式 OVN 缩略而来的,如:

(15)空调器 汽修厂 机修厂 房管局 货运港 列检厂 货运司机 货运码头

此外,我们还要区分原生和次生结构,有些单单式 OVN 是由“OV”直接修饰“N”而来,如:

(16)肉食动物 警报器 耳挖勺 漕运官 客运站 法属圭亚那

这些例子中的“OV”都是可以单说的,如“肉食、警报、耳挖(子)、漕运、客运、法属”,与“法属”相关的还有“英属”,如:“英属维尔京群岛”。不少单单式 OVN 还有对应的“VON”格式,如:

(17)肉食动物——食肉动物 耳挖勺——挖耳勺 警报器——报警器

“警报器”和“报警器”在语义上还有差异,出现了分工。

剩下的就是“雨刮器”这个例子了,而且“雨刮器”也有相应的“刮雨器”“刮水器”“雨刷”等替换说法。关于“雨刮器”的形成机制,目前还没有好的解释。

此外,有部分复合词形式上跟单单式 OVN 很像,但不是单单式 OVN,如:

(18)血吸虫 肉夹馍

“血吸虫”不是吸血的虫,而是血液的吸虫。“血”是对“吸虫”的分类,除了“血吸虫”,还有“肝吸虫、肠吸虫、肺吸虫”等。“肉夹馍”也不是单单式 OVN,一般认为它是“肉夹于馍”句式变化省略而成。

2.2 单双式、单多式 VON 动宾不倒序的句法语义制约及相关变式

动词为单音节、宾语为双音节或多音节的单双式、单多式动宾复合词都不能倒序,如:

(19)抽油烟机　去死皮钳　降血压药　领护照条　投硬币口　存(取)行李处　索身份证号码函

(20)抗病毒胶囊　订报刊日期　配眼镜费用　接客人专车　腌茄子步骤　稳物价措施　反法西斯宣言　防垃圾邮件程序　挖防空洞程序　迎圣诞节晚会　画水墨画技巧

以上两组例子中心语名词的音节不同,“N”为单音节的话,“VO”和“N”结合的更为紧凑,“N”为双音节的话,“VO”和“N”之间比较松弛,例(20)都可以在“VO”和“N”之间加上“的”,意义基本不变,如:

(21)订报刊日期——订报刊的日期　配眼镜费用——配眼镜的费用
接客人专车——接客人的专车　腌茄子步骤——腌茄子的步骤
稳物价措施——稳物价的措施　画水墨画技巧——画水墨画的技巧

例(21)之所以没有进一步倒序为“OVN”结构,是由于单音节动词动作性强,倒序后“OV”的“V”还是动作性的。根据张国宪(1997)的研究 ,动词的动性强度等级序列为:

单音节>前加/后附>偏正>补充>陈述>支配>联合

在古汉语里,“VO”和“OV”都存在,两者都是陈述性的,“二者在指称性上差别不大”(董秀芳 2014)。既然倒序后并不能提高指称性,就没有倒序的必要了,况且倒序后的“OV”是 2+1 式,这种韵律模式与陈述性语义是不匹配的,因而单双式 VON 动词和宾语不能倒序。

有部分动词可以作为名词性结构的中心语,如:

(22)橡皮擦　中长跑　撑杆跳　俯卧撑　同性恋　海水浴　宫外孕　二重唱　三重奏　过劳死　忘年交　自由行　白内障　个人游　随身听　万事通　百日咳　剖腹产

但我们发现,这些例子里前面的双音节名词没有一个是受事的,说明这些动词之所以能作名词性结构的中心语,是因为动词前面都是方式、对象等非论元的名词性成分,动词的动作性弱化了。

然而,“复合词表达的是一般状态,特指性与复合词不相容,这正像复合词中的普通名词都只能是泛指的而不能是特指的一样”(董秀芳 2014)。“抽油烟机”类动宾复合词无法通过倒序提高指称性,就只能通过其他方式迂回实现。于是,这类复合词就出现了相应的变式。如:

(23)抽油烟机——油烟机　去死皮钳——去皮钳
　　降血压药——降压药　投硬币口——投币口

这类动宾复合词用的越多,越可能出现变式,特别是在口语里。中央电视台有一句关于油烟机的广告词:“中国卖得最好的油烟机不是洋品牌,而是方太,因而方太更专业。”在做其他油烟机广告时,也没有出现“抽油烟机”的说法,都一律称作“油烟机”。如果这类复合词无法用其他方法替换述宾结构提高指称性的话,那么它的使用范围和使用频率是受限制的,比如“索身份证号码函”。从总体数量和使用频率看,这类复合词无法跟单单式 VON 和双双式 OVN 相比。

三、述宾黏合结构直接作定语的语义制约

动词为双音节的述宾黏合结构直接作定语构成的动宾复合词情况复杂,有的动词和宾语必须倒序才能直接作定语,有的不需要倒序,例如(3)——(6)。这种述宾黏合结构直接作定语的动宾复合词又可以分为三类。

3.1 三类双双式、双多式 VON 动宾复合词

第一,动宾倒序不倒序均可,但倒序的接受度更高。在两者语义和语用等没有差异的情况下,作为等义词,都是倒序比不倒序接受度更高。等义词是最不稳定的,如果两者之间不产生新的分工,在语义和语用上不出现分化,那么接受度稍微差些的必然消失。从变化的角度看,动宾复合词必然经历从“VO 的 N——(VON)——OVN”的变化,“VON”式就是一个过渡阶段。例如:

(24)表彰劳模大会——劳模表彰大会　发放贷款银行——贷款发放银行
　　审查资格小组——资格审查小组　?介绍古迹专家——古迹介绍专家

？保卫首长人员——首长保卫人员　保护熊猫组织——熊猫保护组织

批发蔬菜公司——蔬菜批发公司　救济难民问题——难民救济问题

(25)煤炭堆放处——煤炭堆放处　环保宣传月——宣传环保月

鲁迅纪念日——纪念鲁迅日　垃圾焚化炉——焚化垃圾炉

这类意义基本相同的“OVN”和“VON”，有的也可以如“OVN——VON——VO的N”一样转换。例如：

(26)石油勘探仪器——勘探石油仪器——勘探石油的仪器

汉字输入方法——输入汉字方法——输入汉字的方法

(27)钻石切割刀——切割钻石刀——切割钻石的刀

遗嘱执行人——执行遗嘱人——执行遗嘱的人

第二，动宾倒序不倒序均可，接受度高度差别不大，且两者在语义和语用上有差异。例如：

(28)计算机操作者——操作计算机者　研究生招收办法——招收研究生办法

毒品走私罪——走私毒品罪　意见征求稿——征求意见稿

以能否加“们”为例，何元建(2004)证明了“计算机操作者”“操作计算机者”等存在语义差异，“OVN”是泛指，“VON”是特指。例如：

(29)计算机操作者们——＊操作计算机者们　谣言制造者们——＊制造谣言者们

但“走私毒品罪”和“毒品走私罪”“征求意见稿”和“意见征求稿”等这些跟人无关的复合词，无法用“们”来鉴别它们之间的语义差异，也不能判定“毒品走私罪”“意见征求稿”是泛指的，“走私毒品罪”“征求意见稿”是特指的。

我们认为，两者语义基本相同，主要存在语用上的差异，VON式更突出动作性，而OVN模糊了这种动作性。如“操作计算机者”更突出“操作”的人，特指意义是由突出动作性带来的，突出了动作性，就突出了实施这个动作的个体，因而具有特指意义。“走私毒品罪”“征求意见稿”也是突出了“走私”“征求”，强调了动作性，突出了个性特征，因而带来了特指意味。从VON到OVN，就模糊了这种动作性。而复合词是遍指的，一般不需要突出个体特征，从不倒序发展成倒序是普遍的。但是，有些复合词多使用于需要突出动作性、突出个体的场合，一旦有了特殊的表意需要，VON 式复合词就有了用武之地。

第三，动宾倒序结构不合格，动宾不倒序反而合格。例如：

(30)贩卖儿童犯　侵犯隐私案　开设赌场罪　滥用职权罪　出售、购买、运输假币罪　猥亵儿童罪　虚开发票罪　倒卖车票船票罪　贩卖军火罪

动宾倒序不合格的动宾复合词多为法律用语，多用于罪名、案件、犯人等描述。少见的罪名以动宾不倒序的居多，常见的罪名动宾倒序的居多。VON 式是一种临时性结构，高频使用等会促使动宾倒序，OVN 式是动宾复合词的典型结构。法律语体表意的需要致使述宾黏合结构可以直接作定语构成动宾复合词，不用倒序。

3.2 述宾黏合结构的陈述性与述宾黏合结构直接作定语

述宾黏合结构直接作定语构成的动宾复合词有三个小类，其中第一类的 VON 式复合词是一种过渡性质的临时现象，除非有特殊的表意作用，否则述宾倒序结构直接作定语的 OVN 式复合词会逐渐替代 VON 式。第二、三类的 VON 式复合词已经有了不同于 OVN 式的语义，这种语义的产生跟其修饰成分“VO”有密切关系。述宾黏合结构的陈述性语义特征“感染”了整个复合词，使得 VON 式动宾复合词也有了陈述性语义特征，因而具有特指义。

VON 和 OVN 式复合词的特指和泛指的差异是由陈述和指称义带来的。VON 表示陈述、叙述、描写一个具体人或物，OVN 表示指称一类现象。VON 的陈述、描写意义的凸显是由于它是由相应的“VO 的 N”紧缩而来的，还带有这类结构的一些语义特点，而且它的定语是具有较强陈述意义的“VO”。VON 式更突出动作性，而 OVN 模糊了这种动作性。如“操作计算机者”更突出“操作”的人，特指意义是由突出动作性带来的，突出了动作性，就突出了实施这个动作的个体，因而具有特指意义。有些复合词多使用于需要突出动作性、突出个体的场合，一旦有了特殊的表意需要，VON 式复合词就有了用武之地。这类 VON 式复合词在法律用语里非常常见。石定栩(2002)、周韧(2006)关注到含有“罪”“案”“犯”这种语素的时候，几乎都采用 VON 式。如：

(31)分裂国家罪　走私假币罪　虚开发票罪　拐卖儿童罪　逃离部队罪　虐待俘虏罪

王洪君(2008:305)认为这类法律文件中常用的“走私毒品罪”类复合词只能“短语入词”方法构造新词的原因在于，对于法律定罪、量刑来说，“走私毒品”与“走私计算机

配件”根本不是同一种罪,宽泛的“走私罪”在法律上没有意义。

我们认可这种看法,但本质上还是这类结构具有陈述性语义特征的缘故。细微的差异会导致危害不同,在量刑上也有差异。例如《刑法修正案(九)》中第三章第二节的“走私罪”列举了10类,这10小类的社会危害,量刑尺度都完全不一样。因而,有的罪名,还经常在“VO”前再加修饰语,突出具体情况。

法律用语需要陈述人或事的具体行为和特征,突出具体动作行为和个体性,以便具体量刑,这个要求跟VON的语义特征更加匹配,这也是为何这类动宾复合词从“VO的N”紧缩为“VON”后,不再倒序为“OVN”的原因。

含有“法”这种语素的动宾复合词几乎都要倒序为OVN,跟含有“罪”“案”“犯”等语素的动宾复合词形成对立,如:

(32)环境保护法　未成年保护法　妇女儿童权益保障法

周韧(2011:121)认为两者对立是因为含有“罪”“案”“犯”等语素的是表示负面的语义,所以不能类指,而以“法”为语素的法律术语是表示正面的语义,可以类指,从而采取OVN格式。我们不完全赞同。以“法”为语素的法律术语本来就是指一类现象,而且是作为一部法律的名称使用,名称要求称谓性、指称性,所以采取OVN格式。

3.3 述宾黏合结构直接作定语的中心语名词音节的单双

中心语名词“N”特性会影响“VON”结构的生成。中心语名词音节的单双也会制约“VON”的可接受度。单音节中心语名词能提高动宾复合词的接受度。

(33)修理汽车的工厂——*修理汽车工厂——?修理汽车厂
拍卖文物的网站——?拍卖文物网站——拍卖文物网
征求意见的初稿——?征求意见初稿——征求意见稿
拐卖儿童的罪行——?拐卖儿童罪行——拐卖儿童罪
走私毒品的犯人——?走私毒品犯人——走私毒品犯

中心语名词由双音节替换为同义的单音节后,VON结构的接受度明显提高。有的动宾复合词当中心语名词为双音节时,VON不合格,如果改为单音节后,可接受度明显提高。有的当中心语名词为双音节时,VON不大能说,但改为同义单音节名词后,VON就可以接受。以“罪”“犯”为中心语的VON结构,如果换为同义的“罪行”“犯人”后,VON不大能接受。

中心语为单音节名词的 VON 接受度更高,其原因是后置单音节名词独立性弱(吴为善 1989),跟前面成分构成一个“重-轻”节奏,这类结构的节律整体性强(柯航 2007),而整体性跟通常表示实体的名词比较兼容,是名词性强的表现之一(陆丙甫 2012)。事实上,这个位置上有些常用的单音节已经发展成“准词缀”。作为一个复合词的结构框架,使得其中的修饰成分 VO 的某些特征被压制了。如果同时存在 VON 和 OVN 两种格式,那么前者因为修饰成分“VO”的述谓性、陈述性语义特征,而使得 VON 比 OVN 具有更强的述谓性和陈述性。

赵元任(1979:190、2002:201)指出,两个成分如果有一个是黏着语素,或者两个都是,那么这样的结构就一定是复合词。陆丙甫(2015:46)也认为一个结构体是否有直属成分是不成词语素对于判定该结构是词是语很重要。

中心语名词若为单音节的,还可能提高 OVN 复合词的接受度,例如:

(34)发放贷款的银行——?发放贷款银行——?贷款发放银行——发放贷款行、贷款发放行

(35)粉碎纸张的机器——*粉碎纸张机器——*纸张粉碎机器——纸张粉碎机

此外,单音节名词性成分是黏着语素还是成词语素,也会影响动宾复合词的生成。比如“交通指挥灯”就不如“纸张粉碎机”接受度高。中心语名词性成分如果是黏着语素,不管是节奏上还是句法上,都容易附着于前面的成分,形成强势的 2+3 节奏。

四、结语

VON 和 OVN 两种复合词动宾顺序一直是一个热点问题,但以往研究重点都在 OVN 上,有些问题一直未解决,尤其是违反一般规则的 VON。VON 动宾复合词其实就是一个由述宾黏合结构直接作定语构成的定中黏合结构。朱德熙(1982:149)在讨论体词性偏正黏合结构语法特点时提出,黏合结构只能以黏合结构为成分。他(1982:112)在讨论述宾黏合结构和组合结构的句法差异时提出,述宾黏合结构往往可以直接(不带“的”字)作定语,述宾组合结构必须加上“的”字体词化以后才能直接作定语。

本文在朱德熙先生讨论的基础上,进一步分析了动宾复合词生成过程中韵律与句法、语义的互动关系,提出动词为单音节的述宾黏合结构直接作定语构成动宾复合词的句法制约是主要动因。虽然单单式 VON 也可以从韵律角度解释,双音节的 VO 是一个标

准音步、最小韵律词。但单单式 VON 也可以从句法视角解释，单音节动词的动作性强，无法倒序后作为定中黏合结构的中心语。而单双式、单多式 VON 的述宾黏合结构不需要倒序直接作定语，则无法从韵律词的角度解释，但可以从单音节动词动作性强，语义上陈述性强解释。

动词为双音节的述宾黏合结构直接作定语的构成的动宾复合词有三个次类：一、这类 VON 式复合词是具有过渡性质的临时结构，是一种“短语入词”现象。它处于由组合短语到黏合短语的过渡阶段，处于“VO 的 N——VON——OVN”进程中。二、VON 和 OVN 式复合词同时存在，极端情况下，只存在 VON 形式，VON 式复合词产生了不同于 OVN 式的语义。三，只存在 VON 式。这类述宾黏合结构直接作定语构成的动宾复合词往往具有陈述性语义特征，受语义和语体的制约，是语用需要驱动产生的新结构，具有独特的表意作用。

参考文献

程　工：《汉语“者”字合成复合词及其对普遍语法的启示》，《现代外语》，2005 年第 3 期。
程　工、周光磊：《分布式形态学框架下的汉语动宾复合词研究》，《外语教学与研究》，2015 年第 2 期。
董秀芳：《2+1 式三音节复合词构成中的一些问题》，《汉语学习》，2014 年第 6 期。
冯胜利：《动宾倒置与韵律构词法》，《语言科学》，2004 年第 3 期。
顾阳、沈阳：《汉语合成复合词的构造过程》，《中国语文》，2001 年第 2 期。
何元建：《回环理论与汉语构词法》，《当代语言学》，2004 年第 3 期。
何元建、王玲玲：《汉语真假复合词》，《语言教学与研究》，2005 年第 5 期。
柯　航：《现代汉语单双音节搭配研究》，中国社会科学院语言研究所博士论文，2007 年。
陆丙甫：《汉、英主要“事件名词”语义特征》，《当代语言学》，2012 年第 1 期。
——：《核心推导语法》（第二版），上海：上海教育出版社，2015 年。
石定栩：《复合词与短语的句法地位》，《语法研究和探索（十一）》，北京：商务印书馆，2002 年。
——：《汉语的定中关系动-名复合词》，《中国语文》，2003 年第 6 期。
王洪君：《汉语非线性音系学》，北京：北京大学出版社，2008 年。
吴为善：《论汉语后置单音节的粘附性》，《汉语学习》，1989 年第 2 期。
应学凤：动宾倒置复合词述评，《汉语学习》，2015 年第 2 期。
——：韵律与语义互动视角下的动宾倒置复合词的层次结构，《汉语学习》，2019 年第

4 期。
张国宪:《“V^{双}+N^{双}”短语的理解因素》,《中国语文》,1997 年第 3 期。
周　韧:《共性与个性下的汉语动宾饰名复合词研究》,《中国语文》,2006 年第 4 期。
——:《现代汉语韵律与语法的互动关系研究》,北京:商务印书馆,2011 年。
朱德熙:《语法讲义》,北京:商务印书馆,1982 年。
庄会彬、刘振前:汉语合成复合词的构词机制与韵律制约,《世界汉语教学》,2011 年第 4 期。
Chao, Yuen-Ren: *A Grammar of Spoken Chinese*. Berkeley and Los Angeles: University of California Press, 1968/2011. 吕叔湘节译本《汉语口语语法》,北京:商务印书馆,1979 年。丁邦新译本《中国话的文法》,香港:中文大学出版社,2002 年。
Duanmu San: Phonologically Motivated Word Order Movement: Evidence from Chinese Compounds, *Studiesin the Linguistic Sciences*, 1997, 27(1): 49-77.

Predicate-objectStructure Being Used as Attributive——from the Perspective of the Interaction among Prosody, Syntax and Semantics

Ying Xuefeng
(Zhejiang International Studies University)

Abstracts: Modifier-head adhesive structures coming from predicate-objective structures being used as direct attributive are the production of the interaction among prosody, syntax and semantics, etc. Different working mechanisms may lead to structures of different lengths. Structures of one-syllable verb are under the constraints of prosody and syntax, with the latter playing a major role. Structures of double-syllable verb mainly are under semantic constraint. There are three types of predicate-object structures of double-syllable verb: some are transitional structures from combined phrases to adhesive structures, namely in the transitional process from VO 的 N——VON——OVN. Some have both VON and OVN forms, only with diversified meanings. Others have VON forms only.

Keywords: verb-object compounds; predicate-object structure; modifier-head adhesive structure; declaration

◎语言学史研究

跨视阈重审胡以鲁《国语学草创》的国语学性质*

王继超

(厦门大学人文学院)

提要:过去的研究基本上把《国语学草创》定位为语言学著作,而且主要以该书的语言学理论作为研究对象。但也有少数学者提出,《国语学草创》是国语学著作,然而考证不足。通过跨视阈考证胡以鲁的学术师承以及《国语学草创》的成书目的、理论框架和理论源流,我们发现《国语学草创》源自藤冈胜二的国语学著作《国语研究法》。尽管《国语学草创》的前五篇具有语言学色彩和汉语史色彩,其目的仍然是为该书的国语学理论服务的。通过重审《国语学草创》的国语学性质,我们认为把它定位为国语学著作更加合适。此外,本文的研究为我们重新认识胡以鲁及其著作提供了新视野,也为近代文献研究就研究方法而言提供了新思路。

关键词:胡以鲁;国语学草创;跨视阈;重审;国语学性质

胡以鲁(1888—1917),字仰曾,浙江省宁波定海人。“当年遣留学,奏派仗浙抚。甄

*本文是国家社科基金重大项目“东亚珍藏明清汉语文献发掘与研究”(12&ZD178)的阶段性成果。感谢《励耘语言学刊》编辑部老师和匿名专家提出的宝贵意见和建议!李无未先生提供了柿木重宜的论文,一并致谢!文中一切错误,概由本人负责。

录列第一,文字争相诩。”1903 年,胡以鲁凭借录取考试第一名的成绩被浙江省官派赴日留学,进入日本大学学习法政,1906 年获法学士学位。同年 6 月,国学大师章太炎赴日本,9 月创办国学讲习会,在留学生中开设《庄子》、《楚辞》、《说文》等国学讲座,胡以鲁和鲁迅、周作人、钱玄同、黄侃等一起成为章门弟子。① 1909 年,胡以鲁进入日本东京帝国大学言语学科学习言语学,1912 年获文学士学位。② 1913 年胡以鲁开始在北京大学担任语言学讲座,《国语学草创》就是当时的讲义。胡以鲁的《国语学草创》把欧洲语言学理论特别是德国的语言学理论介绍到中国,因此可以说胡以鲁是中国语言学先驱式的人物。③

一、《国语学草创》的性质定位

《国语学草创》得到中国语言学界的高度评价。濮之珍(1987)认为,《国语学草创》是我国第一部语言学理论著作。④ 邵敬敏、方经民(1991)认为,《国语学草创》是中国第一本理论语言学著作,它的问世标志着中国理论语言学的诞生。⑤ 林焘(2002)认为,《国语学草创》是中国最早的一本汉语概论性质的著作,同时也是最早的具有普通语言学色彩的著作之一。⑥

目前,学界基本上把《国语学草创》定位为语言学著作,而且主要以该书的语言学理论作为研究对象。但也有少数学者提出,《国语学草创》是国语学著作。于锦恩(2004)提出,1912 年商务印书馆出版了我国第一本国语学专著《国语学草创》⑦。许嘉璐(2014)在为《近代名家散轶学术著作丛刊 · 语言文献》系列丛书作序中提到,民国学术推动了现代学科体系的建立,例如在对语言文字和音韵学成果进行整理研究的基础上开始着手规范之,建立了国语学⑧。他所说的就是《国语学草创》。

---

①孙峰:《我国早期的语言学家——定海籍赴日留学生胡以鲁》,《今日定海》,2015 年 8 月 7 日 03 版。

②海晓芳:《文法草创时期中国人的汉语研究》,北京:商务印书馆,2014 年,301 页。

③海晓芳:《试析中国第一部语言学著作〈国语学草创〉》,《东亚文化交涉研究别册 7》,2011 年,第 188 页。

④濮之珍:《中国语言学史》,上海:上海古籍出版社,1987 年,第 477 页。

⑤邵敬敏、方经民:《中国理论语言学史》,上海:华东师范大学出版社,1991 年,第 3 页。

⑥林焘主编:《20 世纪中国学术大典 · 语言学》,福州:福建教育出版社,2002 年,第 283 页。

⑦于锦恩:《简论国语运动中白话文的推行——兼与赵慧峰先生商榷》,《民国档案》,2004 年 03 期,第 65 页。

⑧许嘉璐:《总序:披沙沥金 以为镜鉴》收入胡以鲁:《国语学草创》,太原:山西人民出版社,2014 年。

那么,胡以鲁的《国语学草创》究竟是语言学著作还是国语学著作呢?我们认为要探讨清楚这个问题,关键在于立足文本厘清《国语学草创》的理论内涵,从该书的理论源流入手,以该书整体的理论框架作为评价依据。

二、胡以鲁师从藤冈胜二

要考察胡以鲁《国语学草创》的理论源流,先要考察胡以鲁的学习背景。据海晓芳考证,1909年,胡以鲁进入日本东京帝国大学言语学科学习言语学,言语学科原先叫博言学科,1900年才改叫言语学科,胡以鲁在东京帝国大学言语学科学习期间,上田万年是国语学讲座担任,藤冈胜二是言语学讲座担任。①

明治19年(1886)3月1日,帝国大学(后来改名为东京帝国大学)成立,同年9月1日,帝国大学文科大学开设博言学科,学习年限为3年。藤冈胜二在《国语史略》"国语系统总论"一节中提到,日本国语与他国语之关系,初无讲究之者,迨明治时代西邦文化之传布,渐促其讲究之开始。明治十九年九月,帝国大学设博言学科,以便其讲究。② 可见,帝国大学博言学科是日本国语学的摇篮。

为了能够胜任博言学科的教学,明治二十三年(1890)上田万年被派遣到德国留学3年,并于明治二十七年(1894)6月回国,同年7月5日,被任命为帝国大学文科大学教授,成为博言学讲座担任。③ 藤冈胜二,明治五年(1872)出生于京都市。明治二十七年(1894)毕业于第三高等学校本科一部的内文科,之后入读东京帝国大学文科大学博言学科。明治三十年(1897)藤冈提交了学术论文《日语的性质及其发达》,从该大学毕业。明治三十四年(1901),藤冈胜二也被派遣到德国和法国留学。回国后不久④,就从上田万年手中接过东京帝国大学文科大学语言学专业,并顺利晋升为副教授、教授。当时语言学专业只有藤冈胜二一个教员,之后的三十年,东大语言学系在日本的整个语言学界一

①海晓芳:《文法草创时期中国人的汉语研究》,第304页。

②藤冈胜二:《国语史略》收入大隈重信主编,王云五译:《日本开国五十年史(十三)》,上海:商务印书馆,1929年,第89页。

③宝力朝鲁:《明治後期以降における国語教育への上田万年の影響》,《东北大学大学院教育学研究科研究年报》,2005年第53集第2号,第40—42页。

④明治三十八年(1905),上田万年把东京帝国大学文科大学言语学讲座让给藤冈胜二。参看柿木重宜:《國語調查委員會と藤冈勝二の國語観について》,《滋賀短期大学研究紀要》,2015年第40号,第74页。

直处于领先地位。①

据柿木重宜(2015、2017)考证,从明治三十八年(1905)开始,东京帝国大学语言学专业只有藤冈胜二一个教员,这就意味着胡以鲁1909年入读的时候,他的语言学老师只有藤冈胜二一个人。

三、《国语学草创》源自《国语研究法》

考证《国语学草创》的理论源流,我们以胡以鲁在东京帝国大学言语学科的语言学教材作为研究起点。藤冈胜二编写的教材主要有:

1.《言语学》(哲学馆高等教学科讲义录),有明治三十六年(1903)和明治三十九年(1906)两个版本,内容主要包括:(1)言语学的定义、名称、及其研究方法;(2)言语学与其他学科的关系;(3)言语学的功用;(4)言语的形成;(5)言语和思想的关系;(6)言语的起源;(7)言语习得的情况;(8)言语被通用和传播的理由;(9)言语的生命;(10)言语变化的种类;(11)言语外形变化的理由;(12)论音韵的变化。

2.《国语研究法》,明治四十四年(1911)由东京三省堂书店出版发行,该书本是日本帝国教育协会举办的暑期讲习会的讲义,内容主要包括:(1)言语的观念;(2)国语和方言;(3)文语和口语;(4)中国语、日本语、西洋语;(5)语法和辞书;(6)语法和逻辑;(7)保守说和改定案。

上述两本教材的性质是不同的,《言语学》是语言学著作,其内容主要是语言学理论,而《国语研究法》是国语学著作,其内容主要是国语学理论。柿木重宜(2017)指出,藤冈胜二从德国留学回国后,出版了以"国语学"为指导方针的《国语研究法》。②

以这两本教材作为原典文献,通过文本比较,我们发现胡以鲁的《国语学草创》源自藤冈胜二的《国语研究法》,下面我们通过理论源流和理论框架两个方面进行论证:

3.1《国语学草创》的理论源流

限于篇幅,我们罗列部分主要例证如下:

1.语言的任意性

胡以鲁:以自发之声音为事物之徽征,使此一定之声音与特种之事物成连结,言语即

①柿木重宜:《近代「言語学」成立事情——言語学者藤岡勝二の役割を中心として》,《関西外国語大学研究論集》,2017年3月第105号,第5—10页。

②柿木重宜:《近代「言語学」成立事情——言語学者藤岡勝二の役割を中心として》,第12页。

胚胎于是矣。比诸摹声,更有确然之我观入代表与被表之间而为之主动,无复必然之关系矣。(第7页①)

藤冈胜二:もともと言語が符牒であって、其に依て示さるべき觀念と必然的關係がないからである。(第35页②)

译文:因为原本语言就是符号,与应该依据其表示的观念没有必然之关系。

2. 内范外范的内涵

胡以鲁:此种心意作用,即形成亨抱而的氏 Humboldt 所谓内范 Interform 者也。内范者,对于言语之外范 Outform 而言,各民族心意作用之范畴也。以有限之音声表丰富之思想,其间相应尤为微妙。(第9页)

藤冈胜二:フムボルドして見ると言語もそんなに開けないものではあるまいといふ考が出て来る。そこでこの点から解釋を試みたのが、ウィルヘルム、フォン、フムボルト(Wilhelm von Humboldt)及び其一派の學者である。(第72页)

译文:由此可见语言的(形式和内容)并不是不可以分开的,洪堡特一派的学者从这一观点出发解释。

藤冈胜二:言语の外相は乏しいても、其内相は頗富んでをったと云はねばならぬ。(第73页)

译文:尽管语言的外范贫乏,但其内范还是颇丰富的。

胡以鲁把洪堡特的 Interform 和 Outform 翻译为内范和外范,对应藤冈胜二翻译的内相和外相。胡以鲁认为虽然外范(音声)是有限的,但能表达丰富的内范(思想),藤冈胜二认为语言外范贫乏而内范很丰富。二者内涵一致。

3. 音之变容的内涵

胡以鲁:音韵本体,就发音机关而论者也。音之所以发,为之主动者为心理作用。同一音也,心理作用不同,斯音上之着色亦异。名此音声之着色,谓之音之变容。即音之高低 Pitch 长短 Duration 强弱 Intensity 锐钝 Register 等是也。(第36页)

藤冈胜二:音聲は比較的微細に分つことが出來るが為に、之を種々に配合して、數多の發表に用える事が出來るのみならず、絲の染色を種々にすることの出來る如く、音聲も亦其強弱高低長短によって音着色上の微妙なことが出來るから、感情の如き直接發表に極めて適切なものとして用えることが出來る。(第145页)

---

①本文参考版本为:胡以鲁:《国语学草创》,太原:山西人民出版社,2014年版。

②本文参考版本为:藤冈胜二:《国语研究法》,东京:三省堂书店,明治四十年(1907)版。

译文：为了使音声可以比较细微地分辨出来，人们为音声配了各种特征，就像把丝线进行染色一样可以做各种事情，声音也可以根据其强弱、高低、长短作为音声的着色而表达微妙的意义，像表达感情一样直接恰当地表达要表达的内容。

胡以鲁定义的“音声之着色”比藤冈胜二的“着色”概念多了“锐钝”这一区别特征。胡以鲁解释说，“锐钝大抵缘于生理或社会心理之差。高低长短强弱则主因于心理状态，所谓意境也。（第36页）”也就是说，“锐钝”是相对稳定的，而“高低长短强弱”则依据不同的心理状态而变化。在第一篇的“析音表”一小节，胡以鲁谈到何为“锐钝”：“由a及i唇渐后向，舌渐前隆，口腔空处渐小渐前，音乃渐就明锐。次圆撮其两唇，舌渐后隆，发上四音，则为歌侯之即oŏu是也。此时音渐后响而圆笼，乃渐就沉钝。（第15页）”由此可见，胡以鲁的“锐钝”实际上反应的是元音的发音部位和发音方法，也即从生理的角度谈锐钝的本质。如果说“同一音也，心理作用不同，斯音上之着色亦异”的话，那么显然“锐钝”不应该算作心理作用导致的“音之着色”的特征之一，因为“锐钝”是由发音部位即生理因素决定的。

4. 孤立语与综合语的比较

胡以鲁：胥拉海氏 Schleicher 一派形态分类主张者，动辄以吾国语形式之缺乏，贬之为初等。吾辈试先问形式之为何？形式之中有屈折之形式 Flexional formal elements 与形式的形式 Formative elements 二者。屈折的形式为综合之遗习，即语词在句中关系上之变化。此抱浦氏 Bopp 倾变论 Agglutinations theorie 中之所自白者也。以屈折的形式为尚，则不能不以综合语为高等。然则印度日耳曼语有就分析之退化倾向者，独何以自解耶。据形态分类派之论法，吾辈转不得不谓纯粹分析语无屈折之形式如吾国语者，为高等而进化者矣。（第72页）

藤冈胜二：此點から此類の現象を稱して、もと綜合的てあった語が分析的のものにあったといふ。即ち此見方からいくと、古昔のラテン語は綜合的言語であって、今日の以太利亞語、英語、佛語の如きは分析的の言語であるといふことになる。英語等今ここに揭げたもののみならず、印度日耳曼語族の言語は其祖先以來今日にまで發達し來たあとを見ると、常に綜合的の構造がだんだんと分析的の構造にうつりゆいた傾向があるのである、然し英語に於ては最も著しく此經過が見える。其結果を見ると其分析的になった程度が最も大である。（第70页）

译文：由此类现象可知，原本综合性语言的词汇存在于分析性语言中。换言之，从这个角度来看，古代的拉丁语是综合性的语言，今天的意大利语、英语、法语等是分析性的语言。不仅英语等现在有这一变化特征，印度日耳曼语族的语言从其祖先以来一直发展到今天,其综合性的构造有逐渐转移到分析性的构造上的倾向,而英语的这一演变过程则是最明显的。从结果来看,英语的分析程度是最大的。

5. 国语的界定

胡以鲁:国语之所谓国者,异于政治上国家之界说。吾国政治区域内若蒙古若藏若满洲之一部犹非吾国语之所领,然而政治区域外南洋以下之华侨势力范围皆吾国语之领土。(第92页)

藤冈胜二:日本國語といふものゝ領土は日本國だけでないことになり得る。(第25页)

译文:虽说是日本的国语,但是其领土也可能不仅仅是日本。

藤冈胜二:國語と云ふものと政治的の意の國と云ふことゝ一致しない。(第26页)

译文:国语和政治意义上的国家是不一致的。

6. 统一国语为教育服务

胡以鲁:以表彰思想之适切,诚莫方言若。然是在闭关之世老死不相往来则可也。世界交通以国家社会为单位。统一教育尤宜以统一国语为先务。(第94—95页)

藤冈胜二:もしケ様に自ら改まっていくものとすれば、ことさらに法を設けて方言を改めることを圖る必要はないか、といふ說も生ずる。然しながら國語教育といふ方から見るときには統一を目的とした施設がなけねばならぬ。(第155—156页)

译文:甚至有人认为,如果自己能够改变的话,何必设法改变方言?然而,从国语教育的角度来看,必须有以统一为目的的设施。

7. "语法书"的理论框架

胡以鲁:吾国无语法书,有之,惟马建忠氏之《文通》,然说明古文,且一以拉丁文法为原则,非今语法,尤非纯粹吾国语法也。谨案语法书宜分音声、词品、词句三篇,而各宜为固有之说明,不必悬印度日耳曼语法之一格而强我以从也。(第101页)

藤冈胜二:在來英語獨逸語等西洋語の語法書は之を三部門に分って、第一部には言語の音聲のことをとき、第二には品詞のいろいろにつきて其出來方とり扱ひ方をとき、第三に於て文の構造をとく、依て我國の語法書も亦これに則って、何れも此三篇に分って說いことになっている。(第110页)

译文:传统英语、德语等西洋语法书的框架分为三部分:第一部分是语音;第二部分是词类的各种各样的处理方法;第三部分是句子的结构。因此我国的语法书也应遵循此规定。无论哪本语法书,都应分为这三部分进行说明。

藤冈胜二在《国语史略》第一章《上古至平安朝末叶》"其五、日本语自体之变迁"里

面介绍"上代语言之梗概",其框架就是"语音、词品和词句三篇":

> 奈良朝之前语言有如何之情状不可窥知。惟记、纪之中有歌章可以推测其一斑。今说上代语言之梗概,分音韵、品词、文章法三端,而考察之如下。①

以此可见,藤冈胜二所说的"语法书"和我们今天所说的语法书(grammar book)是两个概念,我们今天所说的语法书对应日语的"文法书"。藤冈胜二所说的"语法书"相当于我们今天的概论性质的书,目的是从语音、词汇和语法三个方面介绍一门语言的梗概。

通过原典文献文本比较,我们发现胡以鲁《国语学草创》的现代语言学理论和国语学理论源自藤冈胜二的《国语研究法》。至于其他更多的例证,限于篇幅,不再赘述。

3.2《国语学草创》的理论框架

经过详细分析《国语学草创》这本书的文本内容,我们发现该书的理论框架恰好分成前后两大板块:第一篇至第五篇,即前五篇是一个板块,"谨案语法书宜分音声、词品、词句三篇,而各宜为固有之说明",属于"语法书"的性质;第六篇至第九篇,即后四篇,是一个版块,属于国语学理论。最后一篇,即第十篇"论译名",讲的是胡以鲁翻译理论中的国语学思想映射,本文暂不讨论。

《国语学草创》的前五篇按照音声、词品和词句分三大部分:1.第一篇和第二篇属于"音声篇","叙述吾国语音声之特质特征及其发展之由来";2.第三篇和第四篇属于"词品篇","叙述吾国语词之本领及其应用上之品类";3.第五篇,属于"词句篇","语词之位置为此篇之要务,在吾国语以此补屈折之形式,示命意之所在,故此项说明为尤要,此词句范畴论也。"我们制作了《国语学草创》前五章"语法书"理论框架表,并以每一篇的"主要论点"作为依据,对《国语学草创》的理论框架进行说明。

表一 《国语学草创》前五篇理论框架表

《国语学草创》第一篇至第五篇		
音声篇	第一篇:说国语缘起	内范外范、语素、音素、清音、浊音、重唇音、喉头音、韵组、音渡、节音、发音、音论、古韵今音、析音表、双声叠韵、切音切语、对转旁转、音之变容、长短以辨词品
	第二篇:国语缘起心理观	反射声、模仿声、统觉与语言发达、语言进化论、语言差别之由来、吾国语之特色、简单保守二大心理、双声叠韵辗转法、吾国语之道揆、联想与双声叠韵、语言竞争

①藤冈胜二:《国语史略》,第100页。

续表

《国语学草创》第一篇至第五篇		
词品篇	第三篇:说国语后天发展	形式实质、概念之分化、语词之分业、词品、实词、虚词、虚词之名价、词品分别法、吾国语中之六合释、形式部
	第四篇:国语后天发展心理观	发展之程序、简明、后天发展之要、心理上折中法、心理淘汰
词句篇	第五篇:国语成立之法则	连结配置、客观主观独立运用、语法上诸术语、一般法则从中有引《马氏文通》者、位置顺序、音容、例外、语法之形成、语法之变迁、语言之大数

"词句篇"看似缺了一篇"国语成立之法则心理观",实际上,第五篇最后的"语法之形成、语法之变迁、语言之大数"这三个"主要论点"谈的就是社会心理与语法之间的关系,也即"国语成立之法则心理观",由于该部分论述的内容太少,所以胡以鲁没有单独再列一篇出来。

由上表可以看出,胡以鲁把《国语研究法》提出的"语法书宜分音声、词品、词句三篇,而各宜为固有之说明"的国语学理论落实到了《国语学草创》的编撰中来。他把"音声"称为"国语缘起",把"词品"称为"国语后天发展",依据的是西方的语言进化论,"言语,心之声,精神动作之自然产物也。最初之发声,自然之声,即对于自然界刺激之反应作用也(第1页)"按照语言的起源,应该先有"音声",经过后天发展才有"词品"和"语法"。

我们前面说,藤冈胜二所说的"语法书"其实就是今天的概论性质的书,目的是从语音、词汇和语法三个方面介绍一门语言的梗概。林焘主编的《20世纪中国学术大典·语言学》把胡以鲁的《国语学草创》定义为"中国最早的一本汉语概论性质的著作",其依据很可能就是《国语学草创》前五篇的文本内容和理论框架。

接下来,我们分析《国语学草创》第六章至第九章的的理论框架。仍然立足文本比较,以《国语学草创》和《国语研究法》两本书的"主要论点"作为切入点,经过全面比较,我们发现两本书的国语学理论以篇章为单位存在明显的对应关系:

1.《国语学草创》第六篇"国语在语言学上之位置",对应的是《国语研究法》的第四章"支那语、日本语、西洋语"。我们通过列表进行对比:

表二 《国语学草创》第六篇理论源流表

《国语学草创》 第六篇"国语在语言学上之位置"	《国语研究法》 第四章"支那语、日本语、西洋语"
"评螺旋进行说主张者对吾国语之评论"(螺旋说主张者是甲柏连孜 Gabelenz 和列普修斯 Lepsius)	"レプシウス、ガベレンツの支那語評"(第74页)(Lepsius 和 Gabelenz 对中国语的评价)

续表

《国语学草创》 第六篇“国语在语言学上之位置”	《国语研究法》 第四章“支那语、日本语、西洋语”
“评形态分类论主张者对吾国语之评论”(形态分类主张者是施莱赫尔 Schleicher)	“シライヘルの分類法”(第 63 页)(Schleicher 的分类法) “シライヘルの分類法の命運”(第 77 页)(Schleicher 的分类法的命运)
“评心理分类派对吾国语之评论”(心理分类派的代表是石坦达尔 Steinthal 和米斯特利 Misteli)	“スタインタールの説”(第 134 页)(Steinthal 的学说)
“吾国语宜特居一席”	“支那語は初等なものではない”(第 76 页)(中国语不是初等语言)
叶斯伯森 Jespersen 论语言发达之顺序	“エスベルゼンの言語發達論”(第 75 页)(Jespersen 的语言发达论)

2.《国语学草创》第七篇“论方言及方音”和第八篇“论标准语及标准音”对应的是《国语研究法》的第二章“國語と方言”和第七章“保守說と改定案”。

表三 《国语学草创》第七、八篇理论源流表

《国语学草创》 第七篇“论方言及方音”和第八篇“论标准语及标准音”	《国语研究法》 第二章“國語と方言”和第七章“保守說と改定案”
“方言方音为语言发达上自然之命运”	“言語は變るものである「これを言語の發達というので」”(第 35 页)(语言是会变化的;正因为语言的发达…)
“文学之势力”	“文學の力「其專門科の用語として大なる勢力を有することは」”(第 52 页)(文学的力量;文学上的专业用语具有很大的势力)
“开闭舒促之变迁”	“言語は必變遷する”(第 141 页)(语言一定会变)
“标准语音制定之要”	“標準語のとりどころ”(第 158 页)(标准语的优点)
“标准语之界说”	“代議士の言語”(第 154 页)(议员用语)
“国语之界说”	“國語の領土”(第 25 页)(国语的空间范围)
“方言之界说”	“方言”(第 27 页)

续表

《国语学草创》 第七篇“论方言及方音”和第八篇“论标准语及标准音”	《国语研究法》 第二章“國語と方言”和第七章“保守說と改定案”
“方言本体无优劣”	“方言の正不正「一方を正しとし一方を正しくないと云ふ如きことはないが……理論に與て不當」”（第34页）（方言正统与否：不能说一种方言正统另一种方言不正统这类的话……在理论上也是不成立的。） “地方言をことさらに卑しとするのではない”（第160页）（不应该歧视各地方言）
“国语宜统一”	“國語統一”（第155页）
“标准语不能外求”	“標準は抽象によるべきものでない「方言以外に標準語を立てようと云ふ考の起る所以はここにある」”（第156页）（标准不应该来自抽象的语言：……之所以有人认为在方言以外确立标准语，原因就在这里……）
“因社会之势力导”	“人間の力”（第147页）（人的影响力）； “人力の協同”（第148页）（社会集体的力量）
“以语音为读音”（苟犹见用于活语，不宜别有他音也）	“文章語の源は口語である”（第43页）（书面语以口语为来源）
“标准语执行法案”	“標準語制定の註意點”（第159页）（标准语制定的注意点）

3.《国语学草创》第九篇“论国语国文之关系”对应的是《国语研究法》第三章“文語と口語”。

表四　《国语学草创》第九篇理论源流表

《国语学草创》 第九篇“论国语国文之关系”	《国语研究法》 第三章“文語と口語”
“文字之缘起”	“文字「口々に相傳へ前言往行存して忘れずといふ時代があったが……とても非凡な記憶力があっても出來きれない……文字を用えることである」”（第37页）（文字：以前的时代口口相传往往会忘记一些信息……即使有非凡的记忆力也不行……所以有了文字的使用）
“文字之成立发达”	“文字の能”、“文字の論”（第38—39页）（文字的功能、文字论）

续表

《国语学草创》 第九篇“论国语国文之关系”	《国语研究法》 第三章“文語と口語”
“意之变迁假借”	“意義變化”(第 51 页)
“音之变迁转注”	“音韻變化”(第 51 页)
“字形之变迁”	“文字改良”(第 40 页)
“言文之背驰”	“文語の變遷おそい”、“口語の變遷はやい”(第 47—48 页)(书面语变化慢,口语变化快)
“吾国文字之特色”	“國語にあはせた字”(第 41 页)(适应国语的文字)
“言文背驰之理由”	“文語の變遷おそい”、“口語の變遷はやい”(第 47—48 页)(书面语变化慢,口语变化快)
“质文建设案”	“文體としての言文一致”、“教授及實用上文語口語の差のあることをさけんとする傾向”(第 61—62 页)(作为文体的言文一致、教学及实用上书面语和口语存在差异的倾向)

通过比较胡以鲁《国语学草创》和藤冈胜二的《国语研究法》的理论源流和理论框架,我们认为《国语学草创》源自《国语研究法》。

四、《国语学草创》的成书目的

《国语研究法》提出“语法书”应该包括语音、词汇和语法三部分,《国语学草创》的前五篇就是“中国语之语法书”(汉语概论)的具体实践。虽然前五章属于语言学性质,但是整本书的指导方针和理论框架仍然是国语学。前五章是后四章国语学理论的具体实践,语言学理论和国语学理论在整本书的地位是分主次的:语言学理论为国语学理论服务。关于这一点我们还可以从《国语学草创》的成书目的进一步说明。

章太炎为《国语学草创》作序谈到了这本书的成书目的:

1. 今异域交通,殊语瑰音,粲然毕效,继是以后,殚精穷贯,以为国语扬灵舒光者,非仰曾谁与赖焉。

2. 迩者以统一语言有所发舒。古之正音存于域中者,洋洋乎其惟江汉大鄂之风……今者考文正读,宜逆计是以为型范。

章太炎把《国语学草创》的成书目的主要概括为两点:一是为国语扬灵舒光;二是统

一语言、考文正读。

4.1 为国语扬灵舒光

所谓"为国语扬灵舒光",指的是胡以鲁竭力阐明"国语在语言学上之位置"。当时西方语言学界的"螺旋进行说""形态分类论"以及"心理分类派"都认为汉语在世界语言中的位置属于"初等""劣等"语言,更有甚者,"不惟不知吾国语言史,且蔑视吾国文明史者。"胡以鲁认为,"欧西语学者,大抵有自尊其语族之僻见,即以其一己语族之法则为范律,故对于根本不同之吾国语,不能确知其名价,评定其位置也。(第181页)"所以,他呼吁说,"不得吾国语之真相,语言分类亦殆无望。而其真相之解决,则支那语国民之责任,不能望于他族也。(第80页)"胡以鲁以汉语母语者的身份责无旁贷地对汉语的"真相"(语音、词汇、语法)进行了阐明,以期重新确立"国语在语言学上之位置"。

丹麦语言学家叶斯柏森(Jespersen)"称吾国语为曾经发达之历史,以不用形式之末技而寓意于词句相与之间者为进步",胡以鲁认为"论吾国语者,比较上此说最为得其平",但是,叶斯柏森并没有从根本上研究汉语,在胡以鲁看来这是不够的,"然(叶斯柏森)徒为位置之指定,不作根本之研究,仍未足以言知吾国语也。(第81页)"作根本之研究的意义在于按照国语学理论的宗旨发掘汉语的独特性。

关于"国语学"的概念,大槻文彦在「広日本文典」中首次把它用作了等同于日语的概念。后来,上田万年等人进一步发展了这个概念,即将它发展成为与所谓"国体"相连的概念,赋予其强调国家或民族的所谓意识形态层次上的理念,这是与明治时期日本国家民族意识高涨的形势相适应的。国语学反映了一种民族本位主义的东西,即强调日语的独特性,或者通过它来强调一种精神范畴的东西,一种与意识形态相关的情结。① 同样,《国语学草创》把汉语的独特性作为全书的主线贯穿始终:

> 盖吾国语自发生而自长盈,独立而特行……自有其特色,自有其特性,即在语言中自别有其位置。(第81页)

而阐明"吾国语之真相",发掘汉语的独特性,势必需要从汉语本身的语音、词汇和语法入手进行分析。但是,按照国语学的理论,不是分析汉语共时的语言特征,而是从历时的角度出发分析汉语的语音、词汇和语法。藤冈胜二在《国语史略》第一章《上古至平安朝末叶》"其五、日本语自体之变迁"首先介绍"上代语言之梗概",而胡以鲁《国语学草创》则以章太炎的上古音理论作为"上古汉语之梗概",然后按照历史朝代变迁的时间顺

①潘钧:《释"国语学"与"日语学"》,《日语学习与研究》,2007年第1期,第28、31页。

序谈汉语的历时演变。从这个角度来讲,藤冈胜二所说的"语法书"又具备了"语言史"的性质,所以,《国语学草创》的前五篇也具备"汉语史"的色彩。无论是语言学色彩还是汉语史色彩,其目的都是为国语学理论服务,彰显汉语的独特性,为汉语扬灵舒光。

4.2 统一语言考文正读

统一语言、考文正读,即统一国语、制定标准语与标准音。关于"国语宜统一"的原因,胡以鲁认为,

> 以表彰思想之适切,诚莫方言若。然是在闭关之世老死不相往来则可也。世界交通以国家社会为单位。统一教育尤宜以统一国语为先务。方言有普通之部分及特殊之部分,使各操土音,辞不足以达其意,则集代议士以谋国事,事用不集。谋统一教育,而教育手段之言文先以分歧矣。故国语宜统一。(第 95 页)

也就是说,统一国语的原因主要有三个:1."世界交通以国家社会为单位",即国际场合须用"国语"即官方语言;2."统一教育",即教育场合须用"国语";3."集代议士以谋国事",即政治场合须用"国语"。

以上三点是就内因而论,即统一国语的实际功用。此外,胡以鲁也谈到了统一国语的外因:

> 网罗方言组成文学,拉丁语所以虽死犹生。建设国民文学,统一方言,德意志所以免法语征服也……晚近日本语之侵入,其势且滔滔也。长斯以往,不加人为之统一,方言方音之发生,不知何所底止也。区区交通自然救济法,容足恃乎。故标准语标准音之制定实为当务之急。(第 91 页)

在胡以鲁看来,"统一国语"的必要性已经上升到国家民族的语言保护层面了。德语因统一方言所以才没有被法语征服;那么,"晚近日本语之侵入,其势且滔滔",同样给汉语带来了威胁,如果汉语想不被日语征服,势必也要像德语一样,走统一方言制定标准语这条路,"标准语标准音之制定实为当务之急"。由此可见,胡以鲁把统一国语提升到了"国家或民族的所谓意识形态层次上",体现了国语学倡导的国家民族意识。

《国语学草创》的成书目的与日本的国语学理论在内涵上是完全一致的:一是阐明汉语的独特性;二是体现国家民族的意识形态。也正是对应于这两个方面的内涵,《国语学草创》分为两大板块:前五章是一个板块,分音声、词品和词句三部分,目的在于阐明汉语的独特性;后四章是一个板块,包括国语在语言学上之位置、论方言及方音、论标准语及

标准音和论国语国文之关系四部分,目的在于站在国家民族的意识层面通过立法手段统一国语和制定标准语与标准音。

结合《国语学草创》的理论源流、理论框架和成书目的,我们认为,《国语学草创》本质上是一本的国语学著作。该书的国语学理论源自藤冈胜二《国语研究法》,尽管书中也出现了很多西方现代语言学理论,这反而是藤冈氏国语学理论的独特之处。柿木重宜(2017)指出,《国语研究法》的国语学理论与上田万年和保科孝一的以国家政策为目标的国语学理论有所不同,从现代语言学的理论观点来看,《国语研究法》明确地命名为"语言学研究法"或许更为合适,因为藤冈胜二在出版这本书的时候,试图向国语学引入最新的语言学理论。①

客观来讲,判断一部著作是语言学著作还是国语学著作首先要看其成书目的,其次是看其整体理论框架和理论内涵,不能因为里面有一些语言学理论或者语言史理论就将其定位为语言学著作,这显然忽视了该著作的指导思想,没有系统分析该著作的本质特征。虽然语言学著作和国语学著作在部分内容上会产生交叉,但两者之间的界限仍然是很清晰的。比如上田万年的《国語のため》(1897)和《言语学》(讲义录,1975),藤冈胜二的《国语研究法》(1907)和《言语学》(讲义录,1903),胡以鲁的《国语学草创》(1913)和《言语学讲义》(1913),国语学著作和语言学著作在命名上截然分开。因此,我们认为把胡以鲁的《国语学草创》定位为语言学著作是不客观不全面的,没有深入分析其理论内涵,应该把它定位为国语学著作,才会更加符合整本书的理论内涵和理论框架。

五、《国语学草创》研究的启示与反思

5.1 文献研究视野狭隘

1923年,胡适在《国学季刊发刊宣言》中指出,中国学术存在着两个致命的弱点:一个是研究的范围太狭窄;再一个是缺乏参考比较的材料。他强调,要用中西和古今的比较研究来进行国学材料的整理和解释,打破闭关孤立的态度,学术研究必须把研究对象放在世界的大系统中进行比较考察。② 如果我们仅仅依据《国语学草创》的部分文本内容就对它进行定性,而且只是依赖于今天的语境下结论,那么这样得来的结论自然很难做到

①柿木重宜:《近代「言語学」成立事情——言語学者藤岡勝二の役割を中心として》,第12页。

②王少卿:《胡适的治学范式与中国近代学术转型》,《郑州大学学报(哲学社会科学版)》,2009年02期,第157页。

客观准确。李无未(2017)认为一个学者的学术视野决定其学术理论高度,他批评说:

> 个别学者学术眼光局限性很大,不要说“中西贯通”,就是东亚汉语音韵学视阈的基本素质也是不具备的。①

5.2 考镜源流功夫不足

陈平原(1999)指出,所谓学术史研究,说简单点,不外“辨章学术,考镜源流(清·章学诚《校雠通义》)”。② 姚晓南(2008)进一步阐释说:

> 所谓“考镜源流”,不单是指对某一学术的源头与主流、支流做纵向的、以时序为基轴的描述,观察这一学术的树状繁衍状态及生成结构,还需要对此一学术与彼一学术之间确有的内在互动关系予以揭示和考察。③

《国语学草创》的理论框架分两大板块:第一个板块分音声、词品和词句三部分;第二个板块则主要论及统一国语、制定标准语与标准音的国语施策问题。民国时期沿用这一理论框架的著作有黎锦熙的《国语学讲义》(1919),该书分上下两篇:上篇包括发端、音韵、词类、语法和结论等 5 章;下篇包括前清关于简字音标及统一国语之文件、关于注音字母之法令文件和关于国语全部进行之法令文件等 3 章。《国语学讲义》分上下两篇,恰好对应《国语学草创》的两大板块。另外还有马国英的《新国语概论》(1928)和乐炳嗣的《国语学大纲》(1935)。王志平(2010)认为,1919 年,黎锦熙撰写了《国语学讲义》,最早提出确定现代汉语的语音、词汇、语法诸标准。④ 这一论断失于考镜源流,对学术之间的内在互动认识不足。

5.3 知人论世考察缺失

黄宗羲在谈到自己做学问的方法时说,每见钞先儒语录者,荟撮数条,不知去取之意谓何,其人一生之精神未尝透露,如何见其学术?⑤ 陈寅恪在《冯友兰中国哲学史上册审查报告》里指出,其所处之环境,所受之背景,非完全明了,则其学说不易评论。⑥

---

①李无未.《台湾汉语音韵学史》,北京:中华书局,2017 年,第 4 页。
②陈平原:《“学术史丛书”总序》收入赵园:《明清之际士大夫研究》,北京:北京大学出版社,1999 年。
③姚晓南:《关于学术史研究几个理论问题的辨识——兼谈世界华文文学学术史研究有关的学理现象》,《华南师范大学学报(社会科学版)》,2008 年第 3 期,第 53—54 页。
④王志平:《五四新文化运动与汉字革命》,《学灯》,2010 年第 4 期。
⑤黄宗羲:《〈明儒学案〉序》,《明儒学案》,北京:中华书局,1986 年,第 18 页。
⑥陈寅恪:《金明馆丛稿二编》,北京:三联书店,2001 年,第 279 页。

《国语学草创》体现了中西学问的巧妙融合，但学界对其西学东渐的路径考察得并不充分，对胡以鲁的学术师承考察得不充分，对《国语学草创》的创作背景和创作缘由考察得也不充分。在这样的前提下，对《国语学草创》的性质定位的认识自然也是不充分的。

结　语

就《国语学草创》的理论源流、理论框架和成书目的而言，把它定位为语言学著作是不客观不全面的，应该把它定位为国语学著作，才会更加符合整本书的理论内涵。胡以鲁的《国语学草创》不仅具有很高的语言学和国语学价值，而且具有很高的文献学和历史学价值。通过本文的研究，我们希望立足新的研究视角（跨视阈的视角），对《国语学草创》的性质定位有一个重新的认识。同时，我们也藉此对学术史的研究方法进行了深刻反思。

The *Guoyuxue* Attribute of Hu Yilu's *Guoyuxue Caochuang*

Wang Jichao

(Xiamen University)

Abstract: The past researches basically defined *Guoyuxue Caochuang* 国语学草创 as a linguistic work, and mainly focused on its linguistic theory. Two or three scholars put forward that the book is a work of *Guoyuxue* with no or insufficient proof. Through trans-visual study of Hu Yilu's academic background, as well as the academic pursue, theoretical framework and the theoretical origins of the book, we find that it originated from Fujioka's *Guoyu Research Method*. The first five chapters are involved with linguistic theory and the history of Chinese language, which, however, serve the theory of *Guoyuxue* in the book. After reexamination of the Guoyuxue attribute of *Guoyuxue Caochuang*, we think it is more appropriate to define it as a work of *Guoyuxue*. In addition, the study of this paper provides a new vision for us to further understand Hu Yilu and his works, and also provides a new idea for the research methods of modern literature research.

Keywaords: Hu Yilu; *Guoyuxue Caochuang*; trans-vision; reexamination; *Guoyuxue* attribute

《励耘语言学刊》征稿启事

《励耘语言学刊》是北京师范大学文学院主办的学术集刊,为半年刊,主要刊发汉语言文字学领域的研究成果。创刊于 2005 年,2017 年起由中华书局出版。

本刊的宗旨是:继承、弘扬中国传统语言文字学的理论、方法和求实的学风,积极吸取现代语言学的最新成果,关注新兴学科的发展和语言文字的社会应用,追求学术真理,提倡探索创新。

本刊常设栏目主要有:特稿、文字学研究、音韵学研究、训诂学研究、汉语史研究、《说文》学研究、章黄学术研究、现代汉语研究、语法研究、词汇语义学研究、语言学理论研究、方言调查与研究、学术动态等。

本刊一贯秉持学术的公正性,采用匿名审稿制度,在语言文字学界享有良好的声誉。属于《中文社会科学引文索引(CSSCI)》(2017—2018)来源集刊。本刊现已被"中国学术期刊网"(CNKI)、"万方数据""维普网"等文献数据库收录,如作者不同意收录,请在来稿中注明,否则均视为同意。被收录文章的著作权使用费已包含在刊物稿酬中。

本刊诚邀海内外同仁赐稿。稿件相关事项如下:

(一)刊物实行匿名审稿制度,采用、修改或退稿的意见或通知,由编辑部转达作者。审稿时间一般为三个月。审稿期间,请勿一稿多投。三个月内未收到用稿通知,可另投他刊。除特别转载的文章,本刊只发表第一次发表的稿件。

(二)稿件字数以 10000 字以内为宜,就重要或复杂理论问题的探讨,不受字数限制。刊物使用简化字,文中的古文字,请扫描成像。

(三)来稿请附 300—400 字的中文提要,以及 3—5 个关键词,并译成英文。提要请指出本文的主要结论、观点和方法,主要创新点。在正文导语中说明本文研究课题的前人研究情况,本课题研究的必要性。基金项目等请在标题下以" * "注释形式标注。另页附作者简介及联系方式(工作单位、通信地址、电子邮箱、手机号码)。

（四）正文、标题一概使用宋体五号字，引文用仿宋体，左侧缩进2字符。请规范、准确使用标点符号。文章内所分各节，小标题序数大写（一、二……）；各节内若再分小节，用阿拉伯数字（1.1、1.2……）；注释采用页下注，每页重新编号。常用古籍可不注，其他注释及参考文献格式请参考以下格式，同一篇内再次引用可省去出版社及出版年：

［清］戴震：《书〈广韵〉四江后》，《戴震文集》，北京：中华书局，1980年，第84页。

吕叔湘：《疑问·否定·肯定》，《中国语文》，1985年第4期。

中国社会科学院语言研究所词典编辑室编：《现代汉语词典》（第7版），北京：商务印书馆，2016年。

Fangkui Li, *Languages and Dialects of China. Chinese Linguistics*, Volume 1, 1973.

Chomsky&Halle, *The Sound Pattern of English*. New York: Harper and Row, 1968.

引文用仿宋体，左侧缩进2字符，引文出处请于句后注明。如：

（1）牧获羌。（《合集》39490）

（2）游文于六经之中，留意于仁义之际。（《汉书·艺文志》）

（3）黯然销魂者，惟别而已矣。（《文选·别赋》）

（五）来稿从网上提交电子文本，请同时以word格式和pdf两种格式附件发送至编辑部电子邮件地址：liyunyuyan@126.com。如有特殊情况，也可提交纸质稿件。纸质稿件请寄：北京新街口外大街19号北京师范大学文学院《励耘语言学刊》编辑部，邮编：100875。